LAURA LANDON

Intimer Betrug

AF176960

Montlake Romance

Das Buch

Als Lady Grace Warren von ihrem Vater als Braut an den lasterhaften Lord Fentington verkauft werden soll, weiß sie, dass nur ein drastischer Schritt sie vor einem Leben in Elend bewahren kann. Im viktorianischen England besitzt eine Frau nur eine Sache von Wert: ihre Tugend. Ihrer beraubt wird Fentington sie nicht mehr wollen – leider auch kein anderer Mann. Doch zumindest bliebe ihr die Freiheit. Fehlt nur noch der passende Partner für die schicksalhafte Nacht: ein Mann, der keine Fragen und keine weiteren Ansprüche stellt. Denn für eine Frau, die bereit ist, alles zu riskieren, ist ein gewöhnlicher Mann nicht gut genug ...

Nach dem schmerzlichen Verlust zweier Ehefrauen im Kindbett hat Vincent Germaine, der Duke of Raeburn, gelobt, nie mehr zu heiraten. Von Schuldgefühlen gequält, weil sein Wunsch nach einem Erben mehrere Menschenleben gekostet hat, ist er darauf bedacht, sein Vergnügen nur noch bei den diskretesten Kurtisanen Londons zu suchen. Als Vincent erfährt, dass seine leidenschaftliche Begegnung mit einer betörenden Fremden ein weiteres Leben gefährden könnte, begibt er sich auf die Suche nach dem arglosen Mädchen – und findet eine Frau von unvergleichlicher Courage, Schönheit und innerer Stärke. Doch können zwei Fremde, die aus Verzweiflung zusammengekommen sind, allen Widrigkeiten zum Trotz die wahre Liebe finden?

Die Autorin

Laura Landon hat zehn Jahre lang als Highschool-Lehrerin gearbeitet und neun Jahre Eisbecher und Milchshakes in ihrem eigenen Eiscafé kreiert, doch sobald ihr erster Roman fertig war, machte sie den Laden dicht, um jede freie Minute schreiben zu können. Heute lässt sie mit Begeisterung ihre Heldinnen und Helden auf dem Papier erstehen und sorgt dafür, dass sie ihr Happy End finden.

Laura Landon lebt im Mittleren Westen der USA, umgeben von Familie und Freunden. Inzwischen hat sie mehr als ein Dutzend Historicals aus dem viktorianischen Zeitalter geschrieben, von denen fünf weltweit auf Englisch erschienen sind und eines derzeit auf Japanisch neu aufgelegt wird.

LAURA LANDON

Intimer Betrug

Historischer Liebesroman

Übersetzt von Antje Althans

Die Originalausgabe erschien 2012 unter dem Titel »Intimate Deception«
bei Montlake Romance, Las Vegas.

Deutsche Erstveröffentlichung bei
Montlake Romance, Amazon Media E.U. S.á r.l.
5 Rue Plaetis, L-2338, Luxemburg
September 2013
Copyright © der Originalausgabe 2012
by Laura Landon
All rights reserved.
Copyright © der deutschsprachigen Ausgabe 2013
by Antje Althans

Die Übersetzung dieses Buches wurde durch AmazonCrossing ermöglicht.

Umschlaggestaltung: bürosüd° München, www.buerosued.de
Lektorat: Agentur Libelli
Satz: Judith Zimmer, Hamburg
Printed in Germany
by Amazon Distribution GmbH, Leipzig

ISBN 978-1-612-18472-2

www.montlake-romance.de

Für all meine Leserinnen.
Ich kann Ihnen nicht genug danken.

PROLOG

❦

*V*incent Germaine, neunter Duke of Raeborn, elfter Marquess of Hayworth, lief im Korridor vor dem Schlafzimmer seiner Frau auf und ab. Schweiß stand ihm auf der Stirn und rann ihm über das Gesicht und in die Augen. Am liebsten wäre er geflohen, doch es gab keinen Ort, an den ihr qualvolles Stöhnen ihn nicht verfolgt hätte.

Mit geballten Fäusten lief er bis ans Ende des Korridors, nach außen jeder Zoll ein Herzog, obwohl er sich im Moment alles andere als herzoglich fühlte. Dies war Gottes Weg, den Sterblichen die Grenzen ihrer Macht aufzuzeigen. Die Menschen Demut zu lehren, wenn sie zu selbstbewusst, zu selbstsicher wurden. Und heute Abend hatte Gott entschieden, dass dem Duke of Raeborn demonstriert werden musste, wie machtlos er in Wahrheit war.

Er hätte den Himmel verfluchen, Gott wegen SEINER Ungerechtigkeit schmähen können. Stattdessen betete er.

Die ganze Nacht hatte er mit Gott gefeilscht, ihm seinen gesamten weltlichen Besitz angeboten. Sogar sein Leben. Doch Gott hatte ihn nicht erhört. Zum zweiten Mal im Leben zwang ER Vincent Germaine in die Knie. Vincent war einer der reichsten und einflussreichsten Männer in ganz England, doch an diesem Abend war er hilflos wie der einfachste Bettler auf der Straße.

Von dem Moment an, als er erfahren hatte, dass seine Frau ein Kind erwartete, hatte er Gott angefleht, dass es diesmal anders ausginge. Dass seine Frau diesmal wohlbehalten von dem Kind entbunden würde und er einen Erben bekäme, der den großen Namen Raeborn weiterführen könnte. Er hatte dem Herrn sogar versprochen, nie wieder das Risiko einzugehen, seine Frau ein weiteres Mal zu schwängern, wenn ER nur sie und das Baby rettete.

Doch seine Gebete waren unerhört geblieben. Schon zwei Tage waren vergangen und sie lag noch immer in den Wehen. Zwei Tage, und er wusste, dass Angeline nicht mehr sehr lange leben würde, wenn sie das Baby, das nach Bekunden des Arztes zu groß für sie war, nicht bald zur Welt brachte.

Er stieß sich von der Wand ab und erstarrte, als ein weiteres qualvolles Stöhnen zu ihm drang. Eine Mischung aus Schuldgefühlen und Reue drohte, ihm die Luft abzuschnüren. Eine Angst, so entsetzlich, dass er sie kaum aushalten konnte. Seine Frau wurde schwächer. Ach, könnte er ihr doch den Schmerz erleichtern. Wäre das Risiko, einen Erben zu bekommen, doch nur nicht so groß. Hätte er doch nie seinen Samen in ihren Schoß gepflanzt.

Reue, aus Verzweiflung geboren.

Er wischte sich den Schweiß von der Stirn und sah mit bangem Blick zu ihrem Zimmer, als sich die Tür öffnete. Das Herz schlug ihm bis zum Hals.

Mit blutdurchtränkter Wäsche in den Armen eilte ein Dienstmädchen heraus. Tränen liefen ihr über das aschfahle Gesicht und aus ihrem Blick sprach eine Hilflosigkeit, wie er sie aus einer ähnlichen Nacht vor fünf Jahren von seinen Bediensteten kannte. Die Nacht, in der seine erste Frau bei der Geburt ihres gemeinsamen Kindes gestorben war.

Wieder hörte man durch die Tür ein gedämpftes Stöhnen. Angelines Schreie klangen jetzt schwächer, noch schmerzerfüllter und verzweifelter.

Entschlossen schritt Vincent zu dem Zimmer, in dem seine Frau darum kämpfte, sein Kind zu gebären. Er würde nicht zulassen, dass sie starb. Er hatte schon eine Frau bei dem Versuch verloren, ihm einen Erben zu schenken. Für den Tod einer weiteren Frau verantwortlich zu sein, würde er sich nie verzeihen.

Er öffnete die Tür und trat ein.

Ihm war vor Angst fast übel, als sein Blick sie fand, aber er ging langsam zum Bett.

»Sie hätten nicht … kommen sollen, Euer Gnaden«, flüsterte Angeline mit schwacher, schmerzerfüllter Stimme.

Er nahm einen tiefen Atemzug, der seine ohnehin schon beeindruckenden Schultern noch breiter wirken ließ. »Ich bin dein Ehemann. Genau hier sollte ich sein.«

Angeline versuchte ein Lächeln.

Sein Herz zog sich schmerzlich zusammen, während ein Teil von ihm starb. Er griff nach ihrer Hand und hielt sie fest. »Ich bin gekommen, um dir zu sagen, dass ich lange genug gewartet habe. Ich verlange, dass du jetzt sofort und ohne weiteren Aufschub unser Kind zur Welt bringst.«

Ein Zittern lief durch ihren Körper. »Es sieht Ihnen ähnlich, Dinge zu fordern, die sich Ihrer Kontrolle entziehen.«

»Das kommt daher, dass das bislang stets Wirkung gezeigt hat«, antwortete er und strich ihr eine Haarsträhne aus dem Gesicht. Lieber Gott im Himmel, er wollte sie nicht verlieren. Er konnte nicht behaupten, dass er sie liebte oder überhaupt zu wissen, was Liebe bedeutete, aber er war ihr zugetan und konnte sich ein Leben ohne sie nicht vorstellen.

»Ich fürchte, in dieser Sache sind Ihre Forderungen zwecklos … Euer Gnaden.«

Er zwang sich, nicht darauf einzugehen, ihr nicht zu sagen, dass er dasselbe befürchtete.

Eine neue Schmerzwelle durchzuckte ihren Körper. Sie versuchte zu schreien, doch heraus kam nur noch ein mattes, klägliches Keuchen. Er nahm behutsam ihre Hand und sie hielt sich an ihm fest, wobei sie schon so schwach war, dass er ihren Griff kaum spürte.

»Weißt du, wie sehr ich dich liebe, Vincent?«, fragte sie, als die Wehe vorüber war.

In seinen Augen brannten Tränen. »Ja, Angeline. Ich war der glücklichste Mann auf Erden. Auf der ganzen Welt hätte ich keine bessere Frau finden können als dich. Du hast mich sehr glücklich gemacht.«

»Aber einen Erben konnte ich dir nicht schenken. Und ich weiß, wie sehr du dir einen gewünscht hast.«

»Das haben wir beide«, flüsterte er und die Kehle schnürte sich ihm zu.

»Ja, ich auch. Mehr als alles auf der Welt.«

Eine neue Wehe überwältigte sie. Sie schnappte nach Luft und umklammerte seine Hand. »Bitte geh … nicht weg.«

»Nein, Angeline, ich lasse dich nicht allein.«

Er setzte sich auf den Stuhl an ihrem Bett und hielt ihre schlaffe, zerbrechliche Hand. In seiner Brust wütete ein solch unbarmherziger Schmerz, dass sich sein ganzer Körper in Qual verkrampfte.

»Um das Kind brauchen Sie sich nicht zu sorgen, Euer Gnaden«, flüsterte Angeline. »Ich werde im Himmel gut auf es aufpassen.«

Vincent schluckte heftig. »Ich weiß.« Er beugte sich zu ihr und küsste sie sanft auf die Wange.

Sie versuchte, ihn noch ein letztes Mal anzulächeln.

Er streichelte ihr Gesicht und hielt fest ihre Hand. Was hatte er getan? War der Wunsch nach einem Erben auch nur ein Leben wert? War ein Kind das Risiko wert, das Männer ihren Frauen aufzwangen? Oder das Risiko, das Frauen glaubten, eingehen zu müssen?

❧

Schließlich wurde sie doch noch von dem Kind – einem Sohn – entbunden, einem Baby von perfekter Gestalt mit rundlichen Armen und Beinen und dichtem schwarzen Haar genau wie Vincents eigenes. Es war ein wunderschöner Junge, auf dessen Gesicht friedliche Glückseligkeit lag, während er bis in alle Ewigkeit schlummerte.

Noch lange nachdem seine Frau erkaltet war, hielt Vincent ihre Hand. Lange nachdem alles Leben aus ihr gewichen war. Tränen strömten ihm übers Gesicht. Er ließ sie ohne jede Scham fließen. Sie hatte alles geopfert, um ihm einen Erben zu schenken.

Mit der Hand seiner toten Frau in der seinen schwor er sich, niemals zuzulassen, dass eine weitere Frau ein solches Risiko einginge.

Kapitel 1

Januar 1858
London, England

Lady Grace Warren trat ein paar Schritte von der Gratulantenschar zurück und sah zu, wie ihre jüngste Schwester Anne und ihr frischgebackener Ehemann ihre Gäste begrüßten. Nach dem Hochzeitsempfang würde der Bräutigam mit der Braut das Stadthaus ihres Vaters verlassen und sie zu ihrem neuen Zuhause bringen, um ihr wundervolles gemeinsames Leben zu beginnen.

Grace seufzte tief. Vor Erleichterung wurde ihr fast schwindelig.

Anne war in Sicherheit.

Graces Kehle war wie zugeschnürt und sie konnte nur mit Mühe schlucken. Der Albtraum, mit dem sie lange Jahre hatte leben müssen, war endlich vorüber. Auch die letzte ihrer sechs Schwestern hatte nun einen Ehemann, der sie beschützte. Sie waren allesamt in Sicherheit. Endlich konnte er ihnen nichts mehr anhaben.

Ihre Euphorie war unbeschreiblich. Sie hatte solche Angst gehabt, dass sie scheitern und er doch noch eine von ihnen erwischen würde.

Sie beobachtete Anne und ihren Bräutigam, bemerkte, welch liebevolle Blicke sie wechselten, wie scheu sie sich berührten und wie sehnsüchtig sie einander ansahen. Ihr Herz zog sich sehnsuchtsvoll zusammen. Dabei hatte sie geglaubt, solche Gefühle schon lange hinter sich gelassen zu haben. Sie würde sich nicht gestatten, all den Kummer und die Enttäuschung wieder aufleben zu lassen, all die vergeudeten Jahre, die sie geopfert hatte, um ihre Schwestern zu retten. Heute war ein glücklicher Tag. Mit Annes Heirat hatte sie das Versprechen, das sie ihrer Mutter am Sterbebett gegeben hatte, eingelöst: dafür zu sorgen, dass jede ihrer Schwestern einen Mann fand, der sie liebte. Einen Mann, der sich um sie kümmerte.

Sie hatte ihr Versprechen erfüllt, aber sie hatte einen Preis dafür gezahlt – einen sehr hohen Preis.

Sie hatte alles in ihrer Macht Stehende getan, um sie vor *ihm* zu beschützen.

Sogar ihre Seele verkauft.

Grace unterdrückte das Gefühl des Entsetzens, das in ihr aufsteigen wollte, und sah zu, wie sich ihre Schwestern eine nach der anderen auf Anne stürzten, um sie zu umarmen und zu beglückwünschen. Nur Caroline, die Marchioness of Wedgewood, fehlte in der Schar.

Das überraschte sie nicht. Caroline war wieder schwanger und hatte sich bestimmt einen Platz zum Ausruhen gesucht.

Grace lächelte. Es würde nicht mehr lange dauern, bis ihre Schwestern samt Anhang nur noch mit Mühe in ein Haus passten. Das würde ihren Vater garantiert zu einem weiteren Tobsuchtsanfall verleiten.

Sie blickte zu ihrem Vater, der sich mit einer Gruppe Freunden und Nachbarn unterhielt. Als sie den Mann sah, der neben ihm stand, verkrampfte sich ihr Magen. Allein schon sein Anblick verursachte ihr eine Gänsehaut.

»Was macht *der* denn hier?«, fragte Caroline neben ihr.

Grace zuckte erschrocken zusammen. Sie hatte Caroline nicht kommen hören, wandte sich ihr aber mit einem Lächeln zu. »Vater hat ihn eingeladen. Immerhin ist er unser Nachbar.«

»Er ist Satan in der Maske eines Gottgesandten.«

Grace unterdrückte einen Schauder und zwang sich, sich auf etwas anderes zu konzentrieren als auf Baron Fentington. Er war genauso abstoßend und widerwärtig wie die Bedrohung, die von ihm ausging. Grace löste den Blick von Fentington und schaute lieber zu Anne und ihrem frisch angetrauten Ehemann.

»Sie geben ein reizendes Paar ab, nicht wahr?«

»Ja.« Caroline legte eine Hand auf Graces Schulter und drückte sie sanft. »War das ein Seufzer der Erleichterung, Grace?«

Grace bemühte sich, gelassen zu wirken. »Ja, ich bin froh, dass es vorbei ist. Es gibt immer noch etliche Details, um die man sich in letzter Minute kümmern muss.«

»Das meine ich nicht. Wie du sehr wohl weißt.«

Ein langes Schweigen dehnte sich zwischen ihnen aus, bevor Grace es aufgab, Unwissenheit vorzutäuschen. »Ja, ich bin froh.«

Sie zwang sich, wieder zu dem Mann zu sehen, der neben ihrem Vater stand. Der Baron. Der Mann, der Anne hatte besitzen wollen. Genauso wie ihre Schwester Mary, die älter war als Anne, und Sarah, die älter war als Mary.

Obwohl Fentington sich nach außen hin den Anschein gab, ein aufrechtes Mitglied der Gesellschaft und ein rechtschaffener Edelmann zu sein, wussten Grace und ihre Schwestern es besser. Der Mann war von Natur aus böse.

Grace hatte alle Anstrengungen unternommen, damit ihm keine ihrer Schwestern in die Hände fiel.

Caroline beugte sich zu ihr. »Man hätte uns fast im Chor aufatmen hören können, als Anne ihr Jawort gab. Ich musste mich an der Kante der Kirchenbank festklammern, um nicht aufzuspringen und vor Freude zu schreien.«

»Ich weiß. Ich auch.«

»Wie hast du das gemacht, Grace? Wie hast du Annie davor bewahrt, ihm in die Hände zu fallen?«

»So schwer war es gar nicht«, log Grace. »Ich habe ein langes Gespräch mit Vater geführt. Er hat schließlich Vernunft angenommen.«

»Warum nur glaube ich dir das nicht?«, fragte Caroline.

Grace entging die unüberhörbare Abneigung in Carolines Worten nicht. Wenn ihre anderen Schwestern von ihrem Vater sprachen, war es dasselbe.

»Was musstest du ihm versprechen, damit dieser Wüstling sie nicht bekommt?«, fragte Caroline.

Grace sah sich um, um sich zu vergewissern, dass niemand mithören konnte. »Sagen wir einfach, dass Vater es finanziell vorteilhafter fand, dass Annie Wexley heiratet und nicht Baron Fentington, obwohl er nicht von Adel ist.«

Caroline lachte humorlos. »Ich bin nicht überrascht, dass das Gewicht der Münzen, die für Annes Hand geboten wurden, den Ausschlag gegeben hat, wem Vater seine Tochter gibt. Gott bewahre, dass er das Wohlergehen und das Glück seiner Kinder über seine Habgier stellen sollte, wenn er Entscheidungen trifft, die ihre Zukunft betreffen.«

»Du bist ungerecht, Caroline.«

»Wie kannst du das sagen, Grace? Nach allem, was er dir angetan hat.«

»Er hat nichts getan, was ich nicht selbst gewollt hätte. Es war meine Entscheidung, mich um euch sechs zu kümmern. Und ich habe es keine Minute bereut.«

»Nur, weil du es Mama versprochen hast.«

»Hör auf, so zu reden, als wäre ich eine Märtyrerin, die ihr Leben für euch geopfert hat.«

»Aber das hast du.«

»Ich habe nichts dergleichen getan. Ich war dankbar, eine Aufgabe zu haben, nachdem ich zwei schreckliche Saisons durchgestanden hatte, ohne einen einzigen Heiratsantrag zu bekommen. Für meine Schwestern zu sorgen war viel befriedigender als die Demütigung, das ewige Mauerblümchen zu sein, dem niemand einen zweiten Blick schenkt.«

»Es lag nicht an dir, Grace. Vater hat dafür gesorgt, dass niemand um deine Hand angehalten hat. Da bin ich mir sicher. Obwohl ich nicht weiß, was aus uns geworden wäre, wenn du geheiratet und uns verlassen hättest. Du hast jede

Einzelne von uns vor den desaströsen Ehen gerettet, die Vater für uns im Sinn hatte.«

»Ich habe ihm nur zu der Einsicht verholfen, dass es auch in seinem Interesse lag, seinen Töchtern zu erlauben, ihrem Herzen zu folgen.«

»Nein, hast du nicht. Du hast Thomas' Eltern davon überzeugt, Vater für meine Hand den Streifen Land östlich von unserem Anwesen abzutreten. Und du hast dafür gesorgt, dass das preisgekrönte Rennpferd, das Josies Schwiegervater gehörte, für sie den Besitzer wechselte. Und du hast mit dem Earl of Morningway um das Geld gefeilscht, das Francine an ihrem Hochzeitstag zugestanden hätte, und es Vater gegeben. Und du …«

»Genug, Linny.«

»Mach dir nichts vor, Grace. Vater hätte uns alle in die Sklaverei verkauft, wenn der Preis gestimmt hätte. Doch diesmal dachte ich wirklich, wir würden Annie an den Baron verlieren. Ich weiß nicht, ob ich es ertragen hätte, wenn Vater sie zu einer Heirat mit ihm gezwungen hätte.«

»Du hättest dir keine Sorgen machen müssen«, sagte Grace, obwohl sie sich selbst immer wieder versichern musste, dass der Baron Annie tatsächlich nichts mehr anhaben konnte. »Das hätte ich niemals zugelassen. Niemals.«

»Ach, Grace. Ich weiß nicht, wie Mama es überhaupt so lange mit Vater ausgehalten hat. Sieben Kinder in weniger als zehn Jahren. Und alles nur, weil er sich so verzweifelt einen Erben wünschte. Vielleicht hat er uns deshalb so gehasst. Glaubst du das auch? Weil keine von uns der Sohn war, den er sich so sehnlichst wünschte?«

»Mag sein, Linny. Jeder Mann mit Land und einem Titel wünscht sich einen Sohn, an den er beides vererben kann. Vater ist da keine Ausnahme.«

»Ja. Aber nicht jeder Mann ist bereit, dafür seine Frau zu opfern. Selbst wenn Thomas nicht schon zwei Söhne hätte, würde er mich nicht zwingen, noch ein Kind zu gebären, wenn er glaubte, es könnte mich das Leben kosten.«

Grace konzentrierte sich auf das blasse Gesicht ihrer Schwester. »Ist dir immer noch jeden Morgen übel?«

»Nicht mehr so schlimm wie vorher.«

»Du musst wissen, dass du mich fast das wunderschöne burgunderrote Band gekostet hast, das ich mir passend zu diesem Kleid gekauft habe«, sagte Grace mit einem Funkeln in den Augen.

»Wie das?«

»Anne und ich haben gewettet, ob du die Trauungszeremonie überstehst, ohne aus der Kirche zu rennen, weil dir schlecht ist.«

Caroline hob ihre fein gezeichneten Augenbrauen. »Und worauf hast du gewettet?«

»Natürlich, dass du während der Zeremonie hinauslaufen musst.«

»Was?«

Grace lachte. »Das sollte dich nicht überraschen, Linny. Du verkraftest die frühen Monate der Schwangerschaft schlechter als jede deiner Schwestern.«

»Weil meine Kinder immer schon beinahe ausgewachsen sind, wenn sie sich entscheiden, endlich das Licht der Welt zu erblicken. Wenigstens hat Anne mir mehr zugetraut.«

»Nein«, widersprach Grace lächelnd. »Anne hat sogar gewettet, dass du nicht mal zur Hochzeit kommen würdest.«

Caroline versuchte, beleidigt auszusehen. Als ihr das misslang, lachte Grace wieder.

»Nun, mal sehen, wie es ihr geht, wenn sie das erste Mal schwanger ist.«

»Ich erinnere mich noch an Thomas' Ankündigung nach deiner letzten Niederkunft«, meinte Grace. »Er hat uns mit großem Nachdruck erklärt, dass der kleine Robin dein letztes Kind sein würde.«

»Wenn es nach Thomas ginge, wäre Robin das auch. Aber ich lasse ihm in der Sache keine große Wahl. Ich will noch einmal versuchen, endlich eine Tochter zu bekommen.«

Grace lachte. »Und wenn das nächste Kind auch ein Sohn wird?«

»Darüber mache ich mir Gedanken, wenn es so weit ist. Außerdem hat Josie schon drei. Und nach den Blicken zu urteilen, die sie und ihr Viscount tauschen, wird auch Nummer vier nicht mehr lange auf sich warten lassen.« Caroline tätschelte Graces Arm. »Mach dir nichts vor, Grace. Keine von uns scheint Schwierigkeiten zu haben, ihren Mann mit Nachkommen zu versorgen. Wenn du uns noch einholen willst, wirst dich beeilen und dir schnellstens einen Ehemann suchen müssen.«

»Ich habe keine Absicht, mit irgendeiner von euch mitzuhalten. Ihr seid alle zu fleißig beim Schwangerwerden. Ich hege keinerlei Zweifel daran, dass unsere Annie in einem Jahr unter Beweis stellen wird, dass sie darin ebenso erfolgreich ist wie ihre Schwestern.«

Sie schwiegen lange, bevor Caroline endlich die Frage stellte, die zu stellen ihre anderen Schwestern sich nicht trauten. »Was wirst du jetzt machen, Grace? Du hast doch sicher nicht vor, zurück aufs Land zu gehen und dich bis an dein Lebensende um Vater zu kümmern?«

»Vielleicht doch. Auf dem Land zu leben wäre gar nicht so schlecht«, murmelte Grace und heuchelte Interesse an den ersten Gästen, die sich von Anne und ihrem Mann verabschiedeten.

»Doch, das wäre es. Du wärest wenig mehr als Vaters Sklavin.« Caroline fasste Grace an den Schultern und drehte sie zu sich. »Bleib eine Weile bei mir in London. Ich werde dich brauchen, wenn es bei mir so weit ist. Und wer weiß? Vielleicht lernst du während deines Aufenthalts bei uns jemanden kennen. Jemanden, der dir das Herz stiehlt und sich wahnsinnig in dich verliebt.«

Grace schüttelte den Kopf. »Den Traum habe ich schon lange begraben. Sich wahnsinnig zu verlieben ist unmöglich für eine alte Jungfer.«

»So alt bist du gar nicht, Grace. Du bist noch nicht einmal dreißig.«

Grace lächelte. »Aber ich werde es im nächsten Monat.«

Grace richtete den Blick auf ihren Vater. Baron Fentington stand noch immer neben ihm und beobachtete sie. *Beobachtete* sie. Ein Schauer lief ihr über den Rücken und sie hätte sich am liebsten vor seiner durchdringenden Musterung versteckt, vor seiner Art, sie mit Blicken auszuziehen. Sie rieb sich mit den Händen über die Arme, als versuche sie unbewusst, das schmutzige Gefühl abzuwischen.

»Warum starrt dieser widerwärtige Kerl uns an, Grace? Ich kann es kaum ertragen, dass er mit uns im selben Raum ist, ganz zu schweigen davon, wie er uns begafft.«

»Ignorier ihn, Linny.«

»Das ist unmöglich. Hast du schon gehört? Eine von Josies Angestellten ist mit einem der Dienstmädchen des Barons verwandt.« Linny hielt inne. »Sie bekommt ein Kind. Fentingtons Kind.«

Grace lief ein kalter Schauder über den Rücken und ihre Nackenhaare stellten sich auf.

»Josie hat gesagt, das arme Mädchen ist erst dreizehn, und dass der Baron sie fast umgebracht hat, als er sich ihr aufzwang. Und als sie damit drohte, Reverend Perry um Hilfe zu bitten, hat er sie fast totgeschlagen. Alle helfen dem Mädchen, ihren Zustand so lange wie möglich zu verbergen, weil sie wissen, dass er sie bestrafen wird, sobald er von ihrer Schwangerschaft erfährt.«

Allein bei dem Gedanken wurde Grace übel. »Wir dürfen sie das nicht allein durchstehen lassen, Linny. Jemand muss ihr …«

Caroline griff nach Graces Hand. »Ich habe schon nach ihr schicken lassen. Sobald sie vor meiner Tür steht, nehme ich sie bei mir auf.«

»Ach, Gott sei Dank. Ich hätte wissen müssen, dass du ein so junges Mädchen in seinem Elend nicht allein lassen würdest.«

»Aber was ich mit *ihm* am liebsten machen würde«, sagte Caroline und starrte den Baron wütend an, »könnte mich an den Galgen bringen. Sieh nur, wie fromm er sich vor anderen gibt.« Carolines Stimme troff von Verachtung. »Er kleidet sich ganz in Weiß, als könnte seine äußere Erscheinung die Fäulnis in seinem Inneren und seine von Maden zerfressene Seele verbergen.«

Grace drückte sanft die Hand ihrer Schwester. Von all ihren Schwestern wusste Caroline am besten über Fentingtons perverse Neigungen Bescheid.

»Ich frage mich, wie rechtschaffen er sich geben würde, wenn wir die feine Gesellschaft darüber informierten, dass er beim Ableben seiner ersten Frau seine Hand im Spiel hatte. Oder dass seine zweite Frau sich lieber das Leben genommen hat, als sich auch nur einen Tag länger seiner Grausamkeit und sexuellen Verderbtheit auszusetzen.«

Grace stieß einen zitternden Seufzer aus. »Wie immer würde er der Missbilligung der Gesellschaft entgehen. Die Menschen lassen sich stets vom äußeren Anschein täuschen.«

»Sieh nur, wie er an Vater klebt. Ich wüsste zu gern, was Vater besitzt, worauf er es abgesehen hat.«

Grace gefror das Blut in den Adern. »Ich bin mir sicher, da gibt es nichts.« Sie wandte sich ab und zwang sich, normal weiterzuatmen. »Sieh nur! Anne und ihr Mr. Wexley wollen aufbrechen. Beeilen wir uns, sonst verpassen wir es noch, ihnen Lebewohl zu sagen.«

Grace und Caroline durchquerten die Eingangshalle, um sich vom Brautpaar zu verabschieden. Caroline trat in die Umarmung ihres Ehemanns, der schon auf sie wartete, und Grace drängte sich genau in dem Moment durch die Menge, als Anne und ihr Mann die Tür erreichten. Anne drehte sich ein letztes Mal um und kam, als sie Grace erblickte, zurückgerannt, um sie fest zu umarmen.

»Ich hab dich lieb, Grace.«

»Ich dich auch, Annie. Ich hoffe, dass du immer so glücklich sein wirst wie heute.«

»Ganz bestimmt. Oh, ganz bestimmt.«

Grace wischte ihrer Schwester eine Träne von der Wange und trat aus dem dichten Gedränge zurück, während ihre Schwester zurück in die Arme ihres Ehemanns lief und mit ihm zur Tür hinaus und die Treppe hinabeilte.

»Wie rührend«, flüsterte Baron Fentington hinter ihr.

Grace kämpfte gegen das Zittern und die Welle der Übelkeit, die ihren Körper durchlief.

»Denken Sie nur, Lady Grace. In wenigen Wochen werden Sie und ich im Mittelpunkt derselben Aufmerksamkeit stehen. Unsere Familien und Freunde werden uns genauso gratulieren und uns Glück und alles Gute wünschen, wenn wir zur Tür hinaus in ein lebenslanges Eheglück eilen. Ich kann es kaum erwarten, Sie ganz für mich allein zu haben.«

Grace befürchtete, sich gleich übergeben zu müssen. Baron Fentington betrachtete sie, als könne er hinter ihre kühle Fassade blicken, und schenkte ihr ein unheilverkündendes Lächeln.

»Obwohl ich nur ungern zugebe, dass Sie als Braut nicht meine erste Wahl waren, erkenne ich jetzt, dass Sie recht hatten, als Sie sich mir anstelle Ihrer Schwester anboten. Es ist so befriedigend festzustellen, dass ich mit Ihnen sogar das bessere Los gezogen habe. Immerhin sind Sie eine Frau, die sich ein Leben lang unberührt und rein gehalten hat. Eine Frau ohne Tadel und von makellosem Charakter. Was könnte sich ein Mann, der bei einer Braut nach Perfektion verlangt, noch mehr wünschen?«

Grace machte einen Schritt von ihm weg, doch er folgte ihr und schloss den Abstand zwischen ihnen, bis er ihr so nahe war, dass sie seinen Atem im Nacken spürte.

»Ich hatte durchaus meine Vorbehalte. Doch dann wurde mir klar, dass ich mich wirklich glücklich schätzen kann. Eine Frau Ihres Alters und Ihrer Reife zu finden, von Fleischessünden immer noch unberührt. Zu wissen, dass ich der Erste sein werde.«

Grace spürte den Druck von Baron Fentingtons Fingern, während er über die bloße Haut an der Innenseite ihres Oberarms strich, und kämpfte gegen den Drang an, sich von ihm loszureißen. Stattdessen drehte sie sich um und sah ihm direkt ins Gesicht. Sie reckte das Kinn und setzte ihre hochmütigste Miene auf. »Wenn ich mich recht erinnere, haben Sie mir Ihr Wort gegeben, Ihre Werbung erst dann ernsthaft zu betreiben, wenn die Hochzeitsfeierlichkeiten längst vorüber sind. Sie sind noch lange nicht vorbei, Mylord, und Sie haben schon Ihr Wort gebrochen.«

Der Ausdruck in Fentingtons Gesicht wurde ernst und bei dem harten Blick in seinen Augen stockte ihr der Atem. Eine Welle der Angst erfasste sie, dass ihr die Knie weich wurden. Grace wusste, dass sie guten Grund hatte, ihn zu fürchten. Er hatte etwas wahrhaft Böses an sich. Etwas Gefährliches. Er griff nach ihrer Hand und hielt sie fest. Als sie sich ihm entziehen wollte, drückte er nur fester zu.

»Ach, Lady Grace«, sagte er und verzog die Mundwinkel zu einem sadistischen Grinsen. »Ich sehe schon, dass ich eine gute Entscheidung getroffen habe, indem ich um Sie anhielt. Es wird mir eine Freude sein, Sie zu lehren, Ihre Zunge zu zügeln und sich mir zu unterwerfen. Aber Sie haben recht. Ich habe tatsächlich ein Versprechen gegeben. Wenn Sie mich jetzt entschuldigen wollen«, sagte er und hob ihre Hand an seine Lippen. »Ich werde nach Hause gehen und auf die Nachricht warten, dass Sie bereit sind, meine Frau zu werden.«

Grace stand wie betäubt da, während Fentington sich von ihr entfernte. Ihr Magen rebellierte und sie schlug sich die Hand vor den Mund und rannte zum nächsten Ankleidezimmer. Sie erreichte nur mit Mühe ein Nachtgeschirr, bevor sie sich heftig übergeben musste.

Kapitel 2

꩜

Grace trat aus der Kutsche auf das regenfeuchte Kopfsteinpflaster am Hintereingang des großen, imposanten Hauses. Sie hatte auf dem Weg vom Stadthaus ihres Vaters hierher halb London durchquert und musste sich zwingen, den Mut aufzubringen, das zu tun, was getan werden musste.

»Warten Sie hier, Philus. Es wird nicht lange dauern.«

»Sind Sie sich auch ganz sicher, Mylady? Eine ehrbare Frau wie Sie sollte sich nicht einmal in die Nähe eines solchen Etablissements begeben.«

»Keine Sorge«, versicherte sie ihm, obwohl ihr das Herz bis zum Hals schlug. »Mir geschieht schon nichts.«

Damit zog sie sich die Kapuze ihres Umhangs über den Kopf und ging entschlossen zur Hintertür. Noch bevor sie klopfen konnte, öffnete sich die Tür, und ein majestätisch wirkender Butler trat einen Schritt zurück, um sie einzulassen.

»Guten Abend, Mylady«, begrüßte er sie, nahm ihr den Umhang ab und reichte ihn einem bereitstehenden Diener. »Madame erwartet Sie.«

Mit einem schüchternen Lächeln betrat Grace das Haus ihrer Freundin und folgte dem Butler ins Foyer. Die Eingangshalle war der ihres eigenen Stadthauses sehr ähnlich, allerdings etwas eleganter, mit einem seltenen rosa Marmorboden und etlichen unschätzbar wertvollen Gemälden an den Wänden. In der Mitte des kreisrunden Raumes stand ein großer Louis-quinze-Tisch mit einem riesigen Strauß frischer Blumen und darüber hing einer der schönsten Kristallkronleuchter, den Grace je gesehen hatte. Alle Kerzen brannten und ließen den Raum erstrahlen, als wäre es heller Tag statt mitten in der Nacht.

Grace fragte sich, was sie erwartet hatte, und musste sich eingestehen, nicht mit einer solchen Pracht gerechnet zu haben.

Der Butler führte sie durch die Eingangshalle und über einen langen, hell erleuchteten Korridor.

Sie war zum ersten Mal hier. Hannah war allzeit darauf bedacht, Graces guten Ruf nicht in Gefahr zu bringen, und hatte stets auf diskreten Treffpunkten bestanden, damit man sie nicht zusammen sah. Ferner hatte sie darauf bestanden, dass Grace grundsätzlich als Erste wieder ging, damit niemand sie miteinander in Verbindung bringen konnte. Doch heute Abend war Graces Verzweiflung so groß, dass es ihr selbst dann nichts ausgemacht hätte, wenn alle Welt sie dabei gesehen hätte, wie sie das Bordell der berühmten Madame Genevieve betrat.

Am Ende des Korridors blieb der Butler stehen und klopfte leise an eine Tür. Grace hörte Hannahs vertraute Stimme, die sie hereinbat, und trat zögernd über die Schwelle.

»Grace?«

Grace blickte zu der Gestalt am anderen Ende des Raums und stutzte. Sie wusste, dass es ihre Freundin war, die vor ihr stand, doch es war nicht die Hannah, die Grace kannte. Es war nicht die Hannah, die stets ein schlichtes, wenn auch modisches Tageskleid trug, um bei ihren Treffen kein Aufsehen zu erregen. Die Hannah, die einfach und doch stilvoll frisiert war, sodass ihr niemand einen zweiten Blick schenkte.

Die Frau, die vor ihr stand, wies nicht die geringste Ähnlichkeit mit jener anderen Frau auf – ihrer Freundin aus Kindertagen. Mit dem Mädchen, das alle Geheimnisse, Ängste und Träume mit ihr geteilt hatte.

Die Frau, die heute Nacht vor ihr stand, war atemberaubender als alle Frauen, die Grace je gesehen hatte. Kein Wunder, dass die Gerüchte, die sich um die berühmte Madame Genevieve rankten, legendär waren. Sie entsprachen allesamt der Wahrheit.

Madame Genevieve trug eine tief ausgeschnittene Robe aus scharlachrotem Satin, die genug von ihren vollen Brüsten zeigte, um skandalös zu sein, jedoch ohne dabei die Grenze zur Unzüchtigkeit zu überschreiten. Ihre Haare waren geschickt hochgesteckt, sodass ihr die goldene Lockenpracht, durch die scharlachrote Bänder gewunden waren, kaskadenartig über die Schultern fiel. Ihr herzförmiges Gesicht wurde von schimmernden Strähnchen umrahmt und in die Frisur waren viele winzige Rubine eingearbeitet – ob echt oder nicht, konnte Grace nicht sagen –, die im Kerzenlicht funkelten wie bunte Sterne.

Doch es war Madame Genevieves Gesicht, das Grace besonders fesselte. Hannah war schon immer eine Schönheit gewesen. Mit ihrer hellen, klaren Haut und dem Mitternachtsblau ihrer Augen fiel sie auch unter den schönsten Frauen auf, die die feine Gesellschaft zu bieten hatte. Kein Wunder, dass ihr der Ruf als berühmteste Bordellbesitzerin Londons anhaftete.

»Bin ich dir in dieser Aufmachung fremd, Grace?«

Grace schüttelte den Kopf. »Ich bin es nur nicht gewohnt, dich so elegant zu sehen.«

Hannah lachte. »Du kennst mich nur als die kleine Hannah aus Sussex. Das war ich einmal. Und *das* bin ich jetzt. Madame Genevieve aus dem mondänen London. Eine der berühmtesten Kurtisanen der Stadt.«

Grace senkte den Blick.

»Kein Grund, sich zu schämen, Grace. Ich fühle mich ganz wohl in meiner Haut.«

»Ich weiß. Und es ist in Ordnung. Wirklich.«

»Aber …«, fuhr Hannah fort, während sie auf sie zukam, »du hast noch so viel von der prüden, unbescholtenen Lady Grace in dir, dass es dich gehörig schockiert, einer waschechten Hure gegenüberzustehen.«

»Nenn dich nicht so«, widersprach Grace bestürzt. »Der Begriff ist zu erniedrigend für dich.«

Hannah lachte. »Ich sehe schon, ich habe dein Zartgefühl verletzt.«

Grace lächelte. »Ich hatte die Hoffnung, ich könnte es verbergen.«

»Es gibt nicht viel, das wir voreinander verbergen können. Dafür sind wir zu lange befreundet.« Hannah nahm Graces Hände und zog sie in ihre Arme. »Und jetzt nimm Platz und sag mir, warum du hier bist«, bat sie, als sie sie wieder freigab. »Das solltest du nämlich nicht. Es schickt sich ganz und gar nicht. Doch die dunklen Ringe unter deinen Augen verraten mir, dass der Grund für dein Kommen ernst sein muss.«

Grace folgte Hannah zu einem Sofa am anderen Ende des Raumes. Als sie Platz nahm, senkte sie den Blick, um die verräterischen Anzeichen der letzten beiden schlaflosen Nächte zu verbergen. Sie war sich nicht sicher, ob sie das, was sie vorhatte, wirklich wagen sollte, wusste jedoch, dass ihr keine Wahl blieb. Es war die einzige Lösung, die ihr einfiel, um der Hölle zu entgehen, die sie durchleiden würde, wenn sie den Baron heiratete.

»Ich bin verzweifelt, Hannah. Ich brauche deine Hilfe.«

Hanna musterte Grace besorgt, während sie sich neben sie setzte und ihre Hände nahm. »Bist du schwanger, Grace?«

Grace riss überrascht die Augen auf. »Ich wünschte nur, es wäre so einfach.«

Hannahs Stirnrunzeln vertiefte sich. »Nun, ich bin erleichtert, dass es das nicht ist, auch wenn ich eine Schwangerschaft nicht gerade als ›einfaches‹ Problem bezeichnen würde. Wenn es kein Kind ist, was ist es dann?«

»Man will mich zwingen zu heiraten.«

Hannah lehnte sich in die Kissen zurück. »Ich nehme an, dein Vater hat jemanden gefunden, der ihm die Geldsäckel hinlänglich füllt.«

Grace nickte.

»Aber der Mann ist nicht deine Wahl?«

Unbehaglich wich Grace ihrem Blick aus.

Hannah zog die Augenbrauen hoch. »Er muss schrecklich unpassend sein, wenn die Vorstellung einer Heirat mit ihm dich zu mir führt.«

»Allerdings.«

»Und deine Schwestern können dir nicht helfen?«

Grace schüttelte den Kopf. »Nein. Sie dürfen nie davon erfahren.«

»Der Mann, dem dich dein Vater versprochen hat, muss in der Tat verwerflich sein. Mir fällt nur ein Mensch ein, der so ...«

Grace wusste genau, in welchem Moment ihre Freundin begriff, mit wem ihr Vater sie vermählen wollte. Hannahs Körper wurde steif und ihr Griff um Graces Finger verstärkte sich. »Hat das irgendetwas mit der kürzlichen Heirat deiner Schwester Anne zu tun?«

Grace nickte.

Hannah erhob sich vom Sofa und wandte Grace den Rücken zu. Tief in Gedanken starrte sie in die Holzscheite, die noch im Kamin brannten. Als sie sprach, klang ihre Stimme angestrengt, als kostete sie das Reden Mühe. »Er wollte sie, nicht wahr? Der Bastard wollte Anne, und um sie zu retten, hast du dich ihm an ihrer Stelle angeboten.«

Grace antwortete nicht. Das brauchte sie auch nicht. Sie ließen das brüchige Schweigen ihren Hass und ihre Bitterkeit auffangen, auch wenn beides niemals vergehen würde.

Grace rang die Hände in ihrem Schoß. »Er kommt nächste Woche, um die letzten Details zu klären. Natürlich wird er von mir hören wollen, dass ich noch ... dass ich noch ...«

Hannah schnitt Grace mit einer Handbewegung das Wort ab. »Natürlich. Dass du noch Jungfrau bist. Wie typisch«, flüsterte sie. »Er wird sich vergewissern wollen, dass seine neue Ehefrau eine unberührte Vestalin ist, bevor er sie seinen dämonischen Göttern opfert.«

Grace erschauderte. »Tut mir leid, Hannah. Ich weiß, dass es schmerzhaft für dich ist, aber ...«

Hannah reckte trotzig das Kinn und sah Grace direkt an. »Schmerzhaft, ja. Aber ich war nur seine Tochter. Ich konnte entkommen. Es sind die armen Frauen, die er heiratet, denen keine Hoffnung bleibt. Außer zu beschließen, lieber Selbstmord zu begehen, als mit jemandem zusammenzuleben, der so durch und durch verderbt ist.«

Grace senkte den Kopf und versuchte, nicht an die Hölle zu denken, die Fentingtons Frauen durchlitten hatten. »Ich werde ihn nicht heiraten, Hannah. Um Zeit zu gewinnen und Anne zu retten, habe ich ihn und meinen Vater angelogen und zum Schein eingewilligt. Aber ich werde ihn auf keinen Fall heiraten.«

»Das würde ich auch nicht zulassen«, sagte Hannah mit einer Vehemenz, die Grace von ihrer Freundin nicht gewohnt war.

Hannah trat wieder zu Grace und kniete sich vor sie. »Was kann ich tun?«, fragte sie und umklammerte ihre Hände.

»Ich denke schon seit Tagen darüber nach, aber mir fällt nur eine Möglichkeit ein, einer Heirat mit ihm zu entkommen.«

Hannah riss entsetzt die Augen auf, als ihr klar wurde, was Grace vorhatte. »O Grace.«

»Gibt es eine andere Möglichkeit? Fällt dir eine Alternative ein, Hannah?«

Sie schwiegen lange, bis Hannah den Kopf hob. Als sie Grace in die Augen sah, war sie nicht mehr Hannah, sondern Madame Geneviève.

»Nein, Grace. Es ist die einzige Möglichkeit. Der Bastard wird dich niemals wollen, wenn er weiß, dass du deinen Körper schon einem anderen geschenkt hast.«

Grace atmete tief durch. »Hilfst du mir?«

»Das weißt du doch.« Hannah ließ Graces Hände los und erhob sich. »Verstehst du, was das bedeutet, Grace? Ich meine … weißt du, was ein Mann tun muss, um eine Frau zu entjungfern?«

Grace bemühte sich vergeblich um ein Lächeln. »Ja. Ich habe sechs verheiratete Schwestern, von denen keine je Zurückhaltung gezeigt hat, auch über die intimsten Aspekte der Ehe zu sprechen. Zudem habe ich elf – bald zwölf – Nichten und Neffen, von denen ich mehr als die Hälfte mit zur Welt gebracht habe. Leider weiß ich nur zu gut, was geschehen muss. Obgleich ich das für ein Thema halte, bei dem Unwissenheit ein Segen sein könnte.«

»Hast du dir überlegt, was du tust, falls du schwanger wirst?« Grace stockte der Atem. Über diese Möglichkeit wollte sie nicht einmal nachdenken. »Das wird nicht geschehen.«

Hannah schüttelte den Kopf. »Es tut mir so leid, Grace. Ich weiß, dass du dir dein Leben anders vorgestellt hast.«

»Niemand bekommt alles, was er sich wünscht. Manche bekommen sogar sehr viel weniger. Das weißt du so gut wie ich.«

Ihre Freundin umarmte sie rasch und trat mit ernstem Gesicht zurück. »Gibt es jemand Besonderen, dem du deine Unschuld schenken willst?«, fragte sie.

Graces Wangen brannten. »Ich will ihn nicht kennen, Hannah. Aber da ich länger als zehn Jahre nicht mehr am Londoner Gesellschaftsleben teilgenommen habe, ist das wohl ohnehin wenig wahrscheinlich. Und er darf nicht jünger sein als ich. Es wäre falsch, mich dazu mit jemandem einzulassen, der so jung ist wie die Ehemänner meiner Schwestern. Und vor allem«, fügte sie hinzu und sah verlegen zu Boden, »darf er nicht verheiratet sein.«

»Ach, Grace. Ich wünschte, es müsste nicht so sein.«

»Ich auch.« Nach einem kurzen Zögern fragte Grace: »Verlange ich zu viel? Glaubst du, es gibt in London jemanden, der meinen Erfordernissen entspricht?«

Hannah lief auf und ab, blieb am Feuer stehen und starrte in die Flammen. Grace kämpfte gegen ihre Nervosität, während sie auf Hannahs Antwort wartete. Als ihre Freundin sich ihr wieder zuwandte, war ihr Gesicht ernst.

»Ja, Grace. Da könnte es jemanden geben. Ich lasse dich am Donnerstag abholen. Es ist nicht nötig, dass Philus die ganze Nacht am Hintereingang wartet und das Risiko eingeht, dass jemand deine Kutsche erkennt.«

»Danke, Hannah.« Grace wischte sich eine einzelne Träne weg, die es gewagt hatte, ihr über die Wange zu rollen.

Hannahs Augen verengten sich, Entschlossenheit ließ ihr Gesicht hart erscheinen. »Ich hätte ihn töten sollen, als ich die Gelegenheit dazu hatte.«

»Nein«, widersprach Grace. »Er ist es nicht wert.«

Doch ein kleiner Teil von ihr wünschte, jemand hätte genau das getan.

Kapitel 3

❧

$\mathcal{V}$incent Germaine, der Duke of Raeborn, saß an seinem riesigen Eichenschreibtisch und kämpfte sich durch die Papiere, die sich vor ihm stapelten. Rechnungen. Jede einzelne davon ein weiteres belastendes Beweisstück für die Extravaganz und Verschwendungssucht seines Cousins.

Wann würde er es je begreifen?

Gereizt rieb sich Vincent das Kinn. In den letzten sechs Jahren hatte er als Vormund seines Cousins fungiert, seit der Vater des Jungen gestorben war, als dieser erst sechzehn war. Als einziges Kind seiner Eltern war er mit zu vielen Freiheiten aufgewachsen, doch Vincent hatte gehofft, dass sein Cousin mit Erreichen des Mannesalters seinen verschwenderischen Gewohnheiten entwachsen würde. Dass Kevin Germaine mit der Zeit reif genug werden würde, um zu erkennen, welch große Verantwortung eines Tages auf ihn zukäme. Dass er sich mit der Zeit als würdig erweisen würde, den Raeborn-Titel zu führen.

Stattdessen waren seine Ausgaben mit jedem Monat unverantwortlicher geworden. Kevin war jetzt zweiundzwanzig und wenn sich nicht bald etwas änderte, wäre der junge Mann so hoch verschuldet, dass sogar das Erbe, das ihm an seinem fünfundzwanzigsten Geburtstag zufiel, nicht ausreichen würde, um ihn vor dem Schuldgefängnis zu bewahren.

Vincent schob seinen Stuhl vom Schreibtisch zurück und kam abrupt auf die Beine. Verärgert schlug er mit der Faust auf den wachsenden Berg Rechnungen. Was war nur schiefgelaufen? Wo hatte er versagt? Kevin war der einzige noch lebende Germaine, der das Herzogtum erben und die Raeborn-Dynastie weiterführen konnte, und es war nicht auszudenken, was mit dem Vermögen geschehen würde, das seine Vorfahren erwirtschaftet und gehütet hatten, wenn es an seinen Cousin überging.

Ein Gefühl der Übelkeit brannte in seinem Magen bei dem Gedanken, wie leicht es Kevin mit seiner ausschweifenden Lebensweise, seiner Spielsucht und den wechselnden Geliebten fiele, alles zu verprassen. Wie schnell die blühenden Ländereien verfallen würden. Wie leichtsinnig Kevin bereits jetzt das Geld mit vollen Händen ausgab, das er von ihm als Apanage erhielt.

Er blätterte die Papiere durch, die auf seinem Schreibtisch verstreut lagen, obwohl er jedes einzelne davon in- und auswendig kannte. Rechnungen für ein Paar Rappen, für ein Smaragdcollier und dazu passende Ohrhänger, deren Kosten hundert Familien ein Jahr lang Essen und ein Dach über dem Kopf sichern würden. Zahlreiche Rechnungen von einem halben Dutzend der erlesensten Modistinnen in London, die sich auf Hunderte von Pfund beliefen, plus Tausende von Pfund für Spielschulden, Haushaltsschulden, seinen Schneider …

Die Liste nahm kein Ende. Er fuhr sich mit den Fingern entnervt durchs Haar und unterdrückte gerade noch rechtzeitig einen heftigen Fluch, als sich die Tür öffnete.

»Mr. Germaine ist da, Euer Gnaden«, verkündete sein Butler von der Türschwelle aus.

»Danke, Carver.«

Germaine stürmte herein, als wäre seine Ankündigung durch den Butler eine Formalität, für die in seinem vollen Terminkalender kein Platz war. Vincent spürte die vertraute Zuneigung, die ihn beim Anblick des jungen Manns jedes Mal überkam, denn wer hätte sich von der Unbekümmertheit und Lebensfreude, die einen Großteil von Germaines Persönlichkeit ausmachten, nicht angezogen gefühlt? Und doch …

Vincent sah auf den wachsenden Stapel Rechnungen auf seinem Schreibtisch und musterte seinen Cousin. Er war nach der neusten Mode gekleidet: Sein exquisiter Rock war maßgeschneidert und wie seine Hosen in Dunkelgrau gehalten, seine Weste zeigte eine hellere Nuance von Taubengrau. Ein Blick genügte, um zu erkennen, wofür zumindest ein Teil seines Geldes ausgegeben worden war. Obwohl der Junge in seiner exklusiven Aufmachung eine stattliche Figur abgab, lag es nicht an der teuren Garderobe, dass man ihm einen zweiten Blick schenkte. Es war auch nicht sein außergewöhnlich gutes Aussehen, das ihn bei fast jeder Frau in London, ob nun verheiratet oder nicht, beliebt machte. Es war der unbekümmerte Ausdruck in seinem attraktiven Gesicht, das übermütige Funkeln seiner Augen, das wie ein Magnet wirkte.

»Kevin«, begrüßte Vincent seinen Cousin und hoffte darauf, irgendeinen Anflug von Ernsthaftigkeit entdecken zu können.

»Euer Gnaden.«

Er sah nichts dergleichen.

»Nimm Platz.« Vincent deutete auf einen der zwei Ledersessel vor dem Schreibtisch.

Es folgten ein leichtes Heben der Augenbrauen sowie ein vernehmlicher Seufzer der … war das wirklich Langeweile? Aber schließlich schlenderte sein Cousin doch zu dem Sessel und ließ sich nieder.

»Welch ein … unerwartetes Vergnügen, Euer Gnaden. Auch wenn ich mir nicht vorstellen kann, was der Grund für diese dringliche Vorladung sein könnte.«

»Ach nein?«

Vincent nahm den Stapel Rechnungen von seinem Schreibtisch und warf ihn Germaine in den Schoß. »Vielleicht kann das hier ja Licht ins Dunkel bringen.«

Kevin Germaine würdigte die Papiere kaum eines Blickes, bevor er sie zurück auf Vincents Schreibtisch legte. »Ich bin zweiundzwanzig Jahre alt, Raeborn. Da erwarten Sie doch sicher nicht, dass ich für alle Schulden, die ich mache, Rechenschaft ablege?« Er schnippte eine imaginäre Fluse vom Ärmel seines Rocks, als wäre es von größter Wichtigkeit, sie zu entfernen.

»Nein. Nicht für alle. Nur für die exorbitanten Schulden, die deine vierteljährliche Apanage bei Weitem übersteigen.«

»Vierteljährliche Apanage? Ich sage Ihnen schon seit Jahren, dass ich unmöglich von dem leben kann, was Sie und mein verstorbener Vater mir für meinen Unterhalt zugestehen. Ich habe eine gesellschaftliche Stellung, der ich gerecht werden muss. Gewisse Standards, die ich aufrechterhalten muss.«

Vincent bemühte sich, seinen Ärger im Zaum zu halten. »Darum geht es hier nicht. Du weißt, dass der Betrag, der jedes Vierteljahr für dich vorgesehen ist, mehr als großzügig bemessen ist. Wenn du die Ausgaben für deine Geliebte kürzen oder die Summe einschränken würdest, die du am Spieltisch verlierst, könntest du deine Schulden vielleicht aus eigener Kraft begleichen, statt dies von mir zu erwarten.«

Langsam stahl sich ein unschuldiges Lächeln auf die Lippen seines Cousins und verwandelte seine attraktiven Züge. Es war genau das Lächeln, das ihm seit frühster Kindheit zur Erfüllung all seiner Wünsche verholfen hatte. »Aber haben Sie denn nicht genau das meinem Vater versprochen?«, fragte er Vincent beinahe herausfordernd. »Haben Sie ihm nicht am Sterbebett versprochen, dass Sie immer für mich sorgen würden?«

Vincent seufzte schwer. Mit entschlossenen Schritten, die von dem dicken Perserteppich gedämpft wurden, trat er zu seinem Cousin. Er wandte seinen Blick keine Sekunde von ihm, sondern fixierte ihn mit dem ihm eigenen Ernst. Es war an der Zeit, ein Machtwort zu sprechen. Dem ausschweifenden Lebenswandel hier und jetzt Einhalt zu gebieten.

»Ich habe das Versprechen, das ich deinem Vater gegeben habe, nicht vergessen. Du hingegen scheinst missverstanden zu haben, was ich ihm versprochen habe.«

Er sah Verwirrung über das Gesicht seines Cousins huschen, die jedoch schnell wieder durch das gewinnende Lächeln ersetzt wurde, an das er so gewöhnt war.

»Verschonen Sie mich, Cousin«, sagte Kevin Germaine mit einer abwehrenden Geste. »Ich erinnere mich im Gegenteil noch sehr lebhaft daran.«

»Dann wirst du dich auch erinnern, dass ich deinem Vater mein Wort gegeben habe, für dein Wohl zu sorgen.«

Germaine zuckte mit den Achseln. »Das sollte dann ja kein Problem sein. Betrachten Sie einfach jede Rechnung als unerlässlich für mein Wohl.«

Vincent ballte die Fäuste, bis sie schmerzten. Sein Cousin wusste stets instinktiv, wie er ihn dazu treiben konnte, dass ihm der Geduldsfaden riss. Doch diesmal würde er es nicht zulassen.

Die Uhr in der Eingangshalle schlug zur Viertelstunde und tickte mit unfehlbarer Genauigkeit weiter. Das langsame, stete Klacken des Pendels hämmerte im Einklang mit dem schmerzhaften Pochen in seinem Kopf.

»O bitte, Euer Gnaden. Ihr Zögern kann mich nicht einschüchtern. Was sind schon magere ein- oder zweitausend Pfund für die übervollen Geldtruhen der Raeborns? Es ist ja nicht so, als hätten Sie nicht mehr als genug.«

Vincents Schultern versteiften sich. Wie hatte es so weit kommen können? War sein Cousin wirklich ein solcher Verschwender, dass er glaubte, es gäbe keinerlei Maß für seine Ausgaben?

»Worum geht es hier also?«, fragte der junge Mann, während er sich erhob und zu dem kleinen Tisch hinüberging, auf dem die Karaffen mit den hochprozentigen Getränken standen. »Genießen Sie Ihre Macht über mich, weil Sie meine Ausgaben kontrollieren? Wollen Sie mich betteln sehen?«

Vincent sah ihn überrascht an. »Ich habe dich nie zum Betteln gezwungen.«

Sein junger Cousin leerte sein Glas in einem Zug und stellte es hart auf den Tisch zurück. »Nein. Ganz so weit ist es bisher noch nicht gekommen, Euer Gnaden.«

Vincent rieb sich den verspannten Nacken. »Glaubst du, dass ich das will?« Ratlosigkeit, wie er mit seinem Cousin umgehen sollte, überwältigte ihn. »Dich betteln zu sehen?«

»Was sollte es sonst sein? Sie führen Ihre Überlegenheit vor, Ihre herablassende Art, als hätten Sie das Recht, die Regeln aufzustellen, die mein Leben bestimmen. Sie versuchen, mir vorzuschreiben, was ich zu tun und zu lassen habe, damit ich zu einem genauso pedantischen, gesetzten, wichtigtuerischen Mitglied der Gesellschaft werde wie Sie. Der Teufel soll mich holen, wenn ich mich zu einem ebenso langweiligen Leben verdammen lasse, wie Ihres es ist.« Er verzog verächtlich das Gesicht. »Nun, genießen Sie es, solange Sie es noch können. Sie haben nur noch drei Jahre, bis ich fünfundzwanzig werde. Dann erhalte ich die volle Kontrolle über mein Erbe.«

Vincent konnte sich nicht mehr zurückhalten. »Wenn du so weitermachst, wird dir kein Erbe mehr zur Verfügung stehen.«

»Dann werde ich mich eben weiter auf das Versprechen verlassen müssen, das Sie Vater gegeben haben, nicht wahr?«

Vincent stand der Dreistigkeit seines Cousins fassungslos gegenüber. »Hast du je darüber nachgedacht, woher das Geld kommt, das du verprasst? Wie viele Stunden Arbeit nötig sind, um das Vermögen zu verdienen, das du jeden Tag verschleuderst? Wie hart die Pächter, für die *du* verantwortlich bist, arbeiten müssen, um auch nur genug zu verdienen, um für die Kleider an deinem Leib aufzukommen?« Er trat einen Schritt näher auf ihn zu. »Offensichtlich nicht«, fuhr er fort und in seiner Stimme lag genauso viel Bedauern wie Wut. »Weil dir immer alles auf dem Silbertablett serviert wurde, als würde es niemanden Mühe kosten, für dein Vergnügen zu sorgen. Ein Fehler, den ich zu korrigieren gedenke.«

Der junge Tunichtgut ließ ihm keine andere Wahl. Er musste eine Lektion erteilt bekommen. Musste Verantwortung lernen, bevor es zu spät war.

»Wenn du jetzt ein paar Veränderungen vornimmst, bist du mit fünfundzwanzig vielleicht verantwortungsvoll genug, um dein Erbe zu verwalten.«

»Und wenn nicht? Wollen Sie damit andeuten, dass Sie mich dann nicht länger unterstützen werden?« Kevin Germaines

Lippen verzogen sich zu einem frechen Grinsen. »Das glaube ich nicht, Raeborn. Sie haben meinem Vater Ihr Wort gegeben und dem Duke of Raeborn könnte nichts ferner liegen, als je ein Versprechen zu brechen. Das entspricht einfach nicht Ihrem Charakter, Euer Gnaden. Dazu sind Sie viel zu nobel. Viel zu … verantwortungsbewusst.«

Germaine goß sich noch einen Schluck des teuren Brandys ins Glas und kippte ihn in einem Zug herunter.

Vincent wartete, bis sein Cousin fertig war, bevor er ihn mit einem harten Blick fixierte. »Setz dich.«

»Ich stehe lieber, Euer Gnaden. Wenn Sie zudem bald zum Ende kommen könnten«, fügte er hinzu und zog sich hinter seine übliche Maske der Gleichgültigkeit zurück, »würde ich mich lieber empfehlen. Ich habe noch eine wichtige Verabredung und ich denke, dass mir das Glück heute hold sein wird.«

Vincent wiederholte den Befehl, seine Stimme kaum mehr als ein Flüstern. »Setz dich.«

Sein Cousin zögerte, als zöge er tatsächlich in Betracht, die unübersehbaren Warnsignale, die sein Vormund aussandte, zu ignorieren. Doch seine Vernunft gewann die Oberhand. Er nahm Platz und wartete.

Vincent hob den dicken Stapel Rechnungen kurz an und ließ ihn wieder auf den Schreibtisch fallen. »Ich werde noch heute meinen Anwalt veranlassen, all diese Rechnungen vollständig zu begleichen.«

Ein wissendes Lächeln umspielte die Mundwinkel des jungen Gecks.

»Jeder Zahlung wird ein von mir unterzeichneter Brief beigefügt, der jeden einzelnen Geschäftsinhaber und Händler darüber informiert, dass dies die letzten Schulden seines Cousins Kevin Germaine sind, für die der Duke of Raeborn noch aufkommt.«

Germaine sprang aus seinem Sessel auf. »Was sagen Sie da?«

»Du hast mich gehört, Kevin. Du bekommst kein Geld mehr von mir.«

»Das kann nicht Ihr Ernst sein! Sie haben meinem Vater versprochen …«

»Ich habe deinem Vater versprochen, für dein Wohl zu sorgen«, fiel Vincent ihm ins Wort. »Und genau das habe ich vor. Du musst noch viel lernen, um die riesige Verantwortung tragen zu können, die irgendwann auf deinen Schultern liegen wird.«

Vincent ging zur Anrichte und schenkte sich einen großzügigen Whiskey ein. Normalerweise trank er nur am späten Nachmittag ein Glas Brandy vor seinen abendlichen Verpflichtungen, doch heute brauchte er einen Whiskey. Er nahm einen großen Schluck und wandte sich wieder seinem Cousin zu.

»Von heute an werde ich die monatlichen Kosten für dein Stadthaus hier in London tragen. Zudem bezahle ich die Jahresgehälter der … zehn? … fünfzehn? …«

Germaine zuckte defensiv mit den Achseln. »Zwanzig.«

Vincent hob die Augenbrauen. »… zwanzig Dienstboten, die du offenbar für deine Haushaltsführung benötigst. Außerdem werde ich dir das Anwesen Castle Downs urkundlich übertragen. Es gehört dir.«

Germaines Unglauben war fast mit Händen zu greifen. Es brach sich in Form eines lauten, fast wahnsinnig klingenden Lachens Bahn.

»Mit dem Stadthaus kannst du machen, was du willst«, fuhr Vincent fort. »Du kannst es verkaufen oder behalten. Das ist mir gleichgültig. Castle Downs hingegen gehört seit über vierhundert Jahren den Raeborns. Es darf niemals verkauft werden. Das lege ich schriftlich fest.«

»Und meine vierteljährliche Apanage, Euer Gnaden?«, fragte Germaine mit zusammengebissenen Zähnen.

»Du bekommst, was dein Vater in seinem Testament für dich festgelegt hat.«

»Das kann nicht Ihr Ernst sein! Wie soll ich von dieser läppischen Summe leben?«

Vincent ignorierte die Feindseligkeit in dem normalerweise so freundlichen Gesicht seines Cousins. »Castle Downs hat die

Familie Raeborn stets mit einem ausreichenden Einkommen versorgt. Wenn es gut bewirtschaftet wird, solltest du mehr als genug haben, um davon zu leben.«

Zorn loderte in den Augen seines Cousins und seine Nasenlöcher blähten sich. »Das werde ich nicht hinnehmen. Sie können nicht von mir erwarten, so zu leben. Ich habe nicht die Absicht, mich aufs Land zurückzuziehen wie ein einfältiger Tor.«

»Das ist deine Entscheidung. Ich statte dich mit den Mitteln aus, deinen Lebensunterhalt selbst zu bestreiten. Was du daraus machst, liegt an dir.«

Vincents junger Cousin ballte die Fäuste und trat einen Schritt näher auf ihn zu. »Warum tun Sie das?«

»Weil du mein Erbe bist. Der einzige Erbe, den ich je haben werde.«

Die Spannung zwischen ihnen knisterte förmlich in der Luft. Sekundenlang standen sie sich reglos gegenüber. Als Vincent schließlich sprach, war seine Stimme ruhig und leise, sein Ton jedoch bedrohlicher, als wenn er geschrien hätte.

»Nach meinem Tod erbst du einen der angesehensten Titel in England sowie genügend Vermögen, um ihn mit dem ihm zustehenden Ansehen zu bewahren. Nichts von dem, was mir gegeben wurde, ist mein Verdienst. Es wurde von denen verdient, die vor mir kamen, und von einer Generation zur nächsten weitergegeben. Doch dieses Geschenk hat seinen Preis.

Die Last der Verantwortung ist immens. Hunderte von Menschen sind von meinem Urteilsvermögen abhängig, was ihren Lebensunterhalt betrifft, das Essen auf ihrem Tisch, die Kleidung, die sie tragen, und das Dach über ihrem Kopf. Ich habe diese Verantwortung akzeptiert. Aber ich fürchte, du siehst nur, wie du von dem, was dir gegeben werden wird, profitieren kannst. Und nicht, was von dir erwartet wird, damit das, was dir geschenkt wird, weiterhin wächst und gedeiht.«

Vincent verstummte und wartete auf irgendein Anzeichen, dass sein Cousin verstand. Er verspürte eine gewaltige Enttäuschung, als nichts dergleichen kam. Obwohl sie nur zehn Jahre trennten, wusste er, dass die Feindseligkeit, die Germaine gegen ihn hegte, von einem ganzen Leben voller Eifersucht und Neid vonseiten des jüngeren Mannes herrührte. Die nächsten Worte seines Cousins bestätigten das.

»Sie tun das nur, weil Ihnen das gesamte Raeborn-Vermögen schon zur Verfügung steht. Aufgrund eines außergewöhnlichen Zufalls hat Ihr Vater alles geerbt und meiner nichts. Aufgrund der achtzehn Minuten, die zwischen ihrer Geburt lagen, hat Ihr Vater alle Reichtümer geerbt, während meiner als Bettler zurückblieb.«

Vincent umfasste die Tischkante so fest, dass seine Finger schmerzten. »Ob mein Vater nun achtzehn Minuten oder achtzehn Jahre vor deinem geboren wurde, er ist und bleibt der Erstgeborene und damit auch der Erbe. Er wurde als Erbe des Herzogtums Raeborn geboren, genau wie ich.«

Vincent leerte sein Glas und füllte es erneut. Nach einem weiteren Schluck drehte er sich um. »Ich habe dir alles gegeben, was du bekommen wirst.«

»Zur Hölle mit Ihnen, Raeborn!«

»Es reicht! Wenn die Zeit gekommen ist, wird alles dir gehören. Und wenn es an dich übergeht, bist du hoffentlich verantwortungsvoll genug, das Geschenk, das du empfängst, auch zu würdigen.«

»Ein Stadthaus und ein Landgut reichen nicht aus. Wie können Sie es wagen, von mir zu erwarten, wie ein Landjunker zu leben, wo ich doch Ihr Erbe bin? Ihr Erbe!«

»Dann sei ein Erbe, auf den ich stolz sein kann.«

Vincents scharfe Erwiderung war eine seltene Zurschaustellung seiner Wut und Erbitterung. Er bereute die Worte, sobald sie ihm über die Lippen gekommen waren.

Zu solchen Gelegenheiten hätte er sein gesamtes Erbe dafür gegeben, dass die Dinge anders stünden. Er hätte mit Freude den Raeborn-Titel und alles, was damit zusammenhing, abgetreten, wenn dafür die zwei Frauen, die ihr Leben geopfert hatten, um ihm einen Erben zu schenken, noch am Leben wären.

Er umklammerte sein Glas, bis er fürchtete, das teure Kristall würde in seiner Hand zerspringen. »Alle Argumente, die du vorbringst, sind überflüssig, Cousin. Es ist und bleibt eine Tatsache, dass ich bis zu meinem Tod der Duke of Raeborn bin.«

»Diese Tatsache ist mir stets bewusst, *Euer Gnaden*.«

Vincent reagierte nicht auf den Sarkasmus in der Stimme seines Cousins. »Noch heute geht ein Brief an meinen Anwalt mit der Anweisung, all deine unbezahlten Rechnungen zu begleichen. Die Papiere dein Londoner Stadthaus und Castle Downs betreffend liegen in einer Woche zu deiner Unterschrift bereit.«

Der Duke of Raeborn erhob sich langsam und trat mit dem Glas in der Hand zum Fenster. Als Zeichen, dass sein Cousin entlassen war, wandte er ihm den Rücken zu.

Es folgte eine kurze Pause, bevor Germaine aus dem Zimmer stürmte. Die schwere Eichentür fiel hinter ihm mit einem lauten Knall zu.

Vincent hob das Glas zum Mund und trank. Er hatte viel mehr Alkohol zu sich genommen als sonst und war fast betrunken. Doch heute war es ihm gleichgültig. Zu viele der Worte seines Cousins brannten wie Säure in einer offenen Wunde. Zu viele seiner Anschuldigungen kamen der Wahrheit näher, als er zugeben wollte. Er *war* pedantisch und gesetzt. Er hatte zu viel Tod gesehen, um es nicht zu sein. Zu viel von seinem Herzen geopfert, um sich nicht mit einem Schild aus Distanziertheit zu schützen. Sollte die Welt doch glauben, sein Herz wäre aus Stein. Es war ihm egal.

Er nahm die halb leere Karaffe und trat wieder ans Fenster. Die Sonne ging langsam unter, die Nachmittagsschatten wurden länger. Er hob die Karaffe, um sein leeres Glas zu füllen, und schenkte sich mit fast unkontrolliert zitternden Händen ein. Es war lange her, seit die Vergangenheit ihn mit solcher Macht eingeholt hatte.

Vor seinem geistigen Auge erschienen die Gesichter seiner beiden jungen Frauen. Sie waren beide auf ihre Art zärtlich und liebevoll gewesen, so unterschiedlich wie Tag und Nacht, und dennoch gleich. Sie waren beide eines Lebens voller Vergnügungen und Lachen beraubt worden. Eines Lebens, das er ihnen gestohlen hatte.

Nein. Er würde nie wieder heiraten. Ein Kind zu bekommen war für jede Frau ein großes Risiko. *Sein* Kind zu bekommen war ein Todesurteil. Wie konnte er noch eine Frau zu diesem Schicksal verdammen?

Er nahm die Flasche und sein Glas und ließ sich schwerfällig in dem riesigen Polstersessel nieder. Er stützte die Ellbogen auf die Lederarmlehnen und hielt das Glas vorsichtig in den Händen, während er sich in Gedanken Erinnerungen zuwandte, die lange begraben waren. Zu den zwei schönen, wohlgeformten Kindern, die er in den Armen gehalten hatte, bevor er sie mit ihren Müttern in ein kaltes Grab hatte legen müssen.

☙

Vincent saß in seinem Sessel und sah aus dem Fenster, während der Himmel immer dunkler wurde. Als es im Zimmer kühl wurde, zündete ein Diener die Holzscheite im Kamin an, und Carver ersetzte die leere Whiskeykaraffe durch eine neue. Vincent hatte mehr getrunken als sonst. Viel mehr, als er gewohnt war – etwas, das er sich sonst nie erlaubte. Aber betrunken war er nicht. Nur … betäubt.

Mit einem traurigen Lächeln gestand er sich ein, dass es ihm heute Abend gleichgültig war. Dass er es sich dieses eine Mal gestatten würde, sich dem Selbstmitleid hinzugeben.

Er hob die Karaffe, die er auf den Boden gestellt hatte, und goss sich erneut ein. Er trank noch einen Schluck Whiskey und ließ den Arm sinken.

»Wünschen Euer Gnaden heute Abend die Kutsche?«, fragte Carver an der Türschwelle.

Vincent stieß einen müden Seufzer aus. »Für welche Veranstaltung habe ich zugesagt, Carver?«

»Heute ist Donnerstag, Euer Gnaden.«

Lächelnd ließ er den Kopf an das Sesselkissen sinken.

Donnerstag.

»Ja, Carver. Lassen Sie nach meiner Kutsche schicken.«

Er stellte das Glas auf einem Beistelltisch ab und erhob sich. Er war noch nie im Leben so froh über einen Donnerstag gewesen.

Kapitel 4

Vincent stieg aus seiner Kutsche und legte den kurzen Weg über den Gehsteig und die fünf Stufen zu dem exklusiven Bordell zurück, das er seit dem Tod seiner zweiten Frau jeden Donnerstagabend besuchte. Aufgrund seines übermäßigen Alkoholgenusses spürte er seine Beine nicht mehr richtig. Er erinnerte sich nicht, je einen derartigen Kontrollverlust erlitten zu haben, außer in der Woche nach der Beisetzung seiner ersten Frau. Und in der Woche nach dem Tod seiner zweiten. Das waren die einzigen beiden Wochen Selbstmitleid gewesen, die er sich zugestanden hatte, bevor er wieder seine herzogliche Rolle ausgefüllt hatte, in die er hineingeboren worden war.

Heute Abend war es allerdings sein Cousin und Erbe, der für seinen Mangel an Selbstbeherrschung verantwortlich war. Der Junge hatte noch verdammt viel zu lernen. Wenn ihm heute Abend etwas zustieße und Kevin der nächste Duke of Raeborn würde, wäre alles verloren. Der Taugenichts hatte nicht die leiseste Ahnung von der Verantwortung, die auf seinen Schultern lasten würde. Nicht die geringste Vorstellung von den Anforderungen, die an ihn und seine Zeit gestellt werden würden. Allein schon bei dem Gedanken gefror ihm das Blut in den Adern.

Er blickte an dem mondänen Londoner Stadthaus hinauf, das donnerstagsabends üblicherweise sein Ziel war. Ja, er brauchte das heute Abend. Brauchte es so nötig wie seit Langem nicht mehr.

Er wollte tief in einen weichen Frauenkörper dringen und seine Leidenschaft stillen, bis er alle Verluste vergessen konnte, die er erlitten hatte – alles vergessen, was er niemals haben würde. Er musste den Ort besuchen, an dem es am unwahrscheinlichsten war, eine Frau zu schwängern.

Aus diesem Grunde hatte er sich auch nie eine feste Mätresse genommen. Nicht jede Frau, die einem Mann als Gegenleistung für Kleider, Schmuck und ein schönes Haus ihren Körper schenkte, wusste, wie man es verhinderte, dass der Samen eines Mannes Frucht brachte. Wenn er also ein Ventil für seine natürlichen, männlichen Bedürfnisse brauchte, gab es nur einen Ort, den er unbesorgt aufsuchen konnte. Einen Ort, an dem er seine körperlichen Bedürfnisse befriedigen konnte, ohne seinem bereits leidgeprüften Herzen noch mehr emotionale Narben zuzufügen: Madame Genevieve's.

Madame Genevieve bediente nur die anspruchsvollste Klientel und ihre Mädchen waren durchweg hochklassiger als die aller anderen Londoner Bordelle. Er war sich sicher, dass einige von ihnen sogar Mitglieder der feinen Gesellschaft waren, die in unglückliche Lebensumstände geraten waren. Welche Gründe sie auch haben mochten, und er vermutete, es gab viele, die Mädchen, die den Männern ihre Körper zur Verfügung stellten, waren aus eigenem Antrieb dort. Sie waren äußerst bereitwillig und sehr darum bemüht, jedes männliche Verlangen zu befriedigen, und dabei in jeder verfügbaren Methode bewandert, eine Schwangerschaft zu verhindern. Und das war sein Hauptanliegen, seine goldene Regel.

Nach dem Tod seiner zweiten Frau hatte er sich geschworen, es nie wieder so weit kommen zu lassen, dass eine Frau von ihm schwanger wurde. Nie mehr zuzulassen, dass eine Frau bei der Geburt seines Kindes starb. Um das zu garantieren, fügte Vincent eine weitere Sicherheitsmaßnahme hinzu. Er ergoss sich immer außerhalb des Körpers der Frau. Diese Regel hatte er nach Angelines Tod für sich aufgestellt und hielt sich immer daran.

Während er zum Bordell ging, spannte sich sein Körper in Erwartung. Noch bevor er den Eingang erreichte, öffnete sich die schwere Eichentür.

»Euer Gnaden.« Ein Mann in einer dunklen, bordeauxroten Livree verbeugte sich hoheitsvoll.

»Guten Abend, Jenkins. Ist Ihre Herrin zu sprechen?«

»Ja, Sir. Sie erwartet Sie bereits. Im Gardenienzimmer.«

Vincent lächelte. O ja, heute Abend brauchte er das hier.

»Danke, Jenkins. Sie brauchen mich nicht anzukündigen.«

»Wie Sie wünschen«, sagte der Butler höflich und verschwand diskret durch die gefliese Eingangshalle.

Vincent ging an der geschwungenen Treppe vorbei, die zu den Separees führte, dann an einem halben Dutzend Salons: dem Narzissenzimmer, dem Hyazinthenzimmer, dem Azaleenzimmer, dem Tausendschönzimmer und dem Lilienzimmer. Das Gardenienzimmer. Er klopfte leise und öffnete die Tür.

Wie immer stieg ihm der Duft frischer Blumen in die Nase. Ein gutes Dutzend Bouquets ihrer aktuellen Verehrer stand auf Beistelltischen und Sockeln, die im ganzen Raum verteilt waren. Inmitten der vielen Arrangements konnte er sie auf den ersten Blick gar nicht sehen, bis er sie schließlich am Fenster entdeckte.

Als er eintrat, drehte sie sich mit einem Lächeln zu ihm um.

»Euer Gnaden«, begrüßte sie ihn und knickste anmutig.

Vincent betrachtete sie mit Anerkennung im Blick und ließ ihre Schönheit auf sich wirken. Genevieve war neunundzwanzig, vielleicht auch dreißig, mit einem zierlichen und dennoch sinnlichen Körper, von dem er sich nicht vorstellen konnte, dass ihn je die Spuren des Alters zeichnen würden. Ihr Kleid war bezaubernd, im zartesten Gelb gehalten und nach der neusten Mode geschnitten.

Sie trug das Haar hoch auf dem Kopf zusammengesteckt, von wo aus es in einer überwältigenden Fülle aus dichten Locken herabwallte. Sie war nur sehr dezent geschminkt, lediglich ein Tupfer Rouge auf den Wangen und ein Hauch von Rot auf den Lippen. Sie war auf höchst elegante Weise bezaubernd. Berückend schön. Als sie ihm zur Begrüßung in die Augen sah, konnte er sich eines Lächelns nicht erwehren. »Genevieve«, sagte er und nahm ihre Hand, um sie zu küssen. »Sie sehen heute Abend hinreißend aus.«

»Danke. Und Sie sehen ...« Sie legte eine Hand an seine Wange. »Ah. Ein schwieriger Tag. Ich hole Ihnen ein Glas Brandy.«

Vincent lächelte. »Ich glaube, heute Abend bleibe ich lieber beim Whiskey. Es wäre unklug, zu dieser späten Stunde noch zu wechseln.«

Mit hochgezogenen Augenbrauen nahm Genevieve den Stöpsel von einer Kristallkaraffe mit bernsteinfarbener Flüssigkeit und schenkte ihnen beiden je ein Glas davon ein. »Sie sind heute spät. Ich befürchtete schon ...« Sie warf einen Blick über die Schulter und lächelte. »Die *Mädchen* befürchteten schon, dass Sie nicht kämen.«

Vincent setzte sich auf das elegant geblümte Sofa und streckte die Beine aus. Er fühlte sich hier immer so wohl. So entspannt.

Sie reichte ihm von hinten sein Glas. Als er es ihr abnahm, legten sich ihre Hände auf seine Schultern und massierten seine angespannten Muskeln.

»Erinnern Sie sich noch an unsere erste Begegnung, Euer Gnaden?«

»Natürlich.«

Vincent trank einen Schluck von Genevieves exzellentem Whiskey und lehnte sich zurück, um ihre Hände ihren Zauber entfalten zu lassen.

»Ich war erst neunzehn und hatte gerade angefangen, für Madame Renée zu arbeiten. Sie waren ein junger Mann. Vielleicht einundzwanzig? Zweiundzwanzig?«

»Zweiundzwanzig.«

»Sie hatten im Jahr zuvor Ihre erste Frau verloren und waren noch in Trauer.«

»Das war eine schwierige Zeit für mich«, sagte er und dachte daran zurück, wie er am Boden zerstört gewesen war. Wie schwer es ihm gefallen war, über seinen Verlust hinwegzukommen. Damals war ihm Genevieve eine echte Freundin gewesen. Hatte ihm zugehört, wenn er sich aussprechen musste. Hatte ihm ihren Körper geschenkt, wenn Worte allein nicht mehr halfen. »Sie wussten immer, was in meinem Kopf vor sich ging, Genny. Wie haben Sie das gemacht?«

»Ich habe Sie nur zu gut verstanden, Euer Gnaden. Wir sind uns sehr ähnlich. Wir leiden beide unter den gleichen Albträumen. Anderen Inhalts, aber dennoch die gleichen – und gleichermaßen entsetzlich.«

»Und was ist Ihr Albtraum, Genny? Meinen kennen Sie ja. Aber Sie haben mir nie von den Schrecken erzählt, die Sie nicht mehr loslassen.«

Genevieve griff über seine Schulter und nahm ihm das leere Glas aus der Hand. »Meine Albträume lassen wir lieber ruhen. Sie ans Tageslicht zu bringen hilft weder Ihnen noch mir.«

Sie umrundete das Sofa und setzte sich neben ihn. »Wir sind schon lange befreundet, Raeborn. Sie sollten wissen, wie sehr ich Ihre Freundschaft schätze. Ich würde sie niemals mit Absicht aufs Spiel setzen.«

»Ich auch nicht.« Ihre Worte verwirrten ihn, aber er wusste nicht recht, warum.

Sie schenkte ihm ihr strahlendstes Lächeln. »Aber Sie sind nicht gekommen, um *mich* zu besuchen, nicht wahr?«

Vincent lächelte. »Wen haben Sie heute Abend für mich ausgesucht? Corrine?«

»Nein, Euer Gnaden. Heute Abend bekommen Sie... Deborah.«

Er runzelte die Stirn. Er war sich zwar bewusst, dass er alles andere als nüchtern war, doch den Namen hatte er noch nie gehört.

»Ist sie neu?«

»Ja, aber Sie brauchen sich keine Sorgen machen. Sie können sicher sein, dass sie sehr bemüht sein wird, Ihnen zu gefallen. Es ist direkt schamlos, wie sich meine Mädchen um Sie streiten.«

Vincent schüttelte den Kopf. »Schamlos ist, wie Sie mir schmeicheln, Madame.«

Genevieves Lachen klang hell und melodisch.

»Ah, Sie sind hinter mein Geheimnis gekommen.« Sie erhob sich und ging zur Tür. »Es ist an der Zeit, dass Sie Deborah kennenlernen.«

Vincent setzte sich auf, um aufzustehen, und hielt inne. Eine plötzliche Hitze überflutete ihn. Es war nicht die Wärme, wie man sie in der Sonne an einem heiteren Sommertag erwartete, sondern eine ungewöhnliche Hitze, die sich bis in alle Glieder seines Körpers ausbreitete, an Armen und Beinen hinab, um sich tief in seinem Unterleib festzusetzen. Es war keineswegs unangenehm, sondern löste ein euphorisches Gefühl in ihm aus, das ihn von den Problemen und Sorgen zu befreien schien, die ihn belastet hatten.

»Deborah erwartet Sie oben«, sagte Genevieve, die plötzlich neben ihm stand. »Im Pfirsichzimmer.«

»Dann gehe ich jetzt wohl besser. Ich möchte die Dame nicht warten lassen.«

Genevieve geleitete ihn bis zum Fuß der Treppe und schenkte ihm ein warmes Lächeln, bevor sie ihn allein ließ. Er fühlte sich merkwürdig, wenn auch auf angenehme Art und Weise, und mit jedem Schritt, der ihn zu den Separees nach oben trug, verstärkte sich seine Vorfreude. Das Verlangen, im warmen, bereitwilligen Körper einer Frau Erfüllung zu finden, wurde mit jedem Schritt drängender.

Als er das Pfirsichzimmer erreichte, klopfte er leise an. Als eine sanfte Stimme ihn hereinbat, öffnete er die Tür.

Der Raum war nur schwach beleuchtet, allein die Flammen im Kamin spendeten ein wenig Licht. Er sah sich um und hielt inne, als er sie in einem Sessel am Fenster sitzen sah. Als er eintrat, erhob sie sich.

Er wusste nicht so recht, was er erwartet hatte, doch die Frau, die ihm gegenüberstand, überraschte ihn. Sie wirkte nicht wie die anderen Mädchen von Genevieve. Sie kam ihm weicher vor, zerbrechlich sogar.

Er trat ein und schloss die Tür hinter sich. Sie machte einen zögernden Schritt auf ihn zu, bevor sie innehielt. Ihre unschuldige Ausstrahlung überraschte ihn.

Sie hatte eine exquisite Figur, entsprach genau der Vorstellung einer Geliebten für eine Nacht, wie sie die meisten Männer der feinen Gesellschaft in einem niveauvollen Etablissement wie Madame Genevieves erwarteten. Doch sie erschien ihm nicht so keck wie die Mehrheit von Genevieves Mädchen. Diese Frau wirkte fast schüchtern.

Ihr langes blondes Haar hing offen über ihre Schultern und fiel in wunderschönen Wellen bis fast zur Taille hinab. Nur ein hauchzartes weißes Unterkleid, so dünn, dass er im Schein des Kaminfeuers die Konturen ihrer wohlgeformten Beine sehen konnte, bedeckte ihren Körper. Darunter war sie nackt.

Für eine so schlanke Frau waren ihre Brüste sehr rund und voll. Ihre Taille war schmal, ihre Hüften ansprechend füllig, ihrem Alter angemessen. Besonders groß war sie nicht, doch er wusste, wenn er neben ihr stünde, würde ihr Scheitel ihm fast bis ans Kinn reichen. Das freute ihn. Er hasste es, wie er die meisten Frauen überragte. Dass sie neben ihm so winzig wirkten.

Sie war schon etwas älter, vielleicht achtundzwanzig oder neunundzwanzig.

Er lächelte. Es war lange her, seit er es mit einer Frau zu tun gehabt hatte, bei der er sich nicht vorkam, als hätte er sie aus einem Schulzimmer entführt.

Er begann, sein Halstuch zu lösen, während er auf sie zuging. »Guten Abend, Deborah. Genevieve sagte mir, dass Sie hier neu sind.«

»Ja.« Sie lächelte ihn schüchtern an und trat noch einen zögerlichen Schritt auf ihn zu.

Ihre Schüchternheit war süß und liebenswert, und er lächelte sie beruhigend an. »Wäre es Ihnen lieber, wenn wir uns erst ein wenig unterhalten?«

Ihre Augen wurden groß. »Nein. Ich meine ... nur wenn es Ihnen lieber ist.«

Er schüttelte den Kopf. »Nein. Ist es nicht.« Er machte Anstalten, seinen Rock abzulegen.

Sie trat hinter ihn, um ihm behilflich zu sein, und legte das Kleidungsstück ordentlich über eine Stuhllehne. Als Nächstes entledigte er sich seiner Weste und reichte sie ihr. Dann sein Halstuch und schließlich sein Hemd. Sie hängte alles über den Stuhl und beobachtete ihn aufmerksam, während er sich auf die Bettkante setzte, um sich die Stiefel auszuziehen.

»Lassen Sie mich das machen«, bat sie mit weicher, verführerischer Stimme.

Nickend lehnte er sich zurück und stützte sich mit den Händen rückwärts auf der Matratze ab. Als sie nach seinen Stiefeln griff, fiel ihm auf, dass ihre Hände zitterten. Das gefiel ihm.

Als er nur noch seine Hose am Leib hatte, erhob er sich. »Soll ich eine Kerze anzünden?«

»Macht es Ihnen etwas aus, wenn … wir darauf verzichten würden?«

»Ganz und gar nicht.« Er trat näher zu ihr und strich ihr mit dem Fingerrücken über die Wange. »Sich im Mondschein zu lieben ist immer angenehmer.«

Mit gesenktem Kopf trat sie auf ihn zu. Langsam hob sie das Kinn und blickte ihm aufmerksam ins Gesicht. Sie schien nicht enttäuscht von dem, was sie sah, und Vincent wurde bei dem Gedanken, dass er ihr gefiel, ungewöhnlich warm.

Ihre Blicke trafen sich und er konnte sich nicht mehr bewegen, konnte sich nicht von ihr abwenden. Einen Augenblick verharrten sie regungslos, bis sie mit einer langsamen, intimen Geste die Hand hob und ihre Hand auf seine Wange legte.

Ihre Berührung war zunächst nur zart und tastend. Ihre Finger zitterten, als sie die Konturen seines Kinns nachzeichnete, sie nach oben gleiten ließ, um sanft über seine Stirn zu streichen. Doch mit der Zeit wurde sie immer selbstbewusster.

»Sie sind ein Mann, der sich viele Sorgen macht«, flüsterte sie und ließ einen Finger über seine Augenbrauen gleiten.

Er lächelte, was er nicht oft tat. Doch er hatte genug getrunken, dass ihm das Lächeln leicht fiel. Genug, dass ihre Berührung eine stärkere Wirkung auf ihn zeigte, als es die Berührung einer Frau sonst tat. Genug, um von der Unschuld und Wärme der Frau, die sich ihm hingeben wollte, restlos fasziniert zu sein. »Nur dann und wann«, antwortete er und zwang sich, die Hände ruhig zu halten, nichts zu überstürzen. Doch seine Entschlossenheit währte nicht lange.

Er griff nach ihrer Hand, die auf seiner Wange lag und ihn versengte. Er drehte sie um und drückte einen Kuss in die Handfläche.

Ihr hörbares Einatmen ließ ihn nicht unberührt. Ein Verlangen, so gewaltig, dass er es kaum kontrollieren konnte, verzehrte ihn. Er begehrte sie. Wollte sich tief in sie pressen, seine Bedürfnisse stillen und alles vergessen, was er verloren hatte.

Er legte die Hände auf ihre Schultern und strich langsam über ihre Arme. Mit einem tiefen Seufzer senkte er den Kopf und legte die Stirn gegen ihre.

»Sie sind perfekt.«

»Genau wie Sie es sind.«

Sie legte die Hände auf seine Brust und strich langsam nach oben, bevor sie die Arme fest um seinen Hals schlang.

Er genoss die Nähe, die sie verband, und wollte sich nur ungern daraus lösen. Er atmete ihren sauberen Duft ein, eine Mischung aus Rosen und Flieder, umfasste sie und zog sie in seine Arme.

»Ich bin froh, dass Genevieve Sie für mich ausgewählt hat«, flüsterte er mit einer Stimme, die unnatürlich heiser klang.

Er spürte, dass sie zitterte, und umarmte sie fester. Ihre Arme bewegten sich, ihre Finger berührten ihn und versengten seine nackte Haut. Das Verlangen, das in ihm wuchs, wurde zu einem flammenden Inferno. Er senkte den Kopf und nahm ihren Mund in einem hungrigen, verzweifelten Kuss.

Himmel, er brauchte sie. Er begehrte sie.

‿

Grace hatte geglaubt, vorbereitet zu sein. Zu wissen, wie es wäre, wenn er sie berühren, sie küssen würde. Doch nichts hatte sie auf das hier vorbereitet. Auf die Hitze, die sie einhüllte. Auf die Blitze aus purer Energie, die sie durchzuckten. Auf das flüssige Feuer, das sie schwächte und gleichzeitig erschreckend schnell verzehrte.

Seltsame Empfindungen, wild und ungestüm, regten sich in ihr und sanken tiefer und tiefer, bis sie ihren innersten Kern erreichten. Ein geheimer Ort, von dem sie nicht einmal gewusst hatte, dass es ihn gab, erwachte zum Leben. Ein Schauer lief durch ihren Körper und sie schmiegte sich enger an ihn, als suchte sie nach einem Geheimnis, zu dem der Mann, der sie umarmte, den Schlüssel hatte.

Sie stand in Flammen. Obwohl das einzige Kleidungsstück, das ihren Körper bedeckte, ein so hauchdünnes Hemd war, dass sie sich nackt darin fühlte, war es ihr zu viel. Zu schwer. Zu einengend. Oh, Gott stehe ihr bei. Dass es so sein würde, hatte sie nicht gewusst.

Er bewegte den Mund über ihrem und berührte sie so, wie sie noch nie berührt worden war.

Seine Lippen waren fest und warm. Ein Feuer, das sie nicht kontrollieren konnte, brannte tief in ihr. Sie betete, dass er niemals aufhören würde, sie zu küssen, nie aufhören würde, sie zu berühren. Sie niemals losließe. Und das tat er auch nicht. Er hielt sie nur noch fester und küsste sie noch leidenschaftlicher.

Er öffnete den Mund über ihrem, berührte mit der Zungenspitze leicht ihre Lippen und vertiefte den Kuss.

Hinter ihren Augenlidern blitzten tausend grelle Lichter auf. Ihre Zungen berührten sich und tief aus ihrem Inneren stieg ein Stöhnen auf. Ihr Herz hämmerte heftiger, als es je zuvor geschlagen hatte. Raste schneller als jemals zuvor. Und wieder küsste er sie, verlangte nach mehr.

Ein Wimmern war der einzige Laut, den sie von sich geben konnte, und sie schlang die Arme um seinen Hals und klammerte sich fest an ihn.

»Ah, welchen Zauber du besitzt«, flüsterte er, liebkoste mit den Fingern ihr Gesicht und zog mit dem Mund eine Spur sanfter Küsse über Wangen und Kinn. Er arbeitete sich weiter vor bis zu einer besonders empfindlichen Stelle an ihrem Halsansatz, dann weiter nach unten, wo eine winzige Satinschleife ihr Hemd zusammenhielt. Er löste die Schleife und schob ihr die Seide von den Schultern.

Sie bemerkte kaum, wie das Hemd zu Boden glitt.

Er berührte ihre Brüste, umfasste sie, hob sie an und hielt sie in seinen Händen. »Du bist schön«, flüsterte er und strich über die empfindlichen Spitzen.

Ihre Knie gaben nach und sie klammerte sich fester an ihn. Was er mit ihr tat, überwältigte sie. Sie schrie auf und wölbte sich ihm in dem verzweifelten Verlangen entgegen, ihm mehr von sich zu geben.

Sie wusste, dass sie Scham empfinden sollte, dass er ihr Verhalten wahrscheinlich für lasterhaft hielt, verdrängte den Gedanken jedoch schnell. Es war zu spät, von dem Kurs, den sie eingeschlagen hatte, abzuweichen. Zu spät, um jetzt noch aufzuhören. Sie war in einem Bordell und spielte die Rolle einer Kurtisane. Er würde erwarten, dass sie Erfahrung hatte. Dass sie seine Berührung, ohne zu zögern, akzeptierte. Und dann war sein Mund auf ihren Brüsten und sie hätte nicht mehr aufhören können, selbst wenn sie gewollt hätte.

»Berühr mich«, forderte er und sie ließ die Hände über seinen Körper gleiten und knetete seine Schultermuskeln. Ihre Finger spielten erst zögernd, dann mutiger, mit seiner dichten Brustbehaarung. Wie merkwürdig es sich anfühlte. Nicht weich. Aber auch nicht rau. Sie ließ die Hände über seinen Oberkörper wandern und berührte jeden Zentimeter seiner Haut.

Er stieß einen heiseren Laut aus, nahm eine Brustspitze in den Mund und saugte daran. Sie schnappte nach Luft, warf den Kopf in den Nacken und wölbte sich ihm entgegen.

Seine Hände glitten über sie. Ihn auf ihrer Haut zu spüren, katapultierte sie an einen seltsamen Ort. An einen Ort, an dem ihr Verstand keine Kontrolle mehr über ihren Körper hatte. Wo nichts mehr wichtig war als seine Liebkosungen und Berührungen. Ein Ort, an dem ihm gefügig zu sein, ihm zu folgen, wohin er sie führte, die einzige Wahl war.

Er trat einen Schritt vor und zwang sie rückwärtszugehen. Sie folgte seinem Drängen gerne, bereitwillig. Er ging noch einen Schritt mit ihr und noch einen, bis sie gegen das Bett stießen.

»Leg dich hin«, verlangte er, knöpfte seine Hose auf und zog sich aus, während sie sich aufs Bett legte. Als er ebenso nackt war wie sie, streckte er sich neben ihr aus und betrachtete sie. In seinem Blick lag fast so etwas wie Zärtlichkeit. Etwas, das ihr die Angst nahm, ihr den Mut gab, die Sache zu Ende zu bringen. Sie hatte ohnehin keine Wahl, keine Alternative.

»Ich bin froh, dass es heute Abend du bist«, murmelte er und küsste sie wieder, während seine Hände über ihre Brüste und ihren Bauch strichen. Dann tiefer zu ihrer pochenden Mitte. Zu der Stelle, die sich nach seiner Berührung sehnte.

Sie nahm sein Gesicht in die Hände und zog seinen Mund zu ihrem herab. Er küsste sie wieder und berührte sie mit solcher Intimität, dass sie fast aus dem Bett geflohen wäre.

Das war es, was Genny ihr erklärt hatte. Die Stelle, an der er in sie eindringen würde. Die Stelle, in die sie ihn eindringen lassen musste, damit sie keine Jungfrau mehr war. Sie strich über seinen Körper und zog ihn näher an sich. Drängte ihn, den Akt zu vollziehen.

»Nimm mich. Jetzt.«

»Noch nicht«, widersprach er schwer atmend. »Du bist noch nicht bereit.«

Sie wollte es abstreiten, ihm sagen, dass sie es durchaus war. Doch ihr fehlten die Worte. Sein Mund hatte wieder ihre Brust gefunden, während seine Finger sie berührten, jene empfindliche Stelle rieben, bis sie das Gefühl hatte, gleich zu zerspringen. Sie wand sich ungehemmt und selbstvergessen und wimmerte, bis sie den Tränen nahe war. Sie verlangte verzweifelt nach etwas, und er allein wusste, was dieses Etwas war.

»Bitte. Oh, bitte.«

»Ja, ich kann nicht mehr warten«, keuchte er mit schweißfeuchtem Gesicht. »Ich begehre dich zu sehr.«

Ohne zu zögern, brachte er sich über ihr in Stellung und drang mit einem langen Stoß in sie ein. Die Barriere riss und sie presste die Lippen zusammen, um den Schmerzensschrei zu ersticken.

»Was zum …«

Er richtete sich jäh auf. Sie konnte sehen, wie sein Verstand darum rang, zu verstehen, was gerade geschehen war. Sie sah die Erkenntnis in seinem Blick, in seinen verwirrt und ungläubig geweiteten Augen.

»Alles ist gut. Bitte. Mach weiter.«

Mit einem Blick, in dem sein Zorn offenkundig war, sah er auf sie herab. Aber sie durfte nicht zulassen, dass er jetzt aufhörte. Das durfte nicht schon alles sein. Sie legte die Arme um seinen Hals und hielt ihn fest, damit er sich nicht von ihr wegrollte, was er, wie sie vermutete, am liebsten getan hätte.

»Bitte hör nicht auf. Liebe mich. Nur dieses eine Mal.«

Er starrte sie an, als wäge er ab, was sein Verstand und sein Gefühl ihm sagten. Dann senkte er den Kopf und küsste sie.

Die Vereinigung ihrer Lippen war vorsichtig, zögerlich. Dann küsste er sie noch einmal, leidenschaftlicher, als habe er erkannt, wie heftig sie ihn begehrte. Fast, als begehrte er sie genauso.

»Bist du sicher?«

»O ja.«

Er bewegte sich in ihr, langsam zunächst, mit Bedacht, dann immer schneller, bis sie nichts mehr tun konnte, als ihn zu halten und sich von ihm auf eine Reise zu den Sternen mitnehmen zu lassen.

Sie wollte ihn unbedingt haben, ihm alles geben. Stoß für Stoß passte sie sich seinen Bewegungen an und klammerte sich an ihn, während er sie in den Wahnsinn blinder Verzückung trieb. Wieder und wieder stieß er in sie, bis sie ihre Erfüllung hinausschrie.

Die Beine um ihn geschlungen, rang sie noch immer nach Luft und klammerte sich an seinen Schultern fest, als er sich über ihr versteifte. Heftig erschaudernd fand er mit einem lauten Schrei seine Erlösung.

Er brach über ihr zusammen und sie hielt ihn fest, weigerte sich, ihn loszulassen, sich von ihm zu lösen.

Sie hörte, wie schwer er atmete, während sie mit den Händen über die gewölbten Muskeln seiner Schultern und an seinen Armen entlangstrich, über den glänzenden Schweiß, der von der Wildheit ihres Liebesspiels zeugte.

Dann hob sie das Gesicht und küsste seinen Körper, während ihr Tränen des Glücks und des Bedauerns über die Wangen strömten.

သ

Vincent erwachte allein im Bett.

Langsam schlug er die Augen auf. Er sah sich im Zimmer um und versuchte sich zu erinnern, wo er sich befand und mit wem er zusammen gewesen war. Er fühlte sich verdammt schlecht. In seinem Kopf hämmerte es aufgrund einer Kombination aus dem Whiskey, den er noch zu Hause getrunken hatte, und dem Zeug, das Genevieve ihm in den Drink getan hatte.

Schlagartig fiel es ihm wieder ein. Das Mädchen. Die unglaubliche Liebesnacht. Ihre Hände, die ihn berührt hatten, ihre Lippen, die ihn geküsst hatten, ihre Beine, die ihn umschlungen hatten. Ihr weicher, bereitwilliger Körper. Die Barriere, die er durchbrochen hatte.

Verdammt!

Seine Gedanken rasten zu den Stunden, die er in ihren Armen verbracht hatte. Von dem Moment an, in dem er sie geküsst hatte, war er verloren gewesen. Ihr ausgeliefert, sobald er sie berührt hatte. Er hatte sich verzweifelt gewünscht, tief in sie zu dringen, sie zu besitzen und nie wieder loszulassen. Und dort hatte er auch seine Erlösung gefunden. Tief in ihr.

Er erinnerte sich, wie er sie das erste Mal genommen hatte, und später noch einmal. Wie er sie an sich gezogen hatte, wie sie ihn gedrängt hatte, sich härter, schneller in ihr zu bewegen. Wie sie ihre Erfüllung hinausgeschrien hatte.

Wie er seinen Samen in ihr vergossen hatte.

Bei dieser Erinnerung wurde ihm eiskalt. Eine Welle des Entsetzens schlug über ihm zusammen und raubte ihm den Atem.

Mit einem Ruck hob er den Kopf vom Kissen und sah sich in der Hoffnung, dass sie vielleicht noch da wäre, im Zimmer um. Auch wenn er wusste, dass es nicht so war. Nur ihr Hemd lag noch immer auf dem Boden, wo es gelandet war, als er es ihr abgestreift hatte.

Er musste sie unbedingt finden.

Er schlug die Decke zurück und schwang die Füße über die Bettkante. Sein erster Aufstehversuch scheiterte und er sank benommen zurück. Er hielt sich den Kopf, bis der Schwindel nachließ. Als die Welt nicht mehr schwankte, kam er vorsichtig auf die Beine und griff nach seinen Kleidern. Er knöpfte gerade seine Weste zu, als es an der Tür klopfte. Im offenen Türbogen stand Genevieve.

»Sie haben lange geschlafen, Euer Gnaden.«

Vincent warf ihr den finstersten Blick zu, zu dem er fähig war, doch sie kannte ihn zu gut, um sich davon einschüchtern zu lassen. Das Lächeln verließ ihre Lippen nicht.

»Es ist lange her, seit Sie über Nacht geblieben sind. Jahre.«

»Wo ist sie?«

»Möchten Sie mit mir frühstücken, bevor Sie gehen?«

»Wo ist sie?«

Er hörte sie seufzen. »Sie ist weg.«

Sein Herz pochte schmerzhaft in seiner Brust. »Was soll das heißen, sie ist weg?«

Genevieve zuckte mit den Achseln. »Sie ist heute Morgen in aller Frühe gegangen.«

»Wohin?«

»Das weiß ich nicht, Euer Gnaden.«

»Sie müssen es wissen. Sie wissen alles über jedes Ihrer Mädchen.«

Als Genevieve nicht antwortete, musterte er ihre unergründliche Miene eingehender. »Sie *ist* doch eines Ihrer Mädchen oder etwa nicht?«

Genevieve wandte sich ab.

In Vincent stieg quälende Verzweiflung auf. Er griff nach der Tasse mit heißem Kaffee, die ihm jemand auf den Tisch gestellt hatte, und trank davon. »Was haben Sie mir in den Drink getan, Genny?«

Keine Antwort.

»Was war es?«

Sie trat ans offene Fenster und sah hinaus. »Nur etwas, das Ihnen beim Entspannen helfen sollte. Nichts, das Ihnen hätte schaden können oder Sie zu etwas hätte verleiten können, das Sie normalerweise nicht täten.«

Er traute seinen Ohren nicht. Er musste nachdenken, konnte es aber nicht. In seinem Kopf dröhnte es, als rasten mehrere Pferdegespanne hindurch. Er rieb sich die Schläfen. »Wie ist ihr Name? Ihr *richtiger* Name.«

»Das darf ich Ihnen nicht sagen, Raeborn.«

»Warum nicht?«

»Ich habe ihr mein Wort gegeben.«

»Ihr Wort ist mir egal. Sie war noch Jungfrau.«

»Ich weiß.«

»Dann wissen Sie auch, dass ich sie finden muss. Ich könnte sie geschwängert haben.«

Auf Genevieves Gesicht breitete sich Verwirrung aus. »Das ist nicht sehr wahrscheinlich. Sie ziehen sich immer zurück, bevor Sie sich ergießen. Sie kommen nie ...«

Vincent fuhr sich mit beiden Händen durchs Haar. »Nun, bei ihr aber nicht.«

Beklemmendes Schweigen breitete sich zwischen ihnen aus. »Ich verstehe.« Sie griff nach der Sofalehne und hielt sich daran fest.

»Jetzt sagen Sie mir, wo sie ist. Ich muss es wissen.«

Genevieve schüttelte den Kopf.

»Sie ist vielleicht schwanger.«

»Das ist ihr Problem, Raeborn. Sie kannte die Risiken, als sie herkam.«

Unfähig zu glauben, dass sie etwas so Kaltes und Herzloses sagte, starrte er sie an.

»Warum?«, fragte er und fixierte sie wütend. »Warum hat sie das getan?«

»Was getan? Sich entjungfern lassen?«

»Ja.«

»Weil sie keine andere Wahl hatte.«

»Sie ist ruiniert.«

Genevieve ließ die Sofalehne wieder los. Erschöpft ließ sie die Schultern hängen. »Ja. Sie ist ruiniert.«

Ein langes, qualvolles Schweigen dehnte sich zwischen ihnen aus. Zornig fuhr er mit der Hand durch die Luft. »Warum ausgerechnet ich?«

Genevieve lächelte. »Wer wäre geeigneter gewesen, Euer Gnaden? Sie waren meine erste Wahl. Ich wusste, Sie würden behutsam mit ihr sein, und ich dachte …« Sie hielt inne. »Ich dachte, bei Ihnen bestünde das geringste Risiko einer Schwangerschaft.« Sie lächelte schief. »Vielleicht ist das noch immer der Fall.«

»Ich will ihren Namen wissen. Ich muss sie finden. Mit ihr reden.«

Genevieve sah ihm offen ins Gesicht. »Sie will aber nicht gefunden werden.«

»Dann hätte sie verdammt noch mal nicht mit mir schlafen sollen! Das sollten Sie besser als jeder andere wissen.«

Genevieve hielt seinen Blick noch einen Moment länger fest und wandte sich wieder zum Fenster. »Vielleicht haben Sie gar kein Kind gezeugt. Es geschieht nicht bei jedem Mal. Schon gar nicht beim ersten.«

Vincent ballte die Fäuste. Als er sprach, presste er die Worte durch zusammengebissene Zähne. »Ich will wissen, wer sie ist. Ich muss ganz sicher gehen.«

Die berühmte Bordellbesitzerin wartete lange, als müsse sie über die Bedeutung seiner Worte nachdenken. »Ich lasse es mir durch den Kopf gehen.«

»Nein! Sie werden es mir verdammt noch mal sagen.«

»Ich lasse es mir durch den Kopf gehen. Kommen Sie in zwei Wochen wieder, falls Sie dann immer noch besorgt sind.«

»Zwei?!«

»Ja.«

»Nein! Ich gebe Ihnen eine Woche. Und keinen Tag mehr.«

Sie atmete hörbar ein. »Na schön. Eine. Aber ich kann Ihnen nicht versprechen, dass ich Ihnen verraten werde, wo Sie zu finden ist. Ich muss erst darüber nachdenken.«

Das Kinn in grimmiger Entschlossenheit nach vorne geschoben, sah Genevieve zu ihm auf. »Sie sind nicht der Einzige, der letzte Nacht viel riskiert hat, Raeborn. Sie sind nicht der Einzige, der aus der Sache als Verlierer hervorgehen könnte.«

Sie rauschte an ihm vorbei, eingehüllt in den sauberen Duft von Gardenien und Rosen. »Eine Woche, Euer Gnaden. *Falls* Sie dann immer noch besorgt sind.«

Vincent starrte auf die geschlossene Tür und rieb sich die Schläfen.

Und er hatte geglaubt, der gestrige Tag wäre schlimm gewesen.

Kapitel 5

☙

 $\mathcal{D}$ ie Wände erbebten von dem Gebrüll, das aus dem Arbeitszimmer ihres Vaters drang. Grace saß mit geschlossener Tür und zugezogenen Vorhängen in ihrem Zimmer. Sie wusste, dass es nach außen hin wirkte, als verstecke sie sich, als sei sie ein Feigling, und vielleicht stimmte das sogar. Doch sie hatte schon so viele Dinge getan, die Mut erforderten, dass ihr ein Moment der Feigheit erlaubt sein sollte.

Die Stimmen wurden lauter und verstummten. Doch auch der Stille wohnte ein gewisser Schrecken inne.

Sie wartete.

Sie war fast dankbar, als die wütenden Stimmen fortfuhren. Sobald die Wut verraucht war, würden sie nach ihr schicken. Ihr Vater würde von ihr eine Zusicherung an Lord Fentington verlangen, dass ein Missverständnis vorlag. Dass sie gelogen hatte. Dass sie selbstverständlich noch Jungfrau war.

Sie schlang die Arme um ihren Bauch und wiegte sich vor und zurück, unfähig, das unregelmäßige Pochen ihres Herzschlags in der kleinen Vertiefung an ihrem Halsansatz zu ignorieren.

Sie wusste, was sie getan hatte, und bereute es nicht. Sie hatte geglaubt, der Akt an sich wäre grauenerregend, beschämend. Doch es war alles andere als das, obwohl der Mann, den Hannah ihr geschickt hatte, von eindrucksvoller Größe gewesen war. Aber was er mit ihr getan hatte, war alles andere als beschämend.

Seine finsteren Züge und seine hochgewachsene Gestalt hatten sie eingeschüchtert, bis er sie berührt hatte. Seine Berührung war behutsam gewesen, seine Stimme sanft, seine Worte beruhigend.

Und er hatte sie geküsst.

Grace berührte ihre Lippen. Sie war noch nie so geküsst worden. Sie lachte. Eigentlich war sie vorher noch nie richtig geküsst worden. Als sie sechzehn war, hatte einer von Squire MacKenzies Söhnen den Mund auf ihren gedrückt, aber geküsst hatte er sie nicht. Nicht wie der Fremde. Kein Kuss, bei dem die Beine unter ihr nachgaben und ihr das Herz bis zum Hals schlug. Kein Kuss, bei dem er seinen Mund über ihrem öffnete und mit seiner Zunge ihre suchte. Alle Furcht und Beklommenheit waren gewichen, als er sie küsste, und ein Verlangen hatte sie erfüllt, das so intensiv war, dass sie sich nicht mehr unter Kontrolle hatte. Ein Verlangen, von dem sie glaubte, dass er es ebenso drängend verspürt hatte wie sie.

Sie konnte nicht glauben, was sie alles mit ihm getan hatte. Fand es sogar noch unfassbarer, dass sie zugelassen hatte, was er mit ihr getan hatte.

Sie schloss die Augen, bis ihr Atem wieder langsamer ging. Es war so wunderschön gewesen.

Sie wollte niemals vergessen, wie es sich angefühlt hatte, als er ihr das Hemd von den Schultern gestreift hatte. Wie es sich angefühlt hatte, als er sie umarmt, berührt und geküsst hatte. Als er sie aufs Bett gelegt und sich über sie geschoben hatte. Als er seinen herrlich muskulösen Körper auf sie gesenkt hatte und in sie eingedrungen war. Sie wollte nie auch nur das kleinste Detail aus jener Nacht vergessen. Auch den Schmerz nicht. Das gehörte alles zu ihrer Erfahrung dazu.

Für eine Nacht, eine kurze, wunderbare Nacht, hatte sie ein Mann in den Armen gehalten und geliebt.

Ach, sie wusste, dass er sie nicht liebte – er kannte nicht einmal ihren Namen, genauso wenig wie sie seinen. Aber er hatte sie in den Armen gehalten, sie geküsst und sie genommen, wie ein Mann eine Frau nahm. Er hatte sie nicht abstoßend gefunden, weil sie keine große Schönheit war, oder sich davon abschrecken lassen, dass sie nicht mehr ganz so jung war. Immerhin war sie fast dreißig. Er war nur verwirrt gewesen, als er bemerkte, dass sie noch Jungfrau war. Dennoch hatte er sie weiter geliebt, als hätte er nicht aufhören können, selbst wenn er es gewollt hätte.

Ja, sie hatte diese eine schöne Erinnerung, an der sie sich festhalten konnte. Sie wollte nie auch nur das kleinste Detail vergessen. Nie auch nur einen Augenblick vergessen, den sie in den Armen des Fremden gelegen hatte. Niemals bereuen, was sie getan hatte. Ungeachtet der Konsequenzen war es besser als die Gewissheit dessen, was ihr ohne eine derart drastische Maßnahme bevorgestanden hätte.

Sie lehnte den Kopf an die Sessellehne und schloss die Augen. Sie erlaubte sich, in der Erinnerung an sein Gesicht zu schwelgen, an seine finstere Miene, seinen vor Lust verschleierten Blick, seine hohen Wangenknochen und sein breites, markantes Kinn. Jeder Zoll von ihm ein starker, kraftstrotzender Mann. Jeder Zoll raue Männlichkeit. Sie lächelte versonnen, bevor sie sich beunruhigt aufsetzte.

Unten herrschte Stille.

Sie verknotete die Hände in ihrem Schoß und bemühte sich, weiter langsam und regelmäßig zu atmen. Sie schickte ein kurzes, stummes Gebet gen Himmel, dass sie genug getan hatte. Dass sie nun ungeeignet war, Baron Fentingtons Frau zu werden. Dass sie nicht mit einem weiteren, noch verwegeneren Plan aufwarten musste, um einer Ehe zu entgehen, die die Hölle auf Erden wäre.

Beim Gedanken an Fentington biss sie die Zähne zusammen. Er bildete sich ein, dass niemand davon wüsste. Dass seine dunklen Geheimnisse ihm allein gehörten und niemand etwas von seinen abartigen Neigungen ahnte. Dass er seine Verderbtheit hinter dem äußeren Anschein religiöser Frömmigkeit verborgen halten könnte.

Sie und Hannah waren zusammen aufgewachsen. Waren beste Freundinnen gewesen. Sie hatte zu viele Horrorgeschichten gehört, um nicht zu wissen, wie ihr Leben aussähe, wenn sie ihn heiratete – die Züchtigungen, die endlosen Stunden auf den

Knien in Unterwerfung und Gebet, seine sexuelle Verderbtheit. Von Hannah hatte sie auch erfahren, dass die letzte Gemahlin des Barons sich das Leben genommen hatte, um seiner Grausamkeit zu entgehen. Es lieber riskiert hatte, ewig in der Hölle zu schmoren, als weiter die Hölle auf Erden zu erleben.

Nein. Sie würde ihn nicht heiraten. Sie sorgte sich mehr um ihren Vater. Er hatte alle sechs Töchter unter die Haube gebracht, und nur sie, die älteste, war noch übrig. Die nicht ganz so hübsche und nicht ganz so lebhafte. Die lieber die Nase in ein Buch steckte und musizierte, als zu lernen, wie man flirtete. Die bei jedem geselligen Beisammensein abseits stand und deren Intelligenz die meisten Männer in die Flucht schlug.

Diejenige, bei der er dafür gesorgt hatte, dass niemand sie wollte, damit sie übrigbliebe, um ihren Schwestern die Mutter zu sein, die sie nicht mehr hatten.

Sie wusste, dass sie von jeher eine Enttäuschung für ihn gewesen war, doch wenn seine Wut verrauchte, würde er sicher einsehen, dass sie nicht heiraten konnte, sondern ohne Mann viel zufriedener wäre. Er würde sicher einsehen, dass ihr Zuhause, Warren Abbey, eine Herrin brauchte, die dem Haushalt vorstand. Dass er sie im hohen Alter als Trost und Unterstützung bräuchte. Er würde sie sicher hierbleiben lassen.

Ganz bestimmt.

Als es leise an der Tür klopfte, hob Grace den Kopf und atmete tief durch.

»Ihr Vater will Sie im Arbeitszimmer sprechen, Mylady.«

Grace sah den ernsten Gesichtsausdruck des Dienstmädchens und unterdrückte einen Schauder. »Danke, Esther.«

»Baron Fentington ist bei ihm.«

Grace wappnete sich und schritt mit derselben Benommenheit aus der Tür, wie ein zum Tode Verurteilter den Weg zum Galgen zurücklegte. Sie straffte die Schultern und nahm jede Stufe mit resoluter Entschlossenheit. Sie würde nicht klein beigeben. Sie würde sich von ihm nicht zu einer Heirat zwingen lassen. Nicht mit Fentington. Nicht mit einem so verderbten Mann.

Beim Durchqueren der gefliesten Eingangshalle verspürte sie ein plötzliches Gefühl der Selbstsicherheit, obwohl ihr Magen rebellierte, als drängten hundert wirbelnde Strudel in entgegengesetzte Richtungen. Zitternd streckte sie die Hand aus und öffnete die Tür.

Ihr Vater, der Earl of Portsmont, stand hinter seinem Schreibtisch und wartete auf sie. Aus seinen glasigen Augen sprach eine solche Wut, dass sie sich zum ersten Mal im Leben wirklich vor ihm fürchtete. Baron Fentington stand mit dem Rücken zu ihr am Kamin.

»Papa. Lord Fentingon.«

Keiner von beiden reagierte. Ihr Vater schwieg, als erlaube ihm seine Wut nicht, auch nur ein Wort zu sagen. Fentington weigerte sich, ihre Anwesenheit zur Kenntnis zu nehmen, als wäre es so verwerflich, sich umzudrehen und sie zu begrüßen, dass er sich die Zunge nicht mit einer derartigen Blasphemie beschmutzen wollte.

»Komm her«, verlangte ihr Vater und trat hinter seinem dunklen Eichenschreibtisch hervor. So wütend hatte sie ihn noch nie erlebt, so kurz davor, zum Mörder zu werden. Er hatte die Hände zu Fäusten geballt, als hielte er sich bereit, auf etwas – oder jemanden – einzuschlagen. In seinem Gesicht zuckte ein Muskel und sein Unterkiefer war so angespannt, dass er mit zusammengebissenen Zähnen sprach.

»Sag es ihm. Sag Baron Fentington, dass du gelogen hast. Sag ihm, dass du noch Jungfrau bist.«

Grace hielt dem intensiven, prüfenden Blick ihres Vaters nur kurz stand, bevor sie den Blick zu Boden senkte.

»Sag es ihm!«, schrie er und trat um die Ecke seines Schreibtischs herum. Er packte sie an den Schultern und schüttelte sie grob.

»Das kann ich nicht.«

Am Hals ihres Vaters trat eine Ader hervor und für einen kurzen Augenblick tat er Grace leid. Es war allerdings ohnehin nicht so, dass sie ihm übermäßig zugetan war, genauso wenig wie er ihr oder irgendeiner seiner anderen Töchter. Sie waren ausnahmslos eine Enttäuschung für ihn. Sieben Töchter und kein einziger Sohn. Doch da sie als Einzige übrig war, richtete sich nun alle Enttäuschung und Verachtung auf sie.

Fentington wirbelte herum und zeigte mit einem langen Finger anklagend auf sie. »Sehen Sie! Ich habe es Ihnen ja gesagt, Portsmont. Ich habe Ihnen gesagt, dass Ihre Tochter eine Isebel ist. Eine Dirne. Eine Hure!«

Bevor sie sich schützen konnte, holte ihr Vater aus und schlug ihr mit voller Wucht ins Gesicht.

Sie strauchelte und schrie vor Schmerz auf, als sie mit der Hüfte gegen die spitze Schreibtischecke stieß. Vom Schmerz benommen, klammerte sie sich an die Tischplatte, war jedoch dankbar, dass sie sich auf den Beinen gehalten hatte.

Es war das erste Mal, seit sie denken konnte, dass ihr Vater eine seiner Töchter geschlagen hatte.

Ob es der Schock über den Schlag war oder über die entfesselte Wut hinter seinem Angriff, sie wusste nun, dass sich zwischen ihnen ein Abgrund aufgetan hatte, der sich nie mehr würde überbrücken lassen.

»Komm her«, schrie er, packte sie am Arm und zerrte sie mit einem Ruck zu sich. »Ist dir klar, was du angerichtet hast? Du hast alles zunichte gemacht!«

Grace hielt sich die brennende Wange und starrte ihren Vater entgeistert an. Er stieß sie weg und trat zu Baron Fentington. Das Gesicht des Barons war fromm gen Himmel gerichtet und er bewegte die Lippen, als spräche er ein stummes Gebet.

Ihr Vater griff nach ein paar Papieren auf seinem Schreibtisch und hielt sie ihm hin. »Es ist noch nicht zu spät, Fentington. Ich werde weniger für sie verlangen. Sie bekommen sie billiger.«

Grace blieb die Luft weg. In ihren Ohren rauschte das Blut. Ihr Vater nahm Geld für sie. Er verhökerte sie wie ein Stück Vieh oder einen Scheffel Getreide.

Fentington durchbohrte ihren Vater mit einem Blick, in dem das Fegefeuer loderte. »Sie ist beschmutzt, Portsmont. Verdorben. Der Teufel allein weiß, wem sie alles zu Willen war.«

Ihr Vater wandte sich ihr zu. »Wer, Mädchen? Wer war es?«

Grace wich zurück, bis sie mit den Beinen gegen einen der beiden Ledersessel vor dem Schreibtisch stieß. Als ihr Vater sie wieder packen wollte, wich sie zur Seite aus. Er kam ihr nach.

»Vater, hör auf! Was tust du?«

»Wer war es, Mädchen? Bei wem hast du gelegen?«

Sie wusste, dass er nicht aufhören würde, bevor er nicht eine Antwort bekommen hatte. »Du kennst ihn nicht.«

Ihr Vater sah sie an, als glaubte er ihr nicht, als hielte er sie für eine Lügnerin. »Es spielt keine Rolle, wer es war, Fentington. Wer es war, kann nicht von Bedeutung sein.«

»Das spielt keine Rolle? Das Mädchen kann uns nicht einmal zusichern, dass sie kein Kind unter dem Herzen trägt.«

Ihr Vater wandte ihr jäh den Kopf zu. »Ist es so? Trägst du den Bastard irgendeines Kerls unter dem Herzen?«

Grace legte die Hände auf ihren Bauch. Natürlich trug sie kein Kind von ihm. Sie hatten nur eine Nacht miteinander verbracht. Aller Wahrscheinlichkeit nach hatte sie kein Kind empfangen. Bei ihren Schwestern hatte es monatelang gedauert, bis es zu einer Schwangerschaft kam. Aber das durfte Fentington nicht wissen.

Sie hielt die Hände vor ihren Leib, als wolle sie etwas ganz Besonderes schützen, und sah ihrem Vater ins Gesicht. Was sie darin sah, raubte ihr den Atem. Es lag Hass darin, eine Abscheu und ein Ekel, die sie zuvor nie bemerkt hatte.

»Ist es so?«

Sie schüttelte den Kopf. »Ich weiß es nicht.«

Er holte aus und schlug sie noch einmal. Sie schmeckte Blut und griff sich mit einer Hand an den Mund.

Ihr Vater hob wieder die Faust, hielt jedoch inne, als würde ihm bewusst, dass es dafür zu spät war. Der Schaden war angerichtet. Erhobenen Hauptes und mit gestrafften Schultern sah er dem Baron ins Gesicht. »Wir können uns einigen, Fentington. Ich weiß, sie hat ihre besten Jahre schon lange hinter sich und ist nicht annähernd so hübsch wie die anderen sechs, aber sie wird Ihnen trotzdem gute Dienste leisten.«

»Vater, nein!«

»Sie kann Unterwürfigkeit lernen. Wenn Sie sie führen und ihren Charakter formen, kann sie eine mustergültige Ehefrau werden. Sie hat noch immer ein paar fruchtbare Jahre vor sich, um Ihnen den Erben zu schenken, den Ihre anderen Frauen Ihnen nicht geben konnten.«

Fentington stieß ein angewidertes Schnauben aus. »Sie ist zu alt, um sich noch formen zu lassen, Portsmont, und sie hat sich als Hure erwiesen. Jeder Narr weiß, sobald ein Weibsbild den Weg der Sünde und Schande beschritten hat, kann man ihm nicht mehr trauen. Behalten Sie sie. Sie hat keinen Wert mehr für mich.«

»Nein! Sie hat immer noch einen Wert. Sag es ihm, Grace. Sag ihm, dass du ihm genau die Ehefrau sein wirst, die er sich wünscht.«

»Vater!«

»Sag es ihm!«

Grace hatte das Gefühl, als würde ihr der Boden unter den Füßen weggezogen. »Lieber würde ich verdammt sein, als ein so verachtenswertes Ungeheuer auch nur in meine Nähe zu lassen. Seine sadistischen Neigungen sind so abscheulich und ekelhaft, dass, wenn nur die Hälfte der widerwärtigen Geschichten über ihn wahr ist, allein das ausreicht, um ihn bis in alle Ewigkeit in der Hölle schmoren zu lassen.«

Fentington taumelte zurück, als wären ihre Worte ein körperlicher Angriff. Der Hass in seinem Blick ließ auf ein tieferliegendes Böses schließen, das ihr Angst einflößte. Dann lächelte er. Das Hohnlächeln in seinem Gesicht war das sadistischste Grinsen, das sie je gesehen hatte. »Vielleicht wäre es meine christliche Pflicht, Ihre Tochter zu ehelichen, um ihre Seele zu retten.«

»Ja! Ja!«, stimmte ihr Vater ihm eifrig zu.

Grace gefror das Blut in den Adern. »Wie Sie die Seele Ihrer letzten Frau gerettet haben? Glauben Sie, in ganz Herefordshire gibt es auch nur einen Menschen, der nicht weiß, dass sie sich das Leben genommen hat, um Ihnen zu entfliehen? Dass sie den Tod einem Leben mit Ihnen vorgezogen hat?«

Baron Fentington presste die Lippen aufeinander und knirschte so laut mit den Zähnen, dass das Geräusch in dem eisigen Schweigen zu hören war.

»Es geschähe Ihnen nur recht, wenn ich Sie ehelichte und Sie auf Ihren Platz verweisen würde. Ihre böse Zunge muss zum Verstummen gebracht, Ihre Anmaßung unterdrückt werden. Ihre Sündhaftigkeit muss Ihnen mit Schlägen ausgetrieben werden, Ihnen muss Demut, Respekt und Bußfertigkeit eingebläut werden. Gott sagt …«

»Gott spricht nicht durch Sie, Lord Fentington«, entgegnete Grace und zwang sich, den Mut zu finden, ihm Paroli zu bieten. »Und wenn Sie je versuchen, eine Ehe mit mir zu erzwingen, schwöre ich, dass ich zu Reverend Perry gehe und ihm all Ihre schmutzigen kleinen Geheimnisse verrate. Vielleicht lade ich ihn auch gemeinsam mit Hannah und Seiner Gnaden, dem Duke of Sherefield, unserem Friedensrichter, zum Tee ein. Dann kann Ihre Tochter ihnen allen erzählen, wie wunderbar es war, unter Ihrem Dach aufzuwachsen.«

»Ruhe! Erwähnen Sie in meiner Gegenwart nicht den Namen dieser Hure. Ich habe keine Tochter. Sie ist tot.«

»Nein, das ist sie nicht. Sie ist gesund und munter und lebt das einzige Leben, das ihr nach einer Kindheit in Ihrem Haus noch blieb.«

Fentington bekam rote Flecken im Gesicht. Aus seinen Augen sprach die kalte Wut. Sie sah Mordlust darin und verspürte eine Angst, wie sie sie nie zuvor gekannt hatte.

»Sie sind des Teufels, Sie Ausgeburt Satans. Ich sollte …«

»Wenn Sie mir keine andere Wahl lassen, Lord Fentington, verbreite ich die Geschichten über Ihre abartigen Neigungen von hier bis nach London und wieder zurück und verspüre dabei keinerlei Reue.«

Fentington machte einen Schritt auf sie zu. Aus Angst, dass er ihr etwas antun würde, wich Grace zurück. Ihr Vater käme ihr sicher nicht zu Hilfe.

»Sie können Ihre Dirne von Tochter behalten«, sagte Fentington zu ihrem Vater und blickte sie bösartig an. »Sie ist des Teufels, mit Leib und Seele.« Er wandte sich wieder an sie. »Wenn Ihr Vater klug ist, befreit er sich und sein Zuhause von Ihnen und wirft Sie auf die Straße, wo Sie hingehören. Sie sind nichts als eine Hure. Gott wird Sie für Ihre Sündhaftigkeit bestrafen, wie er es mit allen Frevlern tut.«

Grace hob trotzig das Kinn. Von einem Mann, der so widerwärtig war wie der Baron, würde sie sich nicht einschüchtern lassen.

»Sie haben mich zum Narren gehalten. Das vergesse ich Ihnen nicht.« Fentingtons Augen wurden noch dunkler. »Ich habe bekannt werden lassen, dass Sie in eine Ehe mit mir eingewilligt haben, und nun werde ich der Demütigung ausgesetzt, verschmäht worden zu sein. Diesen Verrat werden Sie mir büßen. Büßen!«

Mit einem letzten bösen Blick machte er auf dem Absatz kehrt und stolzierte aus dem Zimmer. Als die Tür hinter ihm zuknallte, brach Grace vor Furcht und Erleichterung fast zusammen. Das Herz schlug ihr bis zum Hals und sie musste sich an der Rückenlehne des Ledersessels festhalten.

Sie hatte es geschafft. Sie war vor ihm in Sicherheit und konnte ihre Tage in stiller Zufriedenheit hier auf dem Land verbringen, ihre eine magische Nacht in Gedanken wieder und wieder durchleben und von dem Mann träumen, der sie ihr geschenkt hatte. Erleichtert ließ sie ihren schmerzenden Kopf in die Hände sinken.

»Verschwinde aus meinem Haus«, knurrte ihr Vater hinter ihr.

Die Worte trafen sie mit der Wucht eines Faustschlags in die Magengrube. Der Hass in seiner Stimme raubte ihr den Atem und überflutete sie mit einer Angst, vor der es kein Entrinnen gab.

»Du wirst keine einzige Nacht mehr unter meinem Dach verbringen«, fuhr er fort und trat drohend einen Schritt auf sie zu.

Grace krallte sich an der Rückenlehne des Ledersessels fest, um nicht zu Boden zu sinken.

»Vater ...«

»Nein!«, brüllte er und peitschte eine Hand durch die Luft. »Nenn mich nie wieder so. Du bist nicht mehr meine Tochter.«

Sie straffte die Schultern, als sie sich ihm zuwandte. »Warst du so versessen auf sein Geld?«

Er trat um sie herum und umkreiste sie wie ein Jäger seine Beute. »Du hast mich angelogen. Du hast gesagt, du nähmest Fentingtons Angebot an, sobald Anne verheiratet wäre.«

»Nur weil du damit gedroht hast, sie mit Fentington zu vermählen, wenn ich mich weigere. Ich hätte niemals zugelassen, dass unsere Annie einen solchen Unhold ehelicht.«

»Also hast du bis zu ihrer Hochzeit gewartet, um mich dann mit dieser bösen Überraschung zu konfrontieren?«

»Ich habe gewartet, bis sie vor ihm sicher war. Und vor dir.«

»Wie kannst du es wagen«, zischte er, holte aus und schlug sie noch einmal. Diesmal drehte sich Grace schnell genug weg, um der vollen Wucht seines Schlages zu entgehen.

Mit lautem Gebrüll lief ihr Vater auf und ab wie ein Wahnsinniger. »Weißt du, was du getan hast?«

»Ich habe nichts getan, außer mich zu weigern, einen Mann zu heiraten, von dem ganz England weiß, dass er moralisch verdorben ist. Wenn du wüsstest, wie er wirklich ist, hättest du mich nicht zu einer Heirat mit ihm gezwungen.«

»Du glaubst, ich weiß nichts davon?« Ihr Vater lachte. »Du glaubst, ich würde die Gerüchte um ihn nicht schon seit Jahren kennen?«

Grace wollte etwas erwidern, bekam jedoch kein Wort heraus.

»Weißt du, wie viel er mir für dich geboten hat? Weißt du, wie reich mich das gemacht hätte? Und ich wäre dich gleichzeitig losgeworden.«

Ihr Vater taumelte wie ein Betrunkener. Er schenkte sich ein Glas aus einer Kristallkaraffe ein und trank einen großen Schluck. Dann wandte er sich mit düsterer Miene wieder an sie.

»Verschwinde! Hier ist kein Platz mehr für dich.« Diesmal kontrollierter, füllte er sein Glas erneut und trank noch einen Schluck. »Ich heirate wieder.«

Grace war fassungslos.

»Ich werde Lady Constance Sharpley zur Frau nehmen. Du kennst sie nicht. Wie könntest du auch, wenn du dich die ganze Zeit über auf dem Land versteckst? Aber sie kennt dich. Jedenfalls vom Hörensagen. Alle erinnern sich an meine älteste Tochter, die ihre Londoner Ballsaison als Mauerblümchen verbracht hat. Deren Unscheinbarkeit und scharfer Verstand die Männer dazu verleitet hat, die Flucht zu ergreifen, statt ihr nachzulaufen. O ja. Sie kennt dich. Weiß von deinem lebensfernen, herrschsüchtigen Charakter. Und meine neue Countess will, dass du verschwindest. Sie will nach Warren Abbey kommen und Herrin im eigenen Haus sein.«

Grace konnte ihre Überraschung nicht verhehlen.

»Was ist, Grace? Hast du geglaubt, ich würde mich für den Rest meines Lebens mit dir als Gefährtin zufriedengeben? Dass ich es meiner unverheirateten Tochter erlauben würde, sich auf dem Land zu verstecken, weil sie keiner wollte? Dass ich mich im hohen Alter von dir pflegen lassen würde, damit dein ansonsten eintöniges Leben wenigstens den Anschein einer Bedeutung bekäme?«

»Nein, Vater. Das habe ich nie geglaubt. Ich habe nie geglaubt, dass du mich wolltest. So wie du nie auch nur eine von uns gewollt hast.«

»Ich wollte einen Sohn! Einen Erben! Und ich gedenke auch, noch einen zu bekommen.«

Grace bekam es mit der Angst zu tun. »Ich verstehe.«

»Ach ja? Alles wäre perfekt gewesen, wenn du Fentington geheiratet hättest. Er hätte dich mir abgenommen und mir obendrein noch einen ansehnlichen Gewinn beschert. Dabei war ich mir so sicher, dass du noch Jungfrau bist. Ich hätte mir nie träumen lassen, dass es nicht so ist. Bisher hat nie jemand Interesse an dir gezeigt.«

Er wirbelte zu ihr herum. »Wem hast du dich hingegeben, Grace? Einem der Stallburschen? Denn ein Gentleman würde dich nicht wollen, selbst wenn du deine Gunst gratis verschenken würdest.«

Ihre Beine gaben unter ihr nach. »Nein. Ein Gentleman würde mich ganz sicher nicht wollen.«

»Und du solltest lieber beten, dass du nicht schwanger bist. Denn wenn du glaubst, du kannst hierher zurückkommen und den Unterhalt für deinen Bastard auf mich abwälzen, irrst du dich gewaltig. Jetzt verschwinde, bevor ich dich hinauswerfen lassen muss!«

Grace richtete sich gerade auf und hob das Kinn. »Seien Sie versichert, Mylord, dass Sie in dem Wissen, Ihr Haus von allen ungewollten und unerwünschten Dingen befreit zu haben, heute Nacht gut schlafen werden.«

Sie drehte sich um und zwang ihre Beine, sie durch den Raum zu tragen. Mit zitternder Hand öffnete sie die Tür und schloss sie ohne einen Blick zurück hinter sich.

Der Butler wartete im Korridor. »George, lassen Sie den Buggy vorfahren.«

»Jetzt gleich, Mylady?«

»Ja. Jetzt gleich.«

»Sehr wohl.«

Grace begab sich die Treppe hinauf und weigerte sich, auch nur eine Träne zu vergießen. Ihr war klar gewesen, dass ihr Leben nach ihrer drastischen Tat nie mehr so sein würde wie zuvor, und sie hatte beschlossen, die Konsequenzen zu tragen, komme, was da wolle.

»Esther, lassen Sie ein paar Koffer hochbringen und kommen Sie zurück, um mir beim Packen zu helfen.«

Grace ignorierte die bestürzte Miene des Dienstmädchens, riss die Türen ihres Kleiderschranks auf und zerrte ihre Kleider heraus. Sie hatte keine Ahnung, wohin sie gehen sollte oder wie ihr Leben aussehen würde, doch sie würde zurechtkommen. Sie hatte keine andere Wahl.

Kapitel 6

Immmer zwei Stufen auf einmal nehmend, stieg Vincent die Treppe zu Madame Genevieve's hinauf. Er hatte eine ganze Woche gewartet, wie sie es von ihm verlangt hatte, und sie jeden Tag verflucht, weil sie am längeren Hebel saß und ihm ihren Willen aufzwingen konnte.

Wie hatte das geschehen können? Aus welchem Grund sollte eine Frau sich von einem Mann entjungfern lassen, den sie nicht einmal kannte? Von einem Mann, den sie noch nie zuvor gesehen hatte?

Je mehr er über jene Nacht nachdachte, desto wütender wurde er. Man hatte ihn benutzt. Ihn aus irgendeinem Grund, den nur Genevieve kannte, dafür ausgewählt.

Als er den Eingang erreichte, war er geneigter, die Tür aus den Angeln zu treten, als anzuklopfen. Zum Glück ließ Jenkins ihm keine Wahl, denn noch bevor er nach dem Messingklopfer greifen konnte, öffnete sich die Tür, und der Butler trat zurück, um ihm Einlass zu gewähren.

»Wo ist sie?«

Der Butler verbeugte sich respektvoll und ließ sich nicht anmerken, dass er durchaus registrierte, dass Vincent kurz vor einem Wutausbruch stand. »Guten Tag, Euer Gnaden. Madame Genevieve erwartet Sie bereits im Gardenien…«

Vincent ließ ihn nicht ausreden, sondern stürmte durch die Eingangshalle und an dem halben Dutzend vertrauter Salons vorbei. Als er das Gardenienzimmer erreichte, denselben Raum, in dem er sich eine Woche zuvor mit ihr getroffen hatte, riss er die Tür auf und trat ein.

»Ich habe Sie schon erwartet«, sagte sie, als er vor ihr stehen blieb. Sie deutete auf einen Sessel, der schräg vor dem Kamin stand. »Möchten Sie Platz nehmen?«

»Wo ist sie? *Wer* ist sie?«

Genevieve verzog die Mundwinkel zur Andeutung eines Lächelns und ging an ihm vorbei, um die Tür zu schließen.

Vincent verlor die Beherrschung. »Ich will ihren Namen, Genevieve! Ich will wissen, mit wem ich geschlafen habe. Ich will den Namen der Frau erfahren, die ich in der Annahme, sie sei eines Ihrer Mädchen, entjungfert habe.« Er holte so tief Luft, dass er einen Schmerz in der Brust verspürte. »Verdammt! Ich will den Namen der Frau wissen, die ich vielleicht geschwängert habe!«

Die Hand noch an der geschlossenen Tür hielt Genevieve inne. Dann ließ sie die Klinke los und trat zu einem Servierwagen an der Wand. »Ein derart dominantes Gebaren mag Ihnen im Parlament von Nutzen sein, Raeborn, oder bei Ihnen zu Hause, aber Sie kennen mich gut genug, um zu wissen, dass es hier keine Wirkung zeigen wird.« Sie schenkte zwei Gläser Wein ein und reichte ihm eines davon. »Setzen wir uns und sprechen wir vernünftig darüber.«

Vincent nahm den Wein entgegen und fixierte sie wütend. Einerseits hätte er sie am liebsten erwürgt. Andererseits hatte er genug Vertrauen zu ihr, um zu wissen, dass die Gründe für ihr Handeln so zwingend gewesen sein mussten, dass sie keine andere Wahl gehabt hatte. Er kannte sie gut genug, um zu wissen, dass sie aus reiner Verzweiflung gehandelt haben musste.

Er trat zum Sofa und wartete höflich, dass sie Platz nahm.

Doch sie blieb vor ihm stehen. »Einleitend muss ich Ihnen erklären, dass wir bei unserem Vorgehen keinerlei Hintergedanken hatten. Im Grunde«, fügte sie hinzu und lächelte schief, »hatten wir beide gehofft, dass Ihnen gar nicht auffiele, dass Sie eine Jungfrau geliebt haben.«

»Haben Sie mir aus diesem Grund etwas ins Glas getan?«

»Es sollte Sie nur entspannen. Damit Sie nicht alles so richtig mitbekommen. Bei den meisten Männern hätte es hervorragend gewirkt.«

»Offensichtlich bin ich nicht wie die meisten Männer«, fügte er ohne jede Spur von Humor hinzu.

»Offensichtlich.«

Nach außen hin gelassen, ließ sich Genevieve auf der Kante des Sofas nieder. Nur die verkrampften Hände in ihrem Schoß zeugten von ihrer wahren Verfassung.

Auch er nahm Platz und wartete, dass sie zu sprechen begann.

»Das ist nicht leicht für mich, Raeborn. Ich habe einer Freundin ein Versprechen gegeben und sie wird wissen, dass ich sie verraten habe.«

»Sie hätten wissen müssen, was passiert, als Sie mich in Ihren Plan hineingezogen haben.«

Seine Stimme hatte nichts von seiner gewohnten Ungezwungenheit, sondern klang hart und kalt. Er war zu wütend, um sich um Verständnis für Genevieves Gründe zu bemühen. »Zuallererst will ich ihren Namen wissen.«

Nach kurzem Zögern beantwortete Genevieve seine Frage. »Ihr Name ist Grace. Mehr brauchen Sie nicht zu wissen.«

Vincent wollte widersprechen, hielt jedoch inne, als er Genevieves entschlossene Miene sah.

»Sie ist meine beste Freundin, Raeborn. Wahrscheinlich meine einzige Freundin. Ich würde alles für sie tun.«

»Das haben Sie bereits bewiesen. Auf meine Kosten.«

»Und ich würde es wieder tun.«

Er konnte seinen Zorn nicht länger im Zaum halten. »Ich will nur wissen, warum diese Grace für eine Nacht die Hure spielen musste!«

Genevieve atmete hörbar ein und sah ihn direkt an. An ihrem Blick erkannte er, dass sie, wenn die Rollen vertauscht wären und Genevieve ein Mann wäre, sich am nächsten Morgen mit Pistolen gegenüberstünden. Ihr Tonfall bestätigte diesen Eindruck.

»Stellen Sie *niemals* ...« Sie hielt inne und funkelte ihn noch wütender an. »Stellen Sie Grace *niemals* mit mir auf eine Stufe. Sie verdient es nicht, dass ihr Name auch nur im selben Atemzug mit meinem genannt wird.«

Nach einem Blick in ihr erzürntes Gesicht nickte er. »Ich bitte um Entschuldigung.«

»Grace kam zu mir, weil sie verzweifelt war. Ihr Vater wollte ihre jüngere Schwester zwingen, einen widerwärtigen Kerl zu heiraten, der so alt war, dass er ihr Vater hätte sein können. Um ihre Schwester zu schützen, willigte Grace ein, ihren Platz einzunehmen.«

»Eine Ehe mit diesem Mann wäre so schrecklich gewesen?«

Genevieve erhob sich vom Sofa und trat ans Fenster. »Ja. Jede Stunde mit ihm wäre die Hölle auf Erden gewesen.«

Vincent sah, wie Genevieves Schultern mit jedem schaudernden Atemzug bebten. Als sie sich zu ihm umdrehte, war ihr Blick voller Ekel.

»Seine erste Frau ist bei der Geburt seines ersten Kindes, einer Tochter, gestorben. Seine zweite Frau hat sich nach nicht einmal sechs Monaten Ehe das Leben genommen. Der Mann ist im entsetzlichsten Sinne des Wortes böse. Neben seiner sexuellen Verderbtheit und seinen widerwärtigen Neigungen kommt einem der Teufel geradezu heilig vor.« Sie lief erregt auf und ab. »Er ist ein vermögender Mann und vermittelt allen, die ihn kennen, den Eindruck, ungemein gottesfürchtig und rechtschaffen zu sein, während sein Tun hinter verschlossenen Türen schändlich und pervertiert ist.« Sie hielt inne und wandte ihr gequältes Gesicht zum Fenster. »Er ist allem Guten ein Gräuel. Unzüchtig und widerwärtig. Nicht wert, als Mensch bezeichnet zu werden.«

Vincent erhob sich und stellte sich hinter sie. Sie zitterte am ganzen Körper und am liebsten hätte er ihr tröstend die Hand auf die Schulter gelegt. Doch er fürchtete, dass sie zurückzucken würde, wenn er sie berührte.

»Sie hätte sich weigern können. Sie war immerhin volljährig.«

»Aber ihre Schwester nicht. Grace musste seinen Antrag annehmen, bis sie ihre Schwester sicher unter der Haube wusste.«

»Ist sie das denn inzwischen?«

»Die Hochzeit war vor zwei Wochen.« Sie hielt inne und Vincent sah, wie sich ihre Schultern entspannten. Sie atmete tief durch. »Am Tage der Vermählung informierte der Mann meine Freundin, dass ihre Verlobung unverzüglich stattfinden werde. Sie müsse nur noch die Papiere mit der Garantie unterzeichnen, dass sie noch Jungfrau ist, bevor er die notwendigen Schritte unternehme, sie zu seiner Braut zu machen.«

»Garantie?«

»Ja. Eine unterschriebene und beglaubigte Garantie, dass die Frau, die er ehelicht, noch Jungfrau ist. Schließlich könne man nicht erwarten, dass ein Mann, der so genau nach Gottes Ebenbild erschaffen wäre, eine befleckte Frau als Braut akzeptieren würde. Eine schriftliche, unter Eid gegebene Erklärung ihrer Jungfräulichkeit war notwendig, bevor er sie auf dem Altar der Perversion opfern konnte.«

Vincent verspürte Abscheu. »Also musste sie ihre Jungfräulichkeit verlieren, um einer Heirat mit ihm zu entgehen.«

»Grace wusste, dass es nichts helfen würde, ihn einfach nur abzulehnen. Damit hätte sie nur den Zorn ihres Vaters auf sich gezogen und den Mann noch entschlossener gemacht, sie zu besitzen. Er ist erbarmungslos, wenn er etwas will, und lässt sich durch nichts davon abbringen. Er ist überzeugt, von Gott gesandt zu sein, um die Frauen für ihre Sünden zu bestrafen. Um sie zu quälen und zu erniedrigen und sie durch Schläge zur Unterwerfung zu zwingen, bis sie für ihre Sittenlosigkeit Buße tun.«

Sie drehte sich zu ihm um. »Grace wusste, dass sie keine andere Wahl hatte. Der Mann würde sie niemals zur Heirat zwingen, wenn sie ihm den Schwur verweigerte, noch Jungfrau zu sein. Hierher zu kommen, sich Ihnen hinzugeben, war ihre eigene Entscheidung. Sie traf sie aus freien Stücken.«

»Warum ausgerechnet ich?«

Genevieve lächelte. »Sie waren *meine* Wahl. Wem sonst hätte ich meine liebste Freundin anvertrauen können?«

Vincent ignorierte das peinliche Kompliment und lief zum anderen Ende des Raumes, um etwas Abstand zu bekommen. Im Kamin prasselte ein Feuer, dessen Flammen in hypnotischen, faszinierenden Bewegungen nach oben züngelten. Mit ausgebreiteten Armen stützte er sich am Kaminsims ab.

»Weiß sie, wer ich bin?«

»Nein. Grace kam mit bestimmten Bedingungen zu mir. Eine davon lautete, dass der Mann, dem sie ihre Jungfräulichkeit schenkte, ihr fremd sein sollte.«

»Was noch?«

Genevieve lächelte. »Dass der Mann, mit dem sie schläft, älter sein sollte als sie. Grace ist neunundzwanzig und hält sich für uralt. Sie wollte nicht, dass der Mann, mit dem sie schläft, jünger ist.«

Vincent zog fragend die Augenbrauen hoch. »Noch etwas?«

»Sie hat sehr nachdrücklich danach verlangt, dass der für sie Auserwählte unverheiratet ist. Sie wollte sich nicht dem Ehemann einer anderen Frau hingeben.«

Er starrte ins Feuer. Schließlich holte er tief Luft und stieß sich vom Kaminsims ab. »Wo finde ich sie?«

»Sie will nicht gefunden werden, Raeborn.«

»Das ist mir gleichgültig.«

»Sie sind nicht für sie verantwortlich. Lassen Sie sie in Ruhe.«

»Ich bin für sie verantwortlich, seit Sie beide mich in Ihre Intrige hineingezogen haben.«

»Das war nicht unsere Absicht.«

»Das spielt jetzt keine Rolle mehr. Ich muss wissen, ob sie in anderen Umständen ist.«

Genevieve schnappte nach Luft. »Es ist erst eine Woche her. Es ist viel zu früh, um auch nur einen Verdacht zu hegen.«

»Ich muss mich vergewissern.«

»Und was dann?«

Er schüttelte den Kopf. »Ich werde auf einem meiner Landgüter eine Stellung für sie finden. Irgendwo, wo ich sicher sein kann, dass sie gut versorgt ist. Und das Baby auch – wenn eines existiert.«

»Eine Stellung?«

»Ja. Was für eine Stellung hat sie momentan inne? Küchenhilfe? Dienstmädchen? Zofe? Was hat sie für besondere Talente?«

Als er sich umdrehte, lächelte Genevieve ihn an. »Ich bin mir sicher, sie wird in jeder Stellung, die Sie für sie finden, vortrefflich sein, Euer Gnaden. Sie ist sehr gewandt.«

»Dann werde ich etwas für sie finden. Eine Tätigkeit, an die sie gewöhnt ist. Nichts zu Strapaziöses, falls sie sich tatsächlich in anderen Umständen befindet.«

»Das ist sehr freundlich von Ihnen«, sagte Genevieve, schenkte sich noch ein Glas Wein ein und nippte daran. »Aber ich bezweifele, dass sie eine Stellung in Ihrem Haushalt annimmt.«

Vincent glaubte, einen Anflug von Humor in Genevieves Stimme zu hören, was ihn ärgerte. »Was erwarten Sie sonst noch von mir? Ich habe nicht darum gebeten, dieses Problem aufgehalst zu bekommen. Ich will nicht, dass noch eine Frau das Risiko auf sich nimmt, mein Kind zu gebären, schon gar nicht eine Frau, die ich gar nicht kenne, und ein Kind, auf das ich nie Anspruch erheben kann.«

»Ich verstehe«, flüsterte Genevieve.

»Sagen Sie mir einfach, wo ich sie finden kann, und ich sorge dafür, dass sie stets gut versorgt ist. Vielleicht besteht ja auch gar kein Anlass zur Sorge. Vielleicht habe ich sie ja gar nicht geschwängert.«

Doch noch während er die Worte aussprach, verkrampfte sich sein Magen schmerzhaft. Er atmete mehrmals tief durch und redete sich ein, dass es diesmal nicht so schlimm wäre. Wenigstens war sie nicht seine Frau. Wenigstens könnte er sich emotional von ihr distanzieren, wenn sie sich wirklich in Schwierigkeiten befände. Wenigstens müsste er ihre Geburtsschmerzen nicht miterleben und dann ihren Tod. Er würde sich mit ihr treffen, ihr eine Stellung und eine großzügige Abfindung anbieten und sie nie wiedersehen.

»Wo finde ich sie?«

Geistesabwesend arrangierte Genevieve die Blumen in einem der Sträuße neu, die auf einem Beistelltisch standen, und zupfte verwelkte Blätter von den ansonsten perfekten Blüten. Ohne ihn anzusehen trat sie an eine Anrichte, nahm einen Krug und goss ein wenig Wasser in die Vase.

»Wie ich höre, geben der Marquess und die Marchioness of Wedgewood am nächsten Mittwoch ein Abendessen mit anschließender musikalischer Soiree.«

Ihr plötzlicher Themenwechsel verwirrte ihn. »Ja. Ich habe heute Morgen eine Einladung erhalten.«

»Wie vorteilhaft. Einladungen zu den Veranstaltungen der Marchioness sind sehr begehrt.« Sie stellte den Krug wieder ab und sah Vincent vielsagend an. »Sie sollten unbedingt hingehen.«

Er signalisierte mit einem Nicken, dass er verstanden hatte.

»Wenn Sie mich jetzt entschuldigen, Raeborn, ich erwarte einen Besucher.«

»Natürlich.«

Genevieve brachte ihn zur Haustür und nahm seine Hand. »Seien Sie nicht wütend auf sie, Raeborn. Sie hatte keine andere Wahl.«

Vincent hoffte, dass seine Miene seine wahren Gefühle verbarg. Was er verspürte, war weniger Ärger als Angst. Und er wusste, dass sich die Angst erst legen würde, wenn er sicher wüsste, dass sie kein Kind von ihm unter dem Herzen trug.

Er wandte sich zu Genevieve um, um sich endgültig von ihr zu verabschieden, und war überrascht, als sie ihm die Hand drückte.

»Seien Sie nicht wütend, wenn sie Ihre Hilfe ablehnt, Raeborn. Sie hat nie den Luxus genossen, jemanden zu haben, auf den sie sich verlassen kann. Ich weiß nicht, ob sie sich so einfach an den Gedanken gewöhnen kann.«

Sie hielt seine Hand noch einen Augenblick länger fest, bevor sie sie losließ.

Er konnte nicht zulassen, dass dies die letzten Worte zwischen ihnen waren. »Sie wird sich an den Gedanken gewöhnen müssen. Wenn sie mein Kind unter dem Herzen trägt, wird sie keine andere Wahl haben, als meine Hilfe anzunehmen«, knurrte er und wandte sich ab, um die Treppe hinabzusteigen.

❧

Die knappe Woche, die er bis zu Lady Wedgewoods Dinner warten musste, kam ihm wie eine Ewigkeit vor. Doch endlich war der Mittwoch gekommen.

Er traf zu früh ein und suchte die Flure des Stadthauses der Wedgewoods ab, beobachtete jedes Dienstmädchen und alle weiblichen Bediensteten, die bei dem Abendessen und der anschließenden Soiree mithalfen. Welche Gäste zugegen waren, interessierte ihn nicht, genauso wenig wie die Frage, wer für die musikalische Unterhaltung sorgen würde. Er war nur daran interessiert, den steten Strom der weiblichen Bediensteten zu beobachten, die mit Tabletts voller Speisen und Getränke aus dem Küchenbereich schwärmten.

Bislang war keine davon die Frau, die Genevieve Grace genannt hatte. Die Frau, die ihm vor zwei Wochen ihre Jungfräulichkeit geschenkt hatte.

Als es Zeit wurde, sich zum Essen zu begeben, unterhielt Vincent sich mit seiner Tischdame, während er sie ins Esszimmer begleitete, konnte sich danach aber an kein Wort mehr erinnern. Er war zu sehr damit beschäftigt, sich die weiblichen Angestellten im Raum anzusehen und festzustellen, ob eine von ihnen der Frau in seiner Erinnerung entsprach, der Frau mit Haaren wie goldener Seide und mit runden, vollen Brüsten.

Vincent schüttelte den Kopf, um wieder klar denken zu können, und nahm seinen Platz am oberen Ende der langen Tafel ein. Die Erinnerung an die Frau, die Grace hieß, hatte ihm Tag und Nacht keine Ruhe gelassen. Wie streng er sich auch befahl, sie zu vergessen, es wollte ihm einfach nicht gelingen. Ihr fragender Blick und ihre zärtlichen Berührungen gingen ihm einfach nicht aus dem Sinn.

Er griff nach seinem Weinglas und nahm einen kräftigen Schluck.

Rechts von ihm saß die verwitwete Countess of Eversely, doch höfliche Konversation fiel ihm heute Abend schwer. Obwohl er sie immer gern besuchte, konnte er sich heute nicht darauf konzentrieren, ihr die gebührende Aufmerksamkeit zu schenken. Die weiblichen Bediensteten im Auge zu behalten, lenkte ihn zu sehr ab.

Doch keine von ihnen war die Frau, die er suchte. Die Frau, die sich an ihn geklammert hatte, als er in sie eindrang, und ihre Erfüllung herausgeschrien hatte, als sie zum Höhepunkt kam.

Er bemühte sich, jeden Gedanken daran, wie sie nackt in seinen Armen gelegen hatte, zu verbannen, und widmete sich den geschmorten Rinderfiletspitzen auf seinem Teller. Er konnte sich nicht erlauben, die Erinnerungen an diese Nacht wieder und wieder zu durchleben. Er durfte der Frau, die ihm ihre Jungfräulichkeit geschenkt hatte, nicht erlauben, seine Gedanken derart in Anspruch zu nehmen. Das war nicht normal. In all den Jahren, die er zu Genevieve gegangen war, hatte er an die Frauen, bei denen er gelegen hatte, nie auch nur einen Gedanken verschwendet.

Und doch war er seit jener Nacht nicht mehr in der Lage, an irgendetwas oder irgendjemand anderes zu denken, als an die zarte Frau namens Grace.

Er griff nach seinem Weinglas und nahm noch einen Schluck.

Nachdem die Frauen sich nach dem Essen zurückgezogen hatten, blieb er nicht wie sonst mit den Männern am Tisch sitzen, um sich einen Brandy und eine Zigarre schmecken zu lassen. Stattdessen spazierte er durch die Flure und hielt nach dem blonden Dienstmädchen Ausschau, dessen Anwesenheit Genevieve ihm in Aussicht gestellt hatte. Aber sie war nicht da. Wohin er auch schaute, er konnte sie nirgendwo finden. Nachdem er jeden erdenklichen Ort nach ihr abgesucht hatte, gab er auf und begab sich ins Musikzimmer. Er würde die Suche fortsetzen, wenn das Konzert vorüber war.

Er schlüpfte durch eine Seitentür und setzte sich auf den erstbesten leeren Stuhl an der Wand. Da das Programm bereits begonnen hatte, war der Raum voll, was es ihm unmöglich machte, die Interpretin zu sehen. Doch die Musikauswahl erkannte er sofort.

Die Pianistin befand sich mitten im ersten Satz von Beethovens Mondscheinsonate. Ihm fiel ein, dass jemand angemerkt hatte, eine von Lady Wedgewoods Schwestern sei am Klavier sehr versiert und habe eingewilligt, heute Abend für sie zu spielen. Wenn die Interpretin tatsächlich ihre Schwester war, war sie in der Tat sehr gut. Sie erfasste die eindringliche Traurigkeit von Beethovens erstem Satz perfekt. Wenn sie fertig war, musste er ihr ein Kompliment machen.

Er atmete tief durch und lehnte sich in seinem Stuhl zurück, um in Ruhe zuzuhören. Ihr Spiel war makellos, während sie den Schwung und die dynamischen Lagenwechsel des zweiten Satzes meisterte. Als sie endete, lächelte Vincent. Beethoven hätte ihre Interpretation der ersten beiden Sätze gefallen. Doch die wahre Prüfung ihres Talents würde im dritten Satz kommen.

Er wartete. Als ihre Finger über die Tasten flogen, lächelte er anerkennend. Die Frau war gut. Mehr als gut. Er war selbst kein versierter Musiker, erkannte aber, wenn jemand Talent besaß. Und diese Frau besaß reichlich davon. Er musste sie später unbedingt darauf ansprechen. Wenn er Grace gefunden hatte. Wenn er der Betrügerin den Tadel erteilt hatte, den sie verdiente.

Er fragte sich, wie es sein würde, sie wiederzusehen. Mit ihr zu sprechen, einer völlig Fremden aus der Arbeiterklasse, nachdem er solche Intimitäten mit ihr geteilt hatte. Ihm graute vor dem Gedanken. Er war es nicht gewöhnt, Frauen zu lieben, die ihre Körper Männern nicht freiwillig zur Verfügung stellten, um ihren Lebensunterhalt damit zu verdienen. Die Vorstellung, einer Unschuldigen die Jungfräulichkeit geraubt zu haben, ärgerte ihn und erneut überkam ihn die Wut auf sie und Genevieve.

Er lauschte der Musik, der schnellen, wilden Ekstase des letzten Satzes, der zu seiner Stimmung passte und seiner Verärgerung entsprach. Sobald Lady Wedgewoods Schwester fertig war, würde er seine Suche nach dem unauffindbaren Dienstmädchen fortsetzen. Es wäre ihm unerträglich, sich noch eine weitere Woche wegen ihr zu sorgen, dieses ungelöste Problem weiter mit sich herumzutragen.

Als die Interpretin sich dem Ende näherte, wurde die Musik intensiver, und seine Aufgewühltheit steigerte sich im selben Tempo. Er musste sie finden. Selbst wenn er zu Wedgewood gehen und ihn fragen müsste, ob eine Frau namens Grace in seinen Diensten stünde.

In Erwartung des letzten Tons rutschte er nach vorn auf die Stuhlkante, um rasch aus dem Raum schlüpfen zu können. Er wollte seine Suche fortsetzen, bevor die anderen Gäste zur Tür strömten.

Lady Wedgewoods Schwester schlug den letzten Akkord und die Gäste brachen in Beifall aus.

Vincent erhob sich und drehte sich um. Er wollte zumindest einen kurzen Blick auf die Frau erhaschen, die ein so erstaunliches Talent besaß, bevor er seine Suche fortsetzte.

Die Frau am Piano wandte sich dem Publikum zu und neigte den Kopf. Dabei fielen ihr einige blonde Locken aus ihrem am Hinterkopf hochgesteckten Haar über die Schultern.

Vincent erstarrte. Lady Wedgewoods Schwester war schlank und ihr Haar glänzte im Kerzenlicht wie poliertes Gold. Er erinnerte sich, wie er seine Finger durch Haar mit genau derselben Farbe hatte gleiten lassen. An Haar, ebenso dicht und glänzend, fächerartig auf dem Kissen ausgebreitet, während er sich über ihr aufrichtete.

Als sie das Kinn hob, um zu ihrem Publikum zu schauen, sah er, dass ihr Teint rein und samtig war. Er erinnerte sich, wie er diese Haut berührt, mit den Fingern über diese Wangen gestrichen und seine Lippen darauf gedrückt hatte.

Wie gebannt von ihrer Schönheit, starrte er sie an. Das war die Grace, nach der er gesucht hatte. Aus Angst, sie wieder aus den Augen zu verlieren, wagte er kaum zu blinzeln.

Als würde ihr Blick von ihm angezogen, drehte sie sich zu ihm um. Ihre Blicke trafen sich.

Sie erkannte ihn sofort. Ihre Angst war mit Händen zu greifen.

Es verschlug ihm den Atem.

Die Farbe wich aus ihrem Gesicht und sie streckte die Hand aus, um sich am Klavier abzustützen. Ihre Brüste hoben und senkten sich sichtbar, als sie nach Luft schnappte.

Er starrte sie entgeistert an und rang darum, sich von dem Schock zu erholen.

Sie hielt seinen Blick noch einige Sekunden. Dann wirbelte sie zum nächsten Ausgang herum und stürzte aus dem Zimmer.

Kapitel 7

Grace rannte den Korridor entlang und versuchte verzweifelt, die Treppe zu erreichen, bevor er um die Ecke trat. Sie bekam keine Luft, das Herz schlug ihr bis zum Hals und ihre Beine trugen sie kaum. Er war hier. Möge der Himmel ihr beistehen. Er hatte sie gesehen. Sie wiedererkannt.

Sie raffte ihre Röcke, um schneller laufen zu können. Wenn sie es durch die Empfangshalle schaffte, könnte sie nach oben entkommen und sich in ihrem Zimmer einschließen.

Warum, ach warum nur, hatte sie sich von ihrer Schwester überreden lassen, heute Abend hier zu spielen? Sie hätte wissen müssen, dass die Möglichkeit bestand, dass der Mann, den Hannah ihr zugeführt hatte, ein Mitglied der feinen Gesellschaft war. In denselben Kreisen verkehrte wie Wedgewood und ihre Schwester. Warum war ihr diese Möglichkeit nicht schon früher in den Sinn gekommen?

Alle Muskeln in ihrem Körper zitterten. Und wenn er sie einholte? Wie konnte sie ihm nach dem, was sie getan hatten, in die Augen sehen?

Sie lief durch die Empfangshalle und streckte die Hand nach dem Treppengeländer aus. Nichts war so gekommen, wie sie es geplant hatte. Dass ihr Vater sie verstoßen könnte, hatte sie zwar in Betracht gezogen, aber im Grunde nicht geglaubt. Genauso wenig, wie sie in Betracht gezogen hatte, dass sie ihre Schwester um Obdach würde bitten müssen, bis sie eine Entscheidung gefällt hatte, wie es weitergehen sollte. Und genauso wenig hatte sie damit gerechnet, je dem Mann gegenüberzustehen, dem sie sich hingegeben hatte. Dem Fremden wiederzubegegnen, bei dem sie gelegen hatte. Der sie berührt hatte, bis sie aufgeschrien hatte.

Mit vor Scham gerötetem Gesicht eilte sie so schnell wie möglich die Treppe hinauf. Lieber würde sie sterben, als ihm noch einmal zu begegnen.

»Halt!«

Grace erstarrte mit der Hand am Geländer und dem Fuß fast auf der nächsten Stufe. Sie unterdrückte einen verzweifelten Aufschrei und schloss die Augen. Gott steh ihr bei, sie konnte sich nicht umdrehen. Sie konnte ihm nicht in die Augen sehen. Es ging einfach nicht.

Mit einem zittrigen Atemzug setzte sie den Fuß auf die nächste Stufe und zog sich weiter nach oben. Sie betete, dass ihre Füße sie von ihm forttrügen. Betete, dass er sie gehen lassen würde.

»Ich sagte, halt.«

Sie hielt inne. Einige qualvolle Sekunden lang blieb sie mit dem Rücken zu ihm stehen. Ihr Brustkorb hob und senkte sich und ihre Lunge brannte, zum Teil vor Anstrengung, doch vor allem aus Furcht. Schon in der Nacht, in der sie bei ihm gelegen hatte, war sie sich der Energie, die von ihm ausging, bewusst gewesen. Sie wusste, dass ihn, obgleich er ein behutsamer und rücksichtsvoller Liebhaber war, eine respekteinflößende Aura umgab. Er war ein Mann, den man fürchten, vor dem man sich in Acht nehmen musste. Ein Mann, der daran gewöhnt war, sein gesamtes Umfeld zu dominieren.

Sie nahm einen tiefen, stärkenden Atemzug und wandte sich zu ihm um.

Ihr blieb fast das Herz stehen. Er war ein Bild von einem Mann und heute Abend sah er in seinem eleganten schwarzen Rock mit der weißen Satinkrawatte atemberaubend aus. Der attraktivste Mann, den sie je gesehen hatte. Und der wütendste noch dazu.

Er stand da, die Hände so fest zu Fäusten geballt, dass die Knöchel weiß hervortraten. Aufrecht, die massiven Schultern hochgezogen, die Brust gereckt stand er da. Grace wusste, dass er nur noch mit der äußersten Selbstbeherrschung einen heftigen Wutausbruch zurückhielt.

Sie versuchte nicht daran zu denken, wie wunderschön er nackt war. Versuchte, die maskuline Energie, die er ausstrahlte, zu ignorieren. Nicht daran zu denken, wie es sich angefühlt hatte, als er auf ihr gelegen hatte. Als er in sie eingedrungen war, sie vollkommen ausgefüllt hatte. Sie mit auf eine Reise genommen hatte, die so unglaublich und schön war, dass sie bei der Erinnerung daran ein schmerzliches Ziehen verspürte. Stattdessen sah sie ihm direkt in die Augen und stellte sich ihm mutig entgegen. Ihr wurde ganz mulmig, als ihr Blick auf den grimmigsten Gesichtsausdruck fiel, den man sich nur vorstellen konnte.

Sie konnte das nicht. Konnte nicht gegen ihn kämpfen, ohne zu verlieren.

Sie wandte sich ab, jede Faser ihres Körpers drängte sie zur Flucht. Die Treppe hinaufzurennen und nie wieder stehen zu bleiben.

»Denken Sie nicht einmal daran«, warnte er sie, seine Stimme ein tiefes, gefährliches Knurren.

Sie schluckte heftig und gab nach. Mit zitternden Beinen drehte sie sich wieder zu ihm zurück.

In ihrem ganzen Leben hatte sie noch nie etwas so Schwieriges getan. Nicht einmal in jener Nacht bei Hannah, als sie auf ihn wartete. Oder als sie den Zorn ihres Vaters über sich ergehen ließ. Oder sie gezwungen war, ihr Zuhause zu verlassen, wohl wissend, dass sie nie wieder sicher darauf vertrauen konnte, ein Dach über dem Kopf zu haben. Nichts von alledem hatte so viel Mut erfordert, wie sie nun brauchte, um jenen ersten Schritt auf den Mann zuzugehen, der am Fuße der Treppe auf sie wartete. Auf den Mann, auf dessen Gesicht mehr Wut zu erkennen war, als sie je zuvor gesehen hatte.

Sie straffte die Schultern und trat zögernd einen Schritt auf ihn zu. Sein Blick ruhte auf ihr, hielt sie in einem so festen Griff, dass sie zu ersticken drohte. Es würde nicht einfach sein. Aber nicht viel in ihrem Leben war einfach gewesen, seit ihre Mutter gestorben war und es allein an ihr gewesen war, ihre

Schwestern großzuziehen und sie vor der Geldgier und der Verachtung ihres Vaters zu schützen.

Immer einen Schritt nach dem anderen stieg sie nach unten. Sie würde sich dem Problem auf dieselbe Art stellen wie allen anderen zuvor: unerschrocken und allein.

Am Fuß der Treppe ging sie an ihm vorbei und verlangsamte ihren Schritt, da sie unsicher war, was er von ihr erwartete. Er berührte sie leicht am Rücken und führte sie nach links zu dem Raum, den ihr Schwager als Arbeitszimmer nutzte. Sie hob das Kinn und lief erhobenen Hauptes den Korridor entlang.

»Ich glaube nicht, dass Wedgewood etwas dagegen hat, wenn wir sein Arbeitszimmer benutzen, um unter vier Augen zu sprechen«, sagte er und stieß die Tür auf. »Ich bin mir sicher, es wäre ihm lieber, wenn wir das, was zwischen uns vorgefallen ist, nicht in aller Öffentlichkeit diskutierten, wo die Hälfte der Londoner Gesellschaft unser Gespräch mithören kann.«

Ihr Gesicht brannte vor Scham, doch sie weigerte sich, sich von seinem Sarkasmus einschüchtern zu lassen. »Ja, das wäre es wohl.«

Hocherhobenen Hauptes rauschte sie an ihm vorbei und durch die Tür. In dem holzgetäfelten Zimmer spendete nur der Kamin etwas Licht. Grace entzündete an den Flammen eine Wachskerze und ging damit zur Lampe auf dem Schreibtisch ihres Schwagers, um auch sie anzuzünden. Sie betete, dass dem Mann, der sie nicht aus den Augen ließ, nicht auffallen würde, wie ihre Hände zitterten. Dass er nicht bemerkte, wie verängstigt sie war, wie sie zusammenzuckte, als er die Tür hinter ihr zuknallte.

Obwohl ihre Hand fast unkontrolliert zitterte, versuchte sie, noch eine zweite Lampe anzuzünden, die auf einem Beistelltisch stand. Sie wollte sie alle anzünden. Die Helligkeit würde ihm signalisieren, dass sie nicht beabsichtigte, sich im Dunkeln zu verstecken.

Sie hätte beinahe aufgeschrien, als seine Hand ihre berührte und er ihr die Wachskerze abnahm.

»Lassen Sie mich das machen.«

Grace trat einen Schritt zurück, um ihm nicht so nahe zu sein. Sie wollte nicht an seine Größe erinnert werden, an die Breite seiner Schultern oder daran, wie perfekt er zu ihr passte.

»Möchten Sie alle anhaben?«, fragte er, entzündete eine dritte Lampe und stellte sie auf die Ecke des Schreibtischs.

»Ja.«

Er wandte den Kopf und sah sie über die Schulter an. Ein ironischer Blick traf den ihren. »Ich meine mich zu erinnern, dass Sie bei unserer letzten Zusammenkunft die Dunkelheit bevorzugten.«

Sie schnappte nach Luft. »Sie machen es mir nicht gerade leicht.«

Seine Miene verfinsterte sich, wurde noch einschüchternder. »Sie haben es nicht verdient, dass ich es Ihnen leicht mache.«

Grace stand am Kamin und ließ die Wärme der Flammen in ihren Körper strömen. Sie wusste, dass es im Zimmer nicht kalt war, doch sie kam nicht gegen das Zittern an. Gegen das hartnäckige Zittern, das von ihrer Seele Besitz ergriffen hatte.

Nach und nach entzündete er alle Lampen und bewegte sich dabei mit der Vorsicht und Aufmerksamkeit eines Jägers, der sich an seine Beute anpirscht. Seine Stimme erschreckte sie, als er wieder sprach.

»Meinen Sie, wir sollten damit beginnen, uns miteinander bekannt zu machen?«, fragte er, als er auch die letzte Lampe angezündet und auf einen Tisch an der Tür gestellt hatte. »Nach unserem gemeinsamen Erlebnis ist eine förmliche Vorstellung kaum von großer Bedeutung, aber ...«

»Hören Sie auf!«

Grace umfasste fest die Kante des Kaminsimses. Jede Faser ihres Körpers schmerzte von der Spannung, die zwischen ihnen herrschte. »Mit Sarkasmus werden Sie das, was passiert ist, nicht ungeschehen machen«, sagte sie und verschränkte die Hände vor sich. Sie sah ihn offen und direkt an. »Ich bin Grace, die Schwester der Marchioness of Wedgewood.«

Er runzelte die Stirn. »Und Ihr Familienname?«

»Warren.«

»Dann ist Ihr Vater ...?«

»Der Earl of Portsmont.«

»Und Sie sind ... *Lady* Grace.«

»Ja.«

»Verdammt.«

Er wandte ihr den Rücken zu, stellte sich hinter Wedgewoods riesigen Schreibtisch und starrte in die Dunkelheit jenseits der französischen Türen. Seine Finger umklammerten den Griff, als wollte er die Türflügel aufreißen und notfalls auch die Hölle durchqueren, nur um von ihr wegzukommen.

»Wissen Sie, wer ich bin?«, fragte er, ohne sich zu ihr umzudrehen.

»Nein. Aber es ist auch nicht notwendig, dass ich Ihren Namen kenne.«

Er wirbelte herum und fixierte sie mit dem furchteinflößendsten Blick, den sie je gesehen hatte. »O doch, es ist notwendig, Mylady. Es ist sogar höchst notwendig. Ich bin Vincent Germaine, der Duke of Raeborn.«

Graces Knie gaben nach. Raeborn. Der Duke of Raeborn. Sie konnte es nicht fassen, dass Hannah ausgerechnet Raeborn ausgewählt hatte, um sie zu entjungfern. Selbst ihr zurückgezogenes Leben auf dem Lande hatte nicht verhindern können, dass sie schon von dem berühmten Duke of Raeborn gehört hatte. Sie wusste, welch wichtige Stellung er in der Regierung innehatte. Wie einflussreich er nicht nur als politischer Führer im Parlament war, sondern gelegentlich auch als Ratgeber der Königin. Und sie hatte die traurige Geschichte seiner zwei Ehefrauen gehört, die er im Kindbett verloren hatte.

Er trat einen Schritt näher zu ihr. »Wie kommt es, dass wir uns nie begegnet sind?«

Grace bemerkte, dass sie ihn angestarrt hatte, und wandte hastig den Blick ab, schaute auf eine Stelle links von seinen breiten Schultern. »Ich war in den vergangenen Jahren nur wenige Male in London, Euer Gnaden. Und dann auch nicht, um aktiv an der Ballsaison teilzunehmen.«

»Warum nicht?«

Die Fragerei war ihr unangenehm, doch ihr fiel kein guter Grund ein, ihm nicht zu antworten. »Ich bin die älteste von sieben Töchtern. Meine Mutter ist bei der Geburt meiner jüngsten Schwester Anne gestorben. Ich habe meiner Mutter versprochen, mich um die Erziehung meiner Schwestern zu kümmern und dafür zu sorgen, dass jede von ihnen den Mann ihrer Wahl heiratet. Meine Pflichten haben mir wenig Zeit für anderes gelassen.«

»Und Ihr Vater? Hat er sich nicht an der Erziehung seiner Töchter beteiligt?«

»Wir waren nicht seine Erben, Euer Gnaden. Gerade Sie sollten den Unterschied zwischen einer Tochter und einem Sohn verstehen. Multiplizieren Sie das mit sieben.«

Der Duke machte einen Schritt auf sie zu. »Verraten Sie mir, warum Sie es als notwendig erachtet haben, Ihre Jungfräulichkeit an einen Fremden zu verlieren.«

Grace schnappte nach Luft. Sie würde sich von ihm nicht einschüchtern lassen. Sie bereute nicht, was sie getan hatte, und würde nicht zulassen, dass er sie dazu brachte, ihre Entscheidung in Zweifel zu ziehen. »Um meine jüngste Schwester vor der Heirat mit einem wahrhaft schrecklichen Mann zu bewahren, habe ich eingewilligt, ihren Platz einzunehmen, in dem Wissen, dass der Mann mich nicht mehr wollen würde, sobald er herausfände, dass ich keine … Jungfrau mehr wäre.«

»Also haben Sie mich dieses kleine Problem für Sie aus der Welt schaffen lassen.«

Sie senkte den Blick. »Ja.«

»Hat Ihr Plan funktioniert?«

»Ja«, flüsterte sie, unfähig, ihm ins Gesicht zu sehen.

»Und welche Absichten verfolgen Sie jetzt?«

»Absichten?«

»Ja.« Er trat noch einen Schritt auf sie zu. »Was beabsichtigen Sie jetzt zu tun? Zurück aufs Land gehen, wo Sie bis zum Ende Ihrer Tage ein zurückgezogenes Leben führen können?«

»Nein.« Sie konnte ihm nicht sagen, dass ihr Vater sie des Hauses verwiesen hatte. Dass sie nun abhängig von den sechs Schwestern war, die sie großgezogen hatte.

»Sich in den Trubel des Londoner Gesellschaftslebens stürzen und nach einem Ehemann suchen?«

Ihr Blick schoss wieder zu seinem Gesicht. »Ich bin weit über das heiratsfähige Alter hinaus. Ich hege keinerlei Absichten, mit jungen Debütantinnen, die gerade erst das Schulzimmer verlassen haben, um einen Ehemann zu konkurrieren.«

»Erwarten Sie also, dass ich Sie heirate?«

Ein Abgrund tat sich vor ihr auf. »Nein! Ich habe nicht die Absicht, jemals zu heiraten. Ich bin zufrieden damit, allein zu sein.«

»Was erwarten Sie dann von mir?«

»Von Ihnen?« Sie starrte ihn ungläubig an. »Nichts, Euer Gnaden. Bis auf die Rolle, die Sie in jener Nacht gespielt haben, sind Sie nicht involviert.«

»Und Sie, Mylady, sind entweder unglaublich naiv oder eine Närrin. Und dass Sie eine Närrin sind, bezweifele ich. Verzweifelt vielleicht. Aber keine Närrin.«

Grace beschloss, das hier so schnell wie möglich hinter sich zu bringen. Wenn er eine Entschuldigung von ihr wollte, würde er sie bekommen, und danach konnte er sie in Ruhe lassen und nie wieder einen Gedanken an sie verschwenden. »Ich bin mir sicher, Sie sind äußerst beunruhigt über ...«

»Beunruhigt? Sie haben nicht die geringste Vorstellung, wie beunruhigt ich bin.«

Grace stärkte sich mit einem tiefen Atemzug und setzte erneut an. »Also gut. Ich weiß, dass Sie verärgert sind ...«

»*Fuchsteufelswild* ist die richtige Bezeichnung.«

Sie schluckte trotz des Kloßes in ihrem Hals. »Also gut, ich weiß, dass Sie fuchsteufelswild sind. Ich verstehe Ihre Gefühle. Ich entschuldige mich für alle Unannehmlichkeiten, die ich Ihnen bereitet habe, aber ich war verzweifelt und brauchte Ihre Hilfe.«

»Und nun erwarten Sie von mir, dass ich Ihnen für einen angenehmen Abend danke und einfach gehe?«

Sie hob trotzig das Kinn, obwohl ihre Wangen wie Feuer brannten. »Ja.«

Seine Mundwinkel verzogen sich zu einem Lächeln, das seinen Gesichtsausdruck noch einschüchternder machte. »Sie sollten wissen, dass das so gut wie unmöglich ist.«

»Euer Gnaden.« Sie trat näher an ihn heran, um ihren Worten mehr Nachdruck zu verleihen. »Um eine undenkbare Heirat zu verhindern, habe ich die Entscheidung getroffen, meine Jungfräulichkeit zu opfern. Ich würde es ohne zu zögern wieder tun. Ich habe mir von meinem Vorgehen nichts anderes versprochen, als einem Leben mit einem Mann zu entrinnen, den ich verabscheue. Es war weder damals meine Absicht, noch ist sie es heute, irgendetwas von Ihnen zu verlangen. Es war ganz gewiss nicht meine Absicht, Sie in eine Falle zu locken, damit Sie die Verantwortung für mich übernehmen müssen.«

»Was haben Sie denn von mir erwartet?«

Grace zuckte mit den Schultern. »Um ehrlich zu sein, habe ich mir um Sie wenig Gedanken gemacht. Ich hatte erwartet, dass Sie mich behandeln wie alle anderen Frauen bei Madame Genevieve. Dass Sie die Nacht mit mir verbringen und mich vergessen.«

»Das ist kaum möglich, da ich weiß, dass die Frau, mit der ich geschlafen habe, noch Jungfrau war.«

Grace schluckte. »Ich bedaure, dass Sie das bemerkt haben. Genevieve sagte, sie würde Ihnen einen …«

»Ja. Ich weiß. Sie ist davon ausgegangen, dass der Trank, den sie mir verabreicht hat, die Tatsache kaschieren würde, dass Sie noch nie bei einem Mann gelegen haben.«

Grace senkte verlegen den Blick. Ein quälender Verdacht keimte in ihr auf. Seine Anwesenheit hier war kein Zufall. Sie hätte wissen müssen, dass nicht einmal Hannah ihm gewachsen wäre. Nun, es spielte keine Rolle. Das Gespräch war für sie beendet. Sie hatte ihm lange genug erklärt, warum sie unbedingt mit ihm hatte schlafen wollen. Und sie hatte genug von seiner Vorstellung, aufgrund dieser einen Nacht ihr gegenüber zu irgendetwas verpflichtet zu sein.

»Ich wüsste es zu schätzen, Euer Gnaden, wenn Sie mich jetzt allein ließen. Ich entschuldige mich dafür, Sie hintergangen zu haben, aber ich hatte keine Wahl. Ich hatte gehofft, Sie würden am nächsten Tag aufwachen und keinen Gedanken mehr daran verschwenden. Ich bin davon ausgegangen, dass Sie sich nicht die Mühe machen würden, meine Identität festzustellen oder mich aufzuspüren. Ich kann mir nicht erklären, warum Sie es getan haben. Ich bedaure zutiefst, dass Sie mich gefunden haben.«

Grace wich nicht von der Stelle und hob entschlossen den Kopf. »Ich gedenke zu vergessen, was sich zwischen uns abgespielt hat, und ich bitte Sie darum, dasselbe zu tun.«

»Können Sie das denn?«

»Ja«, log sie. »Soweit es mich betrifft, ist diese Nacht niemals geschehen.«

»Und wenn Sie nun ein Kind erwarten?«

Der Raum drehte sich plötzlich um sie und sie streckte die Hand zur Wand aus, um sich abzustützen. »Das tue ich nicht.«

»Sind Sie sich sicher?«

Sie schnappte nach Luft. »Natürlich. Es braucht mehr als nur eine Nacht, um ein Kind zu empfangen.«

Er lachte. »Dieser Glaube hat schon viele junge Frauen zu Müttern gemacht.«

Sie wandte das Gesicht von ihm ab.

»Hat Ihr Monatsfluss wieder eingesetzt, seit wir uns geliebt haben?«

Graces Wangen brannten heiß.

»Ja oder nein?«

»Nein. Aber es ist noch zu früh.«

»Wann wissen Sie es sicher?«

Sie schüttelte den Kopf. »Ich will mit Ihnen nicht darüber reden.«

»Das müssten Sie auch nicht, wenn Sie mich nicht mit einer List in Ihr Bett gelockt hätten.«

Seine Worte sollten sie verletzen und das taten sie auch. »Ich habe mich bereits entschuldigt, Euer Gnaden. Bitte gehen Sie jetzt und vergessen Sie, dass wir uns getroffen haben.«

»Wann?«

Von seinen demütigend persönlichen Fragen gequält, ballte sie die Fäuste. »Ich weiß es nicht. Bei mir ist es nicht so ... genau vorauszusagen wie bei anderen Frauen.«

»Verflucht noch mal.«

Er hatte die Worte geflüstert, doch das machte sie nicht weniger gefährlich. Die Heftigkeit, mit der er sich durch sein dichtes, dunkles Haar fuhr, unterstrich das noch.

»Bitte gehen Sie, Euer Gnaden. Sie tragen keine Verantwortung für mich. Ich werde Sie nicht glauben lassen, dass es anders ist.«

»Und wenn Sie in anderen Umständen sind?«

Sie umschlang ihren Bauch. »Ganz sicher nicht.«

»Ich habe nicht die Absicht, das Risiko einzugehen, dass der nächste Raeborn-Erbe außerehelich geboren wird.«

Ihr stockte der Atem. »Das würde ich niemals zulassen«, flüsterte sie, am ganzen Körper zitternd. Zum ersten Mal wurde ihr klar, was es bedeuten würde, wenn sie in jener Nacht, in der sie zusammen gewesen waren, empfangen hätte. Eine neue, weit größere Welle der Angst überrollte sie. Sie senkte den Blick und betrachtete angestrengt das Muster im Teppich. »Ich werde es Ihnen mitteilen, wenn ich feststelle, dass ich Ihr Kind erwarte.«

»Und was dann? Sollen wir die feine Gesellschaft mit einer überstürzten Heirat schockieren, obwohl niemand uns beide ein einziges Mal zusammen gesehen hat?«

Heirat!

Grace hatte das Gefühl, als zöge sich eine Schlinge um ihren Hals zusammen. »Noch brauchen Sie nichts dergleichen zu fürchten, Euer Gnaden. Ich bin mir sicher, Ihre Sorge ist unnötig.«

Der Duke schloss kurz die Augen und wandte den Blick ab, als glaubte er ihr nicht. Als wäre ihm der Gedanke, sie zur Frau zu nehmen, unangenehm. Grace bemühte sich darum, sich ihre Kränkung nicht anmerken zu lassen. Sie war nie so hübsch gewesen wie ihre Schwestern. Sie war unauffällig und unscheinbar, nur ihr dichtes, goldenes Haar und ihre großen dunklen Augen sprachen für sie. An der enttäuschten Miene des Dukes konnte sie erkennen, dass das nicht ausreichte.

Sie wollte seinem prüfenden Blick entkommen, zwang sich jedoch, stillzuhalten.

»Wohnen Sie hier in London im Stadthaus Ihres Vaters?«

Die Frage überraschte sie. »Nein. Ich wohne bei meiner Schwester und ihrem Mann. Sie waren so liebenswürdig, mich bei sich aufzunehmen, während ich in der Stadt bin.«

»Na schön. Ich spreche morgen bei Ihnen vor, damit wir uns weiter unterhalten können. Jetzt kehren wir besser zur Gesellschaft zurück, bevor man uns noch vermisst. Gehen Sie zuerst. Ich komme später nach. Wenn ich den Raum betreten habe, begleite ich Sie, wenn Sie sich eine Erfrischung holen. Unser Umgang miteinander wird zweifellos bemerkt werden. Morgen Nachmittag werden wir gemeinsam im Hyde Park ausfahren. Das wird zu noch mehr Gerede führen.

Sie können mir eine Auflistung der gesellschaftlichen Verpflichtungen geben, die Sie in den nächsten zwei Wochen wahrnehmen wollen, und ich werde meine Termine darauf abstimmen. Wir müssen oft zusammen gesehen werden, um Fragen zu vermeiden, sollte die Notwendigkeit für eine übereilte Hochzeit eintreten.«

Grace machte einen unsicheren Schritt zurück. »Das ist sicher alles nicht notwendig«, flüsterte sie und die Schlinge zog sich noch enger zusammen.

»Beten Sie darum, dass Ihr Monatsfluss bald einsetzt, Mylady. Ansonsten könnten die Risiken, die Sie eingegangen sind, Sie zu einer Ehe zwingen, die noch schlimmer ist als die, der Sie entgehen wollten.«

Grace legte die Hände auf ihren Bauch und befürchtete, sich gleich übergeben zu müssen.

»Sind Sie bereit, vor ganz London so zu tun, als ängstigte der Gedanke, vom Duke of Raeborn umworben zu werden, Sie nicht zu Tode?«

Ihr Blick zuckte zu seinem Gesicht. »Warum sollte es mich ängstigen, von Ihnen umworben zu werden?« Sie sah, dass die Falten zwischen seinen Brauen noch steiler wurden.

Seine Mundwinkel verzogen sich leicht nach oben, aber nicht genug, um die Bezeichnung Lächeln zu verdienen. »Sie waren wirklich zu lange auf dem Land und zu weit weg von der Gerüchteküche, Mylady. Aber keine Angst. Es wird nicht mehr lange dauern, bis jemand Sie darüber aufklärt, dass ich meine Ehefrauen alle lange überlebe.«

Grace wollte widersprechen, hielt jedoch inne, als sie seinen Gesichtsausdruck bemerkte. Er fühlte sich doch wohl nicht für den Tod seiner Frauen verantwortlich? Sie waren beide im Kindbett gestorben. So wie viele Frauen. Das war schwerlich seine Schuld.

Er ließ ihr keine Zeit, mit ihm zu diskutieren, sondern durchquerte den Raum und legte die Hand auf den Türgriff. »Wollen wir anfangen?«

Nach kurzem Zögern folgte Grace ihm mit weichen Knien. Als sie bei ihm angekommen war, hielt sie lange genug inne, um den Mann anzusehen, der sich von ihr hintergangen fühlte. Den Mann, von dem sie sich erhofft hatte, dass ihm nicht auffiele, dass er eine Jungfrau geliebt hatte. Den Mann, von dem sie gehofft hatte, dass es ihm gleichgültig wäre, wenn er es doch bemerkt hätte.

Sie wollte etwas zu ihm sagen. Musste etwas sagen, doch aus ihrem Munde kam nur: »Es tut mir leid.«

Bei ihrem Eingeständnis wurden seine Züge weicher. »Mir auch«, antwortete er. An seinem Gesichtsausdruck erkannte sie, dass er es ernst meinte. Bevor sie sich rühren konnte, legte er ihr einen Finger unters Kinn und hob ihr Gesicht an. »Vielleicht würde ein Lächeln die Täuschung ein wenig glaubhafter machen.«

Grace bemühte sich um ein Lächeln, schluckte heftig und ging an ihm vorbei. Im Korridor hielt sie inne. Aus irgendeinem unerklärlichen Grund legte sie ihre zitternde Hand auf den Bauch und ließ sie dort. Wie konnte sie sich nicht wünschen, dass darin ein Kind wüchse? Schließlich hatte sie sich ihr Leben lang danach gesehnt, ein Haus voller Kinder zu haben. Hatte unbedingt ein eigenes Zuhause haben wollen und einen Ehemann, der sie liebte. Sie hatte sich gewünscht, was alle ihre Schwestern hatten.

Aber nicht so. Nicht mit einem Mann, der sie nicht wollte. Der sie nicht einmal mochte.

Nicht, indem sie den Rest ihres Lebens mit einem Mann verbrachte, den sie getäuscht hatte.

Kapitel 8

Er war gerade von einem Nachmittag mit ihr zurück nach Hause gekommen. Von einer Spazierfahrt durch den Hyde Park. Von ihrem ersten gemeinsamen Ausflug. Wenn es ihr Ziel gewesen war, die feine Gesellschaft zu überraschen und zu schockieren, dann war der Ausflug ein voller Erfolg gewesen. Es schien, als wären fast alle nach draußen gekommen, um den warmen Tag zu genießen, obwohl der Frühling noch nicht einmal begonnen hatte. Und jeder Einzelne von ihnen hatte seine Begleiterin Lady Grace Warren zur Kenntnis genommen.

Vincent reichte Carver Hut und Handschuhe und schritt durch die marmorne Empfangshalle in sein Arbeitszimmer. Er betrat den ruhigen Raum und schloss die Tür hinter sich.

Das Sonnenlicht fiel weich durch die Fenster und warf gedämpfte Schatten, die sich über den Fußboden erstreckten und fast von einer Seite des Raumes bis zur anderen reichten. Die warmen Sonnenstrahlen strichen über seine Wangen und liebkosten ihn sanft wie eine Frauenhand. Wie ihre Hand, als er bei ihr gelegen hatte, bevor er wusste, wer sie war.

Er rieb sich über das Gesicht, um die Erinnerung auszulöschen, und wollte doch das Gefühl festhalten und die Empfindungen nie vergessen, die sie in ihm geweckt hatte. Er wusste, warum sein Innerstes sich im emotionalen Kriegszustand befand, warum dieses Gefühlschaos in ihm tobte. Sie war schuld daran. Sie hatte ihm Grund zur Hoffnung gegeben, als er schon lange glaubte, dass für ihn keine Hoffnung mehr bestand. Hatte ihm Grund zu der Annahme gegeben, dass er eine neue Chance bekommen hatte, doch noch zu bekommen, was er sich ein Leben lang gewünscht hatte. Eine Frau. Kinder. Einen Grund zu leben.

Er schlüpfte aus seinem Rock, legte ihn über die Rückenlehne des Stuhls und setzte sich an seinen Schreibtisch. Er schloss die Augen und lehnte den Kopf gegen die Rückenlehne zurück wie ein kampfesmüder Soldat. Er musste die neugierigen Blicke ausblenden, die Ungläubigkeit, die er sowohl gestern Abend, als er Lady Grace beim Musikabend der Wedgewoods demonstrativ den Hof gemacht hatte, als auch heute Nachmittag bei ihrer Spazierfahrt durch den Hyde Park in den Gesichtern gesehen hatte.

Wenn er heute Abend durch die Eingangstüren des Earl of Pendleton schritt, würden alle von Raeborns neuerlicher Brautschau gehört haben.

Er zerrte ungehalten an seinem Halstuch und sprang auf. Vielleicht hatte er sie gar nicht geschwängert. Vielleicht würde sie ihm in ein paar Tagen mitteilen, dass kein Grund zur Sorge bestand. Dass ihr unregelmäßiger Monatsfluss wieder eingesetzt hätte.

Er wanderte ruhelos durchs Zimmer. Oh, wie inbrünstig er gebetet hatte, dass sie ihm genau das sagen würde. Wie er gebetet hatte, nicht noch eine Schwangerschaft miterleben zu müssen. Schon gar nicht Grace Warrens, die so zart und zerbrechlich wirkte.

Er dachte an die Frau, mit der er den Nachmittag verbracht hatte. Natürlich herrschte zwischen ihnen ein gewisses Maß an Spannung, doch er hatte sich durchaus gut unterhalten. Sie hatten sich ausgezeichnet verstanden. Ihr Gespräch schien niemals ins Stocken zu geraten, es sei denn, er hatte die Kutsche angehalten, damit sie mit irgendeinem neugierigen Spaziergänger sprechen konnten, der sich den Duke of Raeborn und die Dame, die er zu ehelichen gedachte, genauer ansehen wollte. An der Art, wie sie sich neben ihm versteifte, erkannte er, dass ihr die Aufmerksamkeit unangenehm war, die sie in seiner Begleitung auf sich zog.

Doch wenn sie allein waren, behauptete sie sich. Dass sie überaus talentiert war, hatte er bereits gewusst. Nun wusste er auch, dass sie außerdem intelligent war. Eine Unterhaltung mit ihr war nicht, als spräche man mit einem unreifen, naiven Mädchen, das nichts als Stroh im Kopf hatte. Sie war gebildet und kannte sich in allen aktuellen politischen Fragen aus. Zu jedem Thema, das sie diskutierten, vertrat sie eine eigene Meinung. Er lächelte. Und sie gab auch nicht nach, wenn ihre Ansicht nicht mit seiner übereinstimmte.

Für den Bruchteil einer Sekunde überlegte er, wie es wäre, wieder um eine Frau zu werben, sich eine Ehefrau zu nehmen, einen Menschen zu haben, der auf ihn wartete, wenn er nach Hause kam, jemanden, mit dem man lachen und neben dem man schlafen konnte. Eine Frau zu haben, die seine Kinder gebären und es vielleicht sogar lernen würde, ihn gern zu haben. Jemanden zu haben, mit dem man alt werden konnte.

Doch genau dieselben Gedanken hatte er gehegt, als er seinen ersten beiden Frauen den Hof gemacht hatte. Zwei unschuldigen Frauen, die bei dem Versuch gestorben waren, ihm die Kinder zu schenken, die er sich wünschte. Den Erben, den er brauchte.

Er rieb sich das Kinn und ließ sich von der hellen Sonne bescheinen. Nein. Es wäre das Beste gewesen, wenn er sich rechtzeitig zurückgezogen hätte. Wenn sie ihm heute Abend oder vielleicht auch morgen sagen würde, dass sie kein Kind unter dem Herzen trug.

Ein Teil von ihm betete darum.

Doch ein anderer Teil von ihm, der Teil, dessen Existenz er sich nicht sehr oft einzugestehen gestattete, betete, dass es nicht so wäre. Dass Gott ihm noch eine Chance gäbe.

☙

»Grace, bist du wach?«

Grace hörte es leise an der Tür klopfen und wartete, dass Caroline eintrat.

»Ich dachte, du ruhst dich vielleicht für heute Abend aus.«

»Nein. Ich habe gelesen.« Grace nahm das zugeklappte Buch auf ihrem Schoß in die Hand und schlug es auf. Sie wusste, dass Caroline ihre Lüge durchschaute, und war ihr dankbar, dass sie nicht weiter darauf einging.

»Das ist soeben für dich eingetroffen.« Caroline hielt ihr einen wunderschönen Blumenstrauß hin. »Die sind vom Duke of Raeborn. Sehr aufmerksam von ihm, findest du nicht?«

Grace erhob sich aus ihrem Sessel am Fenster und nahm die Blumen entgegen. »Ja. Sehr.«

»Du musst gestern Abend einen vorteilhaften Eindruck auf ihn gemacht haben. Oder kanntet ihr euch schon vorher?«, fragte Caroline. Ihr Tonfall verriet Grace, dass sie wusste, dass dem nicht so war. Zumindest nicht vor gestern Abend. Caroline war ebenso erstaunt gewesen wie alle anderen, als sie die Abwesenheit der beiden bemerkt hatte und dann registrierte, dass sie in einem Abstand von wenigen Minuten getrennt zurückkamen.

Grace hatte den Blick gesehen, den Caroline ihr zugeworfen hatte. Die Beunruhigung und Sorge darin, weil sie mit Raeborn allein gewesen war. Sie wusste, dass sie nicht sehr überzeugend geklungen hatte, als Caroline sie später deshalb ausfragte. Dass Caroline ihr nicht glaubte, als sie behauptete, dass ihr zu warm geworden sei, sie nur frische Luft hatte schnappen wollen und Raeborn ihr gefolgt war, um ihr ein Kompliment über ihr Klavierspiel zu machen und sich zu vergewissern, dass es ihr gut ging.

»Der Duke ist wirklich aufmerksam. Ich glaube, er ist ganz hingerissen von dir.«

Grace stellte die Blumen auf die Ecke eines kleinen Sekretärs. »Mag sein.«

»Willst du damit sagen, du bist von ihm nicht so angetan?«

Grace sah den fragenden Ausdruck auf Carolines Gesicht und konzentrierte sich wieder auf die Blumen.

»Sind dir seine Avancen unangenehm, Grace?«

»Natürlich nicht. Wie kommst du darauf?«

»Ich weiß nicht. Du kommst mir in seiner Gegenwart immer ein bisschen nervös vor. Fast so, als würde er dir seine Aufmerksamkeiten aufzwingen. Ich kann mir das von Raeborn zwar nicht vorstellen, aber ist es so, Grace?«

»Nein. Natürlich nicht.«

»Woran liegt es dann?«

Ach, wie gerne hätte sie es Caroline erzählt. Wie gern hätte sie zumindest einen Teil der Last, die sie zu jeder Stunde des Tages in Angst versetzte und sie nachts wach hielt, mit jemandem geteilt. Wie gern hätte sie mit ihrer Schwester darüber gesprochen und ihr gesagt, dass der Duke gar nicht hingerissen von ihr war. Dass sie ihn getäuscht hatte und seine demonstrative Verliebtheit nur Theater war. Dass er für sie nichts als Verachtung empfand und gute Miene zum bösen Spiel machte, weil sie ihn vielleicht in eine Ehe zwang, die er nicht wollte. »Es ist nichts.«

Caroline trat zu ihrer Schwester, nahm ihre Hände und hielt sie fest. Grace fühlte sich plötzlich, als wäre sie die Jüngere. Wie diejenige, die umsorgt wurde, statt andersherum. Das Gefühl war ihr völlig fremd.

»Setz dich zu mir«, bat Caroline und zog Grace zu einem kleinen Sofa, das schräg vor dem Kamin stand. »Ich will mit dir reden.«

Sie nahmen Platz und Caroline drehte sich zu ihr. »Als ich Thomas geheiratet habe, kam ich ohne einen Pfennig in der Tasche zu ihm. Wie du sehr gut weißt, hat Vater keine von uns mit einer Mitgift ausgestattet. Aber ich war die glücklichste Frau auf Erden, weil Thomas' Familie so vermögend ist, dass ihnen Geld nicht wichtig war. Sie haben sogar ohne zu zögern die Summe bezahlt, die Vater in seiner Gier für mich verlangte.«

»Ich weiß«, sagte Grace, die sich daran erinnerte, welche Angst Caroline ausgestanden hatte, dass Thomas' Vater sich weigern würde, die verlangte Summe zu zahlen, und die Heirat zwischen ihr und Thomas nicht stattfinden könnte.

»An unserem Hochzeitstag hat mich Thomas' Vater beiseitegenommen und mir das hier gegeben. Er sagte, es sei sein Hochzeitsgeschenk für mich.«

Caroline griff in eine Tasche an ihrem Kleid und zog ein Stück Papier hervor, das sie Grace reichte. »Ich will, dass du es bekommst.«

»Was ist das?«

»Es ist die notarielle Urkunde für ein kleines Landgut. Es ist sehr hübsch und nur eine Stunde zu Pferd von hier entfernt. Die Urkunde ist auf meinen Namen ausgestellt.«

Ungläubig starrte Grace auf das Papier in ihren Händen. »Nein, Linny. Das kann ich nicht annehmen.«

»Und ob du das kannst. Ich will, dass du es bekommst.« Caroline griff nach Graces Händen und hielt sie fester. »Thomas' Vater hat gesagt, er wolle sicherstellen, dass ich nie wieder auf Vater angewiesen wäre, falls Thomas je etwas zustoßen sollte. Seine Meinung über Vater werde ich hier nicht wiedergeben, doch er wollte sicherstellen, dass ich nie wieder zu ihm zurückgehen und unter seinem Dach leben müsste.«

Grace drückte das Papier an ihr Herz und kämpfte gegen die Tränen an, die ihr über die Wangen zu laufen drohten.

»Es gehört dir, Grace. Dein Leben lang. Du sollst wissen, dass du deine Unabhängigkeit nicht aufgeben musst, wenn du nicht willst. Auch, wenn ich mir keinen besseren Mann als Raeborn vorstellen kann, sollst du dich nicht zu einer Heirat mit ihm gezwungen fühlen, weil du sonst nirgends hin kannst.«

»Ach, Caroline«, sagte Grace, umarmte ihre Schwester ungestüm und drückte sie fest. »Ich habe dich so lieb. Eine bessere Schwester könnte ich mir nicht wünschen. Aber ich lasse mir von Raeborn nicht den Hof machen, um ein Dach über dem Kopf zu haben. Vielleicht sollte ich das«, sagte sie und kaschierte ihre Verlegenheit mit unterdrücktem Gelächter. »Andernfalls falle ich euch allen bis an mein Lebensende zur Last.«

»Du wärst uns nie eine Last, Grace. Für das, was du für uns getan hast, schulden wir dir mehr, als wir je zurückzahlen können. Von Thomas soll ich dir sagen, dass du, so lange du willst, bei uns bleiben kannst. Und Josie ist schrecklich beleidigt, weil du zuerst zu uns gekommen bist und nicht zu ihr. Und Francie, Sarah und Mary haben allesamt ausrichten lassen, dass sie erwarten, dass du als Nächstes sie besuchst.«

Grace lächelte unter Tränen.

»Wenn es nicht die Sorge um ein Zuhause ist, was ist es dann? Es liegt doch nicht an Raeborn? Ich könnte mir gut vorstellen, dass du ihn mit der Zeit lieb gewinnen könntest. Er ist ein außergewöhnlicher Mann, Grace. Und es ist offensichtlich, dass er sich für dich interessiert.«

Grace wich Carolines Blick aus. Wie konnte sie ihr sagen, dass Raeborns Interesse erlöschen würde, sobald er herausfand, dass sie nicht sein Kind unter dem Herzen trug? »Ich hätte nur nie gedacht, dass irgendjemand mich als Ehefrau in Erwägung ziehen würde, und jetzt ...«

»Und warum nicht?«

»Das weißt du so gut wie ich. Sieh mich doch nur an, Linny.«

»Das tue ich ja. Alles an dir ist liebenswert. Und Seine Gnaden sieht das offenbar genauso. Ich weiß, er kann bisweilen sehr einschüchternd wirken, aber ...« Caroline hielt inne. »Hast du etwa Angst vor ihm, Grace?«

»Nein. Natürlich nicht. Es ist nur, dass ...«

»Du gibst doch nichts auf den Tratsch, den man sich über ihn erzählt?«

Grace sah Caroline an. »Welcher Tratsch?«

»Dass ein Fluch auf ihm liegt, weil seine ersten beiden Frauen im Kindbett gestorben sind.«

Grace lachte. »Natürlich nicht. Im Gegenteil, er hat mein Mitgefühl. Eine Frau zu verlieren ist schon tragisch. Aber einen solchen Verlust ein zweites Mal zu erleiden? Und die Erben, die er sich erhofft hat? Er muss doch wissen, dass er für ihren Tod nicht verantwortlich ist. Wir alle kennen die Risiken einer Geburt. Nein, das ist es nicht.«

»Was ist es dann, Grace?«

Grace hielt sich mit Mühe davon ab, die Hand auf ihren Bauch zu legen. »Es ist nichts, Linny. Vermutlich bin ich nur nervös. Die Szene mit Vater und Fentington bereitet mir immer noch Albträume.«

»Ich wünschte, ich wäre dabei gewesen, um dir zu helfen«, sagte Caroline. »Ich wünschte, ich hätte mitangehört, was du zu ihm gesagt hast. Es wäre alle Schätze der Welt wert gewesen zu sehen, wie er sich gewunden hat, als du ihm sagtest, dass du über ihn Bescheid weißt. Was er seiner Frau angetan hat. Dass alle wissen, dass sie sich lieber das Leben genommen hat, als auch nur einen Tag länger mit ihm zu verbringen.«

»Das würdest du nicht sagen, wenn du ihn gesehen hättest. Der Hass in seinen Augen macht mir noch immer Angst. Und die Gewissheit, dass Vater wusste, was für ein Mensch er ist, und mich trotzdem für Geld an ihn verschachern wollte.«

»Über Vater haben wir schon immer Bescheid gewusst. Was ich nicht glauben kann, ist, dass Fentington dich so leicht aufgegeben hat. Dass du kein Druckmittel gebraucht hast, um ihm zu entrinnen.«

»Ich bin nur dankbar dafür, dass es so war.«

Grace mied den Blick ihrer Schwester. Sie durfte nicht wissen, was es sie gekostet hatte, sich vor einer Heirat mit ihm zu retten. Sollte nicht wissen, wie sie Raeborn getäuscht hatte.

»Keine Sorge, Grace. Solange du bei uns bist, kann Fentington dir nichts anhaben. Und Vater hat nun keinen mehr, um den er feilschen und den er verkaufen kann. Wir sind sie beide los.«

Grace hoffte, dass dem wirklich so war. Dass Fentington ihr nur aus Wut gedroht hatte und nichts tun würde, um sich dafür zu rächen, dass sie ihn durch ihre Zurückweisung bloßgestellt hatte. Doch Caroline hatte recht. Hier war sie sicher. Sicher – außer vor dem Duke of Raeborn.

»Nun«, sagte Caroline und erhob sich. »Ich gehe jetzt lieber, damit du dich für heute Abend fertig machen kannst. Raeborn wird zweifellos auch dort sein und du willst sicher so hübsch wie möglich aussehen.«

Als Caroline sich zum Gehen wandte, griff Grace nach ihrer Hand und gab ihr die Urkunde zurück. »Bewahr das für mich auf, Linny«, bat sie und schloss Carolines Finger um das Dokument. »Dann weiß ich, wo es ist, wenn ich es jemals brauche.«

»Vergiss es nicht. Das Landgut gehört dir, falls du es je benötigen solltest«, versprach ihre Schwester und verließ das Zimmer.

Mit tränenverschleiertem Blick starrte Grace auf die geschlossene Tür. Sie wusste nicht, wie sie ihrer tiefen Dankbarkeit Ausdruck verleihen sollte. Ihrer Freude über die Gewissheit, sich die Peinlichkeit ersparen zu können, sich auf die Suche nach einem Ehemann zu begeben. Dem Trost, ein eigenes Zuhause zu haben und ihren Schwestern nicht zur Last fallen zu müssen. Sie hegte keinerlei Zweifel daran, dass es nur noch wenige Tage dauern würde, bis ihr natürlicher Zyklus wieder einsetzte und der Duke of Raeborn aufhören würde, ihr den Hof zu machen. Dann müsste sie sich ernsthaft überlegen, was sie mit dem Rest ihres Lebens anfangen wollte.

Sie setzte sich wieder auf das Sofa und drückte ein Kissen an ihre Brust. Gestern Abend hatte sie heimlich nachgerechnet, wie lange ihre Schwestern nach der Hochzeitsnacht gebraucht hatten, um schwanger zu werden. Caroline hatte drei Monate gebraucht, Josie vier, Francie knapp zwei, Sarah drei und Mary vier. Da Annie erst seit einem Monat verheiratet war, war es bei ihr noch fraglich. Das bewies, dass keine ihrer Schwestern in der Hochzeitsnacht schwanger geworden war, was es auch bei ihr unwahrscheinlich machte – auch wenn ihre Nacht mit dem Herzog natürlich nicht ihre Hochzeitsnacht gewesen war. Sie brauchte nur noch eine Woche zu warten, bis die Natur den Beweis dafür lieferte, dass sie kein Kind erwartete.

Dann würde sie vielleicht auf Carolines Angebot zurückkommen und sich in stiller Abgeschiedenheit auf dem Land niederlassen. Immerhin war sie durchaus in der Lage, sich ihren Lebensunterhalt zu verdienen. Sie konnte sich als Gouvernante und Musiklehrerin verdingen. Ihr Verdienst würde sie zwar nicht reich machen, doch immerhin wäre sie in der Lage, sich selbst zu ernähren, und müsste sich nicht darauf verlassen, dass ein Ehemann oder ihre Schwestern für sie sorgten.

Grace erhob sich aus den Kissen und redete sich ein, dass sie nichts zu befürchten hatte. Dass sie glücklich sein sollte, dass ihr eine große Last von den Schultern genommen worden war. Und doch quälte sie eine Traurigkeit, die nicht verfliegen wollte. Eine Traurigkeit, weil sie den Traum aufgeben musste, den sie insgeheim ihr ganzes Leben lang gehegt hatte. Der Traum von einem Zuhause, das erst durch die Liebe zwischen Mann und Frau warm und wohnlich wurde. Von einem Haus, das von Kinderlachen erfüllt war.

Der Preis, den sie für ihren Betrug zahlen würde, war in der Tat hoch.

∾

Grace stand mit Caroline und Josie an ihrer Seite bei ein paar Freundinnen rechts vom Treppenaufgang des Ballsaals der Pendletons und versuchte, sich auf die Gespräche um sie herum zu konzentrieren. Sie musste jedoch feststellen, dass ihre Gedanken immer wieder abschweiften. Dass sie nur an eines denken konnte. Nur an einen Menschen.

Sie spürte seine Gegenwart sofort. Wusste es genau, als er oben auf der Treppe stand. Wusste, dass er da war, noch bevor er angekündigt wurde.

Der Saal erschien ihr kleiner, die Luft wärmer.

Sie nahm sich vor, sich nicht umzudrehen. Nicht in die tiefschwarzen Augen zu sehen oder sich an seinen edlen Gesichtszügen zu ergötzen. Nicht auf den perfekten Schnitt seiner Kleidung, die breiten Schultern oder die muskulösen Schenkel zu achten. Sich nicht an seinen nackten Körper zu erinnern, der sich auf ihren presste, während sie mit den Händen über die Muskeln fuhr, die über seine Schultern und an seinen Armen hinab verliefen. Doch sie tat es trotzdem.

Sie drehte sich um. Ihre Blicke trafen sich und seine Augen fixierten sie mit einem besitzergreifenden Ausdruck, den sie beunruhigend fand.

Obgleich er reglos stehen blieb, erreichte seine Ausstrahlung sie, hüllte sie ein, bis sie sich ihm so zugehörig fühlte wie in der Nacht, als sie bei ihm gelegen hatte.

Ihr Magen verkrampfte sich vor Nervosität. Ihr Brustkorb zog sich zusammen, bis sie keine Luft mehr bekam. Bis sich der Raum um sie zu drehen schien. Alles wäre so viel einfacher, wenn er nicht diese Wirkung auf sie ausüben würde. Wenn sie diese eine Nacht mit ihm vergessen könnte. Wenn vor zehn Jahren ein Wunder geschehen und sie ihm damals schon aufgefallen wäre. Wenn sie nicht wüsste, dass er sich nur deshalb für sie interessierte, weil sie ihn getäuscht hatte. Nur weil es *seine Pflicht war*, bis er wusste, dass sie kein Kind von ihm bekam.

»Alles in Ordnung, Grace?«, fragte Caroline und berührte sie mit ihrer behandschuhten Hand am Arm.

Grace schnappte erschrocken nach Luft und setzte ein falsches Lächeln auf. »Natürlich. Ich war nur in Gedanken.«

Bevor Caroline weitersprechen konnte, fiel ihr Blick auf jemanden hinter Grace. Am koketten Lächeln der Damen um sie herum sowie an dem Umstand, dass sich ihr kleiner Kreis teilte, erkannte sie, dass er hinter ihr stand. Sie spürte die Wärme seines Körpers, die Energie, die von ihm ausging. Ihr stockte der Atem, als sie sich zu ihm umdrehte.

»Guten Abend, Lady Grace. Meine Damen«, begrüßte er sie alle.

»Euer Gnaden.«

Raeborn plauderte eine Weile freundlich mit ihnen allen, als wäre nicht jedem im Saal aufgefallen, wohin es ihn gleich nach seiner Ankunft gezogen hatte. Welche Dame er als Gegenstand seiner Aufmerksamkeit ins Visier genommen hatte. Er hätte seine Absichten nicht deutlicher kundtun können, wenn er ein Banner gehisst und Trompeter angeheuert hätte.

»Gleich beginnt der nächste Tanz, Lady Grace. Würden Sie mir die Ehre erweisen?«

In dem Wissen, was man von ihr erwartete, ergriff Grace lächelnd seine dargebotene Hand. Sie ging mit ihm und spürte die Blicke aller auf sich. Sie wusste, wenn sie sich umdrehte, würde sie die Ungläubigkeit in ihren Gesichtern sehen. Dass keiner von ihnen verstand, warum der Duke of Raeborn ihr den Hof machte.

Sie hatte nichts, was für sie sprach, keine große Mitgift, keinen angesehenen Familiennamen. Nicht einmal Jugend oder ein hübsches Gesicht. Ganz zu schweigen davon, dass alle glaubten, der Duke ginge nicht mehr auf Brautschau. Immerhin hatte er in den fünf Jahren nach dem Tod seiner Frau an niemandem Interesse gezeigt.

Warum also an ihr?

Eine Welle der Panik überwältigte sie. Bestimmt würde irgendjemand darauf kommen, dass sie irgendwelche Ränke geschmiedet hatte, um eine so ausgezeichneten Partie dazu zu zwingen, ihr den Hof zu machen. Das Herz schlug ihr bis zum Hals. Vielleicht wussten sie nicht, wie weit sie gegangen war, doch es würde nicht mehr lange dauern, bis sie sich zusammenreimten, dass sie ihn in eine Falle gelockt hatte. Warum sonst sollte der einflussreiche Duke of Raeborn sie eines zweiten Blickes würdigen? Sie hatte sogar munkeln hören, dass der Cousin des Herzogs seine Empörung geäußert hatte, weil Raeborn doch eigentlich geschworen hatte, nie wieder zu heiraten.

»Sie sehen heute Abend außergewöhnlich reizend aus, Mylady«, sagte er, führte sie auf die Tanzfläche und nahm sie in die Arme.

Sie wünschte, der Tanz wäre kein Walzer. Um wenigstens etwas Abstand zu ihm halten zu können. Doch das war unmöglich. Er hielt sie eng umschlungen und trug sie mit sich über das Parkett. Ein Schauer lief ihr über den Körper.

»Stimmt etwas nicht?«

Sie schüttelte den Kopf. »Nein, alles in Ordnung.«

»Dann könnten Sie mir vielleicht Ihren Gesichtsausdruck erklären und warum Sie in meinen Armen zittern.«

Sie bemühte sich, jeden Ausdruck aus ihrem Gesicht zu tilgen, der auf ihre Angst hindeutete, und verzog den Mund zu etwas, das hoffentlich wie ein aufrichtiges Lächeln aussah. Doch an seinen hochgezogenen Augenbrauen erkannte sie, dass es ihr nicht gelungen war.

Er zog sie noch enger an sich, wirbelte sie dreimal rasant im Kreis herum und führte sie danach durch die offen stehenden Doppeltüren auf die Terrasse. Er blieb nicht eher stehen, bis sie die drei kleinen Stufen hinab und in den Garten gegangen waren.

Er fasste sie an den Armen und drehte sie zu sich. »Was ist mit Ihnen?«, fragte er, legte einen Finger unter ihr Kinn und hob ihr Gesicht an.

Sie wandte sich ab. »Alles in Ordnung.«

»Das ist es nicht. Sie zittern. Sagen Sie es mir. Was quält Sie?«

Grace holte tief Luft und trat von ihm weg. »Sie müssen das nicht tun.«

»Was denn?«

»Sich derart um mich bemühen. Die Leute interpretieren zu viel in die Aufmerksamkeit hinein, die Sie mir schenken.«

»Ist Ihnen das unangenehm?«

»Ja. Die Leute gehen davon aus, dass es Ihnen ernst ist. Dass Sie mich tatsächlich als Ihre Herzogin in Betracht ziehen.«

»Und Sie wissen es natürlich besser.«

»Ja.« Sie wich seinem Blick aus. »Ich würde die Leute lieber mit einer überstürzten Heirat schockieren, als ihre feixenden Gesichter zu ertragen, wenn sie feststellen, dass Sie das Interesse an mir verloren haben.«

»Sie gehen davon aus, dass dieser Tag kommen wird?«

Sie wandte sich wieder zu ihm. »Natürlich.«

Er schnappte nach Luft. »Haben Sie Ihre …«

Graces Wangen brannten. »Nein. Aber das ist nur noch eine Frage der Zeit. Eine Schwangerschaft ist höchst unwahrscheinlich nach nur diesem einen Mal.«

Raeborn verzog die Lippen zu einem ironischen Lächeln. »Vielleicht ist das der Preis, den Sie für Ihre Täuschung zahlen müssen.«

Grace erschauderte. Ihr gefror das Blut in den Adern. Sie wäre froh, wenn es vorüber wäre. Wenn sie ihm sagen könnte, dass sie kein Kind von ihm erwartete und er diese Farce beenden konnte.

Die Schwere ihrer Tat überwältigte sie plötzlich. Ihre Schuldgefühle und die Scham erstickten sie fast. Sie hatte geglaubt, ihr gemeinsames Täuschungsmanöver noch ein bisschen länger durchhalten zu können, aber sie konnte es nicht. Sie ertrug es nicht, dass er sie ansah, sie berührte, mit ihr tanzte – sie auch nur anlächelte –, obwohl sie wusste, dass es das Letzte war, was er tun wollte. Obwohl sie wusste, dass er sie nur aus dem einzigen Grund beachtete, weil sie ihn hintergangen hatte und er dazu gezwungen war, ihr Aufmerksamkeit zu schenken. Obwohl sie wusste, dass unter der Oberfläche die Wut darüber brodelte, wie sie ihn getäuscht hatte.

»Bitte kehren Sie in den Ballsaal zurück, Euer Gnaden. Ich komme gleich nach.«

Sie wandte sich von ihm ab und ging weiter den Weg entlang, um genügend Abstand zu ihm zu bekommen und das bisschen Selbstbeherrschung wiederzuerlangen, über das sie noch verfügte. Ihr Zittern wollte einfach nicht nachlassen. Sie betete, dass er bemerken würde, dass sie allein sein wollte, dass er sie in Ruhe lassen sollte. Sie hörte seine Schritte hinter sich und hielt den Atem an.

Bitte lass ihn einfach fortgehen.

Sie schlang die Arme um sich und presste fest die Lippen zusammen, um das Wimmern zu unterdrücken, das ihr zu entschlüpfen drohte. Es war besser, die Sache sofort zu beenden. Bevor sie noch mehr miteinander verbandelt wären, als sie es jetzt schon waren. Bevor noch irgendjemand davon ausging, dass ihre Gefühle füreinander echt wären und sie die mitleidigen Blicke ertragen müsste, wenn er nicht länger ihre Gegenwart suchte. Hatten sie der Gesellschaft nicht schon genügend Anlass für Klatsch und Tratsch geboten? Davon gäbe es noch mehr, wenn ihr Körper endlich zeigte, dass alle Sorge umsonst gewesen war und für ihn keine Veranlassung mehr bestünde, diese betrügerische Rolle weiterzuspielen.

Sie kniff die Augen zu und wünschte sich mit aller Kraft, dass er sie allein ließe. Als er hinter sie trat und seine Finger sich um ihre Arme schlossen, zuckte sie zusammen. Ihr Puls raste, ihre Haut brannte, wo er sie berührte. Und dann tat er das Undenkbare. Er zog sie an sich und hielt sie fest.

Ihr Rücken war an seine Brust gepresst, sein warmer Atem strich über ihre nackte Haut an Hals und Schultern. Er schlang die Arme um sie und verschränkte die Finger vor ihrer Taille.

»Einfach tief durchatmen und entspannen«, flüsterte er ihr ins Ohr. »Es hat keinen Sinn, sich zu beunruhigen, bis wir es sicher wissen, so oder so.«

Seine Stimme wirkte auf sie wie ein Balsam, der sogar die Stellen in ihr beruhigte, die von einer Furcht schmerzten, die sich nicht legen wollte.

Am ganzen Körper zitternd, schnappte sie nach Luft. Als bemerkte er den Aufruhr, der in ihr tobte, drehte er sie in seinen Armen um und zog sie an sich.

Seine Umarmung spendete ihr Trost, während seine Hand über ihren Rücken streichelte. Seine wohltuende Wärme durchströmte sie und sie lehnte sich an ihn, als könnte er allein sie stützen.

»Wie rührend. Hoffentlich störe ich nicht, Euer Gnaden.«

Grace versteifte sich. Raeborns Hände hielten inne und stützten sie, damit sie nicht das Gleichgewicht verlor, als er sich von ihr löste. Er wandte sich zu dem Störenfried, schirmte sie jedoch mit dem Körper vor ihm ab.

Beim Klang dieser Stimme durchzuckte Angst sie wie mit scharfen Splittern. Glühende Nadelstiche quälten ihr Fleisch, während ihre Panik wuchs, als sie die Stimme der Person zuordnete, die sie fürchtete.

»Ich hatte von den Gerüchten gehört, dass Sie wieder auf Brautschau sind, Raeborn, konnte es jedoch kaum glauben, als ich hörte, wer die Auserwählte ist. Ich musste mich persönlich vergewissern, dass die Gerüchte wahr sind. Ich muss sagen, ich bin überrascht.«

»Und warum, Lord Fentington?«

Grace hob den Blick und sah Baron Fentington an. Bei seinem Anblick gelang es ihr nicht, ein angstvolles Einatmen zu unterdrücken.

Raeborn trat näher zu ihr und zog sie beschützend an seine Seite. Sein Gesicht drückte Verwirrung aus, dann langsames Begreifen.

Er wusste es. Raeborn wusste, dass Fentington der Grund dafür war, dass sie ihm ihre Jungfräulichkeit geschenkt hatte.

Der Ausdruck in seinem Gesicht wurde mörderisch, seine Augen schwarz vor Wut. Sein Arm schloss sich fester um sie, hielt sie dicht an seiner Seite. Sie spürte die Wut, die dicht unter der Oberfläche brodelte. Eine Wut, die sich, wie sie fürchtete, mit tödlichen Konsequenzen entladen würde. Plötzlich fürchtete sie sich mehr als an dem Tag, als sie Fentington im Arbeitszimmer ihres Vaters gegenüberstand.

Sie hatte schreckliche Angst davor, was Raeborn tun würde, um ihre Ehre zu verteidigen.

Sie wusste, dass Fentington zu allem fähig wäre, dass er es genießen würde, der feinen Gesellschaft zu enthüllen, dass Grace keine Jungfrau mehr war, und sein Wissen zu benutzen, um Raeborn in Verlegenheit zu bringen. Und dem bliebe keine andere Wahl, als ihre Ehre zu verteidigen.

Fentington trat einen Schritt auf sie zu. »Sagen wir einfach, ich habe vertrauliche Informationen über Lady Grace.«

Raeborn zog gleichgültig die Schultern hoch. »Ich bin mir sicher, dass alles, was Ihnen zu Ohren gekommen ist, nur die größten Komplimente gewesen sein können.«

Grace schwankte. Raeborn blickte sie lächelnd an.

»Und wenn dem nicht so ist?«

Langsam hob Raeborn den Blick zu Fentington. Als er sprach, war seine Stimme leise, die träge, gedehnte Aussprache eine klare Warnung. »Dann wäre ich an Ihrer Stelle sehr vorsichtig, Mylord. Ich habe eine besondere Zuneigung für die Dame entwickelt und würde Sie nur ungern wegen geringschätziger Bemerkungen zur Rechenschaft ziehen müssen.«

»Ich versichere Ihnen, Euer Gnaden, dass alles, was ich sage, nichts als die Wahrheit wäre und nur zu Ihrem Nutzen ausgesprochen würde. Um Ihnen – wie kann ich es taktvoll formulieren? – zukünftige Peinlichkeiten zu ersparen.«

Raeborn schob sie hinter sich. Das war das erste echte Warnsignal für Grace. Das zweite war der leise, todbringende Unterton in Raeborns Stimme, als er sprach.

»Sehen Sie sich vor, Fentington.«

In demonstrativer Frömmigkeit senkte Fentington ehrerbietig den Kopf. »Glauben Sie mir, Raeborn, wenn ich Ihnen sage, dass es mir kein Vergnügen bereitet, Ihnen zu sagen, was ich Ihnen sagen muss. Doch es ist meine christliche Pflicht.«

Graces Knie gaben nach, als Fentington den Kopf hob und seinen hämischen Blick direkt auf sie richtete. Sie fühlte, wie Raeborns Wut größer wurde. Wusste, dass er nicht zögern würde, den Baron herauszufordern.

Das war alles ihre Schuld. Sie war der Grund für alles. Sie hegte keinerlei Zweifel daran, dass Raeborn sich in Gefahr bringen würde, um ihre Ehre zu verteidigen, wenn sie nicht bald etwas unternähme.

»Bitte lassen Sie uns allein, Lord Fentington«, mischte Grace sich ein und trat vor. »Ich nehme großen Anstoß an Ihrer Gegenwart – genau wie an Ihren Anschuldigungen – und wünsche, dass Sie jetzt gehen.«

Fentington lachte. »Das tun Sie ganz bestimmt, doch es wäre nachlässig von mir, wenn ich zuließe, dass die Zuneigung Seiner Gnaden für Sie sich noch weiter entwickelt, ohne ihn an meinem Wissen teilhaben zu lassen.«

»Nein.«

»O doch, Mylady.« Er wandte sich wieder an Raeborn. »Es gibt einige Details über Lady Graces – warten Sie ...« Fentington legte nachdenklich einen seiner langen, dünnen Finger an seine Wange, als suchte er nach dem perfekten Wort, »... *Charakter*, über die Sie vielleicht Nachforschungen anstellen sollten, bevor Sie ernstere Gefühle für sie entwickeln.«

Raeborn zog sie wieder hinter sich. »Ich warne Sie, Fentington.«

Fentington lächelte. »Glauben Sie mir, Euer Gnaden, wenn ich Ihnen sage, dass niemand schockierter war als ich, die Wahrheit über Lady Grace zu erfahren.«

»Genug«, knurrte Raeborn. »Es sei denn, Sie bezwecken damit, dass die heutige Nacht Ihre letzte auf Erden ist. Wenn Sie den Morgen noch erleben wollen, schlage ich Ihnen vor, mir aus den Augen zu gehen. Anderenfalls lassen Sie mir keine Wahl, als Sie herauszufordern, sich in der Morgendämmerung mit mir auf Cravenshaws Wiese zu treffen.«

Unter Graces Füßen bebte die Erde. »Nein, Euer Gnaden.« Sie wollte noch mehr sagen, wurde jedoch zum Schweigen gebracht, als der Duke of Raeborn ihr den düstersten Blick sandte, den sie je gesehen hatte.

Fentington wirkte angesichts der Wende, die die Dinge genommen hatten, sogar noch schockierter. »Aber Euer Gnaden würde doch sicher ...«

Bevor Fentington reagieren konnte, packte Raeborn den Baron am Kragen und hob den tadellos gekleideten Mann fast vom Boden. »Ich schlage vor, Sie sagen jetzt kein Wort mehr. Mit dieser Dame war nie auch nur die Andeutung eines Skandals verbunden und es ist nur Ihre perverse Fantasie, die danach strebt, sie zu vernichten. Dabei kennen alle Ihren Grund dafür. Weil sie klugerweise Ihren Heiratsantrag abgelehnt hat und Sie nicht Manns genug sind, ihre Zurückweisung zu akzeptieren, ohne es ihr heimzuzahlen.«

»Das ist nicht wahr.«

»Und man kann es ihr kaum verübeln. Es gibt nicht ein Mitglied der Gesellschaft, das nicht um Ihre Grausamkeit und unsittlichen Neigungen weiß. Leider haben sich alle entschlossen, lieber wegzuschauen, als ein so abscheuliches Verhalten zur Kenntnis zu nehmen. Doch jetzt nicht mehr. Wenn aus Ihrem dreckigen Mund auch nur ein Wort über die Dame verlautet, das ihren guten Namen besudelt, werde ich nicht zögern, jede Leiche im Schrank Ihrer lüsternen Vergangenheit in ganz England ans Licht zu zerren. Haben wir uns verstanden?«

Raeborn ließ Fentington wieder los, der taumelnd das Gleichgewicht wiederzuerlangen suchte. Er hatte die Fäuste geballt und selbst im Mondlicht konnte Grace sehen, wie die Adern an seinem Hals anschwollen. Noch nie hatte sie solch unverhohlenen Hass gesehen, derart böse Absichten.

»Das wird Ihnen noch leidtun«, drohte Fentington, seine Stimme ein tiefes Knurren, das nur auf noch größere Gewalttätigkeit hindeutete. Er trat einen Schritt näher und deutete anklagend mit dem Finger auf Grace. »Das werde ich Ihnen nicht vergessen.«

Er machte auf dem Absatz kehrt und entfernte sich, wobei sein wutentbrannter Rückzug ein halbes Dutzend Schaulustige von dem schmalen Weg versprengte.

Einen langen Moment rührte sich niemand. Dann befahl Raeborn der kleinen Menschenansammlung mit nur einem Blick, sich zurück in den Ballsaal zu begeben. Sie gingen, die Köpfe zusammengesteckt und leise flüsternd.

Grace biss sich auf die Unterlippe. Beim Gedanken an das soeben Geschehene rebellierte ihr Magen unbarmherzig. Um ein Haar hätte es wegen ihr ein Duell gegeben. Wäre sie die Ursache für die Verwundung oder den Tod eines Mannes gewesen. Sie hegte keinerlei Zweifel daran, dass Raeborn Fentington herausgefordert hätte. Dieses eine Mal hatte Fentington einen Rückzieher gemacht. Doch das hieß nicht, dass er keinen anderen Weg finden würde, um sich zu rächen. Irgendeinen anderen Weg, es ihr heimzuzahlen. Genau wie Raeborn, der ihm den größten Schlag versetzt hatte, indem er ihn in aller Öffentlichkeit gedemütigt hatte.

Grace schlang schützend die Arme um sich. Sie kam nicht gegen das Zittern an. Fand kaum die Kraft, sich auf den Beinen zu halten. Sie war in ihrem ganzen Leben noch nie so dankbar gewesen wie jetzt, als Raeborn näher trat und die Arme um sie legte.

»Es ist vorbei, Grace«, flüsterte er und streichelte ihr mit einer Hand über den Rücken, während er mit der anderen ihren Kopf an seine Brust drückte. »Machen Sie sich keine Sorgen wegen Fentington. Er wird Sie nie wieder belästigen.«

Grace umfing seine Taille und lauschte dem regelmäßigen Schlag seines Herzens. Zum ersten Mal im Leben fühlte sie sich sicher. Spürte sie, dass es jemanden gab, der für sie sorgen würde. Das Gefühl war wunderbar, aber auch beängstigend. Es war ihr nicht geheuer, sich in dem Maße auf ihn zu verlassen, wie sie es wollte. Dadurch würde es noch schwieriger werden, den Mitgliedern der feinen Gesellschaft gegenüberzutreten.

Sie hegte keinerlei Zweifel daran, dass die Szene zwischen Fentington und Raeborn in einem Dutzend verschiedener Versionen weitererzählt werden würde, noch bevor der Ball zu Ende ging. Und eines wusste Grace ganz sicher. Dann wüssten alle, dass es dabei um sie gegangen war. Die ganze feine Gesellschaft wüsste, dass sie sich ihretwegen gestritten hatten.

Was nur noch mehr Fragen aufwerfen würde, warum sich der Duke of Raeborn für eine Frau mit einer zweifelhaften Vergangenheit interessierte.

Kapitel 9

∂✦

Nach einer weiteren Woche hatte sie ihm noch immer nicht gesagt, dass sie nicht schwanger war. Doch Vincent wusste inzwischen, dass die Nachricht ausbleiben würde. Es war jetzt beinahe einen Monat her, seit er bei ihr gelegen hatte.

Er atmete tief durch. Es gab Aspekte im Leben eines Mannes, über die er keine Kontrolle hatte, und dies war einer davon. Wäre es nach ihm gegangen, hätte er sein Versprechen, nie mehr zu heiraten, das er nach Angelines Tod gegeben hatte, gehalten. Er hätte zwar mit dem schmerzlichen Wissen leben müssen, dass der nächste Erbe der Raeborns nicht sein Sohn sein würde, doch er hätte es getan, weil er nicht noch eine Frau in Gefahr bringen wollte.

Doch Gott hatte es beliebt, ihm die Entscheidung abzunehmen. Vincent wusste nicht, ob er vor Freude schreien oder vor Verzweiflung weinen sollte.

In Erwartung ihrer Ankunft auf Baron Covingtons Ball griff er sich ein Glas vom Tablett eines Dieners und behielt den Treppenaufgang im Auge. Er wusste, dass der Ausdruck in ihrem Gesicht derselbe sein würde wie gestern Abend bei Lady Plumbdales Soiree oder am Abend zuvor beim Hauskonzert der Countess of Mentery. Oder am Tag zuvor, als er sie bei einer Spazierfahrt durch den Park begleitet hatte, oder am Abend davor, als sie gemeinsam die Oper besucht hatten – ein banger Ausdruck voll Nervosität. Von Schuldbewusstsein. Und mit einem Anflug von Panik.

Er sehnte den Tag herbei, an dem diese Sorgen in der Vergangenheit lägen.

Er war schon dabei, so gut es ging die Grundlagen dafür zu schaffen, und konnte bereits Erfolge verzeichnen. Die feine Gesellschaft registrierte die Aufmerksamkeit, die er ihr schenkte, und ihre Namen wurden mit jedem Tag enger miteinander in Verbindung gebracht. Genau das war sein Anliegen. Genau so sollte es sein.

Bei der Erinnerung an ihr letztes Gespräch hätte er am liebsten laut gelacht. Die subtilen Andeutungen, die sie machte, um ihm ihre Überzeugung mitzuteilen, dass sie nicht schwanger war. Mit vor Verlegenheit roten Wangen beteuerte sie, dass sie absolut sicher sei, dass ihr Monatsfluss wieder einsetzen würde. Aber er wusste es besser.

Er wusste, dass sie sich etwas vormachte, indem sie sich einredete, es sei unmöglich, dass die Geschehnisse einer einzigen Nacht solch dauerhafte Konsequenzen haben könnten. Er hingegen wusste so sicher, dass sie schwanger war, wie er seinen eigenen Namen wusste. Und er wusste auch, dass es ihr nur unnötige Sorgen bereiten würde, wenn er ihr mehr Zeit gab, und dass es vielleicht sogar dem Kind schadete.

Er beabsichtigte nicht, ein derartiges Risiko einzugehen. So wie die Dinge lagen, käme das Kind sowieso zu früh zur Welt. Es bestand keinerlei Veranlassung, der Gesellschaft noch mehr Munition für ihre Gerüchte zu liefern, als sie ohnehin schon hätten, wenn das Kind zur Welt käme und sie zum Tag ihrer Vermählung zurückrechneten. Ein Kind, das einen Monat zu früh geboren wurde, löste zwangsläufig ein gewisses Maß an Spekulationen aus. Ein Kind, das mehr als zwei Monate zu früh geboren wurde, wurde zu einem offenkundigen Beweis.

Er hatte bereits eine Sondererlaubnis in der Tasche und würde ihr noch eine Woche geben. Wenn die Situation bis dahin nicht geklärt wäre, würden sie heiraten, ob sie nun wollte oder nicht.

Er blickte zum Treppenaufgang hinauf und sah sie. Heute Abend trug sie ein smaragdgrünes Kleid mit einem tieferen Dekolletee als sonst. Ihren langen, anmutigen Hals zierte eine schlichte, einreihige Perlenkette. Mit ihrer stolzen, geraden Haltung und einem leisen Lächeln auf den Lippen war sie ein atemberaubender Anblick.

Eine eigenartige Wärme durchströmte ihn, sammelte sich in seiner Magengrube und sank bis in seine Lenden. Er konnte das Lächeln, das seine Lippen umspielte, nicht unterdrücken, als ihr Blick den Saal absuchte und innehielt, als er seinen traf.

Sie hatte die faszinierendsten Augen, die er je gesehen hatte. Riesengroß, dunkel und vor Intelligenz und Lebendigkeit funkelnd. Ihr goldblondes Haar war auf dem Kopf locker zusammengerafft und fiel in üppigen, wallenden Locken herab. Ein paar schimmernde Löckchen umrahmten ihr Gesicht und das Strahlen ihrer rosigen Wangen machte sie zur anziehendsten Frau im Saal.

Er lächelte. Er wusste, dass sie das vehement abstreiten würde, und diese Bescheidenheit trug noch zu ihrer Attraktivität bei. Sie wusste wirklich nicht, wie schön sie war.

Vincent durchquerte den Saal, um sie gleich am Fuße der Treppe in Empfang zu nehmen. Er wusste, dass die Augen aller im Saal auf ihn gerichtet waren – und auf ihre Reaktion. Der Gedanke missfiel ihm nicht. Das gehörte zu dem Theater dazu. Zu der Farce, die die beiden aufführten, um die ganze feine Gesellschaft davon zu überzeugen, dass sie verliebt ineinander waren. Die Farce, die sie auch aufführten, um einander zu überzeugen.

Er verbeugte sich tief vor ihr und küsste ihr die Hand. »Lady Grace.«

»Euer Gnaden.«

»Lady Wedgewood. Wedgewood«, begrüßte er auch Graces Schwester und deren Gatten.

Als er sich wieder Grace zuwandte, wich sie seinem Blick nur ganz kurz aus. Doch es war lang genug für ihn, um zu wissen, dass sie immer noch keine Neuigkeiten für ihn hatte. Sie konnte ihm immer noch nicht versichern, dass sie nicht sein Kind unter dem Herzen trug.

»Euer Gnaden«, erwiderte die Marchioness of Wedgewood und lenkte Vincents Aufmerksamkeit, die den Schatten unter Graces Augen galt, auf sich. »Ich plane heute in einer Woche ein kleines Abendessen, um die Rückkehr meiner jüngsten Schwester Anne aus ihren Flitterwochen zu feiern. Würden Sie uns die Ehre erweisen, daran teilzunehmen?«

Vincent verbeugte sich höflich. »Ich wäre hocherfreut.«

»Ausgezeichnet«, sagte Lady Wedgewood mit einem aufrichtigen Lächeln. »Ich werde Ihnen die Einladung gleich morgen zukommen lassen.«

Sein Blick traf Graces nur kurz, bevor der Marquess of Wedgewood ihn in ein Gespräch mit einbezog, das er mit drei oder vier anderen Männern führte, die ebenfalls gerade eingetroffen waren. Vincent hörte nur mit halbem Ohr hin und behielt Grace im Auge. Sie war blass und soweit er es beurteilen konnte, hatte sie im letzten Monat um den Bauch herum zugelegt. Quälende Sorge machte sich in ihm breit.

Er trat näher zu ihr. »Verzeihung, Mylady, würden Sie mich nach draußen begleiten, um ein wenig frische Luft zu schnappen?«

Sie runzelte die Stirn und wirkte fast überrascht. Dann verzog sie die Lippen zu einem Lächeln, als wäre ihr plötzlich eingefallen, welche Rolle sie zu spielen hatte. Vincent reichte ihr den Arm und sie hakte sich bei ihm ein.

Die Terrasse lag verlassen vor ihnen, als sie heraustraten, doch er führte sie über einen der beleuchteten Wege, um kein Risiko einzugehen, belauscht zu werden. In der Mitte des Gartens stand ein weinberankter kleiner Pavillon. Dorthin führte er sie.

Sie stiegen die Stufen hinauf und er folgte ihr zu einer Bank. Als sie Platz nahm, blieb er vor ihr stehen und legte ihr eine Hand leicht auf die Schulter. »Geht es Ihnen gut?«

»Ja. Ich bin nur müde.«

»Ist Ihnen morgens schon unwohl?«

Sie zuckte zusammen und sprang auf. »Nein.«

Vincent trat zurück und ließ sie an sich vorbeirauschen.

Sie lief bis zur anderen Seite des Pavillons und blieb mit dem Rücken zu ihm stehen. Wie zum Selbstschutz schlang sie die Arme um sich und starrte in die Dunkelheit, als gebe es dort etwas zu sehen.

Er sehnte sich danach, zu ihr zu gehen, sie in den Arm zu nehmen, sie zu trösten. Doch er wusste, dass sie Zeit brauchte. Sie musste sich erst noch damit abfinden, was mit ihr geschah. Mit ihnen.

Er sah ihre Schultern beben und hörte, wie sie zitternd Atem holte. Er konnte ihre Qual nicht mehr ertragen. Er trat hinter sie, drehte sie zu sich und zog sie in seine Arme.

»Es ist schon gut, Grace. Da kann man jetzt nichts mehr machen.«

»Ich bin mir immer noch nicht sicher. Bei mir ist es sehr unregelmäßig. Ich ... Ich ...«

»Sch«, flüsterte er, drückte sie an sich und hielt ihren Kopf an seiner Brust. Als sie in seinen Armen zitterte, wusste er, dass sie mit den Tränen kämpfte.

»Wäre es denn so schrecklich, meinen Namen zu tragen und mein Kind zu bekommen?«

Sie entzog sich ihm und er streichelte mit einem behandschuhten Finger ihre Wange, bevor er sich an die Holzbrüstung lehnte. Mit steifen Schultern und hochgerecktem Kinn hielt sie ihm weiterhin den Rücken zugewandt. »Ich möchte Sie etwas fragen, Euer Gnaden«, sagte sie und fixierte ihn über ihre Schulter mit schmerzerfülltem Blick. »Hätten Sie mich auch nur eines zweiten Blickes gewürdigt, wenn wir uns unter normalen Umständen begegnet wären?«

»Ich würde gern denken, ja.«

Sie lächelte. »Die perfekte Antwort. Genau wie alle Avancen, die Sie mir in den letzten Wochen gemacht haben, die Blumen, die Briefe, die nachmittäglichen Spazierfahrten, Ihr herzliches Lächeln in Gegenwart anderer. Sie haben mir nicht nur das Gefühl gegeben, die begehrenswerteste Frau ganz

Londons zu sein, sondern auch die gesamte feine Gesellschaft davon überzeugt, dass Sie sich mich wirklich als Braut wünschen.«

»Was hätte ich anderes tun sollen?«

Geistesabwesend strich sie mit den Fingern über das Holzgeländer. »Ich habe Ihnen keine große Wahl gelassen, nicht?«

Er gab keine Antwort. Er konnte nicht. Wie konnte er ihr sagen, wie wütend er gewesen war? Wie außer sich, weil er wusste, dass sie ihn in die Falle gelockt und zur Heirat gezwungen hatte? Wie entsetzt er war, weil er wusste, dass er sie vielleicht geschwängert hatte? Weil er wusste, dass sie ihn dazu zwang, sich zum dritten Mal seinem schlimmsten Albtraum zu stellen. Er hatte so furchtbare Angst, dass er manchmal glaubte, sich übergeben zu müssen.

Und doch war ihm auch bewusst, dass ihr Täuschungsmanöver ihm eine neue Chance auf einen Erben bot. Ein Risiko, das er aus eigenen Stücken niemals eingegangen wäre.

Sie warf ihm einen Blick zu. »Ich habe Sie ruiniert, um meine Haut zu retten. Vielleicht gab es sogar eine andere Frau, die Sie …«

Sich an die Kehle fassend, wirbelte sie entsetzt herum. Ihre Augen wurden groß und auf ihrem Gesicht lag ein Ausdruck reiner Panik. »Gab es eine andere? Gab es eine Frau, die Sie heiraten wollten? Eine Frau, in die Sie verliebt waren?«

»Nein. Es gab keine andere. Und Sie haben mich auch nicht ruiniert.«

Er hörte sie seufzen. »Nein? Wie würden Sie es denn nennen?«

Sie rang die Hände und Vincent spürte, wie ihre Unruhe wuchs. Er trat zu ihr, fasste sie an den Armen und zog sie an sich. »Ich glaube, Sie sorgen sich mehr, als Ihnen guttut.« Er legte den Finger unter ihr Kinn und hob ihr Gesicht an, streichelte ihr mit den Fingerknöcheln über die Wange. »Viel mehr, als mir lieb ist.«

Und damit beugte er sich herab und küsste sie.

In dem Moment, als er sie an sich zog, wusste Grace, dass er sie küssen würde. Eine unnachgiebige Stimme tief in ihr raunte ihr zu, dass er sie nur küsste, weil es von ihm erwartet wurde. Dass ein schlichter Kuss im Mondschein der nächste Schritt seiner Brautwerbung war. Dass der Kuss eine obligatorische Geste war, die ihm auch nicht mehr bedeutete, als die Blumen, die er ihr geschickt, oder die Briefe, die er ihr geschrieben hatte. Am liebsten hätte sie den Kopf weggedreht, damit er wusste, dass sie keine Liebesbezeugungen von ihm erwartete, wenn kein Publikum anwesend war, das es zu beeindrucken galt.

Doch eine noch unnachgiebigere Stimme erlaubte ihr das nicht. Ein Teil von ihr wünschte sich so verzweifelt, dass er sie küsste, dass sie vor Verlangen brannte. Derselbe Teil, der sich danach sehnte, seine Umarmung und seine Lippen zu spüren, die ihre berührten – so, wie in jener Nacht bei Madame Genevieve, als er sie umarmt und geküsst hatte. Sie wollte jenen Moment so verzweifelt noch einmal erleben, dass sie sich kaum beherrschen konnte.

Doch ein Teil von ihr hatte schreckliche Angst, dass es nicht dasselbe sein würde. Dass sich nun, da er wusste, wer sie war und was sie ihm angetan hatte, seine Wut und seine Enttäuschung in seiner Berührung manifestieren würden. In der Art, wie er sie küsste.

Sie versteifte sich, entzog sich ihm zwar nicht, gab sich ihm aber auch nicht hin.

»Hab keine Angst, Grace«, flüsterte er, hielt ihr Gesicht in den Händen und streichelte mit den Daumen in sanften Kreisen über ihre Wangen. Mit seinen Fingern hielt er ihren Hinterkopf.

Sie stieß einen tiefen Seufzer aus, den er für Kapitulation gehalten haben musste, denn seine Lippen senkten sich wieder auf ihre und bedeckten sie erneut.

Der Kuss war sanft, zart und aufreizend, und sie erwiderte ihn. Zunächst zaghaft, dann mit größerer Leidenschaft. Mehr Ermutigung brauchte er nicht.

Auch er seufzte tief, schlang die Arme um sie und öffnete den Mund über ihrem.

O ja. Wie in ihrer Erinnerung. Das Verschmelzen zweier Seelen, das Vermischen des Atems zweier Menschen, das Aufeinandertreffen von Lippen. Grace schlang die Arme um seinen Hals und zog ihn näher an sich. Sein Kuss wurde leidenschaftlicher, seine Wirkung berauschend. Es zog sie in einen Strudel aus unkontrollierbaren Gefühlen. Er vertiefte seinen Kuss noch und verlangte, dass sie es ihm gleichtat. Und sie gehorchte.

Seine Zunge berührte ihre Lippen, fuhr sinnlich darüber, um dann kühn in ihren Mund einzudringen, als suche er nach einem Preis, als wäre er auf Schatzsuche. Grace spreizte die Finger an seinem Hinterkopf und hielt ihn fest, zog ihn dicht an sich, während seine Zunge in ihren Mund eindrang. Sie kam ihm kühn entgegen, zu ihm strebend, begehrend, suchend, verlangend. Findend.

Das Liebesspiel ihrer Zungen war die Entladung nackter Emotion. Ein sinnliches Stöhnen raunte in dem Schweigen und sie wusste, es war ihres.

Sein Mund bewegte sich auf ihrem, jeder Kuss intensiver als der zuvor, jedes Aufeinandertreffen nur dieses einen Körperteils fast mehr, als sie ertragen konnte. Und dann küsste er sie leidenschaftlicher.

Zu nichts anderem mehr fähig, klammerte sich Grace an ihn. Ihre Beine waren nicht kräftig genug, sie zu halten, ihre Knie nicht mehr ruhig genug, sie zu tragen. Sie hielt sich an ihm fest und erwiderte seinen Kuss mit nie gekannter Verzweiflung. Mit einem so verzehrenden Verlangen, dass sie nicht glauben konnte, ohne das, was er ihr gab, weiterleben zu können. Und als er sich von ihr zurückzog, hatte sie fast das Gefühl zu sterben.

Seine Lippen hielten auf ihren inne. Dann hob er den Kopf und löste sich von ihr. Sie unterdrückte einen Schrei, da sein

Fernbleiben nahezu schmerzhaft war. Doch er ließ sie nicht los. Schwer seufzend zog er sie an sich und hielt sie fest, bis sich ihre Atmung wieder beruhigt hatte. So blieben sie lange stehen.

»Ich glaube, es ist an der Zeit, wieder nach drinnen zu gehen«, sagte er schließlich. »Die Leute werden über uns reden, wenn wir noch lange hier draußen bleiben.«

Er reichte ihr den Arm und sie ließ sich von ihm zurück ins Haus führen.

»Geht es Ihnen gut?«, frage er besorgt, als sie den warmen Ballsaal betraten.

Sie wollte ihm leichthin antworten, dass das selbstverständlich der Fall sei, brachte jedoch nur ein Nicken zustande.

»Bleiben Sie hier, ich hole uns eine Erfrischung. Ich bin gleich wieder zurück.«

Wieder nickte sie und er ließ sie allein. Sie sah ihm nach, wie er quer über die Tanzfläche lief, wobei jeder Zoll von ihm eine überwältigende Energie und Eleganz ausstrahlte. Sie konnte den Blick nicht von ihm wenden.

»Eine höchst eindrucksvolle Persönlichkeit, nicht?«

Als Grace sich umdrehte, stand sie einem sehr großen, sehr attraktiven Fremden gegenüber, dessen lächelnde Augen dem Lächeln in seinem Gesicht entsprachen. Sie fühlte sich sofort zu ihm hingezogen, ohne zu wissen warum, wenn sie davon absah, dass er Vincents dunkle Haare und tiefschwarze Augen hatte.

»Verzeihen Sie mir, wenn ich Sie erschreckt habe, Mylady.«

Grace atmete ein paar Mal tief durch. »Das haben Sie eigentlich nicht. Ich habe Sie nur nicht bemerkt.«

»Erlauben Sie mir, mich Ihnen vorzustellen. Ich bin Kevin Germaine. Raeborns Cousin.«

Grace konnte ihre Überraschung nicht verhehlen, als Germaine sich tief vor ihr verbeugte und ihr einen formvollendeten Handkuss gab. Als er den Blick wieder zu ihrem Gesicht hob, lag eine Offenheit in seinen Augen, die ihn ihr sofort sympathisch machte.

»Ah«, sagte er und legte lässig den Kopf schief. »Wie ich sehe, hat Seine Gnaden es versäumt, Ihnen von seiner Familie zu erzählen.«

»Ein Versehen, auf das ich ihn ganz sicher aufmerksam machen werde.« Grace sagte das in aller Aufrichtigkeit, bemerkte jedoch plötzlich, wie wenig sie über Vincent wusste. Wie wenig sie sich nach seiner Familie und seiner Vergangenheit erkundigt hatte. »Sie sagten, Sie seien Vettern?«

»Ja. Mein Vater und Raeborns Vater waren Brüder. Mein Vater starb, als ich sechzehn war, worauf Raeborn zu meinem Vormund ernannt wurde.«

»Ihrem Vormund?«

»Ja. Mein Vater war so klug, Seiner Gnaden die Verantwortung für mein Erbe sowie für meine Erziehung zu übertragen. Ich kann Ihnen gar nicht sagen, welch großen Einfluss Raeborn auf mein Leben hatte.«

Grace vermeinte, einen Schimmer von etwas Dunklem in Germaines Blick wahrzunehmen, doch als sie wieder hinsah, war es verschwunden. Sie musste es sich eingebildet haben. »Und findet dieses Arrangement Ihre Billigung?«

»Wieso sollte es nicht, Mylady? Ich kann mir keinen pflichtbewussteren Treuhänder vorstellen als Raeborn. Keinen, der besser die Kontrolle über alles ausüben würde. Ich kann mir kaum vorstellen, wie mein Leben aussähe, wenn es Raeborn nicht gäbe, um mein Erbe zu verwalten.«

»Dann müssen Sie und Raeborn sich sehr nahestehen.«

Germaine lächelte. »Ich denke schon. Ich bin sein einziger noch lebender Verwandter, weshalb ich auch enttäuscht bin, dass er mir nichts von Ihnen erzählt hat. Oder Ihnen von mir.«

»Ich kann Ihre Enttäuschung nachempfinden«, erwiderte sie lächelnd.

»Es hat mich überrascht, als ich rein zufällig erfuhr, dass er wieder auf Brautschau ist. Sie können sich nicht vorstellen, wie bestürzt ich darüber war.«

»Bestürzt?«, wiederholte Grace und verspürte tief in ihrem Bauch ein nervöses Zucken.

»Aber ja. Insbesondere wenn man die Tragödie in Betracht zieht, dass er nicht nur eine, sondern gleich zwei Ehefrauen verloren hat. Und seine Erben gleich mit ihnen. Ich bin ungemein erleichtert, dass er seine Meinung geändert hat und nicht beabsichtigt, an seinem Schwur festzuhalten, nie wieder zu heiraten.«

Grace senkte den Blick. Wussten die Leute von diesem Schwur? Und erinnerten sie sich jedes Mal daran, wenn sie sie zusammen mit Raeborn sahen?

»Es wäre eine solche Verschwendung gewesen, wenn er allein geblieben wäre. Er war ihnen beiden sehr zugetan und als er nach dem Verlust seiner geliebten Angeline keine Gesellschaft suchte, hatte ich schon Angst, dass er den lächerlichen Gerüchten Glauben schenkte, er sei dazu verdammt, niemals einen Erben zu haben.«

Grace erblasste. »Dann war es eine Liebesheirat?«, fragte sie und fürchtete sich vor der Antwort.

Germaine lächelte. »Ja. Ich glaube schon. Aber das ist lange her. Jedenfalls freue ich mich unendlich darüber, dass er nichts auf dieses Geschwätz gegeben hat«, fuhr er fort. »Und es freut mich sogar noch mehr, dass er einen so unfehlbaren Geschmack bewiesen hat, eine Frau von solcher Eleganz und Schönheit auszuwählen.«

Grace schlug das Herz bis zum Hals. Sie wusste, dass sie Raeborns Vergangenheit ruhen lassen sollte, konnte das aber nicht. Sie wollte mehr erfahren und ihr war klar, dass Raeborn diesen Teil seiner Vergangenheit niemals enthüllen würde. »Danke, Sir. Aber Ihnen muss doch bewusst gewesen sein, dass Seine Gnaden letztlich wieder heiraten würde.«

»An und für sich habe ich nicht daran geglaubt.«

»Aber warum?«, fragte Grace und versuchte, die leise Stimme zum Schweigen zu bringen, die sie warnte, nicht weiter in Raeborns Vergangenheit zu dringen.

»Vielleicht weil er glaubt, dass es das Risiko nicht wert ist. Ich weiß nur, dass er nach dem Tod seiner letzten Frau mit großem Nachdruck geschworen hat, sich nie wieder zu vermählen. Dass er nie mehr in Erwägung ziehen würde, noch ein Kind zu zeugen.« Germaine lächelte breiter. »Sie müssen etwas ganz Besonderes sein, Mylady. Seit dem Tod der schönen Angeline ist sein Name nicht ein einziges Mal mit einer Frau in Verbindung gebracht worden.«

Grace ballte die Fäuste und versuchte, sich auf den Beinen zu halten, während sich der Saal um sie drehte.

»Und ich darf hinzufügen, dass er keine bessere Wahl hätte treffen können. Ich kann sehen, dass Sie beide ausgezeichnet zueinander passen werden.«

Schmerzhafte Schuldgefühle regten sich in ihr. Sie durfte Germaine nicht in diesem Glauben lassen. Die feine Gesellschaft hinters Licht zu führen war eine Sache, Raeborns Cousin zu täuschen eine ganz andere. »Danke, Sir. Ich bin froh, dass Sie dieser Meinung sind, auch wenn Ihre Schlussfolgerungen recht vorschnell sind. Raeborn und ich sind nur Freunde.«

Germaines Miene verriet ihr, dass er ihr nicht glaubte, und sie war ihm dankbar, dass er es für sich behielt. »Dessen ungeachtet freue ich mich, Ihre Bekanntschaft zu machen, Mr. Germaine. Ich hätte auf den ersten Blick erkennen müssen, dass Sie mit Raeborn verwandt sind. Sie haben die gleiche Haarfarbe und Ihre Gesichtszüge sind seinen sehr ähnlich.«

Kevin Germaine lächelte breit. »Ich nehme das als Kompliment, Mylady. Das liegt vermutlich daran, dass unsere Väter Brüder waren.«

»Genau genommen Zwillinge«, erklang Raeborns Stimme hinter ihr.

Als Grace sich zu ihm umdrehte, stand er mit zwei Gläsern in der Hand da.

»Zwillinge?«, fragte sie und bemühte sich, ihr Unbehagen zu verbergen.

»Ja. Die kommen in unserer Familie bisweilen vor.«

Er reichte ihr ein Glas und trat näher zu ihr, als sie es entgegennahm. Am liebsten hätte Grace genügend Abstand zu ihm gewonnen, um sich nicht zu fühlen, als hüllte seine Nähe sie ein.

Sie wusste jetzt so viel besser, was in ihm vorging. Sie kannte die Ursache der unter der Oberfläche brodelnden Wut, die sie jedes Mal bei ihm spürte, wenn er von Heiraten sprach. Er hatte keinerlei Absicht gehegt, sich jemals wieder eine Frau zu nehmen. Er hatte nicht wieder heiraten wollen. Hatte kein weiteres Kind haben wollen, obwohl er keinen Erben hatte.

Der Saal schien um sie herum zu schwanken und sie hob ihr Glas und trank rasch einen Schluck der kühlen Flüssigkeit, die er ihr gebracht hatte.

»Mir war nicht bewusst, dass du auch hier bist«, sagte Raeborn zu seinem Cousin. »Ich freue mich, dich zu sehen. Es ist schon Wochen her.«

»Ja. Ich war beschäftigt.«

»Das habe ich gehört. Und du machst erstaunliche Fortschritte.«

Sekundenlang starrten sich die Männer nur an. Obwohl Grace nicht wusste, was zwischen ihnen vorgefallen war, ahnte sie, dass da etwas war. Etwas Wichtiges. Vincents Cousin brach als Erster sein Schweigen.

»Vermutlich hätte ich wissen müssen, dass Ihnen täglich ein Rechenschaftsbericht vorgelegt werden würde«, sagte Germaine und ignorierte das Kompliment. Dann lenkte er das Gespräch auf sie.

»Raeborn, ich kann Ihnen gar nicht sagen, wie enttäuscht ich bin, dass Sie mir verschwiegen haben, dass Sie eine so bezaubernde Frau kennengelernt haben.«

»Dann muss ich mich bei dir entschuldigen. Das habe ich in der Tat.« Raeborn wandte den Blick zu ihr und Grace wusste, dass dies ihr Stichwort war. Sie lächelte.

»Und ich glaube, es gibt nichts, was ich jetzt lieber täte, als mit einer so schönen Frau zu tanzen.« Er reichte ihr die Hand. »Wenn du uns entschuldigst.«

»Natürlich.«

Raeborn nahm ihr das Glas ab, reichte es einem Diener und führte sie auf die Tanzfläche. Das Orchester begann gerade mit einem Walzer und er zog sie in die Arme und wirbelte sie gekonnt über das Parkett.

»Sie tanzen wunderbar«, sagte er, um Konversation zu machen. »Sie können sich nicht vorstellen, wie sehr ich es schätze, mit einer Partnerin zu tanzen, die mir nicht auf die Zehen tritt.«

Grace stutzte. Dann lachte sie. »Das liegt daran, dass ich sechs Schwestern hatte, denen ich das Tanzen beibringen musste. Dadurch habe ich viel Übung bekommen.«

»Und wer hat es Ihnen beigebracht?«

»Meine Mutter. Sie hat sehr gern getanzt.«

»Das merkt man. Wie alt waren Sie, als sie starb?«

»Zwölf.«

»War sie krank?«

»Nein. Sie ist bei Annes Geburt gestorben.«

Eine plötzliche Kälte schien sich zwischen ihnen auszubreiten und Grace spürte unter ihren Händen, wie Raeborns Muskeln sich anspannten. Als sie aufblickte, war sein Gesicht ausdruckslos. »Stimmt etwas nicht, Euer Gnaden?«

»Nein«, antwortete er, doch sie sah es ihm an. Und sie wusste auch, was es war. Lange Zeit sagte er nichts mehr, sondern führte sie so mühelos durch die Schritte, als läge ihm das Tanzen im Blut. Als er den Gesprächsfaden wieder aufnahm, klang seine Stimme hart.

»Was hatte mein Cousin Ihnen mitzuteilen, Grace?«

»Nichts. Nur, dass er mich kennenlernen wollte und enttäuscht darüber war, dass Sie ihm nicht die Ehre erwiesen haben, uns einander persönlich vorzustellen.«

»Sonst nichts?«

Grace erblasste. Wie konnte sie ihm sagen, was Kevin Germaine ihr erzählt hatte? Wie konnte sie ihm sagen, dass sie nun wusste, warum er sie nicht als Ehefrau wollte? Warum er nicht noch einmal die Schwangerschaft einer Frau erleben wollte? Dass er nicht riskieren wollte, noch einen Erben zu verlieren?

»Was sollte es sonst noch sein?«

Er zog die Augenbrauen hoch. »Nichts.«

Er fixierte sie, als wüsste er, dass sie ihm nicht alles erzählt hatte. Sie wünschte sich verzweifelt, sich ihm entziehen zu können. Irgendwo weit weg zu sein, wo sie nachdenken konnte. Wo sie allein sein konnte. Vielleicht war das alles, was sie brauchte. Ein paar Tage Abstand von allen und allem. Wenn er sie nicht permanent mit Argusaugen bewachte, wenn sie nicht unentwegt die Rolle spielen müsste, die er ihr zugewiesen hatte, würde ihr Körper vielleicht wieder Räson annehmen und der ganze Albtraum wäre vorüber.

Nach dem Walzer geleitete er sie zu Caroline. Sie wünschte ihm eine gute Nacht und deutete an, dass sie müde sei und nach Hause gehen wollte. Caroline willigte rasch ein. Nachdem sie sich von ihren Gastgebern verabschiedet hatten, traten sie hinaus in den Frühlingsabend.

Sobald sie die kühle Nachtluft einatmete, wurde ihr Kopf wieder frei, und sie wusste ohne jeden Zweifel, was sie tun musste.

∞

»Bist du noch wach, Linny?«, flüsterte Grace, nachdem sie an die Tür des Ankleidezimmers ihrer Schwester geklopft hatte.

Carolines Zofe öffnete die Tür.

Drinnen ertönte Carolines Stimme. »Komm rein, Grace. Stimmt etwas nicht?«

»Nein«, sagte Grace und trat ein. Das Dienstmädchen verließ das Zimmer und schloss die Tür hinter sich. »Ich muss nur mit dir reden.«

Caroline erhob sich von dem Stuhl vor ihrem Frisiertisch und setzte sich neben Grace auf die geblümte Polsterbank, die schräg vor dem Kamin stand. »Was gibt es denn, Grace?«

»Du musst mir einen Gefallen tun, Linny.«

»Natürlich. Was du willst.«

»Ich möchte gern dein Angebot annehmen, mich ein paar Tage lang in deinem Gutshaus wohnen zu lassen.«

»Jetzt?«

»Ja. Nur etwa eine Woche.« Grace erhob sich und lief zur anderen Seite des Raumes, wo Carolines Schreibtisch am Fenster stand. »Zu deinem Abendessen heute in einer Woche bin ich zurück. Hast du etwas dagegen?«

»Natürlich nicht. Stimmt etwas nicht, Grace?«

»Nein. Ich will nur ein paar Tage allein sein. Und da du es mir angeboten hast, dachte ich …«

»Natürlich, Grace. Du kannst eines von den Dienstmädchen mitnehmen. Dort wohnen sonst nur Herman und Maude, wenn du also willst …«

Grace schüttelte den Kopf. »Nein. Ich komme schon zurecht. Ich will wirklich einmal allein sein.«

»Na schön«, sagte Caroline und erhob sich.

Grace brachte es nicht über sich, ihre Schwester anzusehen. Stattdessen fuhr sie geistesabwesend mit dem Finger an der Kante des Schreibtischs entlang. »Tust du mir noch einen Gefallen?«

»Wenn ich kann.«

»Bitte sag niemandem, wohin ich gegangen bin.«

»Auch nicht dem Duke of Raeborn?«

Grace schloss die Augen und versuchte, Vincents Gesicht auszublenden. Seinen Kuss. Die Wut, die er sicherlich verspüren würde, wenn er feststellte, dass sie fort war.

»Ja. Selbst dem Duke of Raeborn nicht.«

»Grace, stimmt irgendetwas …«

»Linny, bitte. Sei unbesorgt. Es ist alles in Ordnung. Ich brauche nur ein bisschen Zeit für mich. Du kennst mich. Ich habe an London und dem endlosen Reigen aus Feierlichkeiten und Bällen noch nie Vergnügen gefunden. Ich war immer zufrieden damit, auf dem Land zu bleiben und ein ruhigeres Leben zu führen.«

»Und wenn er fragt?«

»Dann sag ihm, ich wurde überraschend fortgerufen. Dass ich zu deinem Dinner am nächsten Freitag wieder zurück bin.«

»Ich bezweifle, dass er das hinnimmt, ohne Fragen zu stellen.«

»Wahrscheinlich nicht. Doch bis er erfährt, dass ich fort bin, ist es für ihn zu spät, etwas dagegen zu unternehmen. Deshalb spielt es keine große Rolle.«

Caroline schwieg eine Weile. Dann hörte Grace sie schwer seufzen. »Wann wolltest du denn abreisen?«

»Am Morgen. Gleich in der Früh.«

»Na schön. Ich lasse dir eine Kutsche bereitstellen.«

Grace umarmte ihre Schwester fest. »Danke, Linny. Gute Nacht.«

»Gute Nacht, Grace.«

Grace ging in ihr Zimmer und packte Kleider für eine Woche in eine kleine Reisetruhe. Als sie damit fertig war, zog sie sich ein Nachthemd über und schlüpfte unter die Decke.

Mit einem Lächeln schloss sie die Augen. Das war der erste Abend, an dem sie wirklich Ruhe fand, seit sie unerwartet dem Mann gegenübergestanden hatte, dem sie ihre Jungfräulichkeit geschenkt hatte. Sie war sich sicher, dass sie nur ein paar Tage Abstand von allem brauchte, damit ihre Situation sich klären konnte. Danach könnte sie ihm endlich mit Sicherheit sagen, dass sie nicht guter Hoffnung war.

Grace fühlte sich so gut wie seit Wochen nicht mehr.

Bis sie am Morgen aufwachte und es kaum quer durchs Zimmer bis zum Nachtgeschirr schaffte, bevor sie sich übergeben musste.

Kapitel 10

❧

*V*incent ließ den schweren Messingklopfer gegen die Haustür fallen und wartete darauf, dass der Butler der Marchioness of Wedgewood ihm öffnete. Nach dem gestrigen Abend hatte er beschlossen, dass es an der Zeit sei, Grace über seine Pläne zu informieren: Sie würden binnen einer Woche heiraten.

Nachdenklich rieb er sich das Kinn. Er war sich nicht sicher, wie sie die Nachricht aufnehmen würde, doch nach gestern Abend wusste er, dass sie nicht länger warten konnten. Auch wenn sie nicht mit Sicherheit wusste, ob sie guter Hoffnung war – er wusste es auf jeden Fall. Es war, als hätte er es von Anfang an gewusst. Von dem Moment an, als er sie entjungfert hatte, hatte er gewusst, dass sie sein Kind empfangen hatte.

Verdammt noch mal. Er wusste nicht, ob er das noch einmal durchstehen konnte. Sie war so verdammt zerbrechlich. Noch zierlicher als seine ersten beiden Frauen.

Als er durch die Tür trat, die ihm der Butler aufhielt, musste er gegen eine Welle aus Ungeduld und Wut ankämpfen.

»Ich möchte zu Lady Grace«, sagte er und reichte dem Mann in marineblauer Livree Hut und Handschuhe.

»Ich fürchte, Lady Grace ist nicht da, Euer Gnaden.«

Vincent blieb wie angewurzelt stehen. »Wissen Sie, wo sie ist?«

»Ich fürchte nein, Euer Gnaden. Aber Lady Wedgewood befindet sich im Salon. Sie ist im Begriff, ihren Tee einzunehmen. Sie erwartet Sie bereits.«

In seinem Magen machte sich ein flaues Gefühl breit.

Ohne seine Zustimmung abzuwarten, führte der Butler ihn in den hinteren Teil des Hauses. Nach leisem Anklopfen öffnete er die Tür und meldete den Duke of Raeborn.

»Euer Gnaden«, sagte Lady Wedgewood und streckte ihm zur Begrüßung die Hand hin.

Vincent trat zu ihr und gab der Marchioness einen förmlichen Handkuss.

»Nehmen Sie bitte Platz, Euer Gnaden.«

Vincent setzte sich auf den Stuhl gegenüber der Marchioness und wartete. Die Atmosphäre war spannungsgeladen, unbehaglich. Als sei seine Anwesenheit Teil eines Dramas, eines gut einstudierten Theaterstücks, das allen Mitwirkenden vertraut war außer ihm.

Sein Stuhl stand in leicht schrägem Winkel zu dem niedrigen Sofa, auf dem sie saß, weit genug entfernt, um seiner Nähe keine zu große Intimität zu verleihen, jedoch nahe genug für eine zwanglose Unterhaltung. Ein zwangloses Verhör. Es war ganz offensichtlich, dass sie ihn erwartet hatte.

Das ungute Gefühl von eben warnte ihn. Irgendetwas stimmte nicht.

Lady Wedgewood rutschte auf die Kante des Sofas und schenkte geziert zwei Tassen Tee ein. »Mit Zucker und Sahne?«

»Nur mit Sahne.«

Vincent sah zu, wie sie die Sahne in die Tassen goss. Wenn er sich nicht irrte, zitterte ihre Hand. Sein Unbehagen verstärkte sich. »Ich bin hier, um Lady Grace zu besuchen«, erklärte er und bemühte sich um einen neutralen Tonfall.

»Ich fürchte, Grace ist momentan nicht hier.«

Lady Wedgewood reichte ihm seine Tasse und lehnte sich zurück in die Kissen. Ihre Blicke trafen sich kein einziges Mal und diesmal bestand kein Zweifel daran, dass ihre Hände zitterten.

»Wo ist sie?«

Lady Wedgewood seufzte tief und nippte an ihrem Tee. »Das darf ich Ihnen nicht sagen, Euer Gnaden.«

»Warum nicht?«

Endlich sah sie ihm in die Augen. »Weil ich es Grace versprochen habe.«

Vincent bemühte sich, die Wut, die sich in ihm anstaute, zurückzudrängen, wusste jedoch, dass es sinnlos war. »Seit wann ist sie fort?«

»Das halte ich nicht für wichtig, Euer Gnaden.«

»Wann?«, wiederholte er.

»Seit heute Morgen in aller Herrgottsfrühe.«

»Hat sie einen Grund dafür genannt, dass sie fortgegangen ist?«

»Sie sagte, sie müsse ein paar Tage allein sein. Grace ist nicht an das Leben in London gewöhnt und sucht bisweilen die Abgeschiedenheit.«

»Ich muss dringend mit ihr sprechen. Bitte sagen Sie mir, wo sie ist.«

»Ich fürchte, das ist unmöglich. Grace hat sehr klare Anweisungen gegeben. Sie will ihre Ruhe haben.«

Vincent schoss von seinem Stuhl hoch. »Und ich will nicht, dass sie ausgerechnet jetzt allein ist.«

Lady Wedgewood schnappte nach Luft. »Bei allem gebotenen Respekt, Euer Gnaden, ich sehe nicht, woher Sie sich das Recht nehmen, über die Entscheidungen meiner Schwester zu bestimmen. Genauso wenig, wie ihr Aufenthaltsort Sie etwas angeht. Haben Sie auch nur einmal in Betracht gezogen, dass *Sie* vielleicht der Grund waren, warum Grace das Bedürfnis hatte, London zu verlassen und ein paar Tage für sich zu sein?«

Vincent sah den Zorn in Lady Wedgewoods Augen und hörte die Entschlossenheit in ihrer Stimme. Er wusste, dass er allein durch Fragen Graces Aufenthaltsort niemals herausfinden würde.

»Womit haben Sie meine Schwester in der Hand? Womit setzen Sie sie unter Druck?«

Vincent erhob sich und trat ans Fenster. Er stand mit dem Rücken zu ihr, die Schultern starr und unbeweglich, die Hände hinter dem Rücken verschränkt.

»Ich weiß nicht, was es ist«, fuhr sie fort und ihre Stimme war so scharf, wie er es bei ihr noch nie gehört hatte, »aber ich habe schon seit einiger Zeit das Gefühl, dass zwischen Ihnen und Grace irgendetwas nicht stimmt. Als ihre Schwester fühle ich mich verantwortlich, sie auf jede nur mögliche Art und Weise zu beschützen. Ich werde nicht tatenlos zusehen, wie sie verletzt wird.«

»Und ich würde nie vorsätzlich etwas tun, um sie zu verletzen«, antwortete er, ohne sich umzudrehen.

»Was ist zwischen Ihnen vorgefallen, das sie so beunruhigt? Denn sie ist beunruhigt. Das merke ich ihr schon seit einigen Wochen an.«

»Ich muss mit ihr sprechen, Lady Wedgewood. Bitte sagen Sie mir, wo sie ist.«

»Nichts, das Sie zu sagen haben, kann von so großer Wichtigkeit sein, dass es nicht warten kann. Sie hat mir versprochen, rechtzeitig zu dem Dinner zurück zu sein, das ich nächsten Freitag gebe, um unsere jüngste Schwester nach ihrer Hochzeitsreise wieder zu Hause zu begrüßen.«

Vincent schüttelte den Kopf. »So viel Zeit kann ich ihr nicht lassen.«

Die Luft knisterte vor Spannung. Er wusste, dass er Graces Schwester nur noch mehr verstimmt hatte.

»Ich fürchte, das werden Sie aber müssen. Ich kann mir nichts von so großer Wichtigkeit vorstellen, dass sie nicht die eine Woche für sich haben kann, nach der sie verlangt.«

Der tadellos gepflegte Garten vor dem Fenster, an dem er stand, blieb von ihm unbeachtet. Vincent sah ihn zwar, nahm jedoch nichts von den prachtvollen Frühlingsblumen wahr, die bald in Blüte stehen würden. Auch die beiden Eichhörnchen, die einander hinterherjagten und von Baum zu Baum huschten, fielen ihm nicht auf. Er sah nichts als Graces blasses Gesicht, die dunklen Ringe unter ihren Augen, die Verzweiflung, mit der sie ihn ansah. Sie sollte inzwischen wissen, ob sie guter Hoffnung war oder nicht. Und wenn es so war, konnte er sie das nicht allein durchstehen lassen.

Er drehte sich um. »Ich bitte Sie noch einmal, mir zu verraten, wo sie ist.«

»Es tut mir leid. Wie ich Ihnen bereits sagte, kann nichts so wichtig sein, dass Sie sie damit behelligen müssen. Sie werden einfach warten müssen, bis sie in einer Woche zurückkommt.«

Er ließ das Kinn auf die Brust sinken und seufzte tief. Er war nicht gerade erpicht darauf, Lady Wedgewood über seinen Verdacht zu informieren. Ihm war klar, dass Grace ihr nichts von ihren Ängsten verraten hatte. Doch sie ließ ihm keine andere Wahl.

»Es gibt etwas von ausreichender Wichtigkeit.« Vincent wandte sich mit all dem aristokratischen Gebaren, das man ihm von Kindesbeinen an beigebracht hatte, an Graces Schwester. »Es besteht eine hohe Wahrscheinlichkeit, dass Ihre Schwester mein Kind unter dem Herzen trägt.«

Lady Wedgewoods Tasse fiel samt Untertasse zu Boden. Ein großer Teefleck breitete sich auf ihrem Rock aus. Sie wurde kreidebleich, während sie die Hände vor den Mund schlug, um einen Schrei zu unterdrücken.

Vincent ignorierte die verstreuten Porzellanscherben und trat noch einen Schritt auf sie zu. »Wenn das tatsächlich der Fall ist, möchte ich nicht, dass Grace jetzt allein ist. Um Tratsch zu vermeiden, ist es unbedingt erforderlich, dass wir so bald wie möglich heiraten. Ich habe bereits eine Sondererlaubnis und mit Reverend Carrington vereinbart, dass er sich den Freitagnachmittag freihält.«

Die Marchioness of Wedgewood musste mehrmals schlucken, bevor sie wieder sprechen konnte. Als sie es tat, klang ihre Stimme schwach und angespannt. »Das ist nicht möglich. Grace kann nicht ...«

Vincent hob abwehrend die Hand. »Es genügt wohl, wenn ich sage, Mylady, dass die Möglichkeit durchaus besteht.«

Lady Wedgewoods Bestimmtheit schien ins Wanken zu geraten.

»Ich gebe diese Information nicht leichtfertig preis, Mylady. Hätte es eine andere Möglichkeit gegeben, an die von mir gewünschten Informationen zu gelangen, ohne diese Peinlichkeit zu enthüllen, die Grace ganz sicher für sich behalten wollte, hätte ich es nicht getan.«

Sichtlich erschüttert, ballte Lady Wedgewood die Hände in ihrem Schoß zusammen. »Das wusste ich nicht«, sagte sie. »Grace hat nicht einmal angedeutet, dass …«

»Ich glaube, sie wartet immer noch auf ein Wunder. Ich fürchte nur, es wird nicht eintreten.«

Die Marchioness schnappte nach Luft und fixierte ihn mit ernstem Blick. »Hoffen Sie auch auf ein Wunder, Euer Gnaden?«

Vincent zog die Augenbrauen hoch. »Ich bin ein sehr pragmatischer Mensch, Lady Wedgewood. Ich habe noch nie an Wunder geglaubt.«

»Ich verstehe«, flüsterte sie und der Griff ihrer Hände war so fest, dass die Fingerknöchel weiß hervortraten.

»Deshalb werden wir auch so schnell wie möglich heiraten. Spätestens nächsten Freitag. Ich bin mir sicher, Grace wüsste es zu schätzen, wenn zu einem so besonderen Anlass ihre gesamte Familie zugegen wäre. Wenn es Ihre Zustimmung findet, könnten Sie vielleicht einwilligen, die Zeremonie hier bei Ihnen abzuhalten. Dann könnte das Dinner, das für jenen Abend geplant war, in eine kleine Feier umfunktioniert werden.«

»Natürlich.«

»Und wenn Sie mir nun endlich verraten, wo ich Ihre Schwester finde, mache ich mich sofort auf den Weg.«

Die Marchioness of Wedgewood wischte sich eine Träne von der Wange und verriet ihm, wo Grace sich aufhielt.

❧

Vincent ritt über den durchweichten Boden und ignorierte den dichten Nebel, der mit jeder Meile, die er zurücklegte, undurchdringlicher wurde. Er war bis auf die Knochen durchgefroren. Sie sollte dankbar dafür sein. Vielleicht wäre sein lodernder Zorn durch den kalten Regen abgekühlt, bis er bei ihr ankam.

Viel wahrscheinlicher war jedoch, dass es ihn nur noch mehr verärgerte und die Wut, die in ihm wuchs, noch weiter schürte. Warum zum Teufel war sie fortgegangen? Welchen Vorteil versprach sie sich davon, einfach wegzulaufen? Die Gedankengänge einer Frau würden ihm ein ewiges Rätsel bleiben. Er würde niemals verstehen, was sie zu erreichen glaubte, wenn sie ihm aus dem Weg ging.

Vincent senkte den Kopf über den Hals des Pferdes, um sich vor dem strömenden Regen zu schützen, und schalt sich selbst zum tausendsten Mal dafür, nicht vorausgesehen zu haben, dass sie die Flucht ergreifen würde. Aber seine Geschäfte hatten ihn den ganzen Vormittag und fast den ganzen Nachmittag über in Anspruch genommen, sodass er gezwungen gewesen war, ihr durch einen Boten sein Bedauern zu übermitteln und ihre geplante Spazierfahrt abzusagen – natürlich ohne zu ahnen, dass sie längst fort war.

Er versuchte, nicht daran zu denken, wie wütend er geworden war, als ihm klar wurde, dass sie ihn verlassen hatte. Genau wie er sich dazu zwang, sich jeden einzelnen Grund ins Gedächtnis zu rufen, mit dem er vor sich selbst gerechtfertigt hatte, warum er sich nie wieder eine Frau suchen wollte. Und das hätte er auch nicht. Wenn sie ihn nicht dazu gezwungen hätte.

Er dachte an sie, an die Nacht, in der sie unter ihm gelegen hatte, sich ihm hingegeben hatte, und wusste, dass es eine Erinnerung war, die ein Leben lang genügen müsste. Sobald dieses Kind gesund auf der Welt war – und er betete zum lieben Gott, dass es so sein möge –, würde er nie wieder bei ihr liegen. Würde es niemals riskieren, sie noch einmal zu schwängern.

Genauso wenig, wie er es riskieren würde, sich in sie zu verlieben. Den ganzen vergangenen Monat hatte er ihr den Hof gemacht, mit ihr getanzt und sich mit ihr unterhalten. Er hatte mit ihr gelacht, sie im Arm gehalten und einmal sogar den Fehler begangen, sie zu küssen. Es wäre so ungemein leicht, sich in sie zu verlieben, das wusste er. Doch das war genau das Gefühl, das er sich nie mehr gestatten würde. Er hatte diesen Verlust bereits zwei Mal nur mit Mühe und Not überlebt und wollte diesen Schmerz nicht noch einmal durchmachen.

Vincent trieb sein Pferd an. Er war bis auf die Haut durchweicht und je schneller er ans Ziel käme, desto schneller wäre er im Warmen und Trockenen. Und umso schneller konnte er diese Konfrontation hinter sich bringen.

Er hielt das Pferd abrupt an und riss es herum, als er bemerkte, dass er an dem Weg vorbeigeritten war, der Lady Wedgewood zufolge zu dem Landsitz führte, auf den Grace geflüchtet war.

Sein Pferd hatte nur wenige Schritte gemacht, als Vincent in der Seite ein heftiger Schmerz durchzuckte. Eine Sekunde später hallte ein gedämpfter Schuss in der Luft wider. Er brauchte noch einen Moment, bis ihm klar wurde, dass man ihn angeschossen hatte.

Vincent hielt sich die Seite und blickte nach rechts zu einem kleinen Wäldchen. Er registrierte eine Bewegung im Dunkeln, sah jedoch nichts außer einem weißen, verschwommenen Fleck, der zwischen den Bäumen davonhuschte. Doch als er noch einmal genauer hinschaute, war er fort. Verschwunden, als wäre er niemals da gewesen.

Er versuchte, tief durchzuatmen, doch weißglühender Schmerz durchzuckte seine Brust und schoss an seinen Armen hinab bis in seine Fingerspitzen. Er kämpfte gegen den schier überwältigenden Schmerz an, beugte sich wieder tief über den Hals des Pferdes und drückte ihm die Fersen in die Flanken.

Ein zweiter Schuss hallte durch die Luft. Er musste seine ganze Kraft aufbringen, um sich im Sattel zu halten. Sein ganzes Durchhaltevermögen, um nicht zu Boden zu stürzen.

Als Vincent die Hand an seine Seite drückte, lief Blut über seine Finger. Ein Schmerz, so brennend wie ein glühender Schürhaken, durchzuckte ihn.

Der Himmel drehte sich um ihn und ihm wurde klar, dass er gleich das Bewusstsein verlieren würde. Er schaffte es nur mit Mühe den Kiesweg zum Vordereingang des Gutshauses hinauf, bevor die Welt um ihn schwarz wurde und er aus dem Sattel rutschte.

»Mylady, kommen Sie schnell!«

Grace erhob sich von dem Bett, auf dem sie sich ausgeruht hatte, und eilte durch das Zimmer, das sie für sich ausgesucht hatte. Einen Augenblick lang drehte sich der Raum gefährlich und sie streckte die Hand aus, um sich abzustützen. Das Gefühl währte nicht lange, wurde jedoch von einer Welle der Angst begleitet. Sie wusste, dass Schwindel nur ein weiteres Symptom des Zustandes war, den sie nicht länger leugnen konnte.

Wie konnte sie ihm je wieder gegenübertreten? Was für eine Wahl blieb ihm, außer sie zu heiraten, sie mit dem Kind zu nehmen, das sie trug?

Eine schwere Last legte sich auf ihre Brust. Sie hatte zu jeder Tagesstunde gebetet, nicht schwanger zu sein. Nicht den Rest ihres Lebens mit einem Mann verbringen zu müssen, der sie nicht wollte. Mit einem Mann, den sie von Anfang an getäuscht hatte.

Ein feiner Film aus Schweiß stand ihr auf der Stirn. Sie war froh, hier zu sein, und nicht in London. Froh, wenigstens ein paar Tage für sich zu haben, um zu verarbeiten, was sie nun mit Sicherheit wusste, bevor sie ihm wieder unter die Augen treten musste. Bevor sie die Resignation in seinem Blick sehen musste. Und seine Entschlossenheit, das Richtige zu tun, obwohl er es nicht wollte.

»Schnell, Mylady!«

Verwirrt über die Angst, die sie in Mr. Featherlys Stimme hörte, lief sie durchs Zimmer und öffnete die Tür.

Grace kannte Herman und Maudie Featherly nicht gut, doch ihre entspannte Gelassenheit hatte ihr schon seit ihrer Ankunft hier gutgetan wie ein heilender Balsam. Sie hatte das Gefühl gehabt, zum ersten Mal wieder Kontrolle über ihr Leben zu haben, seit sie Raeborn in Carolines Musikzimmer hatte stehen sehen und wusste, dass sie entlarvt war.

Sie rannte zum Treppenabsatz und spähte nach unten. Ihr Herz setzte einen Schlag aus.

»Vincent?«, stieß sie mit erstickter Stimme hervor.

»Mylady, wir haben ihn in der Auffahrt gefunden. Er ist verletzt.«

Grace eilte die Treppe hinab. »Vincent?« Sie strich ihm das nasse Haar aus der Stirn. »Wo sind Sie verletzt?«

»An der Seite, Mylady«, informierte Herman sie.

Grace blickte auf das Blut, das sein Hemd und seine Jacke durchtränkte.

»Grace …«

»Still, Euer Gnaden. Nicht sprechen. Wir müssen Sie ins Bett schaffen.«

»Ich … Ich …«

Er brachte nichts anderes mehr heraus, bevor ein heftiger Husten seinen Körper schüttelte und er sich vor Schmerzen krümmte. Herman wankte unter Vincents Gewicht und ließ ihn fast fallen.

»Nicht sprechen, Vincent. Schaffen Sie es die Treppe hinauf?«

»Ja … Aber ich muss Ihnen … etwas …«

»Still. Das können Sie mir später sagen. Wir müssen erst die Blutung stoppen.«

Er griff nach ihrer Hand, umklammerte ihre Finger und drückte sie.

»Nein«, keuchte er. »Versprechen Sie mir … dass Sie … nicht wieder verschwinden.«

»Nein, Euer Gnaden. Ich werde Sie nicht verlassen.«

»Versprechen Sie … es mir.«

»Ich verspreche es.«

Schritt für Schritt erklommen sie die Treppenstufen. Vincent half mit, so gut es ging, doch der Blutverlust hatte ihn geschwächt. Er konnte kaum die Füße heben und mehr als einmal gaben seine Knie nach und rissen sie beinahe alle zu Boden.

Oben angekommen, eilte Grace voraus und öffnete die Tür zu dem Zimmer neben ihrem. Sie stürzte hinein und zog die Decke auf dem Bett zurück.

»Legen Sie ihn hierhin, Mr. Featherly. Maudie, bringen Sie Wasser und Verbandszeug. Und Nadel und Faden.«

»Ich hole auch die Flasche Brandy, die Herman im Schrank aufbewahrt.« Die Haushälterin hastete so schnell aus dem Raum, wie ihre kurzen Beine sie trugen.

Herman setzte Vincent vorsichtig aufs Bett und stützte ihn mit einer Hand, während er ihm mit der anderen die Jacke von den Schultern streifte. »Am besten ziehen wir ihm das Hemd aus, um den Schaden zu begutachten«, erklärte er und entkleidete Vincent, während Grace ein Handtuch vom Waschtisch nahm und es befeuchtete.

Als Vincents Oberkörper entblößt war, legte Herman ihn zurück aufs Bett und zog ihm die Stiefel aus. »Drehen Sie sich lieber um, Mylady, während ich Seine Gnaden von seiner restlichen Kleidung befreie. Wir müssen ihn aus den nassen Sachen herausholen und ihn aufwärmen, bevor er sich noch verkühlt.«

Grace wandte sich ab, bis Herman fertig war. Dann drehte sie sich wieder um und tupfte Vincent mit einem Waschlappen den Schweiß von der Stirn.

»Drücken Sie mit dem Lappen hier hin«, bat Herman und deutete auf die Stelle, wo immer noch Blut aus der größeren der beiden Wunden sickerte. Eine Kugel war durch seine Seite hindurchgegangen, doch ob auch eine Rippe getroffen oder gebrochen war, konnte sie nicht sagen. Zwei Wunden zeigten den Weg an, den das Projektil genommen hatte, eine davon glatt und sauber und nicht sehr blutig, die andere blutverschmiert und mit zerfetzten Rändern.

Vincent atmete zischend ein, als sie gegen die lange, klaffende Wunde drückte, ließ den Kopf zurück ins Kissen sinken und schloss die Augen. Seine Kiefermuskeln spannten sich, während er vor Schmerz die Zähne zusammenbiss.

»Die Kugel hat nicht den größtmöglichen Schaden angerichtet, Euer Gnaden.« Herman nahm den Waschlappen weg, um die Wunde gründlicher zu untersuchen. »Aber Sie haben viel Blut verloren. Wir werden das nähen müssen.«

Grace drückte weiter auf die Wunde und bemühte sich nach Kräften, ihren Blick auf etwas anderes zu richten als auf sein Gesicht und seinen nackten Oberkörper. Auf etwas anderes als das, was nur von dem dünnen Laken bedeckt war, das bis tief über seine Hüfte nach unten gezogen war. Es gelang ihr nicht. Er sah genauso aus wie in ihren Erinnerungen an jene Nacht, in der sie bei ihm gelegen hatte. Mit den beeindruckenden Muskeln, die sie noch kannte aus den Stunden, die sie ihn in den Armen gehalten und die Hände über seinen schlanken, festen Körper hatte gleiten lassen. Beim Gedanken daran wurde ihr fast unangenehm warm.

Seine Haut war dunkler als ihre und auf Brust und Schultern fanden sich immer noch Regentropfen. Mit ihrer freien Hand griff sie nach einem Handtuch und trocknete ihm das Gesicht. Er schlug langsam die Augen auf und sah sie an. Sein Blick war dunkel vor Schmerz.

»Maudie ist gleich wieder da«, flüsterte sie und strich mit dem weichen Waschlappen über die Haut. »Bald geht es Ihnen wieder besser.«

»Versprechen Sie mir … nicht von meiner Seite … zu weichen.«

»Ich verspreche es«, gelobte sie, während sie ihn so weit es ging abtrocknete, ohne dabei der Wunde zu nahe zu kommen.

Grace wandte den Blick zur Tür, als Maudie, eine halb volle Flasche unter dem Arm, mit warmem Wasser, Wundsalben und Pasten auf einem Tablett hereingeeilt kam.

»Hier, Mylady«, sagte sie und reichte Grace die Flasche und ein Glas. »Geben Sie Seiner Gnaden ein Glas davon, bevor wir anfangen.«

Grace goss etwas von der Flüssigkeit ein, hob Vincents Kopf an und hielt ihm das Glas an die Lippen. Er trank zwei große Schlucke und ließ den Kopf zurück aufs Kissen sinken.

»Das genügt«, flüsterte er mit rauer Stimme. »Bringen wir es hinter uns.«

Grace ging zur anderen Seite des Bettes, um Maudie den Platz zu geben, die Wunden zu säubern und zu nähen. Vincent folgte ihr mit seinem Blick, als hätte er Angst, dass sie ihn angelogen hätte und beabsichtigte, bei der nächstbesten Gelegenheit die Flucht zu ergreifen.

»Ich säubere zuerst die Wunden, Euer Gnaden«, erklärte Maudie. »Dazu nehme ich Hermans guten Brandy, um sicherzugehen, dass sie sich nicht entzünden.«

Grace brachte es nicht über sich, der Haushälterin dabei zuzusehen. Stattdessen sah sie ihm fest in die Augen.

»Den Brandy ersetze ich Ihnen«, versprach Vincent. Sein Atem ging angestrengter, sein Gesicht war sehr blass. Er ließ sie weiterhin nicht aus den Augen.

»Da nehme ich Sie beim Wort, Euer Gnaden«, versuchte Herman zu scherzen.

Nach kurzem Schweigen sprach Maudie. »Gleich tut es ziemlich weh, Euer Gnaden.«

»Das habe ich... schon vermutet«, keuchte Vincent. »Das hat... guter Brandy... so an sich.«

»Das stimmt«, antwortete Maudie. Sie hatte die Worte »Verzeihung, Euer Gnaden« kaum ausgesprochen, als sie auch schon eine ordentliche Dosis Brandy über die Wunden goss.

Vincents Körper zuckte zusammen, doch er zeigte sonst, abgesehen von einem noch festeren Griff um Graces Finger, keine Reaktion.

»Gleich ist es vorbei«, flüsterte sie ihm beruhigend zu, als Maudie noch eine Portion Brandy auf die blutige, klaffende Wunde goss.

Vincents Gesicht war kreidebleich und von Schweiß bedeckt. Die Anstrengung und der Schmerz forderten ihren

Tribut und Grace wusste, dass er kurz davor stand, die Besinnung zu verlieren. Auch wenn ihr klar war, dass es ein Segen für ihn wäre, so wusste sie doch auch, wie heftig er dagegen ankämpfen würde. Die grimmige Entschlossenheit in seinen Augen und die fest aufeinandergebissenen Zähne verrieten ihr, dass er jede quälende Minute bei Bewusstsein bleiben wollte.

»Fast geschafft, Euer Gnaden«, sagte Maudie und fädelte die Nadel ein. »Das Schlimmste haben Sie hinter sich.«

Vincent entspannte sich etwas, aber er atmete immer noch schnell und unregelmäßig.

»Ich gebe mir alle Mühe, vorsichtig zu sein. Ich bin ganz gut im Nähen, aber besonders schön wird es wohl nicht«, erklärte sie und setzte sich auf die Bettkante. »Doch es wird gut verheilen. Das kann ich Ihnen versprechen.«

»Ich habe ... vollstes Vertrauen ... in Ihre Fähigkeiten«, versicherte ihr Vincent, der sich immer noch auf Graces Gesicht konzentrierte.

Maudie lächelte ihn freundlich an und stach die Nadel durch seine Haut.

»Was ist geschehen, Vincent?«, fragte Grace, zum Teil, um ihn abzulenken, damit er das Stechen der Nadel nicht spürte. Aber noch mehr, weil sie sich einfach nicht vorstellen konnte, wie jemand auf ihn hatte schießen können. »Glauben Sie, es war ein Jäger?«

Vincent brach zum ersten Mal den Blickkontakt mit ihr ab. Er richtete den Blick auf Herman, der am Bett stand und eine Lampe hielt, damit Maudie besser sehen konnte.

Herman räusperte sich. »Hier in der Gegend gibt's keine Jäger, Mylady. Nicht so nahe am Gutshaus.«

Grace stockte der Atem. Ihre Brust zog sich schmerzhaft zusammen. »Vincent?«

Vincent schloss die Augen. »Sie werden ... das Haus nicht verlassen ... es sei denn in meiner Begleitung. Haben Sie das verstanden, Grace?«

Grace beobachtete, wie Maudies geschickte Finger die Nadel durch die Haut an Vincents Seite zogen, während sie zu verstehen versuchte, aus welchem Grund er eine solche Forderung stellte.

»Ja, aber …«

Vincent öffnete abrupt die Augen. Die Hand, die sie bis eben gehalten hatte, zuckte in einer abwehrenden Geste nach oben und hielt sie davon ab, den Satz zu beenden. »Verstanden?«

Sie schluckte heftig. »Ja, Euer Gnaden.«

Er seufzte schwer und schloss die Augen wieder. Grace sah die Entschlossenheit und den Schmerz in seinem Gesicht und hoffte, dass Maudie bald fertig wäre.

»Seien Sie auf der Hut, Mr. Featherly«, presste er zwischen zusammengebissenen Zähnen heraus. »Lassen Sie niemanden herein.«

»Ja, Euer Gnaden. Sie können sich auf mich verlassen.«

Grace schossen tausend Fragen durch den Kopf und die unfassbaren Schlussfolgerungen, die sie aus Vincents Befehlen ziehen musste, ängstigten sie. Sie würde später darüber nachdenken. Momentan wünschte sie sich nur, dass diese Tortur endlich vorüber wäre und er sich ausruhen konnte.

»Fertig«, verkündete Maudie und schnitt den letzten Faden ab. »Geben Sie Seiner Gnaden noch einen Schluck Brandy. Ich glaube, er kann es gebrauchen.«

Grace hob das Glas an seine Lippen und ließ ihn trinken. Dann bettete sie seinen Kopf wieder zurück aufs Kissen und zog ihm die Decke bis ans Kinn. Er beobachtete sie mit schmerzgetrübtem Blick.

»Verlassen Sie mich nicht, Grace.«

»Das werde ich nicht.«

Beruhigt schloss er die Augen und schlief ein.

Grace ließ ihre Finger durch sein Haar gleiten und strich ihm eine Locke aus der Stirn. Herman und Maudie sammelten den blutdurchtränkten Lappen und Vincents Kleidung ein und ließen sie mit ihm allein.

Sie stand am Bett und sah zu, wie sich seine Brust hob und senkte. Sogar im Schlaf war er der attraktivste Mann, den sie je gesehen hatte. Sein Gesicht war wie gemeißelt und perfekt geformt, die breite Stirn, die dichten Augenbrauen, die hohen Wangenknochen, das markante Kinn. Sie ließ den Blick zu seinen Lippen gleiten. Sie waren weich genug, um mit ihren zu verschmelzen, wenn er sie küsste, und dabei fest genug, sie in eine Welt zu befördern, die ihr völlig unbekannt gewesen war, bevor sie bei ihm gelegen hatte.

Sie erinnerte sich an die Farbe seiner Augen, die so dunkel, tief und durchdringend war, dass sie sich manchmal fürchtete, und doch so warm und tröstend, dass sie sich in ihren Tiefen verlieren konnte. Er war die Vollkommenheit und sie im Kontrast die Schlichtheit. Er war genau der Typ Mann, den zu finden und zu heiraten sie sich schon immer erträumt hatte.

Doch das war, als sie noch Träume gehabt hatte. Bevor die Last, ihre Schwestern vor der Gier ihres Vaters beschützen zu müssen, jede Hoffnung zerstört hatte, die sie für ihre eigene Zukunft gehegt hatte. Als sie noch daran geglaubt hatte, dass jemand über ihr unauffälliges Äußeres hinwegsehen und etwas Besonderes in ihr erkennen könnte. Und den Rest seines Lebens mit ihr würde verbringen wollen.

Stattdessen hatte sie einen Mann hintergangen, der nun keine andere Wahl mehr hatte, als sie zu seiner Frau zu nehmen.

Grace zog sich einen Stuhl ans Bett und setzte sich. Seine Hand lag auf der Decke, die langen, eleganten Finger in den Stoff gekrallt, als kämpfe er sogar im Schlaf gegen den Schmerz. Sie streckte die Hand aus, um ihn zu berühren, sein Leiden zu lindern – und hielt inne.

Ihn zu berühren, sich noch mehr an ihn zu binden, war nicht klug, das wusste sie. Sie wusste, dass es ihr nur Kummer bringen würde, wenn sie sich gestattete, mehr für ihn zu empfinden. Doch mit derselben Sicherheit wusste sie auch, dass es bereits zu spät war. Sie hatte den Punkt überschritten, an dem sie ihr Herz noch schützen konnte. Es war während ihres Betrugs geschehen, in der Nacht, in der sie sich ihm hingegeben hatte. In der schönsten Nacht ihres Lebens.

Grace nahm seine Hand in ihre, verschränkte seine Finger mit ihren, legte ihre Handfläche gegen seine. Ein heißes Feuer, so ungemein lebendig, dass es ihr den Atem raubte, schoss ihren Arm hinauf, durch ihre Brust und sank wieder hinab, um in ihrem Unterleib zu lodern.

Sie schloss die Augen und betete darum, ohne den Teil ihres Herzens weiterleben zu können, der bereits ihm gehörte, obwohl er ihn überhaupt nicht wollte.

Kapitel 11

⚜

$\mathcal{V}$incent öffnete die Augen zunächst nur einen Schlitz und versuchte sich zu erinnern, wo er sich eigentlich befand. Als er sich bewegte, fragte er sich, warum er so schreckliche Schmerzen hatte.

Er kannte dieses Zimmer nicht. Die Tapete mit den burgunderroten Rosen sah ganz anders aus als die in seinem Schlafzimmer und auch die waldgrünen Vorhänge waren ihm völlig fremd. Er schloss die Augen wieder und atmete tief durch die Nase ein. Seine Seite brannte höllisch und sein Kopf hämmerte wie nach einer durchzechten Nacht. Mit großer Anstrengung hob er die Augenlider wieder und drehte den Kopf, um sich im Zimmer umzusehen. Und erblickte sie.

Eine dunkle Steppdecke bis ans Kinn gezogen, saß sie mit untergeschlagenen Beinen in einem gepolsterten Ohrensessel. Ihre Augen waren geschlossen und ihre Schultern hoben und senkten sich langsam.

Ihr weizenblondes Haar war mit einem rosafarbenen Band im Nacken zusammengebunden. Irgendwann in der Nacht musste sie das besudelte Kleid ausgezogen haben, das sie getragen hatte, als sie versuchte, die Blutung zu stillen.

Als sie sich im Schlaf regte, rutschte ihr die Steppdecke über die Schulter. Sie trug einen hochgeschlossenen Morgenrock und darunter ein Nachthemd. Sie zeigte viel weniger Haut als in einem der Ballkleider, die gerade in Mode waren, doch der Gedanke, dass sie darunter nackt war, hatte eine heftigere Wirkung auf ihn, als ihm lieb war. Die Erinnerungen an ihre erste gemeinsame Nacht ließen ihn einfach nicht los.

Als spürte sie, dass er wach war, schlug sie ihre dunklen Augen auf. »Guten Morgen, Euer Gnaden.«

Ihre Stimme war fast ein Flüstern und er fragte sich, ob ihr bewusst war, wie sinnlich das klang. »Guten Morgen.«

Sie zog sich die Steppdecke wieder bis ans Kinn, beugte sich zu ihm und legte ihm die Hand zuerst auf die Stirn, dann gegen seine Wange. Er konnte den Blick nicht von ihrem Gesicht wenden und wurde mit einem warmherzigen Lächeln belohnt.

»Sie haben kein Fieber. Das ist gut. Möchten Sie einen Schluck Wasser?«

»Ja.«

Um ihm ein Glas Wasser einzuschenken, musste sie die Decke loslassen. Er sah, wie sie errötete, bevor sie ihm den Rücken zuwandte und die Decke über den Stuhl legte. Sie hielt inne.

»Vermutlich finden Sie es albern, das ich mich vor Ihnen so ziere, nachdem wir ... « Sie wandte sich zu dem kleinen Nachttisch und schenkte ihm mit zitternden Händen ein Glas ein. »Aber ich hatte nicht vor, einzuschlafen, und wollte längst wieder angezogen sein, wenn Sie wach werden.«

»Machen Sie sich keine Gedanken, Grace.«

Sie hielt ihm das Glas an die Lippen. Er trank ein paar Schlucke und ließ den Kopf wieder zurücksinken.

»Wie fühlen Sie sich?«, fragte sie.

»Fürchterlich.«

»Das wundert mich nicht.« Sie nahm wieder im Sessel Platz. »Haben Sie gesehen, wer auf Sie geschossen hat?«

Er zog es vor, die Frage zu ignorieren, und wechselte das Thema. »Warum sind Sie weggelaufen?«

Ein Stirnrunzeln, dann ein Ausdruck des Verstehens. »Sie haben ihn gesehen. Wer war es?«

»Sie müssen doch gewusst haben, dass ich Ihnen folgen würde.«

»Sie wollen mir keine Antwort geben, nicht wahr?«

»Nein. Warum sind Sie davongelaufen?«

Sie erhob sich und trat an den Kamin, um noch ein Holzscheit auf das niedergebrannte Feuer zu legen. Sie nahm sich übertrieben viel Zeit dafür. Eine Verzögerungstaktik, die ihn nur noch mehr reizte.

»Ignorieren Sie mich nicht, Grace. Ich bin nicht in der Stimmung für irgendwelche Spielchen.«

Ihr tiefer Seufzer war durchs ganze Zimmer zu hören. Sie wandte sich ihm zu und sah ihn an.

»Ich musste einfach weg, Euer Gnaden. Ich brauchte Zeit zum Nachdenken.«

»Worüber?«

»Das sollten Sie doch wissen.«

»Ich weiß nicht, was es da noch nachzudenken gibt. Es ist viel mehr an der Zeit zu handeln.«

Aus ihrem Gesicht wich alle Farbe.

»Nein. Noch nicht«, flüsterte sie.

»Warum? Ist der Gedanke an eine Heirat so entsetzlich?«

»Für mich oder für Sie?«

Ihre Worte trafen ihn, wie es keine anderen vermocht hätten. »Ich weiß nicht, was Sie über mich gehört haben, Grace, aber ...«

Sie erwiderte seinen eindringlichen Blick und hob abwehrend die Hand. »Ich weiß, dass Sie nicht wieder heiraten wollen. Ich weiß, dass Sie sich nach dem Verlust Ihrer letzten Frau geschworen haben, nie wieder vor den Traualtar zu treten. Dass Sie sogar den Wunsch nach einem Erben aufgegeben haben. Haben Sie sie so sehr geliebt?«

Vincent fiel das Atmen plötzlich schwer. »Sie war etwas ganz Besonderes. Das waren meine Frauen beide.«

»Dann wollen wir hoffen, dass es noch nicht zu spät ist.«

»Ich glaube, das ist es schon, und das wissen Sie auch.«

»Nein. Tue ich nicht.«

Vincent drückte den Kopf fester ins Kissen und schloss die Augen. »Warum sind Sie hierher geflüchtet, Grace?«

Die Verärgerung in ihrer Stimme war nicht zu überhören. »Das habe ich doch schon erklärt.«

»Nein, warum ausgerechnet *hierher*?«

»Caroline hat mir angeboten, dieses Haus für ein paar Tage zu nutzen. Ich wusste, dass es leer stand, und es war nicht allzu weit von London entfernt.«

»Warum sind Sie nicht nach Hause gefahren?«

Vincent wandte ihr den Kopf zu und sah, wie sie an den Bändern ihres Morgenmantels nestelte. »Wissen Sie, was ich an dem Abend, bevor ich herkam, in einem meiner Clubs gehört habe?«

Sie schüttelte den Kopf.

»Dass Ihr Vater wieder geheiratet hat.«

Die erhoffte Reaktion blieb aus. Sie zeigte keine Regung, fast so, als beträfe sie die Neuigkeit gar nicht. »Wussten Sie von seinem Vorhaben?«

»Er hatte etwas in der Art erwähnt.«

»Wann?«

»Vor meiner Abreise zu Linny.«

»Finden Sie es nicht merkwürdig, dass ein Vater heiratet, ohne dass auch nur eines seiner Kinder zugegen ist?«

Sie lächelte, doch das Lächeln war alles andere als glaubhaft. »Sie kennen meinen Vater nicht, oder?«

Vincent schüttelte den Kopf.

»Da haben Sie wirklich Glück gehabt.«

»Sie haben kein Zuhause mehr. Ist es nicht so, Grace?«

Sie zuckte zusammen und wandte sich ihm mit geballten Fäusten zu. »Ich habe sechs Zuhause, Euer Gnaden. Und wenn ich bleiben möchte, dieses hier noch dazu.«

»Aber es wäre nicht Ihr eigenes Zuhause.«

»Warum tun Sie das?«

»Weil Sie sich mit Ihrer Situation auseinandersetzen müssen. Sie müssen sich eingestehen, dass Sie höchstwahrscheinlich mein Kind unter dem Herzen tragen. Und ich werde nicht zulassen, dass es unehelich zur Welt kommt. Sie müssen der Tatsache ins Auge sehen, dass Sie sonst nirgends hinkönnen. Sie haben kein Zuhause, in dem Sie Zuflucht suchen können, ohne Ihrer Familie zur Last zu fallen. Diese Ehe entspricht vielleicht nicht Ihren Wünschen, aber Ihnen bleibt keine andere Wahl.«

»Und welche Wahl bleibt Ihnen? Sich doch wieder eine Frau zu nehmen, die Sie gar nicht wollen? Die Sie nicht lieben?«

»Ich sehe nicht, was das momentan für eine Rolle spielt. Es ist die einzige Wahl, die Sie mir gelassen haben.«

Vincent sah, wie alle Farbe aus ihrem Gesicht wich, und wünschte, er könnte die Worte zurücknehmen. Aber dafür war es zu spät.

Sie verkrampfte ihre Hände in die Falten ihres Morgenmantels. »Vielleicht ist es noch nicht zu spät. Vielleicht gibt es dieses Kind gar nicht und ich bin nur ...«

Aus ihrem Gesicht war jetzt auch der letzte Rest Farbe gewichen und er sah, wie sie heftig schluckte und die Hand ausstreckte, um sich am Sessel abzustützen. Vincent versuchte, sich aufzurichten, nach ihr zu greifen, doch der plötzliche Schmerz in seiner Seite verhinderte es. Ihm blieb keine andere Wahl, als liegen zu bleiben und hilflos zuzusehen, wie sie sich die Hand vor den Mund schlug und aus dem Zimmer rannte.

❧

»Warum sind Sie nicht im Bett?«

Grace eilte zu Vincent und schlang stützend einen Arm um seine Mitte, wobei sie sich bemühte, nicht seine verletzte Seite zu berühren. Auf seiner Stirn glänzte Schweiß, während er sich mit den Händen an der Wand abstützte, um sich auf den Beinen zu halten. Hemd und Hose hatte er bereits an und seine Stiefel standen zum Anziehen bereit auf dem Boden vor ihm.

»Es ist erst zwei Tage her, seit Sie angeschossen wurden. Sie sollten noch nicht aufstehen.«

»Seit wann ist Ihnen morgens schon schlecht?«

Ihr stockte der Atem.

»Seit wann?«

Sie half ihm, sich vorsichtig auf die Bettkante zu setzen, und griff nach dem Tee, um ihm eine Tasse davon einzuschenken. »Seit drei Tagen.«

»Dann ist es noch früh.«

Grace reichte ihm den Tee. Dann trat sie ans Fenster und blickte mit leerem Blick hinaus. »Tut mir leid.«

»Nein. Sagen Sie das *niemals*.«

Sie ließ den Kopf sinken und blinzelte, um die Tränen zurückzuhalten. »Kann ich das Gleiche zu Ihnen sagen?«

Als keine Antwort kam, stellte sie die Frage, die sie schon seit seiner Ankunft beschäftigte. »Wie haben Sie mich gefunden?«

»Lady Wedgewood hat es mir gesagt.«

Grace schüttelte den Kopf. »Nein. Ich habe sie gebeten, es nicht zu tun. Sie hätte es Ihnen nicht gesagt, es sei denn ...« Graces Blick schoss zum Bett, wo er noch immer saß. »Das haben Sie nicht!«

»Ihrer Schwester gesagt, dass Sie in anderen Umständen sind? Doch. Spätestens, wenn wir mit der Sondererlaubnis zurückkommen, werden es sowieso alle wissen.«

»Die Erlaubnis haben Sie schon?«

»Wir heiraten am Freitagnachmittag. Lady Wedgewood hat eingewilligt, dass wir die Zeremonie in ihrem Hause abhalten können, und versprochen, Ihre Schwestern zu informieren, damit sie alle zugegen sind. Dass Sie Ihren Vater dabeihaben wollen, konnte ich mir nicht vorstellen.«

Sie begann unkontrollierbar zu zittern. »Nein«, flüsterte sie und hielt sich am nächstbesten Gegenstand fest. »Nur meine Schwestern.«

»Grace?«

»Ja.«

»Kommen Sie her.« Er streckte die Hand nach ihr aus und deutete auf den Platz neben sich. »Setzen Sie sich.«

Nach kurzem Zögern gehorchte sie. Er wandte sich ihr zu. »Geben Sie mir Ihre Hände.«

Er nahm ihre zitternden Hände in seine. »Ich weiß, dass das nicht leicht für Sie ist.«

Sie wollte etwas sagen, doch ein Blick von ihm ließ sie verstummen. »Für mich ist es auch nicht leicht«, beeilte er sich, hinzuzufügen. »Aber wir werden das Beste daraus machen. Wir werden einander kennenlernen und herausfinden, was wir voneinander erwarten. Ihnen wird es an nichts fehlen. Ich bin ein vermögender Mann und alles, was mir gehört, gehört auch Ihnen.«

»Und als Gegenleistung? Was habe ich Ihnen schon zu bieten? Ich habe keinerlei Aussteuer und ich bin auch nicht so schön, wie die Gesellschaft es von Ihrer Auserwählten erwarten würde. Ich bin unscheinbar und unauffällig, und wenn ich zu früh von dem Kind entbunden werde, werden alle wissen, dass ich Sie zur Heirat genötigt habe.«

Er lächelte. »Nein. Sie werden annehmen, und das zu Recht, dass ich so bezaubert von Ihrem Charme war, dass ich meine Leidenschaft nicht zügeln konnte. Sie werden eine stille Hochzeit von mir erwarten. Das ist immerhin meine dritte Ehe.«

Nach kurzem Zögern fügte sie hinzu: »Ich bereue vielleicht, was ich getan habe, würde es aber wieder tun.« In der Hoffnung, wenigstens einen kleinen Hinweis darauf zu erhaschen, dass er sie verstand, sah sie ihm tief in die Augen. Hoffte auf ein Anzeichen, dass er froh war, dass sie es getan hatte. Aber da war nichts. In seinem Blick lag nur Traurigkeit, eine quälende Resignation, die ihr sagte, dass er das Schicksal akzeptieren würde, das ihm aufgezwungen worden war, weil sie ihm keine andere Wahl gelassen hatte. Ein flüchtiger Ausdruck von Furcht und Verzweiflung. »Ich hätte Fentington nicht heiraten können.«

»Nein. Das hätten Sie nicht.«

»Aber was ich Ihnen angetan habe, bedaure ich.«

»Sie haben mir nichts angetan. Sie sind diejenige, die den Preis dafür bezahlen muss.«

»Oder die Früchte erntet.«

Er lächelte traurig, doch das Bild des edelmütigen Aristokraten erhielt er aufrecht. Sie wusste, dass sie von ihm unbeeindruckt bleiben sollte, dass es ihr Herz nur noch in größere Gefahr brachte, doch ihr Körper erwärmte sich in seiner Nähe. Ihre Haut glühte, wo sein Bein an ihren Schenkel stieß. Ihr Arm kribbelte von der Wärme seiner Hände auf den ihren von den Schultern bis zu den Fingerspitzen.

Sie betrachtete eingehend sein Gesicht, die leichten Falten, die seine Stirn durchzogen, die hohen Wangenknochen, das kräftige, kantige Kinn. Dann senkte sie den Blick auf seinen Mund. Auf die Lippen, die sie geküsst hatten. Ein Ausbruch feuriger Hitze stieg in ihr auf, sammelte sich in ihrer Magengrube und sank tiefer bis in ihren innersten Kern. An die Stelle, die er in ihrer Liebesnacht zum Leben erweckt hatte.

Ihre Wangen glühten und sie wandte sich von ihm ab und betete, dass er sie nicht durchschauen würde. Doch sie wusste, dass er es tat. Und plötzlich wurde ihr klar, wie leicht es wäre, sich in ihn zu verlieben.

In jenem Moment tat sie einen Schwur. Sie schwor, ihm nie einen Anlass zu geben, zu bereuen, wozu sie ihn gezwungen hatte. Sie wollte ihm die beste Ehefrau sein, die beste Gefährtin, die beste Zuhörerin, die beste Mutter seiner Kinder und die beste Freundin. Sie wollte ihm ein Haus voller Kinder, Fröhlichkeit und Liebe schenken. Und immer für ihn da sein, wenn er sie brauchte.

Sie erwartete keine Liebe von ihm. Nicht sofort. Vielleicht auch nie. Doch das war nicht wichtig. Schließlich hatte er schon mehr für sie getan, als sie ihm je vergelten konnte.

Sie senkte den Blick auf seine Hände in ihrem Schoß, die immer noch ihre hielten. Sie hob sie an ihre Lippen und legte sie an ihre Wange.

»Ich werde Ihnen immer dankbar sein«, flüsterte sie. »Und ich verspreche, von heute an jeden Tag dafür zu sorgen, dass Sie es niemals bereuen, mich zur Frau genommen zu haben.«

»So wie ich beten werde, dass Sie es niemals bereuen werden, mich geheiratet zu haben.«

Sie hob den Kopf und sah ihn mit einem Blick voller Gefühl an. Ihr fehlten die Worte, um die Sorgen zu zerstreuen, die sie in seinem Gesicht sah.

»Haben Sie schon gegessen?«, fragte sie, ließ seine Hände los und stellte sich vor ihn.

»Nein. Ich wollte mich gerade ankleiden und zu Ihnen nach unten gehen.«

»Soll ich Ihnen ein Tablett nach oben bringen?«

»Nein. Aber ich brauche Hilfe mit meinen Stiefeln. Vielleicht kann Herman ...«

Grace nahm seinen Stiefel und zog ihn ihm über den Fuß.

»Sie geben einen hervorragenden Kammerdiener ab«, scherzte er, während sie ihm auch in den anderen half.

»Danke.« Sie hielt ihm die Hand hin, um ihm beim Aufstehen behilflich zu sein. Als er auf den Beinen war, ging sie neben ihm und stützte ihn, als sie das Zimmer verließen und die Treppe hinabstiegen.

»Sie machen das sehr gut«, lobte sie ihn, als sie das Esszimmer erreichten. »Aber überanstrengen Sie sich nicht.«

Er rückte ihr einen Stuhl zurecht. »Mir geht es gut, Grace. Das war doch nur ein Kratzer.«

Sie schenkte ihnen beiden Tee ein, während Vincent sich dem Essen widmete, das Maudie auf den Tisch gestellt hatte. »Wenn wir fertig sind«, sagte er und tat sich noch eine Portion pochierte Eier auf den Teller, »machen wir einen Rundgang durchs Haus, damit ich wieder zu Kräften komme.«

Mit hochgezogenen Augenbrauen hielt sie mit ihrer Tasse auf halbem Wege zum Mund inne.

»Und dann«, fuhr er fort, ihre Besorgnis ignorierend, »möchte ich, dass Sie mir etwas auf dem Klavier vorspielen. Sie spielen nämlich wunderbar.«

Graces Wangen glühten.

Sie aßen in geselligem Schweigen und machten anschließend ihren Rundgang durchs Haus. Als sie damit fertig waren, war Vincent sichtlich erschöpft und ruhte sich auf der Chaiselongue im Salon aus, während sie ihm ein Stück von Haydn vorspielte, das ihr schon immer besonders gefallen hatte.

So würde ihr Leben aussehen. Sie beide in schönster Eintracht, still und zufrieden, während sich zwischen ihnen eine besondere Art von Liebe entwickelte. Grace lächelte, während ihre Finger über die Tasten glitten. Alles würde gut werden. Davon war sie fest überzeugt.

Kapitel 12

Er lief im Korridor vor ihrem Schlafzimmer auf und ab und versuchte mit jeder Faser seines Wesens ihr gedämpftes Stöhnen auszublenden. Schweißperlen standen ihm auf der Stirn und rannen ihm übers Gesicht und in die Augen. Am liebsten wäre er weggelaufen, doch es gab keine Zuflucht für ihn. Keinen Ort, an den ihre qualvollen Bitten um Hilfe ihn nicht verfolgt hätten.

Er straffte die Schultern und lief bis ans Ende des Korridors, nach außen jeder Zoll ein Herzog, obwohl er sich alles andere als herzoglich fühlte. Er hatte gewusst, dass es so kommen würde. Er hatte das schon einmal durchgemacht. Hatte immer gewusst, dass es so kommen würde wie beim letzten Mal. Und das Mal zuvor.

Wellen der Angst türmten sich vor ihm auf und schlugen über ihm zusammen, und die Panik, die in ihm aufstieg, zwang ihn fast in die Knie. Er konnte das nicht noch einmal durchstehen. Würde es nicht überleben.

Seine Beine zitterten. Sein Magen rebellierte, bis er befürchtete, sich übergeben zu müssen. Eine quälende Last drückte auf seine Brust und nahm ihm die Luft zum Atmen. Er konnte nicht danebenstehen, während noch eine Frau bei dem Versuch, ihm einen Erben zu schenken, ihr Leben ließ. Nicht noch einmal.

Er hielt sich die Ohren zu, um ihre Schmerzensschreie nicht hören zu müssen. Die Schuldgefühle waren zu schwer zu ertragen, die Reue fraß ihn auf. Er rang nach Luft. Nein! Nicht noch einmal! Er würde nicht zulassen, dass auch sie starb.

Er rannte durch den Korridor und riss die Tür auf. Sein Blick schoss zur anderen Seite des Raumes, wo sie im Bett lag, das Gesicht schmerzverzerrt und leichenblass. Ihr schweißnasses Haar klebte ihr am Kopf und bevor er sie erreichte, bäumte sich ihr zerbrechlicher Körper auf, während eine weitere Wehe sie packte.

Mit zitternden Händen umfing er ihre Finger, in der Hoffnung, sie festhalten und beschützen zu können. Doch er wusste, dass es zu spät war.

Der Tod hielt sie bereits in seinen Fängen, entzog sie schon seinem Griff. Die Angst, die seinen Körper überschwemmte, war so vollkommen, dass er keine Luft mehr bekam. Sie lag im Sterben und er konnte sie nicht retten. Und ohne sie wollte er nicht weiterleben.

Er warf den Kopf in den Nacken und schrie so laut er konnte.

»Grace!«

Vincent warf die Decke zurück und sprang aus dem Bett. Sein schweißnasser Körper fühlte sich so glühend heiß an, dass er bezweifelte, dass er je wieder abkühlen würde. Er rannte ans offene Fenster und ließ sich von der nächtlichen Märzluft umwehen.

Der Mond war voll und stand direkt über ihm, woraus er schloss, dass es nach Mitternacht war, vielleicht ein oder zwei Uhr morgens. Er hätte schwören können, diesen Albtraum mindestens zehn Stunden lang durchlebt zu haben.

Sein Herz raste und seine Knie waren so schwach, dass sie unter ihm nachgaben. Er stützte sich an beiden Seiten des Fensters ab, ließ den Kopf zwischen den ausgestreckten Armen hängen und schnappte nach Luft.

Verdammt! Zur Hölle mit ihr!

Er schaffte das nicht. Er konnte nicht in den nächsten sieben Monaten jeden Tag mit ihr verbringen, sie besser kennenlernen, Zuneigung zu ihr entwickeln. Sie lieben lernen. Zusehen, wie ihr Bauch sich mit seinem Kind immer weiter rundete, mit dem Erben, den er sich so sehr wünschte. Und sie dann in seinen Armen sterben sehen, und das Baby mit ihr. Das würde er nicht schaffen. Er war nicht stark genug, um das noch einmal durchzustehen.

Er fuhr sich mit den Händen durch die Haare und kämpfte gegen die Furcht an, die über ihm zusammenschlug wie eine Flutwelle in einem wütenden Sturm. Er kniff die Augen zu, öffnete sie wieder und betete, dass dieser Albtraum endlich ein Ende hätte.

In der Ferne regte sich etwas. Jemand. Sein Herz begann, heftig zu schlagen, wurde immer schneller, bis er befürchtete, dass es ihm aus der Brust springen würde.

Unter seinem Fenster lief ein Mann. Die hagere Gestalt hielt sich tief gebückt, immer im Schatten, während sie von der Vorderseite des Gutshauses die lange Zufahrt hinab zur Straße rannte. Der Mann trug einen langen, dunklen Mantel über weißer Hose und Jacke sowie einen breiten Hut, der seine Gesichtszüge größtenteils verbarg. Bevor er die Straße erreichte, drehte er sich noch einmal um und sah zurück. Dann bestieg er sein weißes Pferd und ritt davon.

Vincent kannte nur einen Mann mit einer solchen Vorliebe für Weiß. Einen Mann, dessen Drohungen Schaden anrichten konnten.

Hastig schlüpfte er in Hose und Stiefel und rannte zur Tür hinaus.

Während er über den Gang zur Treppe lief, ignorierte er den stechenden Schmerz in seiner Seite und streifte sich sein weites Hemd über die Schultern. Auf der Treppe erstarrte er auf halbem Wege, als ihm ein schwacher Rauchgeruch in die Nase stieg. Er blickte zum Eingang und sah durch die Fenster rechts und links der Tür Flammen an der Fassade des Hauses züngeln. Er machte kehrt und stürmte die Treppe wieder hinauf.

»Grace!«

Er riss die Tür zu ihrem Zimmer auf und rannte hinein. »Wach auf, Grace.«

Sie riss die Augen auf und schüttelte den Kopf, um wach zu werden. »Vincent? Was ist los?«

»Es brennt«, rief er und schob ihr die Pantoffeln an die Füße. »Hier, zieh das an.« Er reichte ihr den Morgenrock, der über dem Fußende lag, griff nach einer Decke und warf sie ihr um die Schultern. »Schnell. Komm mit.«

Er schlang den Arm um ihre Taille und zog sie zur Treppe, ließ sie nicht los, während sie die Treppe hinab nach unten eilten. Dichter Rauch zog unter der Haustür hindurch, brannte ihm in der Nase. »Geh zum Hintereingang. Vorne kommen wir nicht raus.«

Er schob sie in die richtige Richtung. Als sie den hinteren Teil des Hauses erreichten, schrie er nach Herman und Maudie, um auch sie zu wecken. Noch bevor er mit Grace die Küche erreichte, kamen die zwei Dienstboten aus ihrer Unterkunft gestürzt.

»Vor dem Haus brennt es«, rief er und lief zur Tür.

Sie mussten ins Freie gelangen, bevor der Rauch zu dicht wurde. Er griff nach der Tür und drückte dagegen. Sie war verschlossen.

»Wo ist der Schlüssel, Herman?«

»Es gibt keinen Schlüssel, Euer Gnaden. Diese Tür ist noch nie verschlossen worden.«

»Passen Sie auf die Frauen auf«, befahl Vincent ihm und warf ein Holzscheit aus dem Kamin durch das einzige Fenster im Raum. Er schob einen Stuhl an die zerschmetterte Scheibe und kletterte nach oben. »Hoffentlich ist die Tür nur verkeilt und ich kann sie aufbekommen.«

Er schob sich durch die Öffnung und ließ sich auf der anderen Seite auf den Boden herab. Eine schwere Bank war unter die Klinke geschoben. Er zog sie weg und riss die Tür auf.

»Alles in Ordnung?«, fragte er, während er seinen Arm um Grace legte und sie rasch aus dem Haus brachte.

»Ja. Mir geht es gut.«

»Setzen Sie sich mit Lady Grace auf die Bank, Maudie«, befahl er und drückte Grace einen Kuss auf die Stirn. »Keiner rührt sich vom Fleck. Wir müssen das Feuer löschen, bevor das ganze Haus brennt. Füllen Sie ein paar Eimer, Herman.«

Und damit rannte er mit Herman ums Haus.

Den Brand zu löschen dauerte nicht lange. Zum Glück hatte er ihn früh genug entdeckt. Andernfalls hätten sie in den Flammen umkommen können. Vor allem Grace und er. Der Brand war so gelegt, dass er ihnen den Fluchtweg über die Treppe abschnitt. Sie hätten in der oberen Etage in der Falle gesessen.

»Vincent?«

Vincent wirbelte herum. Hinter ihm stand Grace in die Decke gehüllt, die er ihr fest um die Schultern gewickelt hatte. »Es ist vorbei, Grace. Bist du unverletzt? Ist das Baby …?«

Grace legte die Hand auf ihren Bauch.

»Dem Baby geht es gut.«

Unglaubliche Erleichterung erfasste Vincent.

Sie machte einen Schritt auf ihn zu. »Was ist geschehen?«

»Nichts.« Er trat auf sie zu, um sie in die Arme zu nehmen, doch sie wehrte sich und schob ihn von sich.

»Lüg mich nicht an. Was geht hier vor? Zuerst wird auf dich geschossen, dann steckt jemand das Haus an, in dem du schläfst. Weißt du, wer es war?«

Wieder versuchte er, sie an sich zu ziehen, doch sie wich zurück. »Hast du etwas gesehen? Du musst das Feuer entdeckt haben, kurz nachdem es ausgebrochen ist. Es hat nicht allzu viel Schaden angerichtet. Was hast du gesehen?«

Als Vincent nur den Kopf schüttelte, hob sie abwehrend die Hand.

»Was?«, verlangte sie ein zweites Mal zu wissen.

»Als auf mich geschossen wurde, habe ich einen Mann auf einem weißen Pferd wegreiten sehen. Er war heute Abend wieder da.«

»Ein weißes Pferd? Wer aus deinem Bekanntenkreis hat ein weißes Pferd? Vielleicht ist es jemand, der …«

Vincent sah, wie sie blass wurde, und stellte sich neben sie, um sie festzuhalten. »Er ist es«, flüsterte sie und er spürte, wie sie in seinen Armen wankte.

»Ich kann es nicht beschwören, Grace. Ich konnte sein Gesicht nicht sehen.«

»Er muss es sein. Fentington ist für seine Vorliebe für Weiß bekannt. Sein weißes Pferd, seine weiße Kutsche, seine weißen Kleider.«

»Vielleicht ist es nur Zufall.«

»Du weißt, dass es nicht so ist. Er will dich umbringen, weil du ihn auf dem Ball der Pendletons bloßgestellt hast. Ich dachte, er hätte es vergessen, weil er seitdem an keinerlei Veranstaltungen mehr teilgenommen hat.«

»Er war nicht eingeladen.«

Überrascht sah Grace zu ihm auf. »Nicht eingeladen?«

»Die feine Gesellschaft hat endlich beschlossen, ihn zu ächten. Fentington ist von allen Gästelisten gestrichen worden.«

»Dafür gibt er dir die Schuld, Vincent. Uns beiden.«

Vincent schlang die Arme um Graces Schultern und zog sie zu sich. »Wir brechen morgen früh nach London auf.«

»Und was dann?«

»Wir heiraten wie geplant. Mein Name wird dich schützen. Um Fentington kümmere ich mich.«

Vincent ignorierte ihre besorgte Miene und führte sie zurück zum Haus. »Maudie hat hier unten die Fenster geöffnet und der Gestank ist nicht mehr allzu schlimm. Wir setzen uns ins Arbeitszimmer, bis das Haus ausgelüftet ist.«

Sie gingen zum Arbeitszimmer, doch als sie den Raum betraten, wollte Vincent sie nicht allein auf dem langen, geblümten Sofa sitzen lassen, so verloren und verängstigt wie sie wirkte. So verletzlich. Stattdessen trat er an einen Ohrensessel aus braunem Leder.

»Komm her«, flüsterte er und breitete die Arme aus. Sie gehorchte, ohne zu zögern. Er setzte sich und zog sie auf seinen Schoß, wo sie sich mit einem tiefen Seufzer zusammenkuschelte und das Gesicht an seiner Brust vergrub.

Vincent stopfte die Decke unter ihrem Kinn fest, hielt Grace in den Armen und versprach Gott, sie nie wieder in Gefahr zu bringen, wenn ER ihr Leben schonte und das Kind gesund zur Welt kam.

Er legte das Kinn auf ihren Scheitel und spürte, wie sich sein Verlangen regte. Er fuhr mit den Händen über ihre Schultern und an ihren Armen hinab. Er ließ ihr dichtes, goldenes Haar durch seine Finger gleiten und streichelte die angespannten Muskeln in ihrem Nacken und Rücken. Dann senkte er den Blick und sah ihr in die Augen – in die Fülle der Gefühle, die zu ignorieren er so tapfer gekämpft hatte. Und er wusste, dass der Kampf verloren war.

Er senkte den Kopf und küsste sie mit all der Leidenschaft, gegen die er gekämpft hatte, seit er sie getroffen hatte. Seit er sie zum ersten Mal berührt hatte. Seit er bei ihr gelegen hatte.

Er presste die Lippen auf ihre. Als sie ihm die Arme um den Hals schlang und sich an ihn schmiegte, wurde der Kuss leidenschaftlicher.

Er musste sie haben. War verrückt danach, sie zu besitzen. War beseelt von dem Wunsch, sie zu beschützen.

Er hatte sich geschworen, nie wieder eine solche Besitzgier zu verspüren. Sie verstieß gegen seinen Schwur, alles in seiner Macht Stehende zu tun, sich – und sein Herz – zu schützen.

Wieder küsste er sie, zog sie fest an sich und legte dann das Kinn wieder auf ihren Scheitel. Er konnte sie nicht ansehen, sondern starrte geradeaus. Er wollte nicht, dass sie das unverhohlene Begehren in seinen Augen sah. Wollte ihre von seinen Küssen geschwollenen, geröteten Lippen nicht sehen und sich danach sehnen, sie erneut zu küssen. Er wusste, dass er bereits einen schwerwiegenden Fehler begangen hatte, und wollte ihn nicht noch mit Gefühlen verschlimmern, von denen es kein Zurück gab.

Er wusste, dass er jetzt schon mehr für sie empfand, als klug war. Mehr als sein Herz verkraften könnte, wenn er sie verlöre.

Kapitel 13

❧

Grace hätte sich lieber schlagen lassen, als nach London zurückzukehren und Caroline unter die Augen zu treten. Inzwischen wussten bestimmt auch ihre anderen Schwestern Bescheid.

Sie konzentrierte sich auf die Landschaft, die am Kutschenfenster vorbeizog. Die grünen Hügel und Wiesen zu betrachten war besser als darüber nachzudenken, was ihr nach ihrer Ankunft blühte. Viel besser als zuzusehen, wie Vincents grimmige Miene noch düsterer wurde.

Heute Morgen hatte sie sich wieder übergeben, gerade als sie aufbrechen wollten. Die Besorgnis, mit der er sie betrachtete, war fast mit Händen zu greifen. Sie atmete tief durch und betete, es bis London zu schaffen, ohne dass sie anhalten mussten.

»Geht es dir gut?«

In dem Bemühen, ihren gereizten Magen zu beruhigen, schluckte Grace heftig. »Tut mir leid, dass ich unsere Abfahrt verzögert habe.«

»Das macht nichts. Übelkeit gehört zu einer Schwangerschaft dazu. Sie hält wahrscheinlich noch ein paar Wochen an.«

Grace lächelte. »Meiner Schwester Josie war bei ihrem ersten Kind die ganze Zeit über schlecht. Sie ist mit Viscount Carmody verheiratet und wir befürchteten alle, noch vor der Geburt zu erfahren, dass sie sich aus Rache zu etwas hinreißen lassen und dann des Mordes angeklagt werden würde.«

Vincent sah sie mit gerunzelter Stirn an und Grace dachte, wie gut er heute Morgen aussah. Wie ein einfacher Blick von ihm ihr Herz zum Rasen brachte. »Sie hat es ihren armen Gatten unbarmherzig büßen lassen. Er hat deshalb sogar damit gedroht, zu Caroline und Wedgewood zu ziehen, bis es vorbei ist. Zum Glück sind die nächsten beiden Kinder viel netter zu ihrer Mutter gewesen. Beim letzten war ihr sogar überhaupt nicht schlecht.«

Er runzelte die Stirn. »Wie viele Kinder hat sie denn?«

»Drei. Aber ich rechne schon bald mit einem vierten. Es ist nur so ein Gefühl.«

»Sind es denn alles Töchter?«

»Nein. Es sind alles Söhne.«

Vincents Stirnfalten vertieften sich. »Wenn der Viscount schon drei Söhne hat, warum willigt sie dann ein, ihr Leben zu riskieren, um ihm noch einen vierten zu schenken?«

Grace hätte am liebsten laut gelacht, doch ein Blick in sein Gesicht sagte ihr, dass er es ganz ernst meinte. Einen Herzschlag lang gefror ihr das Blut in den Adern. »Die meisten Frauen betrachten das Kinderkriegen nicht als Risiko. Sie halten Kinder für einen Segen. Du etwa nicht?«

Sein Blick wurde hart, seine Miene gequält. »Nein. Vielleicht früher einmal. Bevor ich wusste, was auf dem Spiel steht.«

Sie wusste, dass sie das Thema fallen lassen sollte, aber das konnte sie nicht. »Nicht alle Frauen sterben im Kindbett.«

Sein Gesicht wurde trotz des warmen englischen Sonnenscheins ganz bleich und er zuckte zusammen, als hätte sie einen Frevel begangen. »Nein, nicht alle. Aber schon eine ist zu viel.« Er zögerte, als wollte er noch mehr dazu sagen, überlegte es sich aber anders und fügte hinzu: »Sobald wir in London sind, schicke ich nach meinem Arzt.«

»Das ist nicht notwendig. Mir geht es gut. Außerdem kommen morgen meine Schwestern. Dann werde ich mehr bemuttert als dir oder mir lieb ist.«

»Dennoch finde ich ...«

»Vincent, bitte«, sagte sie energischer als beabsichtigt. Sie schloss die Augen, ballte die Hände zu Fäusten und versuchte ihren Magen zur Ruhe zu zwingen. »Warte wenigstens noch, bis wir verheiratet sind. Bitte. Es besteht kein Anlass, jemanden außerhalb der Familie zu informieren, bevor wir unsere Ehegelübde überhaupt abgelegt haben.«

Er nickte höflich, sodass sie wieder einmal den heftigen Wunsch verspürte, dieser Albtraum möge endlich vorbei sein. Den Wunsch, am nächsten Morgen aufzuwachen und festzustellen, dass die bevorstehende Mutterschaft doch nur ein Irrtum gewesen war. Dass sie nur ein einziges Mal, wenn sie ihn ansah, keine Reue in seinen Augen sehen würde.

»Wie du willst.«

Sie atmete erleichtert auf. »Danke. Vincent, was willst du wegen ... Fentington unternehmen?«

»Ich regele das, Grace. Du hast nichts mehr von ihm zu befürchten.«

»Um mich habe ich keine Angst. Aber um dich. Der Mann handelt nicht rational. Er ist nicht ganz bei Verstand.«

»Das spielt keine Rolle. Was geschehen ist, ist geschehen, und ich kümmere mich darum.«

Grace wusste, dass das Thema damit erledigt war. Sie lehnte sich in den Sitz zurück und betete, dass Vincent nichts geschehen möge. Die Mordanschläge waren ihre Schuld gewesen. Im Grunde war sie diejenige, die Fentington bestrafen wollte. Vincent war nur das unschuldige Opfer, das Grace Fentingtons Meinung nach mit ihrer Sündhaftigkeit korrumpiert hatte.

Die Kutsche rollte mit Herman auf dem Bock über die schmale Straße. Sie mussten schon fast die Hälfte des Weges hinter sich gebracht haben. Grace wäre froh, wenn sie endlich zu Hause wären. Egal, wie oft sie tief durchzuatmen versuchte, wie Maudie sie angewiesen hatte, ihr Magen rebellierte trotzdem.

»Wir kommen jetzt an die Waverly-Kreuzung, Euer Gnaden«, rief Herman von oben. »Soll ich anhalten, damit Sie und Mylady sich die Beine vertreten können?«

Nach einem besorgten Blick auf sie antwortete Vincent: »Ja, Herman.«

Grace atmete erleichtert auf, als Herman die Kutsche anhielt und Vincent ihr beim Aussteigen half. Als ihre Füße auf den unbefestigten Weg traten, reichte er ihr den Arm und sie spazierten gemächlich die Straße entlang. Herman folgte ihnen in diskretem Abstand mit der Kutsche.

»Sag Bescheid, wenn du müde wirst«, verlangte Vincent, der sie dicht an sich gezogen hatte, damit sie nicht stolperte.

»Wahrscheinlich erst, wenn wir in London sind«, sagte sie und rang sich ein Lächeln ab. »Ich gebe keine gute Prinzessin auf der Erbse ab. Ich bin nicht der Typ, der immer nur zu Hause sitzt und stickt.«

»Nur, wenn du Klavier spielst.«

»Ja. Nur, wenn ich spiele. Das ist meine einzige echte Leidenschaft.«

»Dann wird dir das Musikzimmer auf Raeborn gefallen. Das Klavier dort ist eines der besten, die man kriegen kann.«

»Fahren wir dort nach der Hochzeit hin?«

»Irgendwann sicher. Aber wir werden so lange wie möglich in London bleiben.«

Er musste ihr Zögern bemerkt haben, denn er hielt inne und blickte zu ihr hinunter. »Ich habe die Veröffentlichung unserer Hochzeitsanzeige in der morgigen Frühausgabe der *Times* veranlasst. Sie wird sicher großes Aufsehen erregen, doch in der feinen Gesellschaft ist es üblich, dem Brautpaar eine zweiwöchige Schonfrist zu gewähren, bevor Besucher kommen, sodass wir den Großteil des Klatsches gar nicht mitbekommen sollten. Und wir werden zumindest diese Zeit für uns haben, um uns an die Ehe zu gewöhnen.«

Er legte die Hand unter ihren Ellbogen und sie liefen weiter. »Wenn die zwei Wochen um sind, werden wir uns einer deiner Schwestern aufdrängen, vielleicht Caroline oder Josalyn, damit sie für uns einen Ball ausrichten, auf dem ich dich als meine Herzogin vorstelle. Danach werden wir uns an die Gepflogenheiten der Londoner Saison halten, die in vollem Gange sein wird – ein ausgewählter Ball hier und da, die Oper, private Dinner, Soireen, Hauskonzerte. Alles, wo wir zusammen gesehen werden. Und natürlich wird es Sitzungen im Oberhaus geben, an denen ich teilnehmen muss. Wir werden uns erst für die Geburt und dein Wochenbett aufs Land zurückziehen. So werden wir den Klatsch so lange wie möglich auf ein Minimum reduzieren können.«

Grace starrte ihn überrascht an, während sie weiter die Straße entlanggingen. »Du hast wirklich an alles gedacht.«

»Ich bin nur bestrebt, die Spekulationen bezüglich unserer übereilten Heirat möglichst gering zu halten. Nichts weiter.«

Eine quälende Last legte sich schwer auf ihre Brust. Das war ihre Schuld. Er distanzierte sich von ihr und von dem Leben, zu dem sie ihn genötigt hatte, indem er sich in die Details ihrer Hochzeit und ihrer gemeinsamen Zukunft vertiefte, als ginge es um die Details einer geschäftlichen Vereinbarung. Als könnte seine Beschäftigung mit weniger wichtigen Dingen die Umstände in den Hintergrund drängen, die er nicht unter Kontrolle hatte: dass er zur Heirat gezwungen war, obwohl er sich geschworen hatte, es nie wieder zu tun. Dass er eine Frau ehelichen musste, die er nicht liebte, ja, nicht einmal kannte. Dass er gezwungen war, die Schwangerschaft einer weiteren Frau mitzuerleben und mit der Angst zu leben, dass sie bei der Geburt seines Erben sterben könnte.

Sie blieb stehen und wandte sich ihm zu. Ihr wurde plötzlich klar, dass sie diesen Weg der Schuld nicht weiter beschreiten konnte. Derartige Gefühle waren weder für sie noch für das Baby gesund. Was geschehen war, war geschehen. Sie würde nicht bis zur Geburt ihres Kindes durchhalten, wenn sie permanent das Gefühl hatte, sich entschuldigen zu müssen. Für Entschuldigungen war es viel zu spät. Vor ihnen lag ein zu langes Leben, um mit der Reue zu leben, die sie beide förmlich erstickte.

»Da wir noch einen Augenblick allein sind, Vincent, möchte ich dich um einen Gefallen bitten.«

»Ja?«

»Ich möchte dich bitten, dir keine Sorgen mehr um mich zu machen. Ich bin schwanger, nicht todkrank.«

Seine Augen weiteten sich. Er wirkte ehrlich überrascht.

»In den nächsten Monaten werde ich alles in meiner Macht Stehende tun, um dir so wenig Sorgen zu bereiten wie möglich. Und ich verspreche dir hier und jetzt: Ich habe keinerlei Absicht, bei der Geburt deines Sohnes zu sterben. Diesbezüglich brauchst du dich also nicht zu sorgen.«

Ohne seine Reaktion abzuwarten, wandte sich Grace wieder zur Kutsche und ließ ihn und seine Ängste hinter sich. Die Tage – vielleicht auch Wochen oder sogar Monate –, die noch vor ihnen lagen, versprachen, sich wirklich sehr lange hinzuziehen.

❧

Grace stand in dem Zimmer, in dem sie immer schlief, wenn sie bei Caroline zu Besuch war, am offenen Fenster. Eine angenehm sanfte Brise hob die zarten Chintzvorhänge und wehte sie in dem dunkler werdenden Raum zu ihr hinüber. Der Nachmittag war fast vorüber, die Stunden nach ihrer und Vincents Ankunft waren mit eingehenden Diskussionen mit Caroline über die Details ihrer bevorstehenden Hochzeit wie im Flug vergangen.

Zum Glück war jetzt alles geregelt. Alle ihre Schwestern waren über ihre plötzliche Hochzeit informiert und würden morgen früh noch vor der Zeremonie über Wedgewoods Stadthaus hereinbrechen. Ein wahrer Berg an Speisen war vorbereitet worden, zusätzliche Bedienstete eingestellt, Blumenschmuck bestellt. Und nach der Zeremonie war ein üppiges Hochzeitsmahl geplant.

Champagner war bestellt, das beste Silber und Porzellan aufgedeckt. Bestickte Stoffvolants hingen als Dekoration im Ballsaal, um ihn so festlich wie möglich zu gestalten. Caroline hatte innerhalb weniger Tage Wunder bewirkt. Als wäre es ein freudiger Anlass.

Grace war sich nicht sicher, ob sie die Tortur überstehen würde.

Seit ihrer Ankunft hatten sie und Vincent mit ihrer Scharade weitergemacht, die sie vor Wochen begonnen hatten, um alle davon zu überzeugen, dass sie überglücklich waren. Sie lächelten sich zu, sahen einander oft an und im Ballsaal wich Vincent nicht von ihrer Seite. Doch Carolines Gesichtsausdruck zeigte deutlich, dass sie nicht überzeugt war. Spannung lag in der Luft, es herrschte eine unbehagliche Atmosphäre. Und Carolines Feindseligkeit richtete sich gegen Vincent. Er hätte blind sein müssen, um ihre bösen Blicke nicht zu bemerken.

Natürlich ging Linny davon aus, dass Vincent sich an ihr vergangen hatte. Alle ihre Schwestern nahmen das an, da sie glaubten, dass Grace nach dreißig Jahren Tugendhaftigkeit ihren Körper niemals aus freiem Willen einem Mann geschenkt hätte, den sie kaum kannte.

Wenn sie die Wahrheit erführen, wären sie schrecklich enttäuscht von ihr.

Am liebsten hätte Grace sich in eine Ecke verkrochen. Wie konnte sie von irgendjemandem Verständnis erwarten? Und doch konnte sie ihre Schwestern nicht in dem Glauben lassen, dass Vincent etwas Unehrenhaftes getan hatte.

Sie vergrub das Gesicht in den Händen und versuchte die Tränen zurückzuhalten, was ihr nur bedingt gelang. Als es leise an der Tür klopfte, zuckte sie zusammen und wischte sich hastig ein paar Tränen von den Wangen, die doch entkommen waren. »Herein.«

Die Tür öffnete sich und sie sah Caroline auf der Schwelle, der alle unbeantworteten Fragen ins Gesicht geschrieben standen. Am schwersten zu ertragen war jedoch der Ausdruck in ihren Augen – das Mitleid und die Sorge darin.

Da keine der beiden Schwestern wusste, wie sie beginnen sollte, starrten sie sich an. Grace versuchte es als Erste. »Linny, ich … ich …«

Sie konnte den Satz nicht beenden. Konnte sich nicht dazu überwinden, ihr zu gestehen, was sie getan hatte. Wie konnte sie von Caroline Verständnis erwarten? »Ich bin … ich bin …«

Sie brachte es nicht über sich. Sie schlug sich die Hand vor den Mund, um ein gequältes Stöhnen zu unterdrücken. Wie verzweifelt sie sich auch wünschte, die Tränen zurückzuhalten, sie vermochte es nicht mehr und sie flossen ihr unaufhaltsam über die Wangen.

Noch bevor sie Luft holen konnte, hatte Caroline sie in die Arme genommen.

»Alles ist gut, Grace. Alles wird wieder gut.«

»Nein, wird es nicht. Dafür ist es zu spät.«

Caroline umarmte Grace erneut und führte sie zum Sofa. Sie setzten sich und Caroline drückte Grace ein Taschentuch in die zitternden Hände.

»Jetzt verstehe ich, warum du so gezögert hast, Umgang mit Raeborn zu pflegen. Warum du in letzter Zeit so durcheinander warst. Warum hast du mir nicht gesagt, was er dir angetan hat?«

»Ach, Caroline. Er hat überhaupt nichts getan.«

Caroline ballte die Hände zu Fäusten und schlug sich wütend auf den Oberschenkel. »Oh, das hat er sehr wohl. Er hat mir gesagt, dass du ein Kind von ihm erwartest. Da wusste ich sofort, dass er dich verführt hat.« Linny riss erschrocken die Augen auf. »Hat er dich gezwungen, Grace?«

Grace ergriff Carolines Hände und schüttelte den Kopf. »Nein, Caroline. Du verstehst nicht. Vincent trifft keinerlei Schuld, sondern mich. Ich habe ihn benutzt. Es ist meine Schuld, nicht seine.«

»Versuch nicht, ihn zu schützen, Grace. Es ist offenkundig, was für ein Mann er ist, auch wenn ich es ihm nie zugetraut hätte. Ich habe ihn immer für einen Gentleman gehalten, für ehrenhaft, einen Mann von Charakter.«

»Das ist er auch. Er ist das alles und noch mehr. Es war meine Schuld. Ich habe ihn gezwungen.«

»Es hat keinen Sinn, Grace. Wir wissen es alle besser.«

Erneut strömten Grace Tränen über die Wangen, begleitet von lauten, schmerzlichen Schluchzern. »Ich bin schuld!«, rief sie, am ganzen Körper zitternd. »Ich habe ihn getäuscht!«

Caroline starrte Grace an, als müsse sie abwägen, ob sie ihr glauben sollte. »Was meinst du damit?«

»Baron Fentington hat um Annes Hand angehalten wie um jede andere von euch zuvor. Vater hat sein Angebot angenommen. Die einzige Möglichkeit, sie zu retten, war, selbst in eine Heirat mit Fentington einzuwilligen.« Grace schluckte. »Zuerst wollte er mich nicht, weil ich schon so alt bin, aber ich habe ihn davon überzeugt, dass ich ihm eine perfekte Ehefrau sein würde.«

»Ach, Grace! Warum bist du nicht zu mir gekommen? Wir hätten etwas unternommen.«

Grace holte zitternd Luft und benutzte ihr Taschentuch. »Ich hatte einen Plan. Ich wusste, dass Fentington nur eine Braut akzeptieren würde, die noch Jungfrau war. Aber er wollte meine Garantie dafür.«

»Was für eine Garantie?«

»Bevor er auch nur ein Pfund der Summe, die Vater für mich verlangt hat, aushändigen wollte, sollte ich ein Dokument unterschreiben und beschwören, dass ich noch Jungfrau bin.« Sie zögerte. »Ich wusste, dass er mich niemals heiraten würde, wenn er erführe, dass ich keine mehr bin.«

Grace ignorierte den entsetzten Ausdruck auf Linnys Gesicht.

»Also bin ich zu Hannah gegangen.«

»Zu Madame Genevieve? In ihr Bordell?«

»Ja. Sie hat eingewilligt, jemanden zu finden, der meine Bedingungen erfüllt. Jemanden, der nicht verheiratet ist, den ich nicht kenne und der älter als ich ist. Sie hat Vincent ausgewählt.«

Als Linny entsetzt nach Luft schnappte, erhob Grace sich vom Sofa und lief wie ein gefangener Tiger im Raum auf und ab. »Ich bin gar nicht auf die Idee gekommen, dass ich schwanger werden könnte, Linny. Ehrlich nicht. Ich wollte nur der Ehe mit dem Baron entkommen. Meine Jungfräulichkeit zu verlieren war mir nicht so wichtig. Mit meinen dreißig Jahren bin ich weit über das heiratsfähige Alter hinaus. Niemand hat mich je eines zweiten Blickes gewürdigt. Und ich habe nicht einmal eine Mitgift, bin in den Augen der meisten Männer wohl kaum begehrenswert. Ich dachte, wenn es … vorbei wäre, könnte ich zurückgehen und bis ans Ende meiner Tage zu Hause leben, ohne dass je jemand davon erfährt.«

»Aber Vater wollte nicht, dass du seiner neuen Frau in die Quere kommst.«

Grace schüttelte den Kopf. »Ja. Deshalb bin ich hergekommen. Aber ich habe immer noch nicht geglaubt …« Sie legte die Hände schützend auf ihren Bauch. Dort, wo Vincents Kind wuchs.

»In jener Nacht hat Vincent bemerkt, dass ich noch Jungfrau war, und sein tiefes Ehrgefühl hat ihn nicht ruhen lassen, bis er mich gefunden hatte. Um sich davon zu überzeugen, dass ich nicht schwanger war.«

»Ich verstehe.«

Grace wirbelte zu ihr herum. »Nein, das tust du nicht. Ach, Linny. Er will mich gar nicht heiraten, aber er hat keine Wahl. Ich habe ihn getäuscht, ihn benutzt, um mich vor Fentington zu retten. Jetzt habe ich ihn in eine Ehe gelockt, die er gar nicht will. Oder sogar noch schlimmer. Er hat wahnsinnige Angst davor, noch eine Frau im Kindbett zu verlieren.«

Sekundenlang rührte Caroline sich nicht. Schließlich hob sie den Blick und sah Grace in die Augen. »Und du? Hast du auch Angst davor, sein Kind zu gebären?«

»Hattest du denn Angst davor, Thomas' Kinder zu gebären?«

Caroline lächelte. »Nein. Mir war vielleicht ein wenig bange zumute. Ich habe mir sehnlichst gewünscht, es endlich hinter mich zu bringen, vor allem, als ich so dick wurde wie eine Kuh. Aber wirklich Angst hatte ich nie.«

»Ach, Linny. Ich habe nie geglaubt, doch noch zu heiraten, ganz zu schweigen davon, eigene Kinder zu haben. Ich hätte nie gedacht, dass ich so glücklich und gleichzeitig so unglücklich sein könnte. Wie kann ich je erwarten, dass Vincent mir vergibt, was ich getan habe?«

Caroline erhob sich und trat zu ihrer Schwester. Sie griff nach Graces Händen und hielt sie fest. »Das wird er. Nicht jede Ehe beginnt als Liebesheirat und dennoch stellen sie sich meistens als ziemlich gut heraus. Du wirst dich einfach nur besonders bemühen müssen. Zeig Raeborn, dass du fest vorhast, diese Ehe zu einem Erfolg zu machen.«

»Ich weiß nicht so recht wie, Linny.«

»Und ob du das weißt. Du und Raeborn habt es wunderbar hinbekommen, die halbe feine Gesellschaft davon zu überzeugen, dass ihr ineinander verliebt seid.«

»Aber das war aufgesetzt, nur Theater.«

»Ganz sicher nicht alles. Sag mir, dass du nichts für ihn empfindest, Grace.«

Das konnte Grace nicht.

»Es ist offenkundig. Genauso wie es offenkundig ist, dass Raeborn etwas für dich empfindet. Lass nicht zu, dass diese Gefühle nachlassen. Bau auf ihnen auf. Lass sie zu etwas wachsen, das mehr ist als nur Zuneigung.«

»Aus deinem Munde klingt das so einfach.«

»Das ist es nicht, aber dabei nachzuhelfen, kann viel Spaß machen.«

Ihre Schwester sagte es mit einem Augenzwinkern und Graces Wangen wurden ganz heiß. Caroline lachte, nahm Grace in die Arme und drückte sie fest. »Meine Güte, Grace. Ich glaube, ich muss heute Abend beim Dinner besonders freundlich zu Raeborn sein. Ich habe ihm beim Tee schrecklich feindselige Blicke zugeworfen.«

»Das ist mir nicht entgangen.«

»Ich werde dir nichts von den Plänen erzählen, die deine Schwestern geschmiedet haben, um ihn für das zu bestrafen, was er dir unserer Meinung nach angetan hatte.«

Grace wurde leichenblass. »O Caroline, nein. Du musst sie davon überzeugen, dass er keine Schuld trägt. Dass es allein meine Schuld war. Aber sie dürfen nicht wissen, was ich getan habe. Das könnte ich nicht ertragen. Nur du, Linny. Nur du.«

»Still, Grace.« Caroline umarmte sie noch einmal. »Du regst dich ganz umsonst auf. Niemand außer mir wird davon erfahren. Sobald sie hier ankommen, nehme ich sie mit nach oben und befehle ihnen, von feindseligen Blicken und Morddrohungen Abstand zu nehmen.«

Grace war schier außer sich. »Sie dürfen nicht schlecht von Vincent denken. Das dürfen sie nicht.«

»Das werden sie auch nicht. Wenn ich mit ihnen fertig bin, werden sie ihn für den intelligentesten Mann auf der Welt halten, weil er über so viel gesunden Menschenverstand und Weitblick verfügt, die wunderbarste Frau auf Gottes weiter Erde zur Ehefrau zu nehmen. Ich werde sie davon überzeugen, dass ihr beide so verliebt ineinander wart, dass ihr nicht an euch halten konntet. So war das Baby eben vor dem Ring da.«

»Ach, Caroline«, rief Grace und schlug schockiert beide Hände vor den Mund.

»Tut mir leid, Grace. Aber ich fürchte, den Grund für eure überstürzte Heirat kennen sie. Es ist das Beste, wenn sie glauben, dass ihr euch einfach nicht zurückhalten konntet.«

Grace seufzte schwer. Die Bürde, die auf ihrer Brust lastete, erstickte sie fast.

»Du musst dich ausruhen, Grace. Raeborn wird es nicht gefallen, wenn du dich nicht schonst. Er wollte höchstpersönlich nach oben kommen, um nach dir zu sehen, doch ich sagte ihm, er hätte schon genug angerichtet, und ich würde mich um dich kümmern.«

»Linny!«

»Ich weiß. Aber da habe ich noch geglaubt, dass er ... Tja, ich werde mich auch dafür entschuldigen müssen.«

»Er ist nur besorgt, Linny. Es ist, als wäre alles, was ich tue, für ihn eine Erinnerung an etwas, das schon einmal geschehen ist. Er weiß mehr übers Kinderkriegen als ich.«

Caroline lächelte. »Es wird alles gut werden, Grace. Ruh dich nur aus. Später schicke ich dir ein Mädchen hoch, das dir beim Umziehen hilft. Versuch jetzt zu schlafen. Ich wecke dich rechtzeitig zum Abendessen.«

Kapitel 14

❧

$\mathcal{E}$s war fast an der Zeit, mit der Zeremonie zu beginnen.

»Bist du bereit, Grace?«

Grace, die am Schlafzimmerfenster stand, drehte sich zu ihren Schwestern um, die sie fragend ansahen. Erwartungsvoll. Verwirrt. Ihr wurde klar, dass man ihr die Frage schon mehrmals gestellt haben musste, sie jedoch so in Gedanken versunken gewesen war, dass sie es überhört hatte. Das Lächeln, das sie aufsetzte, kam ihr seltsam deplatziert und unaufrichtig vor.

»Natürlich.« Sie bemühte sich um einen unbeschwerten Ton, was ihr jedoch, nach Carolines besorgtem Gesicht zu urteilen, nicht besonders gut gelang.

»Dann beeilen wir uns lieber«, erklärte Josie und scheuchte sie alle zur Tür. »Wenn dein Bräutigam sich von allen anderen nicht dramatisch unterscheidet, wird er das reinste Nervenbündel sein und die Sache endlich hinter sich bringen wollen.«

Auf dem Weg nach draußen unterhielten sich ihre Schwestern lachend über ihre eigenen Hochzeiten.

Grace konnte sie nicht gehen lassen, ohne etwas zu sagen, ohne zumindest etwas anzudeuten, damit sie gewarnt waren, auch wenn sie den Grund für ihre übereilte Hochzeit kannten, obwohl keine so unhöflich gewesen war, sie direkt darauf anzusprechen. Sie wollte sich schon im Voraus für die Kommentare entschuldigen, die sie zu hören bekommen würden, wenn ihr Baby zu früh auf die Welt kam.

»Wartet.«

Alle sechs drehten sich um und kamen zurück ins Zimmer. Josie schloss hinter ihnen die Tür.

Grace wusste nicht so recht, was sie sagen wollte, und stand mehrere Augenblicke stumm da, bevor sie die Worte fand. »Ich weiß, meine Heirat ist gelinde gesagt eine Überraschung für euch. Vielleicht habe ich die eine oder andere von euch sogar schockiert oder enttäuscht.«

Als ihre Schwestern sich förmlich überschlugen, ihr zu versichern, dass das keineswegs der Fall sei, hob sie abwehrend die Hand.

»Ich kann es euch nicht verdenken. Auch ich hätte mir einen anderen Start für meine Ehe gewünscht. Genau wie Raeborn, aber ...« Sie bemühte sich redlich, weiterhin zu lächeln. »Ich kann das Geschehene nicht ungeschehen machen.«

»Mach dir keine Sorgen, Grace«, beruhigte Mary sie, die ernsthafteste und liebenswürdigste ihrer Schwestern. »Wir wissen, wie viel du für uns geopfert hast. Wie viele Jahre du deine eigenen Wünsche ignoriert hast, damit jede von uns einen guten Ehemann finden konnte. Du holst nur das Versäumte nach.«

»Das stimmt«, pflichtete Francine ihr bei und eilte zu Grace, um sie zu umarmen. »Mach dir keine Gedanken über das Gerede der feinen Gesellschaft. Wenn dein Baby zur Welt kommt, wird sich alle Welt so für dich und Raeborn freuen, dass niemand mehr auf die Idee kommen wird, die Monate nachzuzählen.«

»Ihr sollt nur nicht schlecht von Raeborn denken. Was geschehen ist ...« Grace ballte die Fäuste und zwang sich, fortzufahren. »Was geschehen ist, war nicht seine Schuld.«

»Wir wissen, wie es wirklich war«, beruhigte sie Sarah, deren Wangen dunkelrot wurden. »Ganz London hat gesehen, wie ihr beide euch angeschaut habt. Es ist nicht zu übersehen, wie verliebt ihr beide seid.«

»Genau«, stimmten ihre Schwestern ihr zu, deren Vertrauen in sie Grace um Fassung ringen ließ.

»Ich habe euch lieb«, versicherte sie ihnen mit zittriger Stimme und Tränen in den Augen. »Euch alle.«

Die Schwestern eilten zu ihr und nahmen sie in ihre Mitte. Dann umarmte jede einzelne sie vorsichtig, um ihr Hochzeitskleid nicht zu zerknittern.

»Wir gehen jetzt besser nach unten«, meinte Sarah und wischte sich und Grace die Tränen von der Wange. »Seine Gnaden wirkte ein wenig unbehaglich, als ich ihn das letzte Mal gesehen habe.«

Graces Magen rebellierte. Natürlich war Vincent unbehaglich zumute. Was hätte sie anderes erwarten sollen? Hier zu sein und wieder zu heiraten war das Letzte, was er wollte. Er musste sich fühlen, als hielte ihm jemand eine Waffe an den Kopf. Ihr Täuschungsmanöver hatte ihm keine Wahl gelassen, als trotz seines Schwures, nie wieder vor den Traualtar zu treten, erneut zu heiraten. Wenn das Baby nicht wäre …

Grace legte die Hand schützend auf ihren Bauch, wo das neue Leben heranwuchs. Ihr stockte der Atem.

»Alles in Ordnung, Grace?«, fragte Caroline.

»Ja. Es geht mir gut. Wir sollten nach unten gehen.«

Als sie zur Tür liefen, blieb Caroline zurück und drückte Grace sanft die Hand. »Alles wird gut werden, Grace.«

»Wirklich?«, fragte Grace, als die anderen den Raum verlassen hatten und sie mit Caroline allein war.

»Natürlich. Es sind nur deine angespannten Nerven, die diese Zweifel aufkommen lassen.«

»Er will überhaupt nicht heiraten. Er hat einen großen Schutzwall um sein Herz errichtet. Und ich weiß nicht, wie ich ihn durchbrechen soll.«

»Auf die Art und Weise, wie es nur eine Frau kann. Mit deinem Herzen. Mit deiner Liebe.«

»Und wenn er meine Liebe nicht will?«

Caroline lächelte. »Wie könnte er das nicht? Mehr als jeder andere sehnt sich Raeborn nach Liebe – sowohl sie zu geben als auch sie zu empfangen – und das schon viel länger, als es einem Menschen guttut. Mit der Zeit wird er deine Liebe annehmen. Er wird darin schwelgen.«

»Ich wünschte, ich hätte deine Zuversicht«, erwiderte Grace seufzend.

»Aber vergiss eines nicht«, fuhr Caroline fort. »Die Rollen, die ihr bis jetzt gespielt habt, waren nicht echt. Ihr habt eine Scharade aufgeführt und euch bemüht, alle glauben zu machen, dass ihr ineinander verliebt seid. Diese Scharade muss heute enden. Sie darf sich nicht in eurem Ehebett fortsetzen.«

Grace errötete. Aber Caroline gab ihr keine Chance, verlegen zu sein. Sie fasste sie an den Armen und sah ihr fest in die Augen.

»In einer Ehe darf man nichts vortäuschen, Grace. Die Leidenschaft, die ihr teilt, wenn ihr allein seid, muss echt sein. Sie ist die Basis für euer gemeinsames Leben. Leg eine solide Grundlage für eure Ehe. Gib Raeborn keinen Grund, an deinen Gefühlen für ihn oder an deiner Entschlossenheit, eine gute Ehe mit ihm zu führen, zu zweifeln. Und hab keine Angst, ihm dein Herz zu schenken. Und jetzt«, sagte sie und umarmte Grace ein letztes Mal, »gehen wir lieber nach unten, bevor sie noch alle zurückkommen, um uns zu holen.«

Als sie mit Caroline die Treppe hinabstieg, lächelte Grace. Doch an der Tür zu dem Raum, in dem sie ihr Ehegelübde ablegen sollte, verließ sie der Mut. Das Herz schlug ihr bis zum Hals und eine leise Stimme in ihrem Kopf wiederholte immer wieder die Worte: *Wenn das Baby nicht wäre …*

Grace atmete tief durch und betrat den Raum. Sie ließ den Blick über die Anwesenden schweifen und konzentrierte sich auf den hinteren Teil des Zimmers, wo sich die Männer versammelt hatten.

Vincent stand in ihrer Mitte und lehnte scheinbar entspannt mit dem Ellbogen am Kamin. Sie wusste, dass es nur eine Pose war. Dass er sich heute mehr denn je dazu zwingen musste, Ruhe und Glück vorzutäuschen. Sie aber blickte hinter die Fassade.

Seine Miene war hart wie Granit, seine Gesichtszüge wie gemeißelt. Er unterhielt sich mit Carolines Ehemann, dem Marquess of Wedgewood, und mit Josies Mann Viscount Carmody. Ein Lächeln huschte über sein Gesicht, das seine Augen jedoch nicht erreichte. Dann blickte er auf und sah sie.

Er brach mitten im Satz ab. Die Erfrischung, die er gerade zum Munde führte, verharrte auf halbem Wege in der Luft. Einen Augenblick stand er schweigend da. Dann stellte er das Glas auf der Ecke eines Beistelltisches ab und kam zu ihr. Doch ...

Sein Lächeln kam eine Sekunde zu spät.

Grace atmete tief durch und zwang sich, weiter still stehen zu bleiben. Alles in ihr drängte sie, wegzulaufen. Jeder Muskel war bereit zur Flucht. Doch dann war es zu spät. Er stand nur wenige Zentimeter entfernt vor ihr.

Er überragte sie und strahlte eine überwältigende Dominanz aus. Sie hätte alles darum gegeben zu wissen, was er wirklich dachte. Um etwas anderes zu sehen als diese aristokratische Distanziertheit, die sie bisweilen schon an ihm wahrgenommen hatte, wenn sie allein waren. Um auch nur den winzigsten Hauch von Gefühl zu erkennen. Doch sie sah nichts. Nur eine breiter werdende Kluft zwischen ihnen.

Formvollendet der Etikette folgend, nahm er ihre Hände und hielt sie fest.

Eine Woge aus flüssiger Hitze brandete von ihren Fingerspitzen bis zu den entlegensten Teilen ihres Körpers. Ihr Herz pochte heftig und in ihrem Bauch flatterten tausend Schmetterlinge. Und das nur, weil er sie berührte.

Obwohl sie sich wieder und wieder selbst ermahnt hatte, es nicht zuzulassen, nicht ihr Herz für einen Mann zu riskieren, dessen Liebe unerreichbar war, hatte sie es trotzdem getan.

»Du siehst wunderschön aus, Grace.«

Sie zwang sich zu einem Lächeln. »Danke, Euer Gnaden.«

»Vincent.«

»Vincent«, wiederholte sie. »Ich hatte gehofft, wir hätten einen Augenblick für uns«, flüsterte sie so leise, dass nur er es hören konnte. »Ich muss dir so vieles sagen.«

»Zum Beispiel?«

Sie geriet ins Stottern. »Ich … Ich weiß, das ist nicht das, was du dir für deine Zukunft gewünscht hast.«

Er hob die Augenbrauen und für einen kurzen, flüchtigen Moment konnte Grace hinter der Fassade seine wahren Gefühle erkennen. Was sie sah, erschütterte sie bis ins Mark. Sie zögerte, um ihm Zeit zu lassen, und betete, dass er widersprechen würde. Doch er tat es nicht. Sie atmete tief durch und fuhr fort.

»Du sollst wissen, dass ich alles in meiner Macht Stehende tun werde, um dir die beste Ehefrau zu sein, die ich nur sein kann.«

Mit einer höflichen Verbeugung nahm er ihr Versprechen zur Kenntnis. »Und ich werde mein Möglichstes versuchen, dir ein Ehemann zu sein.«

Seine Worte trafen sie hart.

Ich werde mein Möglichstes versuchen, dir ein Ehemann zu sein.

Eine schwere Last senkte sich auf sie und eine düstere Vorahnung raubte ihr den Atem. Ihr Magen rebellierte und sie atmete mehrmals tief durch. *Ich werde mein Möglichstes versuchen …*

»Ist alles in Ordnung?«

»J… ja. Alles ist gut.«

Mit einem unergründlichen Ausdruck in den Augen reichte er ihr den Arm und führte sie in den vorderen Teil des Raumes, wo der Geistliche bereits wartete. Rechts und links von ihnen stellten sich ihre sechs Schwestern mit ihren Ehemännern auf. Nur noch ein weiterer Gast war anwesend, Vincents Cousin Kevin Germaine.

Mit besitzergreifender Miene nahm Vincent ihren Arm und stützte sie. Er stand reglos wie eine Statue, während der Geistliche den Gottesdienst hielt. Vincents Antworten waren entschieden und knapp. Feierlich gelobte er, sie zur Frau zu nehmen und in guten und in bösen Tagen zu lieben und zu ehren. Bei dem Versprechen, in Gesundheit und in Krankheit zu ihr zu stehen, zögerte er nur kurz, auch wenn sie nicht glaubte, dass dieser Fauxpas außer ihr irgendjemandem auffiel. Oder dass irgendjemand vermutete, was Grace ganz sicher wusste: Dass der Mann, der gerade gelobt hatte, sie zu lieben, so lange er lebte, seine Worte jetzt schon bereute. Der Mann, der sie soeben zur Frau genommen hatte, tat das nur, weil sie ihm keine andere Wahl gelassen hatte.

Dann war sie an der Reihe. Der Geistliche sprach die Worte und sie fragte sich ganz kurz, was geschehen würde, wenn sie Nein sagte. Wenn sie ablehnte.

Ihr wurde unangenehm warm und sie schloss sekundenlang die Augen und betete, dass die Welt aufgehört haben würde sich zu drehen, wenn sie sie wieder aufschlug. Doch das geschah nicht. Die Welt drehte sich weiter und die Worte, die sie quälten, waren noch da und fanden keinen Ausweg. *Wenn das Baby nicht wäre ...*

Da wusste sie, dass ihr keine andere Wahl blieb.

»Ja, ich will«

Der Geistliche lächelte. »Hiermit erkläre ich euch zu Mann und Frau.«

Es war vorbei. Vincent drehte sie zu sich und senkte den Kopf. Er wollte sie küssen. Sie wusste es, bevor seine Lippen ihre berührten. Sie wollte es auch. Wollte eine kleine Erinnerung an die Intimität spüren, die sie einst geteilt hatten.

Seine Lippen waren fest und warm, fast so wie beim letzten Mal, als er sie geküsst hatte. Und doch vollkommen anders. In diesem Kuss lag kein Gefühl, keinerlei Empfindung. Nur eine Geste der Form halber, die in Grace eine Leere erzeugte, die sie sich nicht erklären konnte.

Und genauso rasch hob er den Mund wieder von ihrem.

Überrascht blickte sie zu ihm auf, doch er beachtete sie gar nicht. Sein Blick war auf die Gratulanten gerichtet, die sich um sie versammelt hatten.

»Herzlichen Glückwunsch!«, riefen ihre Schwestern im Chor und umarmten sie der Reihe nach fest.

Dienstboten brachten Tabletts mit Champagnergläsern herein und jeder ihrer Schwager brachte einen Toast auf die Gesundheit und das Glück des Duke und der Duchess of Raeborn aus.

Grace nippte nur einmal an ihrem Glas und kämpfte gegen eine Welle der Übelkeit an. Von da an gab sie nur vor zu trinken und suchte sich, so oft es ging, eine Stütze, an die sie sich lehnen konnte.

»Euer Gnaden«, sagte eine Stimme hinter ihr. »Ich möchte Ihnen zu Ihrer Vermählung gratulieren.«

Als Grace sich umdrehte, stand Kevin Germaine vor ihr. Plötzlich war Vincent an ihrer Seite, den Arm besitzergreifend um ihre Taille gelegt. Er hatte die zufriedene Miene aufgesetzt, die er inzwischen perfektioniert hatte und die er immer trug, wenn sie sich in der Öffentlichkeit zeigten.

»Raeborn«, sagte Germaine und hob sein Glas zum Gruß. »Sie können sich nicht vorstellen, wie überrascht ich über die Einladung zu Ihrer Hochzeit war. Und wie erfreut.«

Ein Lächeln strahlte auf Germaines attraktivem Gesicht und Grace blickte auf, um zu sehen, wie ihr Mann reagierte. Der routinierte Gesichtsausdruck war noch da und Grace wünschte sich, nur eine Sekunde lang zu wissen, was er wirklich empfand. Diese Heuchelei war jetzt doch sicher nicht mehr nötig.

»Ich kann nicht glauben, dass Sie wieder geheiratet haben. Dass Sie den Schritt noch einmal gewagt haben. Ich freue mich sehr für Sie.«

»Danke, Kevin.«

»Und natürlich besonders für Sie, Euer Gnaden«, fügte er hinzu und nickte Grace zu.

»Danke, Mr. Germaine. Ich freue mich, dass Sie kommen konnten.«

»Ich fühle mich geehrt, dass Sie daran gedacht haben, mich einzuladen. Ich hätte es um nichts in der Welt verpassen wollen. Sie können sich nicht vorstellen, welche Aufregung Ihre Bekanntmachung in der feinen Gesellschaft ausgelöst hat. In ganz London gibt es keinen Club, kein Boudoir und keinen Salon, in dem heute Morgen nicht absolute Fassungslosigkeit und Ungläubigkeit herrschten. Natürlich rühmt sich jeder, einen Verdacht gehegt zu haben. Ihre gegenseitige Verbundenheit ist in letzter Zeit aufgefallen. Man ist nur überrascht, dass Sie so heimlich heirateten. Und zudem mit einer Sondererlaubnis.«

Grace wusste, dass sie feuerrot geworden war, und blickte verlegen zu Boden.

Vincent zog sie dichter an sich. »Unsere Vermählung hat wohl kaum heimlich stattgefunden. Sie war sogar sehr öffentlich«, widersprach er und warf einen Blick auf die Großfamilie, in die er soeben eingeheiratet hatte. »Was die Sondererlaubnis betrifft, kannst du ja mit eigenen Augen sehen, dass wir viel zu glücklich sind, um eine lange Verlobungszeit auf uns zu nehmen.«

»Nun, Sie haben jedenfalls alle überrascht. Es kommt nicht oft vor, dass jemand selbst die erfahrensten Klatschbasen der Gesellschaft hinters Licht führt. Doch Ihnen ist es gelungen. Aber ich freue mich für Sie beide. Wirklich sehr.«

»Danke«, antworteten sie gleichzeitig. Germaine trat zurück und Graces Schwestern umringten die Frischvermählten, um ihnen noch mehr Segenswünsche anzutragen.

Grace ließ alles über sich ergehen, lächelte zur rechten Zeit, lachte, wie sie selbst feststellte, mit erzwungener Heiterkeit und nahm Vincents Aufmerksamkeiten mit aller Herzlichkeit und Freude entgegen, die eine Braut ihrem frisch gebackenen Ehemann entgegenbringen sollte.

Unter anderen Umständen wäre es eine perfekte Feier gewesen.

Nach angemessener Zeit begaben sie sich in das formelle Speisezimmer und nahmen das Hochzeitsmahl ein, das ursprünglich als Mittagsmahl gedacht gewesen war, um Anne nach ihrer Hochzeitsreise willkommen zu heißen. Grace tat wenig mehr, als ihr Essen auf dem Teller hin und her zu schieben, während sie sich bemühte, ihre Appetitlosigkeit vor Vincent zu verbergen. Da er sie mit Argusaugen beobachtete, war das jedoch zum Scheitern verurteilt.

»Fühlst du dich wohl?«

Sie blickte lächelnd zu ihm auf. »Natürlich. Ich bin nur nicht allzu hungrig.«

Er legte die Hand auf ihre, eine Geste, die von allen registriert und von mehr als nur einer ihrer Schwestern neckend kommentiert wurde.

Er lachte. Das erste Mal seit Wochen, dass sie ihn lachen hörte, und es versetzte ihr einen Stich. Ach, wie sehr sie sich wünschte, sein Lachen wäre echt. Wie sehr sie sich wünschte, seine Gesten wären ernst gemeint, der Ausdruck auf seinem Gesicht aufrichtig. Doch sie wusste, dass nichts davon echt war. Es war alles nur Theater. Genau wie die letzten vier Wochen Theater gewesen waren.

Nach dem Essen begaben sich die Männer in Wedgewoods Arbeitszimmer und Grace und ihre Schwestern nahmen gemeinsam ihren Tee ein, bevor Grace nach oben ging, um vor ihrer Abreise noch ein paar Minuten allein zu sein.

Sie betrat ihr Zimmer und schloss die Tür hinter sich. Ein Teil von ihr brannte darauf, ihr neues Leben zu beginnen. Ein anderer Teil indes war noch nicht bereit, sich der Herausforderung zu stellen. Der Teil von ihr, der nicht wusste, wie sie es bewältigen sollte.

Sie nahm auf einem Stuhl Platz und rief sich Linnys Worte ins Gedächtnis. »Gib ihm keine Gelegenheit, sich von dir abzuwenden, sondern binde ihn von Anfang an an dich.«

Grace wiederholte im Geiste Linnys Rat wieder und wieder, bis sich die Worte unauslöschlich in ihr Gedächtnis eingebrannt hatten. Nach und nach glaubte sie zu spüren, wie eine große Last von ihr abfiel. Die Lösung war die ganze Zeit zum Greifen nah gewesen, doch ihre Ängste hatten ihr den Blick versperrt. Sie wusste genau, was Linny meinte, wusste genau, was sie zu tun hatte.

Mit einem Lächeln erhob sie sich. Vielleicht hatte sie sich den Beginn ihrer Ehe anders vorgestellt, doch sie war es Vincent schuldig, ihm eine Frau zu sein, mit der er glücklich und zufrieden sein konnte.

Sie schwor sich, ihm alles zu sein, was er sich von einer Frau wünschte. Weil sie ihm jetzt schon sehr zugetan war. Und weil sie sein Kind unter dem Herzen trug.

Konnte es auf der Welt etwas Schöneres geben?

&

»Willkommen in deinem neuen Zuhause, meine Liebe.«

Grace nahm die Hand ihres Ehemanns und setzte den Fuß auf den Boden. Als sie aufblickte, sah sie zum ersten Mal das Haus, in dem sie von nun an leben würde.

Raeborn House war eines der imposantesten Stadthäuser von ganz London. Ihr Herz schwoll vor Stolz an.

»Gefällt dir dein neues Heim?«

Sie blickte auf und sah den ernsten Ausdruck in seinem Gesicht. Ihm war wirklich wichtig, was sie von seinem Haus hielt.

»Es ist wunderschön, Vincent.«

Sein Blick wurde weicher. »Ich bin froh, dass es dir gefällt. Es wird dein Zuhause sein, bis ...«

Er stockte, als wüsste er nicht, wie er den Satz beenden sollte. Grace tat es für ihn. »Bis dass der Tod uns scheidet.«

Er nickte. »Ja, bis dass der Tod uns scheidet.«

Beim Klang seiner Worte wurde ihr am ganzen Körper merkwürdig warm. Seltsame Empfindungen schossen ihr bis in die Fuß- und Fingerspitzen, jedes Mal wenn er sie berührte. Sie zitterte.

»Ist dir kalt?«

Er legte ihr den Arm um die Schultern und drückte sie fester an sich. »Nein. Mir geht es gut.« Aber das stimmte nicht. Seine Nähe war wie eine glühend heiße Flamme, die sie wärmte. Sie brannte von innen heraus.

»Wir haben einen langen und anstrengenden Tag hinter uns. Ich lasse dir heißen Tee bringen, bevor du zu Bett gehst.«

»Danke. Das wäre schön.«

Sie stiegen die Eingangsstufen hinauf und traten durch die offene Tür. Trotz der späten Stunde war die gesamte Dienerschaft zugegen und erwartete sie.

Ihr Magen zog sich zusammen. Zuerst war sie nervös, die Bediensteten kennenzulernen. Doch all ihre Bedenken verflüchtigten sich in dem Moment, als sie in die strahlenden Gesichter sah.

»Carver«, sagte Vincent zu seinem Butler, »dies ist Ihre Gnaden, die Duchess of Raeborn.«

Carver verbeugte sich höflich. »Euer Gnaden.«

»Ich freue mich, Sie kennenzulernen, Carver.«

»Ihre Dienerschaft, Euer Gnaden«, sagte der Butler.

Mit Vincent an ihrer Seite schritt Grace die lange Reihe der Dienstboten ab, die ihr von Carver einzeln vorgestellt wurden. Sie bemühte sich, mit jedem von ihnen ein paar persönliche Worte zu wechseln. Als Carver fertig war, wünschten die Bediensteten ihr eine gute Nacht und zogen sich in ihre Unterkünfte zurück, wahrscheinlich heilfroh, ihre müden Häupter auf die Kissen betten zu können.

»Wenn du irgendetwas brauchst, musst du nur danach fragen. Das Personal steht voll und ganz zu deiner Verfügung.« Vincent nahm ihren Arm und ging mit ihr zu der breiten geschwungenen Treppe. »Es ist eine Weile her, seit sie eine Herrin hatten, die sie beaufsichtigt, aber sie arbeiten alle schon lange Jahre hier und sind sehr loyal.«

»Ich bin mir sicher, dass alles perfekt wird, Vincent«, sagte sie, während sie die Stufen hinaufstiegen. Sie wandte sich um und bewunderte die prächtige Eichentäfelung und die kunstvollen Vasen, welche die gewaltige Eingangshalle schmückten. »Dein Haus ist wunderschön.«

»Danke. Aber es ist jetzt auch dein Haus. Morgen führe ich dich herum. Der Garten wird dir besonders gut gefallen. Hennely scheint die Fähigkeit zu besitzen, selbst die unscheinbarsten Pflanzen erblühen zu lassen.«

»Ich freue mich schon darauf.«

Als sie zu einem Raum am Ende des Korridors kamen, blieb er stehen. »Das ist deine Suite, Grace.«

»*Meine* Suite?«

»Ja. Meine Räume sind nebenan. Zwischen uns liegt ein gemeinsamer Salon.«

Grace fröstelte am ganzen Leib.

Er wich ihrem Blick aus, als könnte er ihr nicht in die Augen sehen. »Ich bin ganz in der Nähe, wenn du mich brauchst.«

»Ich verstehe«, brachte sie mit Mühe im Flüsterton hervor.

»Ich war so frei, Alice zu bitten, dir als Zofe zur Hand zu gehen. Carver hat sie mir empfohlen. Wenn sie nicht nach deinem Geschmack ist …«

»Ich bin mir sicher, sie wird es sehr gut machen.«

»Gut. Dann gute Nacht, Grace.«

»Kommst du auch ins Bett?«

»Nein. Ich habe noch Arbeit zu erledigen, bevor ich zu Bett gehen kann. Ich bin in meinem Arbeitszimmer.«

»Ich verstehe.«

Er zog sie sanft an sich und küsste sie auf die Stirn. »Gute Nacht«, wiederholte er, öffnete die Tür zu ihrem Zimmer und ließ ihr den Vortritt.

Mit weichen Knien betrat Grace ihr neues Zimmer. Es war doch wohl nicht sein Ernst, dass er getrennt von ihr leben wollte? Dass ihre Ehe nur auf dem Papier bestehen sollte?

Grace sah das hübsche junge Dienstmädchen erst am Bett stehen, als es sie ansprach, so verwirrt war sie. Vincents Vorstellungen von ihrer Ehe hatten sie zu sehr verstört.

Grace legte das Kleid ab, das sie zu ihrer Hochzeit getragen hatte, und schlüpfte in ein wunderschönes Satinnachthemd, das Anne ihr speziell für diese Nacht geschenkt hatte. Dann nahm sie auf dem Polsterschemel vor dem Frisiertisch Platz und ließ sich von Alice die Haare auskämmen. Das junge

Dienstmädchen schwatzte aufgeregt, doch Grace bekam kaum ein Wort davon mit. Sie war in Gedanken zu sehr mit ihrem Mann beschäftigt, der wieder nach unten gegangen war. Mit ihrem Mann, der seine Frau in ihrer Hochzeitsnacht allein ließ.

»Haben Sie noch einen Wunsch, Euer Gnaden?«, fragte Alice lächelnd

»Nein. Danke, Alice. Das ist alles. Ich weiß Ihre Hilfe sehr zu schätzen.«

Alice öffnete die Tür just in dem Moment, als ein weiteres Dienstmädchen namens Jane mit einem Tablett hereinkam. »Seine Gnaden dachte, Sie wünschen vor dem Zubettgehen vielleicht eine Tasse heißen Tee.«

Grace warf einen Blick auf das Tablett und hätte das dralle kleine Dienstmädchen am liebsten wieder nach unten geschickt, um Seiner Gnaden mitzuteilen, seine Frau wünschte, dass ihr Ehemann zu ihr nach oben kam. Stattdessen bedeutete sie dem Mädchen, das Tablett abzustellen.

»Richten Sie Seiner Gnaden meinen Dank aus.«

»Jawohl, Euer Gnaden.«

Noch lange nachdem die Zofe und das Dienstmädchen gegangen waren, starrte Grace mit leerem Blick auf die Teekanne. Das Teeservice war aus hauchdünnem Porzellan und sie strich mit dem Finger über das filigrane Blattgoldmuster auf den Tassen, während ihr Ärger und ihre Enttäuschung wuchsen.

Wie wollte er eine Ehe mit ihr führen, wenn sie nie dasselbe Bett teilten? Wie sollten sie als Paar zusammenwachsen, wenn er sich von ihr fernhielt?

Sie trat ans Fenster und sah mit leerem Blick hinaus in die Dunkelheit.

Wie um alles in der Welt konnte sie die Mauer durchbrechen, die er zwischen ihnen beiden errichten wollte?

Linnys Worte kamen ihr in den Sinn. »Du durchbrichst sie mit Geduld und mit Liebe.«

Grace setzte sich in den dunkelroten Samtsessel am verlöschenden Feuer und wartete, betete, dass er es sich anders überlegte und schlussendlich doch noch zu ihr käme.

Stunden später hörte sie ihn die Treppe hinaufsteigen. Dann das leise Geräusch seiner Tür, die sich schloss.

Ihr Herz hämmerte erwartungsvoll. Sie wartete und betete, dass sich die Verbindungstür zwischen ihren Zimmern öffnen würde. Dass er sie in ihrer Hochzeitsnacht nicht allein ließe. Dass er nicht vorhatte, eine so kalte Ehe mit ihr zu führen. Dass ...

Noch lange, nachdem die letzte Glut im Kamin erloschen war, saß Grace im Dunkeln. Sie bekam Kopfweh, wurde zusehends gereizter und ihr Herz schmerzte wie noch nie zuvor.

Sie holte zitternd Luft, als ihr schlagartig klar wurde, was Linny mit ihrem Rat gemeint hatte. *Du durchbrichst die Mauer, die er errichtet, mit Geduld und Liebe ... Und gib ihm keine Chance, sich von dir abzuwenden.*

Grace ließ ihre Decke zu Boden gleiten und ging zu der Tür, die ihre Zimmerfluchten miteinander verband. Sie verstand jetzt in aller Deutlichkeit, wie viel sie wirklich verlieren würde, wenn sie ihm die Chance gäbe, sich von ihr abzuwenden.

Kapitel 15

🦁

*V*incent stand am Schlafzimmerfenster und blickte in die Dunkelheit hinaus. Auf der Straße war es still. Die letzten Gäste waren schon lange nach Hause gegangen. Der Tag seiner Hochzeit war endlich vorüber. Und irgendwie hatte er ihn überlebt.

Verdammt, er hätte sich nie träumen lassen, noch einen Hochzeitstag hinter sich bringen zu müssen.

Von heute Morgen an, als er Wedgewoods Stadthaus betreten hatte, hatte sich jede Kleinigkeit in sein Gedächtnis eingeprägt. Er hatte gehofft, einen Moment mit Grace allein sein zu können. Um sie darauf vorzubereiten, wie ihr Zusammenleben aussehen würde, statt die Überraschung, ja die Enttäuschung auf ihrem Gesicht zu sehen, als er sie heute Abend zu ihrer Suite geleitet und dort sich selbst überlassen hatte.

Doch es hatte sich keine Gelegenheit ergeben, mit ihr zu sprechen. Caroline schützte als Entschuldigung vor, dass Grace damit beschäftigt sei, sich für die Hochzeit fertig zu machen, doch er wusste, dass das nicht ganz der Wahrheit entsprach. Er wusste, dass sie unter Übelkeit litt. Von dem Baby, mit dem sie schwanger war. So wie ihr während ihres Aufenthaltes auf dem Land jeden Morgen übel gewesen war, auch wenn sie es vor ihm zu verbergen versucht hatte.

Vincent kämpfte gegen eine Welle der Furcht an, die ihn fast überwältigte. Er hatte nie zu einer Familie wie der von Grace gehört. Einer Familie voller Lebendigkeit, Liebe und Fröhlichkeit. Allein schon die schiere Anzahl der Schwestern war überwältigend, ihre Ausgelassenheit verblüffend. Er war ohne Geschwister aufgewachsen und bis zum heutigen Tage hatte seine engere Familie nur aus ihm und seinem Cousin bestanden. Grace hingegen war in einer großen Familie aufgewachsen, die über Wedgewoods Stadthaus hereingebrochen war wie eine ganze Festgesellschaft. En masse. Die ganze Familie. Alle sechs Schwestern samt Ehemännern.

Lord und Lady Wedgewood waren natürlich schon da gewesen. Dann kam Josalyn mit ihrem Gemahl Viscount Carmody. Und Francine mit ihrem Gatten, dem Earl of Baldwin. Und Sarah mit ihrem Angetrauten Baron Hansley. Und Mary mit ihrem Mann, dem Earl of Adledge. Und schließlich Lady Anne mit ihrem Gatten Wexley.

Glücklicherweise waren die Kinder – gütiger Himmel, insgesamt elf, und soweit er es beurteilen konnte, würden es bis Weihnachten noch mehr werden – sofort mit einem Regiment aus Gouvernanten und Kindermädchen in die obere Etage verbannt worden. Wie konnten sie so leichtfertig sein, wenn es ums Kinderkriegen ging? Wie konnten diese Männer es immer wieder riskieren, dass ihre Frauen bei der Geburt sterben könnten?

Zunächst hatte er geglaubt, dass ihre Ehen nicht auf Liebe oder überhaupt irgendwelchen Gefühlen in der Richtung beruhten. Doch das war nicht der Fall. Die Zuneigung zwischen den Schwestern und ihren Ehemännern war unübersehbar, manchmal sogar erstaunlich in der Art, wie sie sich ansahen, sich anlächelten, und in der Vertrautheit, mit der sie einander berührten.

Vincent konnte sich das nur damit erklären, dass sie es nicht wussten. Sie hatten den verheerenden Schmerz noch nicht erfahren, jemanden zu verlieren, dem man zugetan war, in dem Bewusstsein, dass man selbst die Schuld daran trug.

Er schloss die Augen und beschwor Angelines herzförmiges, lächelndes Antlitz und Lorraines ernsthaftes Porzellangesicht herauf. Er würde sie nicht vergessen und in dieser Ehe auf keinen Fall die gleichen Fehler machen. Um eine dritte Schwangerschaft zu verhindern, war es zwar zu spät, aber noch nicht dafür, sein Herz zu schützen.

Der Entschluss lastete wie Blei auf seiner Brust und drückte ihm die Luft ab. Ach, wie sehr er sie begehrte! Wie er sie seit jenem Abend begehrte, als er sie in Wedgewoods Arbeitszimmer gelockt hatte, ihre Augen groß vor Furcht, ihre Brüste, die sich mit ihrem schnellen Atem hoben und senkten. So sehr er sich auch bemühte, es gelang ihm nicht, das Gefühl auszulöschen, wie er sie im Arm gehalten, sie berührt und sich tief in ihr vergraben hatte bei ihrer ersten Begegnung. Und wie schmerzlich er sich selbst jetzt danach sehnte, sie in den Armen zu halten und sie zu küssen, bis sie beide atemlos wären.

Er stützte sich auf der Fensterbank ab und lehnte die Stirn an die kühle Glasscheibe. Hätte er doch nie mit ihr geschlafen. Hätte er doch nie erfahren, wie es war, sie zu lieben. In ihm brannte ein Feuer, das er niemals würde löschen können... außer in ihren Armen.

Er rieb sich das Gesicht und hoffte inbrünstig, damit alle Gedanken aus seinem Kopf vertreiben zu können. Mit einem tiefen Seufzer trat er an den Kamin und legte noch ein Holzscheit auf die verlöschende Glut. Die Tür öffnete sich und ein schwacher Lichtschein stahl sich über die Dielen. Vincent richtete sich jäh auf und drehte sich um. »Grace?«

Er griff nach einem Morgenrock und bedeckte seine Blöße. »Stimmt etwas nicht?«

»Darf ich hereinkommen?«

»Natürlich. Brauchst du irgendetwas?«

»Ja.« Sie trat ein und schloss die Tür hinter sich.

Er blieb abwartend stehen. Nach kurzem Zögern kam sie mit durchgedrücktem Rücken und gereckten Schultern zu ihm. Ihr Satinnachthemd schien beim Gehen die Farbe zu wechseln. Er verschränkte die Hände hinter dem Rücken, um sie nicht nach ihr auszustrecken. Um sie nicht in seine Arme zu ziehen und festzuhalten. Um sie nicht zu küssen.

»Was denn? Brauchst du etwas?«

Sie hob das Kinn und antwortete: »Ja, dich.«

Grace stand dicht vor ihm, so dicht, dass sie die Wärme seines Körpers spürte. So dicht, dass sie den frischen Duft der Seife roch, mit der er sich gewaschen hatte. So dicht, dass sie hörte, wie er bei ihrer Antwort heftig den Atem einzog.

Ihr Herz hämmerte vor Aufregung, vor Furcht. Das Blut raste mit solchem Tempo durch ihre Adern, dass ihr ganzer Körper vor Verlangen erfasst wurde. Sie vergrub ihre Hände im Stoff ihres Nachthemds, um nicht nach ihm zu greifen.

»Brauchst du etwas?«, fragte er noch einmal, als hätte er sie nicht verstanden. Als zöge er es vor, sie nicht zu verstehen.

»Willst du für den Rest unserer Ehe hier schlafen?«

Er zog die Schultern hoch. »Das ist mein Zimmer. Ja.«

»Und ich soll im Zimmer nebenan schlafen?«

»Ja.«

»Hast du vor, je zu mir zu kommen? In mein Bett?«

Er runzelte die Stirn, sein Gesichtsausdruck beinahe zornig. »Was soll das, Grace? Es ist fast drei Uhr morgens. Deine Fragerei hat sicher bis ein andermal Zeit. Zumindest bis morgen.«

»Nein. Ich halte es für das Beste, wenn wir reinen Tisch machen, um Missverständnissen vorzubeugen.«

Grace kämpfte gegen das Bedürfnis an, ihn einfach stehen zu lassen. Gegen das Bedürfnis, die Augen niederzuschlagen, um seinen unnachgiebigen Blick nicht mehr sehen zu müssen. »Bitte antworte mir, Vincent. Hast du vor, jemals in meinem Bett zu schlafen?«

Seine Brust hob und senkte sich mit jedem schweren Atemzug. Doch er blieb stumm.

»Ist das meine Strafe?«, fragte sie mit einer Stimme, die selbst in ihren Ohren hohl klang. »Soll ich so dafür büßen, dass ich dich getäuscht habe?«

Der Mut verließ sie und sie starrte auf die brennenden Holzscheite. »Hast du vor, die Scharade fortzuführen und mich in der feinen Gesellschaft bloßzustellen? Denkst du wirklich, dass wir weiter unsere Rollen spielen sollen, als führten wir die perfekte Ehe?«

Sie wusste, dass ihre Stimme anklagend klang. Dass die Worte nicht wie eine Frage, sondern wie ein Vorwurf klangen. Doch das kümmerte sie nicht. Sie kämpfte hier um ihr Leben.

»Wie lange sollen wir noch so tun, als sei unsere Verliebtheit so alles verzehrend, dass wir keine Zeit mit einer langen Verlobungszeit vergeuden wollten, sondern innerhalb weniger Wochen nach unserem Kennenlernen geheiratet haben? Noch dazu mit einer Sondererlaubnis?«

Sie wandte sich vom Feuer ab und fing seinen Blick auf. »Vielleicht noch einen Monat? Oder länger?«

»Grace, ich …«

»Und danach, Vincent? Planst du, jeden Abend zu mir nach Hause zu kommen, worauf ich dir gestatte, mir höflich die Wange zu küssen, mich ins Bett zu stecken und dich nicht weiter mit mir abzugeben, bis es Zeit für unseren nächsten Auftritt ist? Stellst du dir vor, dass wir jeden Abend Arm in Arm die Treppe hinaufsteigen wie das Liebespaar, als das wir uns den ganzen Tag und den ganzen Abend über ausgegeben haben? Willst du mir höflich eine gute Nacht wünschen, bevor du die Tür hinter mir schließt, damit du vergessen kannst, dass ich existiere?«

»Grace, das ist nicht …«

»Ich kann so nicht leben, Vincent. Und das werde ich auch nicht.« Grace machte eine heftige Handbewegung. »Wenn ich könnte, würde ich ungeschehen machen, was ich getan habe, aber dafür ist es zu spät. Ich kann die Zeit nicht zurückdrehen. Ich kann nicht …«

»Das reicht! Was genau willst du von mir?«

Sie trat einen Schritt auf ihn zu, sodass er keine andere Wahl hatte, als ihr in die Augen zu sehen. »Ich will, dass du mir ein richtiger Ehemann bist.«

»Du weißt nicht, was du da von mir verlangst.«

Doch Grace weigerte sich, so einfach aufzugeben. »O doch. Ich kann mir vorstellen, wie sehr es dich geschmerzt hat, deine erste Frau zu verlieren, und das Baby mit ihr. Ich weiß, wie viel schwerer es für dich gewesen sein muss, eine zweite Frau und noch ein Baby zu verlieren und dann weiterzuleben, obwohl es dir das Herz gebrochen hat. Ich weiß, dass du danach geschworen hast, nie wieder zu heiraten.«

Er zog die Augenbrauen zusammen. »Woher weißt du …«

»Dein Cousin hat es mir gesagt, während er mir wortreich dazu gratulierte, dass ich dir das Herz gestohlen und dich dazu gezwungen habe, genau das Risiko einzugehen, das du geschworen hattest, nie wieder auf dich zu nehmen.«

»Dann weißt du auch …«

Sie schüttelte den Kopf. »Ich weiß nichts, außer dass ich ein ebenso großes Risiko eingehe wie du. Kannst du mir garantieren, dass du nicht auf die Straße trittst und von einem Pferdegespann erfasst wirst, bevor unser Kind geboren ist? Kannst du mir versprechen, dass Fentington nicht noch einmal versuchen wird, dir etwas anzutun? Und diesmal vielleicht Erfolg damit hat?« Sie bemühte sich, die Tränen, die ihr in den Augen standen, zurückzuhalten. »Weißt du, mit welchen Schuldgefühlen ich jeden Tag lebe, weil ich weiß, dass er dir die Verantwortung für *meine* Taten zuschreibt?« Grace schlang die Arme fester um sich. »Kannst du dir vorstellen, mit welchen Schuldgefühlen ich Tag für Tag leben muss, weil ich weiß, dass ich für die Kugel verantwortlich bin, die dich getroffen hat?«

»Nein. Das war nicht deine Schuld.«

»Doch. Genau wie es meine Schuld ist, dass du zu einer erneuten Heirat gezwungen bist. Ich wünschte wirklich, dass mir eine andere Methode eingefallen wäre, Fentington zu entkommen. Eine, die nichts mit dir zu tun gehabt hätte. Eine, die dich nicht in Gefahr gebracht hätte. Aber so war es leider nicht. Ich habe nicht damit gerechnet, dass du mich je finden würdest. Ich habe nicht damit gerechnet, dass du je auch nur den Wunsch danach verspüren könntest.«

Ihre Tränen flossen jetzt ungehindert. Er streckte die Arme aus, um sie an sich zu ziehen, doch sie entwand sich ihm und hob abwehrend die Hand. »So will ich nicht leben, Vincent. Ich will keinen Abgrund der Furcht oder des Misstrauens zwischen uns, der niemals überbrückt werden kann. Ich will nicht, dass unsere Ehe nur eine leere, substanzlose Hülle ist. Bitte lass mich mit meiner Reue nicht allein.«

Sie sah, wie der ruhelose Ausdruck in seinen Augen noch intensiver wurde, und meinte zu spüren, wie der Boden unter ihr nachgab. »Ich erwarte nicht, dass du mich jemals liebst«, sagte sie, ihre Worte kaum mehr als ein Flüstern. »Nicht nach dem, was ich dir angetan habe, wie ich dich hintergangen habe. Aber bitte verdamme mich nicht zu so einer bitteren Existenz. Lass mich nicht bis an mein Lebensende Tag für Tag dafür büßen, dass ich dich getäuscht habe.«

Er stand wie angewurzelt da. Schließlich sah Grace, wie sich seine Schultern in einem tiefen Seufzer hoben.

»Ich gebe dir nicht die Schuld an dem, was du getan hast, um Fentington zu entkommen. Du hattest kaum eine Wahl. Und nichts von dem, was Fentington danach getan hat, kann man dir anlasten, Grace. Er ist geistesgestört. Er denkt nicht wie du und ich. Du bist nicht verantwortlich für seinen Mordanschlag auf mich.«

»Was ist es dann? Ist es so unmöglich, dass du mich zur Frau willst? Ist es so schwer, mich in den Armen zu halten wie in jener Nacht bei Madame Genevieve, bevor du wusstest, wer ich bin? Ist es dir so unmöglich, mich zu lieben?«

»Nein«, rief er aus und Grace hörte den Schmerz in seiner Stimme. »Aber wenn ich es täte, wäre es mir unmöglich, je wieder auf dich zu verzichten. Ich kann das nicht noch einmal durchmachen.«

Seine Worte trafen sie mit einer Wucht, die ihr den Atem nahm. Er hatte seine Furcht vor ihr offengelegt wie eine schwärende Wunde. Ein Wundherd, der ihm unerträgliche Schmerzen bereitete.

»Du musst nicht auf mich verzichten, Vincent. Ich verspreche es. Du wirst mich nicht verlieren wie Angeline und Lorraine.«

»So ein Versprechen kannst du mir nicht geben«, sagte er, seine Stimme voll Bedauern.

»Doch.« Grace griff nach seiner Hand und legte sie sich auf den Bauch. »Ich werde dir dieses Kind schenken, das in mir heranwächst. Und noch ein Dutzend mehr. Wir werden sie lieben und gemeinsam für sie sorgen und sie aufwachsen sehen.«

In seinem qualvollen Stöhnen lagen der unausgesprochene Kummer und das Leid seiner schmerzlichen Vergangenheit.

»Liebe mich, Vincent.«

Sie wartete und betete, dass er die Arme heben und sie umarmen würde. Dass sie die Barriere, die er zwischen ihnen errichtet hatte, durchbrechen konnte, damit er sie lieben könnte. »Verdamme uns nicht dazu, unser Leben allein zu leben. Die Leere, die du unserer Ehe zugedacht hast, überlebe ich nicht.«

Sie wandte sich ihm zu und stellte sich so dicht vor ihn, dass ihr Körper sich an seinen schmiegte. Wellen der Lust und des Verlangens durchliefen sie, jede Faser in ihr verzehrte sich nach seiner Berührung. So war es immer. Jedes Mal, wenn sie ihm nahe war. »Bitte, liebe mich.«

Er kapitulierte mit einem unartikulierten Laut tief in seiner Kehle, schlang die Arme um sie und zog sie an sich. Sein Mund senkte sich auf ihren und er küsste sie mit der Verzweiflung eines Verdurstenden auf der Suche nach einem Schluck Wasser. Seine Lippen pressten sich auf ihre und öffneten sich, ließen keinen Zweifel daran, was er begehrte.

Grace tat es ihm nach. Sie klammerte sich an seine Schultern und öffnete den Mund, gewährte ihm Zugang.

Ihre Vereinigung war wie eine Explosion. Wieder und wieder küsste er sie, rieb seine Lippen auf ihren, ein Geben und Nehmen, bis sie beide keine Luft mehr bekamen. Doch Atmen war auch gar nicht mehr wichtig. Sie brauchte keine Luft außer der, die sie und Vincent gemeinsam atmeten. Sie brauchte überhaupt nichts, außer von ihm gehalten zu werden.

Sie schlang die Arme um seinen Hals und zog ihn dichter an sich.

»Ich hätte wissen müssen, dass es unmöglich ist, mich von dir fernzuhalten«, raunte er an ihrem Mund.

»Unmöglich. Von Anfang an«, flüsterte sie.

Er küsste einen glühenden Pfad über ihre Wangen und ihren Hals hinunter. Grace brannte vor Verlangen, ihr Körper so heiß, dass sie fürchtete, in Flammen aufzugehen.

Vincents Hände glitten über ihren Körper, über die empfindliche Haut am unteren Rücken, und er zog sie noch näher an sich.

Sie stöhnte und fuhr ihm mit den Fingern durch das dichte, dunkle Haar.

Er hob den Mund von ihrem Hals und suchte erneut ihre Lippen, küsste sie leidenschaftlicher, bis ihr die Knie nachzugeben drohten. Ihr Herzschlag hämmerte in ihrer Brust wie ein durchgegangenes Pferdegespann, während seine Finger ihren Zauber woben, flüchtig über ihre Seiten glitten und dann nach innen wanderten.

Ein sanftes Stöhnen stieg aus ihrem tiefsten Inneren auf und sie ließ den Kopf zurückfallen. Er liebkoste sie unermüdlich. Sie konnte nicht mehr klar denken.

»Vincent ...«

Sie atmete schwer, ihr Körper bebte in einem Verlangen, wie sie es nie zuvor verspürt hatte. Eine Verzweiflung, die sie nie für möglich gehalten hätte.

Sie nahm kaum wahr, dass er ihr das Nachthemd über den Kopf streifte, dass die Nachtluft über ihre Haut strich. Sie hieß die Kälte willkommen. Ihr Körper schien in Flammen zu stehen. Dann berührte er sie. Seine Finger strichen über ihre Haut, fanden den Weg zu ihrem Unterleib, wo sie ihr gemeinsames Kind trug.

Grace klammerte sich an seine Schultern, während sie sich ihm hingab.

»Ich brauche dich«, sagte er, hob sie auf seine Arme und trug sie zum Bett.

Grace zog ihn an sich. Sie brauchte ihn auch. So wie sie noch nie im Leben jemanden gebraucht hatte.

ॐ

Noch lange nach ihrem Liebesspiel lösten sie sich nicht voneinander, sondern blieben mit verschlungenen Armen und Beinen liegen, ihre Körper noch vereinigt im Schein des wolkenverhangenen Mondes. Sie streichelte über seine Haut, die festen Muskeln seiner Schultern und Arme.

»Geht es dir gut?«, fragte er, stützte sich auf die Ellenbogen und blickte auf sie herab.

Kleine Sorgenfalten zeigten sich auf seinem Gesicht und sie strich ihm lächelnd eine dunkle Locke aus der Stirn.

»Mir geht es wunderbar. Du warst wunderbar.«

Sie schlang die Arme um ihn und drückte ihn fest an sich. Sie hielt seinen wundervoll starken Körper, streichelte seine schweißfeuchte Haut und staunte über die Empfindungen, die sie gerade erlebt hatte. Tränen traten ihr in die Augen, Tränen voller Gefühl. Tränen der Liebe.

»Du wirst mich zwingen, alles zu riskieren, nicht wahr?«, fragte er und drehte sich mit ihr auf die Seite. Er drückte sie fest an sich und zog fürsorglich eine Decke über sie.

»Was für ein Leben würden wir führen, wenn ich es nicht täte?«

Grace lag an ihn geschmiegt, den Kopf unter seinem Kinn. Er küsste sie auf den Scheitel, streichelte sie mit leichten, zarten Bewegungen, fuhr mit den Fingern an ihren Armen auf und ab, über ihren Rücken. Ihr Körper wurde von seinen Berührungen warm und sie wusste, dass sie auf so gut wie alles verzichten könnte, wenn es einfach immer so sein könnte.

»Ich bin mir nicht sicher, ob ich den Mut dazu aufbringe, Grace. Ich habe ...«

Er zögerte und Grace wusste, wie schwer es ihm fiel, die Worte zu finden. Wie schwer es für ihn war, einzugestehen, welche Ängste er ausstand.

»Ich weiß, was du verloren hast. Aber ich habe genug Mut für uns beide.« Sie legte die Hand an seine Wange und zwang ihn, sie anzusehen. »Versprich mir, nie an mir zu zweifeln. Immer zu wissen, dass ich dich nie verlassen werde.«

In seinen Augen lag Traurigkeit, ein Anflug von Bedauern. Ein tiefes Gefühl, das ihr ins Herz schnitt. Sie konnte es sehen. Seinen Kampf, sein Herz zu schützen. Ja, es würde all ihren Mut brauchen. Und ihre Geduld. Und ihre Liebe.

Grace verflocht ihre Finger in seinem Nacken und zog seine Lippen auf ihre. Das Gefühl seiner Haut auf ihrer jagte glühend heiß wie Feuer durch sie hindurch, wärmte ihren Körper, kreiste und drehte sich, bis alle Empfindungen miteinander zu einem unglaublichen Ganzen verschmolzen.

Er küsste sie mit einer Zärtlichkeit, die sie mit Liebe erfüllte, küsste sie leidenschaftlicher, als sie den Mund öffnete, um ihn in sich aufzunehmen. »Liebe mich, Vincent.«

»Bist du sicher?«, flüsterte er an ihrem Mund, während er mit den Händen über ihren Körper strich.

Sie lächelte. »Vertrau mir.«

Er küsste sie noch einmal. »Du lässt mir keine große Wahl, Weib.«

Kapitel 16

❦

$\mathcal{V}$incent hatte recht behalten. Die feine Gesellschaft gestand ihnen genau zwei Wochen der Ruhe zu, bis die Ersten den Frischvermählten ihre Aufwartung machten. Volle vierzehn Tage behelligte sie keine Menschenseele. Es waren die schönsten zwei Wochen ihres Lebens und sie war noch nie so glücklich gewesen.

Vincent war ein wunderbarer, aufmerksamer Liebhaber. Dass die Liebe zwischen Mann und Frau etwas ganz Besonderes war, hatte sie schon immer gewusst. Doch bevor sie Vincent kannte, hatte sie keine Vorstellung davon gehabt, wie wunderschön das Leben sein konnte.

Sie wünschte, ihre gemeinsame Zeit allein würde nie zu Ende gehen. Sie nutzten die Tage und Abende, um sich kennenzulernen, spazierten durch den prachtvollen Garten hinter dem beeindruckenden Stadthaus der Raeborns und liebten sich bisweilen auch am Nachmittag.

Oft saß Grace und las, während Vincent die Bücher durcharbeitete, die sein Verwalter Henry James ihm vorlegte. Er suchte unablässig nach Möglichkeiten, das Ererbte zu mehren und die Lebensbedingungen der Menschen zu verbessern, für die er verantwortlich war. Er befragte seinen Verwalter stundenlang nach dem Zustand der Ländereien und der Tiere, nach dem Wohlergehen seiner Pächter und dem baulichen Zustand ihrer Häuser.

Abends spielte Grace immer für ihn. Seiner aktuellen Gemütsverfassung entsprechend wählte sie etwas aus, das ihm ihrer Meinung nach gefallen würde. Etwas Ernstes und Besinnliches oder etwas Schwungvolles und Spielerisches. Gelegentlich auch eines von Beethovens leidenschaftlicheren Werken. Sie vermutete, dass er die am liebsten mochte.

Wenn sie fertig war, setzte sie sich zu ihm vor den Kamin, in dem ein Feuer brannte. Er schlang den Arm um sie und sie legte die Wange auf seine Brust und lauschte seinem zufriedenen Herzschlag.

Wenn das Feuer erlosch und es im Zimmer dunkel wurde, küsste er sie sanft, und sie begaben sich nach oben ins Bett.

Seit jener ersten Nacht hatte er sie nicht mehr an der Tür stehen lassen. Er kam immer zu ihr ins Bett oder nahm sie mit in seines.

Manchmal unterhielten sie sich zuerst. Er hielt sie in den Armen und erzählte ihr von seiner Jugend als Einzelkind, und sie schilderte ihm, wie es war, mit vielen Geschwistern aufzuwachsen. Er lachte über ihre Geschichten und ihr wurde klar, welches Glück sie gehabt hatte, denn Vincent konnte sich nichts anderes vorstellen als ein Leben allein.

Dann zog er sie mit einem zärtlichen Seufzer an sich und sie liebten sich.

Wie er sie liebte, war die reinste Magie. Manchmal langsam und träge, manchmal schnell und leidenschaftlich, mit einer Verzweiflung, von der sie wusste, dass sie von seinen Ängsten herrührte. Obwohl er ständig darum rang, seine Dämonen vor ihr zu verbergen, kannte Grace den Kampf, den er noch immer mit sich ausfocht.

Sie versuchte alles, was in ihrer Macht stand, um seine Befürchtungen zu zerstreuen. Doch selbst nach dem Liebesakt, wenn sie beide befriedigt waren, verdüsterten Schatten sein Gesicht. Sie wusste, dass es mehr Zeit brauchen würde. Dass ihr Kind dafür gesund zur Welt kommen musste.

Dennoch versuchte sie es immer wieder. Hörte niemals auf, ihren Stolz und ihre Freude mit ihm zu teilen. Bot ihm nie einen Anlass, etwas anderes als Glück darüber zu empfinden, dass sein Kind in ihr heranwuchs. Jeden Morgen, wenn sie die Augen aufschlug, sah sie als Erstes Vincents markantes, männliches Gesicht. Dann umarmte er sie, sein Mund fand ihren und sie war glücklicher, als sie es je für möglich gehalten hätte.

Leider waren Glück und Wohlbefinden nicht ein und dasselbe. Sie musste sich noch immer jeden Morgen nach dem Aufstehen übergeben. An diesem Morgen war es noch schlimmer als sonst gewesen und es ging ihr so schlecht, dass sie nicht mit Vincent frühstücken konnte.

Wenn ihre Zofe Alice irgendetwas seltsam daran fand, dass ihre Herrin jetzt schon unter morgendlicher Übelkeit litt, so ließ sie es sich nicht anmerken. Grace wusste, dass ihr Zustand unter Vincents Dienstboten regelmäßig Gesprächsthema war. Doch danach zu urteilen, wie sie von ihnen verwöhnt wurde, war keiner von ihnen unglücklich darüber.

Wenn sie sie sahen, lächelten sie ihr herzlich zu. Mrs. Cribbage, die in der Küche das Zepter schwang, war besonders fürsorglich. Gestern Morgen hatte sie ihr durch Alice ein Tablett mit einem heißen, süß riechenden Getränk und kleinen, hauchdünnen Toastscheiben nach oben bringen lassen, weil es ihrer Meinung nach gegen ihre Beschwerden half.

Grace nahm sich vor, Mrs. Cribbage für ihre Aufmerksamkeit eigens zu danken, und nahm noch einen Schluck von der heißen Flüssigkeit, die ihr heute Morgen wieder ans Bett gebracht worden war. Vielleicht half es wirklich ein wenig.

Grace wusste, dass die Übelkeit normal war, und betete, dass sie sich bald legte. Sie näherte sich jetzt dem Ende ihres dritten Monats und von ihren Schwestern hatte kaum eine viel länger darunter gelitten.

Sie konnte es kaum erwarten, dass es endlich aufhörte. Nicht so sehr um ihrer selbst willen, als vielmehr Vincent zuliebe.

Jeden Morgen, wenn sie dann doch zum Frühstück nach unten kam, war sein Gesicht so weiß wie ihres. Seine Sorge war unübersehbar. Als erlebte er das Unwohlsein seiner ersten beiden Frauen noch einmal mit.

Lächelnd legte Grace die Hand auf ihren Bauch. Er war nicht mehr so flach wie früher. Das Kind wurde größer und bald wäre es nicht mehr zu übersehen, dass sie guter Hoffnung war. Wahrscheinlich musste sie sich schon in zwei Monaten aus der Öffentlichkeit zurückziehen.

Grace zog sich fertig an. Sie hatte sich für ein elegantes, rosa-weiß gestreiftes Hauskleid entschieden, das ihr, wie Alice ihr versichert hatte, einen frischeren Teint verlieh, und trat vor den Spiegel. Zufrieden darüber, dass ihr Gesicht nicht mehr so schrecklich blass war, betrachtete sie sich ein letztes Mal und stieg dann die Treppe hinab.

Da sie wusste, dass sie ihn dort antreffen würde, begab sie sich in Vincents Arbeitszimmer. In der Erwartung, ihn über seine Geschäftsbücher gebeugt am Schreibtisch vorzufinden, öffnete sie die Tür, ohne vorher anzuklopfen. Doch er stand mit dem Rücken zu ihr am Fenster und sah hinaus.

Während Grace ihn schweigend beobachtete, bekam sie Herzklopfen. Seine unverhohlene Männlichkeit verfehlte nie ihre Wirkung auf sie.

Seinen burgunderroten Rock hatte er ausgezogen und über die Armlehne seines Stuhles gelegt, sodass er nur sein weißes Leinenhemd, hellbraune Hosen und schwarze Stiefel trug. Sein weißes Halstuch lag auf dem Rock, sodass Grace wusste, sein Hemdkragen müsste offen stehen und gäbe den Blick auf die feinen dunklen Haare auf seiner Brust frei.

Bei dem Gedanken, mit den Fingern über seine Brust zu streichen und die Hände über die straffen Bauchmuskeln gleiten zu lassen, wurde ihr warm.

»Ich wüsste zu gerne, woran du denkst.«

Beim Klang ihrer Stimme wandte Vincent sich um. In dem Bruchteil einer Sekunde, bevor er ein Lächeln aufsetzen konnte, sah sie den gequälten Ausdruck in seinen Augen, den er nicht rasch genug hatte verbergen können.

»Ich dachte gerade, wie wunderschön meine Frau ist und dass ich der glücklichste Mann in ganz London bin.«

Grace eilte in seine ausgestreckten Arme. »Das glaube ich dir nicht so ganz, aber ich nehme das Kompliment trotzdem an.«

Er beugte sich zu ihr hinunter, um sie zu küssen, und Grace schlang die Arme um seinen Hals und drückte sich an ihn.

Lachend schob Vincent sie von sich. »Du spielst nicht gerade fair, Grace.«

Mit einem unschuldsvollen Lächeln gab sie ihm einen flüchtigen Kuss. »Ich habe keine Ahnung, wovon du sprichst.« Ihre Stimme klang heiserer, als sie sollte.

»Es ist erst kurz nach Mittag und schon will ich dich am liebsten wieder nach oben tragen und über dich herfallen.«

»Das klingt durchaus reizvoll«, erwiderte sie und sah ihn mit einem Lächeln an.

Er streichelte sanft ihre Wange und schüttelte den Kopf. »Das geht nicht, fürchte ich. Unsere zwei Wochen Privatsphäre sind vorüber.« Er deutete auf einen Stapel Karten und Einladungen auf einer Ecke des Schreibtisches. »Die sind heute Morgen eingetroffen. Heute Nachmittag bekommen wir bestimmt Besuch. Vermutlich wird die Herzoginwitwe von Bilmore die Erste sein und Lady Pratts und Lady Franklin werden sie begleiten. Sie sind berühmt-berüchtigt für ihre Neugier und zudem üble Klatschbasen. Es wäre mir äußerst unangenehm, wenn sie hier ankämen, und wir noch im Bett lägen.«

Grace lachte. In den letzten zwei Wochen hatte sie sich als alles andere als eine dreißigjährige alte Jungfer gefühlt, die ihre besten Jahre schon hinter sich hatte. Sie war unsagbar glücklich und manchmal aufgeregt wie ein Schulmädchen. Daran war Vincent schuld. Er war der Grund, warum sie nicht mehr bereute, was sie getan hatte. Am liebsten hätte sie Hannah dafür gedankt, dass sie sie mit einem so perfekten Mann zusammengebracht hatte.

»Uns im Bett vorzufinden würde ihnen wenigstens Gesprächsstoff liefern.«

»In wenigen Monaten werden sie mehr als genug zu reden haben. Mir wäre es lieber, wenn sie nicht jetzt schon damit anfingen.«

Sie stutzte. »Bringt dich das sehr in Verlegenheit?«

Er schlang den Arm um ihre Schultern und setzte sich neben sie auf das geblümte Sofa, das er in sein Arbeitszimmer gebracht hatte, damit Grace es dort bequem hatte, während er arbeitete. Als sie es sich gemütlich gemacht hatten, sein Arm noch immer um ihre Schultern gelegt, griff er nach ihrer Hand und hielt sie fest. »Unser Baby wird nicht das erste sein, das nach weniger als neun Monaten nach der Hochzeit zur Welt kommt. Bis die Nachricht in die mondänen Salons vordringt, gibt es schon irgendeinen neuen, wichtigeren Skandal.«

Sie konnte ihr Glück nicht fassen. Es war, als wäre zwischen ihnen nie etwas vorgefallen, das zu bereuen wäre. Als wäre an den Umständen ihres Kennenlernens nichts ungewöhnlich gewesen. Als könnte sie die Gefahr vergessen, die in den Schatten lauerte.

Nach kurzem Zögern stellte sie ihm nun doch die Frage, die sie seit der Brandnacht beunruhigte. »Was gedenkst du wegen Fentington zu unternehmen, Vincent?«

»Ich möchte nicht, dass du dir in der Beziehung Sorgen machst, Grace. Ich werde mich um die Sache kümmern.«

»Aber ich *bin* besorgt. Er ist nicht ganz bei Trost. Er sieht die Dinge nicht wie andere Menschen.«

»Daran besteht kein Zweifel. Er lebt schon so lange mit seinen Wahnvorstellungen und seiner Selbstgerechtigkeit, dass er sich einbildet, ohne Fehl und Tadel zu sein.«

»Was glaubst du, warum er auf dich geschossen hat? Und versucht hat, das Haus mit uns darin niederzubrennen?«

»Weil ich ihn in aller Öffentlichkeit bloßgestellt habe. Weil seine Grausamkeit und Perversionen endlich offen angesprochen werden und kein Mann aus der feinen Gesellschaft ihn mehr in der Nähe seiner Frau und seiner Kinder duldet. Er gibt mir die Schuld an seinem Unglück. Und du wärst sein nächstes Opfer geworden – bis ihm klar wurde, dass ich dich bereits deiner Tugend beraubt hatte. Ich habe dich für ihn verdorben.«

»Arme Hannah«, murmelte Grace und schmiegte sich schutzsuchend enger an Vincent. »Ein Leben mit einem solchen

Monster erduldet zu haben. Kein Wunder, dass sie ihn so hasst, nachdem ...«

Als Grace bewusst wurde, was sie offenbart hatte, verstummte sie.

Vincents Körper spannte sich. »Hannah ... Madame Genevieve ist Fentingtons Tochter?«

Sie konnte ihm nicht antworten. Sie hatte es Hannah versprochen. »Nicht, Vincent. Lass es auf sich beruhen.«

Er runzelte die Stirn und sprang auf die Füße. »Verflucht noch mal. Ich hätte es wissen müssen. Madame Genevieve ist Fentingtons Tochter Hannah. Als sie Fentington so perfekt beschrieben hat, hätte ich merken müssen, dass nur jemand so viel über ihn wissen kann, der mit ihm unter einem Dach gelebt hat.«

»Er ist schuld«, sagte Grace, die sich an Hannahs verzweifelten Wunsch erinnerte, ihrem Zuhause zu entkommen. »Er hat sie zu dem gemacht, was sie ist. Sie ist fast gestorben, als sie auf der Straße lebte, ohne jede Hilfe und ohne Zuflucht. Letztlich blieb ihr keine Wahl, als das zu werden, was sie ist. Es war besser, als jeden Tag die Hölle zu erleben, die sie unter seinem Dach erdulden musste. Zu Madame Genevieve zu werden war für sie die einzige Möglichkeit zu überleben.«

Wie jedes Mal, wenn sie daran dachte, was Hannah durchlitten haben musste, liefen Grace die Tränen über die Wangen. Doch Hannah traf keine Schuld. Sondern ihn. Den verachtenswerten Unhold, den zum Vater zu haben Hannahs Pech gewesen war.

»Ist schon gut, Grace.« Vincent zog sie in seine Arme. »Genevieve hat sich ihre Position erkämpft und ist zufrieden damit. Ich bin froh, dass sie dir helfen konnte. Ich bin ihr zu großem Dank verpflichtet.«

Grace blickte just in dem Moment auf, als seine Lippen sich auf ihre senkten. Der Kuss war zärtlich und warm und eine Verheißung auf mehr. Leider wurde Vincents Feuer gebremst, als Carver an die Tür klopfte.

»Die Duchess of Bilmore und Lady Pratts sowie Lady Franklin möchten Ihnen einen Besuch abstatten, Euer Gnaden. Und Mr. Kevin Germaine. Sind Sie zu sprechen?«

Vincent sah Grace lächelnd an und sagte: »Ja, Carver. Wir sind zu sprechen.«

Grace bemühte sich, ihre erröteten Wangen vor ihrem Butler zu verbergen, auf dessen Gesicht ein amüsiertes Lächeln zu erahnen war. Das war nicht das erste Mal, dass er sie beim Austausch von Zärtlichkeiten ertappte.

»Führen Sie sie bitte in den Salon«, ordnete Vincent leicht belustigt an. »Wir sind gleich da.«

»Komm, Liebling«, sagte er und half ihr auf die Beine. »Wir kümmern uns lieber um unsere Gäste, bevor sie noch glauben, sie hätten uns bei viel mehr gestört als bei einem harmlosen Kuss.«

❧

Vincent führte seine Frau in den Salon. Vor der Tür blieben sie kurz stehen und Grace erteilte Carver die Anweisung, dass Emily so bald wie möglich Tee und Gebäck servieren sollte. Vincent war froh über die Verzögerung. Sie gab ihm Zeit, wieder in die Rolle zu schlüpfen, die er vor seiner Heirat gespielt hatte – die eines Verehrers, der verliebt in seine Auserwählte war und ihr den Hof machte.

Doch er musste feststellen, dass diese Rolle zu spielen jetzt ganz anders war als noch vor ein paar Wochen.

Er atmete tief durch und blickte zu seiner Frau. Ihre Wangen waren tiefrot und sie atmete zitternd. Ihre Nervosität entlockte ihm ein Lächeln. Er hob ihre Hand an seine Lippen und küsste sie. Dann bedeutete er Carver mit einem Nicken, die Tür zu öffnen.

Carver leistete dem stummen Befehl Folge und Vincent führte Grace hinein. Es war das erste Mal, dass sie als Ehepaar Besuch empfingen, und es war wichtig, einen aufrichtig glücklichen Eindruck zu machen. Vincent schenkte ihren Gästen ein breites Lächeln, während er Grace in den Salon geleitete.

Als er den ergriffenen Ausdruck auf den Gesichtern der Duchess of Bilmore, von Lady Pratt und von Lady Franklin sah, musste er sich ein Lachen verkneifen. Sein Cousin hingegen wirkte erleichtert, dass endlich jemand kam, um ihn vor den drei berüchtigsten Klatschbasen Londons zu erlösen.

Vincent und Grace begrüßten ihre Gäste betont freundlich und nahmen mit aufrichtigem Lächeln ihre Glückwünsche entgegen. Vincent sorgte dafür, dass den drei Damen nicht entging, wie er den Arm um Graces Taille legte und sie näher an sich zog. Es war wichtig, dass jemand ihre Verbundenheit bezeugen konnte, dass ihre Liebe außer Zweifel stand. Auch der strahlende Blick, den Grace ihm daraufhin zuwarf, entging den Gästen nicht.

»Ich freue mich sehr über Ihren Besuch«, sagte Vincent an alle drei Damen gewandt. »Meine Frau und ich waren sehr beschäftigt damit, uns an die Ehe zu gewöhnen. Ich fürchte, wir waren noch nicht geneigt, uns in die Gesellschaft hinauszuwagen.«

Vincent sah die leicht skeptischen Blicke der drei Damen, die sich auf Graces Taille senkten. Er hatte gewusst, dass jedermann das als Erstes denken würde, und sich schon davon überzeugt, dass es ihm nicht das Geringste ausmachte.

Er lächelte Grace an, führte sie zu dem bequemen Zweiersofa und nahm neben ihr Platz.

Die Damen thronten ihnen gegenüber auf einer überdimensionalen Polsterbank und Germaine nahm auf einem Stuhl rechts von Vincent Platz. Zu sechst bildeten sie einen netten kleinen Kreis.

»Sie haben ja keine Vorstellung davon, wie sehr die Nachricht Ihrer Vermählung uns überrascht hat«, säuselte die Herzogin und beäugte Grace kritisch, als suchte sie nach irgendeinem Anzeichen der Abneigung. Vielleicht einem Anflug von Enttäuschung.

Vincent räusperte sich. »Ja. Wir wussten, dass unsere plötzliche Heirat bei einigen Anstoß erregen würde, und obwohl meine Gemahlin der Ansicht war, dass wir noch warten sollten, fürchte ich, dass ich derjenige war, der auf einer sofortigen Heirat bestanden hat. War es nicht so?«, wandte er sich an sie.

Grace errötete. Dann gab sie die perfekte Antwort, indem sie ihre Hand auf seine legte, die auf seinem Knie ruhte, und bekräftigte: »Und es war sehr klug von mir, nach nur kurzem Zögern einzuwilligen.«

Die Skepsis ihrer Besucherinnen schien sich in nichts aufzulösen, als die Duchess of Bilmore in die Seufzer einstimmte, die sie von Lady Pratt und Lady Franklin vernahm.

»Ah, da kommt der Tee«, rief Grace, als sich die Tür öffnete und Emily mit einem Servierwagen hereinkam, der mit Tee, Gebäck und Sandwiches beladen war. »Ich schenke ein, während die Damen uns über alle Neuigkeiten in Kenntnis setzen. Und Mr. Germaine, Sie haben wir noch gar nicht zu Wort kommen lassen. Ich kann kaum erwarten zu hören, was Sie uns Neues zu berichten haben.«

Vincent lehnte sich zurück und hörte zufrieden zu, während Grace mit ihren vier Gästen plauderte. Sogar Germaine schien sich gut zu unterhalten und ergänzte, was er über die neusten Ereignisse wusste.

Der Besuch verlief sehr harmonisch und ihre Gäste hielten sich sogar noch länger auf, als es der gute Ton verlangte. Schließlich jedoch empfahlen sich die Duchess of Bilmore und ihre beiden Freundinnen, sodass nur Germaine zurückblieb.

»Ich sollte jetzt wirklich auch gehen«, murmelte er und erhob sich. »Ich wollte Ihnen nur als Erster noch einmal gratulieren und Sie in unserer Familie willkommen heißen«, sagte er und beugte sich über Graces Hand. »Meine herzlichsten Glückwünsche.«

»Danke, Mr. Germaine«, erwiderte sie mit einem zittrigen Lächeln. »Sie ahnen ja nicht, wie viel mir Ihre Freundlichkeit bedeutet.«

»Genau wie mir«, fügte Vincent hinzu. »Gut. Ich begleite dich hinaus. Es gibt noch ein paar Dinge, die ich mit dir besprechen möchte.«

Vincent folgte Germaine aus dem Zimmer. An der Tür blieben sie stehen. »Ich habe es ernst gemeint, als ich sagte, dass deine Glückwünsche mir sehr viel bedeuten«, sagte Vincent ernst. »Ich hatte befürchtet, dass sich deine Gefühle für mich nach den Bedingungen und Maßgaben, die ich dir deine Ausgaben betreffend auferlegt habe, verändern würden.«

»Unsinn«, wehrte Germaine ab und nahm von Carver Hut und Mantel entgegen. »Sie haben nur getan, was Sie für das Beste hielten. Das ist mir jetzt klar.«

»Mein Anwalt berichtet mir, dass du bei der Verwaltung von Castle Down vorbildliche Arbeit leistest. Dass du zu einem sehr gewissenhaften Gutsherrn geworden bist und bemerkenswertes Interesse an der Verwaltung des Gutes zeigst.«

Sein Cousin verbeugte sich liebenswürdig. »Ich bemühe mich nur, Ihren Erwartungen gerecht zu werden, Raeborn. Es ist nicht leicht, in Ihrem Schatten zu stehen.«

»Ich will dich nicht in den Schatten stellen, Kevin. Das hätte dein Vater auch nicht gewollt. Er hätte gewollt, dass du deinen eigenen Schatten wirfst, dass du das Beste aus dir machst. Das wünsche ich mir auch für dich.«

»Danke, Euer Gnaden. Ich weiß Ihr Vertrauen zu schätzen. Ich wünsche Ihnen noch einen schönen Tag.«

»Danke für deinen Besuch.«

»Ich hatte einen sehr angenehmen Nachmittag. Sie haben wirklich Glück. Ihre Frau ist reizend. Auch wenn ich mir sicher war, dass Sie nie wieder heiraten würden, sehe ich, dass Sie sich in Ihre Rolle als Ehemann sehr gut eingefügt haben. Meinen Glückwunsch. Ich bin überzeugt davon, dass Sie diesmal den Erben bekommen, den Sie sich wünschen.«

Vincent trat zurück, während Carver die Tür öffnete, und sah Germaine nach. Vincent hatte sich wegen der Unreife seines jüngeren Cousins unnötig viele Gedanken gemacht. Jetzt wurde ihm klar, dass seine Sorge unbegründet gewesen war. Die Berichte seines Anwalts waren allesamt enthusiastisch gewesen. Vielleicht hatte der Junge schon die ganze Zeit über nur eine feste Hand gebraucht und Vincent war nur zu blind gewesen, es zu erkennen.

Als er zurück in den Salon ging, war er sehr zufrieden damit, wie die Dinge verlaufen waren. Wie großartig Grace heute Nachmittag die Bewirtung ihrer Gäste bewältigt hatte. Wie geschickt sie drei der berüchtigsten Klatschbasen der Gesellschaft in Schach gehalten hatte. Ja, vielleicht würde doch noch alles gut. Er hatte bereits feststellen müssen, dass es unmöglich war, zu verhindern, dass sie sein Herz berührte. Dass er ihr mehr zugetan war, als er je gewollt hatte. Und all das in den knapp drei Monaten, seit sie sich das erste Mal begegnet waren.

Ein Lächeln breitete sich auf seinem Gesicht aus. Er konnte es nicht erwarten, zu ihr zurückzukommen.

Sein Lächeln erstarb in dem Moment, als er den Salon betrat und sein Blick auf Graces hängende Schultern und ihr blasses Gesicht fiel.

»Grace!«

Er eilte zu ihr und zog sie in seine Arme. Ihre Haut fühlte sich kalt und klamm an und sie war so schwach, dass sie kaum den Kopf hochhalten konnte.

»Vincent?«, sagte sie mit zittriger Stimme. Ein glänzender Schweißfilm überzog ihr Gesicht. »Mir geht es gut. Mir ist nur warm.«

Vincent drückte sie fester an sich. »Ich bringe dich ins Bett und rufe den Arzt.«

»Nein, Vincent. Mir geht es gut. Bitte bleib nur ein Weilchen bei mir sitzen.«

»Bist du auch sicher?«

»Ja. Ganz sicher.«

Sie hob das Gesicht zu ihm und lächelte, doch er glaubte nicht, dass das Lächeln von Herzen kam. »Carver«, rief Vincent und Carver war augenblicklich zur Stelle. »Bringen Sie Ihrer Gnaden ein Glas Wasser.«

Carver brachte eilig das Wasser und Vincent gab ihr zu trinken. Er hielt ihre Hand und blieb bei ihr sitzen, bis ihre Wangen wieder Farbe bekamen.

»Siehst du«, sagte sie nach einer Weile. »Mir geht es schon viel besser.«

»Gut genug, um aufzustehen?«

»Ja. Alles in Ordnung. Zum Glück dauern diese Anfälle nie lange.«

Sein Herz setzte einen Schlag aus. »Du hast das schon öfter gehabt?«

»Natürlich. Das ist bei Frauen in meinem Zustand sehr verbreitet. Mary hat in den ersten Monaten furchtbar gelitten, aber bei Sarah war es am schlimmsten. Im Vergleich dazu ist das noch harmlos.«

Er glaubte ihr nicht. Er konnte nicht. Erinnerungen an die anderen Male suchten ihn heim.

»Blick nicht so besorgt drein, Vincent. Mir geht es gut. Dein Kind will sich nur versichern, dass ich es nicht vergesse. Das wird ein sehr willensstarkes Kind.« Mit einem neckenden Funkeln in den Augen sah sie zu ihm auf. »Genau wie sein Vater.«

»Ich werde wegen der Unannehmlichkeiten, die es seiner Mutter bereitet, sehr ungehalten sein und ihm das sofort mitteilen, wenn wir uns zum ersten Mal sehen.« Vincent war um einen unbeschwerten Ton bemüht. Die Panik, die in ihm wütete, war fast unerträglich.

»Weißt du, was mir gefallen würde, Vincent?«

Vincent, der sich die ganze Zeit über darum bemüht hatte, seine Hände ruhig zu halten und Gelassenheit auszustrahlen, hielt sie fest im Arm. »Nein, Grace. Aber dein Wunsch ist mir Befehl.«

»Ich würde gerne eine Spazierfahrt machen.«

Vincent sah sie ungläubig an. Sie meinte es ernst. »Jetzt?« Er schüttelte den Kopf. »Ich glaube nicht, dass …«

»Ich möchte mit der Kutsche durch den Hyde Park fahren, während die Sonne auf mich herabscheint und der Wind mir ins Gesicht weht. Mit dir an meiner Seite.«

Sie griff nach ihm und küsste ihn leicht auf die Lippen. Er erwiderte den Kuss.

»Grace, ich weiß nicht so recht ...«

Sie legte den Finger auf seinen Mund. »Ich habe plötzlich das große Bedürfnis, im Freien zu sein.«

Vincent seufzte schwer. Wie konnte er ihr diesen Wunsch abschlagen? »Carver«, rief er, und der Butler erschien sofort. »Lassen Sie die Kutsche vorfahren.«

Carvers Augenbrauen wölbten sich.

»Siehst du, Grace? Selbst Carver findet, dass du nicht ausfahren solltest.«

»Ich weiß. Aber Carver neigt dazu, sich Sorgen zu machen. Nicht wahr, Carver?«

»Ja, Euer Gnaden. Ich sorge mich meist zu sehr.«

»Sie und mein Ehemann.« Sie seufzte kopfschüttelnd. »Dagegen werde ich etwas unternehmen müssen.«

»Sehr wohl, Euer Gnaden. Ich lasse die Kutsche vorfahren und weise Alice an, zusätzliche Wolldecken bereitzulegen. Der Frühling hat gerade erst begonnen und am späten Nachmittag kann es noch sehr kühl sein.«

»Danke, Carver«, sagte Grace.

Den Arm um die Taille seiner Frau geschlungen, wartete Vincent mit ihr auf die Kutsche, während die Gefühle in ihm wüteten wie eine feindliche Armee, die von allen Seiten angriff.

»Du machst dir Sorgen, Vincent«, stellte sie fest und lehnte sich an ihn.

»Nur ein kleines bisschen.«

Er spürte, wie sie in seinen Armen bebte, und wusste, dass sie ihn auslachte.

»Du bist kein sehr guter Lügner«, befand sie, entzog sich ihm und blickte zu ihm auf. »Weißt du noch, was ich dir gesagt habe, Vincent? Ich habe dir gesagt, dass ich genug Mut für uns beide habe. Vertrau mir. Es besteht kein Grund zur Sorge. Ich sage dir schon, wenn dem so sein sollte.«

Er streichelte mit dem Handrücken über ihre Wange. Ihre Haut fühlte sich weich an. »So etwas wie dich gibt es nur einmal, Grace. Ich weiß nicht, wie du dich so lange vor der Welt verstecken konntest.«

»Ich habe gewartet, bis mich der perfekte Herzog findet.«

Vincent lächelte und beugte sich zu ihr, um sie zu küssen. Sie hob abwehrend die Hand.

»O nein! Carver kommt jeden Moment zurück und ich lasse mich nicht schon wieder von ihm beim Küssen erwischen. Sonst denkt das Personal noch, dass wir nichts anderes tun.«

Vincent lachte. »Nein, Grace. Das Personal weiß sehr wohl, dass das nicht *alles* ist, was wir tun.«

Als sie tiefrot anlief, lachte Vincent noch lauter. Dann fuhr er mit ihr aus, in dem Wissen, dass er in seinem Kampf, sein Herz zu schützen, noch mehr an Boden verloren hatte.

Kapitel 17

❦

Grace stand vor dem Spiegel, während Alice sich mit den winzigen Perlmuttknöpfen am Rücken ihres Kleides abmühte. Bei jedem Ziehen von hinten spannte sich der smaragdgrüne Stoff vorne fest – zu fest.

»Das reicht, Alice. Knöpfen Sie es wieder auf und bringen Sie mir das pfirsichfarbene Kleid. Das ist in der Mitte weiter geschnitten.«

»Ja, Euer Gnaden.«

Grace trat aus dem zu engen Kleid und betrachtete sich kritisch im Spiegel, während Alice das nächste Kleid holte. Sie war erst im vierten Monat und schon so rund, dass ihr fast nichts mehr passte. Warum war es bei ihr nicht so wie bei Caroline? Deren Geburtstermin war in knapp zwei Monaten, aber trotzdem war sie erst jetzt gezwungen, sich aus der Öffentlichkeit zurückzuziehen. Grace hingegen hätte Glück, wenn ihr bis dahin noch zwei Wochen blieben.

»Du bist spät dran.«

Vincents Stimme, die von der Verbindungstür zwischen ihren Schlafzimmern kam, riss sie aus ihren Betrachtungen und sie drehte sich zu ihm um.

»Willst du lieber zu Hause bleiben, Grace?«

Er lehnte lässig am Türrahmen und sah so gut aus, dass es ihr den Atem raubte. »Nein. Das ist Carolines letzter Abend, bevor sie sich zurückzieht, und ich habe ihr versprochen, dass wir mit ihr und Wedgewood in die Oper gehen.«

»Bist du sicher?«

Grace lächelte. »Natürlich. Ich weiß nur nicht, was ich anziehen soll.«

»Ich verstehe.« Er stieß sich vom Türrahmen ab und trat ein.

Er war fast ausgehfertig. Sein blütenweißes Leinenhemd lag eng an seinen breiten Schultern und das weiße Seidenhalstuch war zu einem perfekten Knoten um seinen Hals gebunden. Grace musste sich beherrschen, sich nicht in seine Arme zu schmiegen.

Er runzelte die Stirn. »Geht es dir nicht gut?«

»Alles in Ordnung«, versicherte sie ihm und setzte ein Lächeln auf. Sie zwang sich, auch weiterzulächeln, als er den Blick auf ihren Bauch senkte. Auf ihren wachsenden Taillenumfang.

»Ich glaube, ich werde mich viel früher aus der Gesellschaft zurückziehen müssen als Caroline.« Sein Gesicht verdüsterte sich noch mehr. »Ich glaube, unser Kind will alle Welt wissen lassen, dass es zu früh kommt.«

Vincent zog die Augenbrauen hoch und musterte sie kritisch. »Ich denke, ich lasse morgen wieder nach dem Arzt schicken.«

Grace riss entsetzt die Augen auf. »Er war doch erst letzte Woche hier. Er wippt sowieso nur mit auf dem Rücken verschränkten Händen auf seinen glänzend schwarzen Schuhen vor und zurück und stellt mir eine Menge sehr peinlicher Fragen. Caroline duldet den Mann nicht in ihrer Nähe. Sie sagt, selbst Anne weiß mehr über das Kinderkriegen als er, obwohl die noch gar keine Kinder hat.«

»*Noch* nicht?«

Grace lächelte. »Sie ist sich noch nicht sicher, aber sie hält es für möglich. Schließlich ist sie seit fast fünf Monaten verheiratet.«

Vincent wurde leicht blass um die Nase. Sie wusste, dass er ein ordentliches Maß an Bestärkung brauchte. »Mir geht es gut, Vincent. Wirklich gut.«

»Aber dir ist morgens immer noch schlecht.«

»Nicht immer.«

»Mehr als es sein sollte.«

»Es wird nicht mehr lange anhalten. Ich bin fast im fünften Monat. Bis dahin hat sich die Übelkeit meist gelegt.«

»Vielleicht sollten wir uns aufs Land zurückziehen?«

»Noch nicht, Vincent. Ich will so lange wie möglich in London bleiben. Caroline hat beschlossen, ihr Kind hier zu bekommen, und wenn es so weit ist, will ich bei ihr sein.«

Grace sah die Bestürzung in Vincents Gesicht, seine besorgte Miene.

»Ich weiß nicht, Grace. Ich glaube nicht ...«

Grace hob abwehrend die Hand. »Ich habe bei der Entbindung nahezu aller meiner Nichten und Neffen geholfen, Vincent, und gedenke nicht, diese hier zu verpassen. Außerdem hat Caroline mir versprochen, mir beizustehen, wenn es bei mir so weit ist.«

Grace sah den besorgten Ausdruck in seinem Gesicht. Seine Angst war fast mit Händen zu greifen. Sie wusste, dass jeder Tag ihrer Schwangerschaft eine Tortur für ihn war. Dass er ihre Übelkeit und ihre Beschwerden mit dem verglich, was er von Angelique und Lorraine kannte. Und der Vergleich ängstigte ihn zu Tode.

Ach, sie wünschte, ihre Schwangerschaft verliefe unkomplizierter. Francie hatte zwei Kinder und sich während beider Schwangerschaften keinen Tag unwohl gefühlt. Warum konnte es bei ihr nicht auch so sein?

Grace sah ihn an, wie er nach außen hin Unerschrockenheit zur Schau trug. Doch unter der Oberfläche sah sie seine Angst und Sorge. Seine Angst war fast greifbar, war wie ein lebendes, atmendes Ungeheuer, das ihn Tag und Nacht verfolgte. Sie hätte alles gegeben, um es auszulöschen, es zu verjagen.

Sie wusste, wie sehr er sich bemühte, sich von seinen Ängsten zu distanzieren. Und wie kläglich er damit scheiterte.

Ohne zu zögern, ging sie zu ihm und blieb erst stehen, als sie mit ihrem halb bekleideten Körper an seinem lehnte. Sie schlang die Arme um ihn und legte die Wange auf seine Brust. Sogleich umarmte er sie fest.

»Erinnerst du dich an das Versprechen, das ich dir gegeben habe, Vincent?«

»Ja, Grace.«

»Ich habe versprochen, dir einen gesunden Sohn zu schenken, den wir gemeinsam zu einem stattlichen jungen Mann erziehen.«

Vincents Herz hämmerte unter ihrem Ohr.

»Ich habe dir auch gesagt, dass du dich nicht zu sorgen brauchst. Ich habe dir versprochen, dass ich alles gut überstehen werde, weil ich Mut genug für uns beide habe.«

Seine Hände glitten an ihren Armen hinab und über ihren Rücken, ihre Seiten. Sie seufzte zufrieden. »Zweifle nicht an mir, Vincent. Ich brauche deine Kraft. Und du brauchst meinen Mut. Du sollst nur eines wissen: Ich werde nicht zulassen, dass mir etwas zustößt. Wie könnte ich, jetzt wo ich dich gefunden habe?«

Sie drückte ihn fester und ließ seine Kraft in sich strömen.

»Wie habe ich ohne dich bloß überlebt, Grace?«

»Sicher nur sehr unzureichend.«

Er senkte den Kopf und küsste sie, ein zärtlicher Kuss voller Gefühl. Dann küsste er sie leidenschaftlicher und Grace wusste, dass sie ihn von sich schieben musste, wenn sie auch nur die geringste Chance haben wollte, sich mit Caroline in der Oper zu treffen.

»Geh jetzt lieber, Vincent. Bestimmt steht Alice schon vor der Tür und wartet darauf, dass du herauskommst, damit sie mir helfen kann, mich fertig anzukleiden.«

»Wir könnten auch zu Hause bleiben.« Seine Augen funkelten, als er sie ansah.

»Nein, könnten wir nicht. Geh jetzt.«

»Na schön.« Er ging zur Tür.

»Vincent?«, rief sie ihm nach.

»Ja?«

»Hast du ihn gefunden?«

Sie sah die Überraschung in seinem Gesicht, die er zu verbergen suchte. »Wen?«

»Du weißt ganz genau, wen. Fentington. Ich weiß, dass du heute Nachmittag wieder auf der Suche nach ihm warst.«

»Wer sagt denn, dass ich ihn suche?«

»Das braucht mir keiner zu sagen. Ich weiß selbst, dass du das jetzt schon seit Wochen tust.«

Nach kurzem Zögern schüttelte Vincent den Kopf. »Nein. Ich habe ihn nicht gefunden. Seit kurz vor unserer Hochzeit hat ihn keiner mehr gesehen.«

»Vielleicht hat er das Land verlassen.«

»Vielleicht.«

»Aber das glaubst du nicht, stimmt's?«

»Ich weiß nicht.«

Er fuhr mit der Hand durch die Luft, als wollte er die Diskussion beenden. Und Grace ließ es zu. Vorerst.

»Zieh dich jetzt lieber an. Bevor ich beschließe, deine dürftige Bekleidung zu meinem Vorteil zu nutzen.«

Grace lachte. »Raus. Ich komme gleich nach unten.«

Mit der Hand auf ihrem Bauch sah Grace ihm nach, als er das Zimmer verließ. Sie betete, dass er Fentington niemals finden würde. Sie wusste, dass Vincent ihn sonst töten würde. Sie wollte nicht, dass sie für Fentingtons Tod verantwortlich wären.

Doch dass Vincent in Gefahr schwebte, wollte sie auch nicht. Und solange Fentington da draußen rumlief, war Vincent nun einmal in Gefahr.

❧

Vincent nahm das Duett am Ende des zweiten Aktes von Verdis Rigoletto gar nicht richtig wahr. Stattdessen durchlebte er die Szene in Graces Ankleidezimmer noch einmal. Die Furcht, die ihm alle Luft zum Atmen nahm, wenn ihm auffiel, wie sehr das Kind in ihrem Bauch gewachsen war. Dabei war sie noch nicht einmal im fünften Monat.

Flankiert von ihren Schwestern Caroline und Josalyn saß Grace in der Raeborn-Loge vor ihm. Auf den Stühlen dahinter saßen die Männer, Wedgwood und Carmody rechts und links von ihm. Vincent versuchte vergeblich, sich auf die Aufführung zu konzentrieren. Sein Blick ruhte auf seiner Frau und er verglich sie unwillkürlich mit ihren Schwestern. Sie war die Kleinste von den dreien, mit schmaleren Schultern und einer zierlicheren Figur. Und dennoch hatte er gesehen, wie groß das Baby in ihrem Bauch bereits war.

Er ertrug es nicht, daran zu denken. Wieder musste er feststellen, wie sehr er sich um sie ängstigte. Wie sehr er ihr inzwischen zugetan war.

Wie hatte es nur so weit kommen können? Wie hatte er zulassen können, dass sie ihm so wichtig wurde, obwohl er sich geschworen hatte, es nicht zu tun? Mehr als irgendjemand sonst wusste er um die Risiken, die ein Mann einging, wenn er einer Frau sein Herz schenkte. Besser als sonst irgendjemand kannte er den Schmerz, jemanden zu verlieren, der einem nahestand. Und dennoch hatte er es zugelassen. Ungeachtet seines Schwures hatte er Gefühle für Grace entwickelt.

Er konnte es nicht erwarten, aus der beengten Opernloge herauszukommen. Nach dem Schluss des zweiten Aktes erhob er sich mit Wedgewood und Carmody. Er musste an die frische Luft, um wieder einen klaren Kopf zu bekommen. Grace und ihre Schwestern beschlossen, lieber hier oben zu bleiben, während die Männer sich die Beine vertraten.

»Ich habe Neuigkeiten, die Sie interessieren könnten, Raeborn«, erklärte Wedgewood, während sie die breite, geschwungene Treppe zum Foyer hinabstiegen.

Mit einem kurzen Blick gab Vincent ihm zu verstehen, weiterzusprechen. Als sie am Fuße der Treppe angekommen waren, ging er durch die Türen der Eingangshalle zu einem weniger überfüllten Bereich voraus, wo niemand mithören konnte.

»Pinky sagt, er ist Fentington neulich rein zufällig begegnet.«

Vincents Puls begann zu rasen. Obwohl Baron Pinkerton nicht gerade für seine Nüchternheit bekannt war, konnte man sich auf seine Aussagen normalerweise verlassen. »Wo?«

»Pinky kam gerade aus einem weniger angesehenen Etablissement, das er in einem heruntergekommenen Viertel der Stadt frequentiert, und sah Fentington aus einem Bordell unten am Kai kommen. Pinky sagt, mit seinen abgetragenen und zerlumpten Kleidern hätte er ausgesehen wie der Teufel in Menschengestalt. Als hätte er sich seit über einer Woche nicht mehr umgezogen. Oder ein Bad genommen.«

»Hat Pinky mit ihm gesprochen?«, fragte Vincent.

»Er hat es versucht. Aber Fentington war nicht in der Verfassung, ein Gespräch zu führen. Hat nur frömmelnd allerlei Unsinn gebrabbelt, ein paar wüste Schmähungen ausgestoßen und sich darüber aufgeregt, dass die Gesellschaft sich von ihm abgewandt hat. Und gegen Sie hat er ganz besonders gewütet, da Sie seinen Niedergang herbeigeführt hätten. Pinky sagt, sein Blick sei wirr und …«

»Sprechen Sie weiter, Wedgewood«, bat Vincent und kämpfte gegen die Wut an, die in ihm aufstieg.

»Nun, er hat zu Pinky gesagt, Sie würden schon noch bekommen, was Sie verdient hätten. Und er würde dabei sein und sich keine Sekunde entgehen lassen.«

»Was hat er damit gemeint?«, fragte Carmody und griff nach einem Glas Champagner. »In meinen Ohren klingt das unschön nach einer Drohung.«

Auch Vincent griff nach einem Glas. »Das ist es auch.«

Nachdem er einen großen Schluck getrunken hatte, erzählte er seinen beiden Schwägern von dem Attentat und dem Brandanschlag.

»Verdammt, Raeborn«, sagte Carmody. »Warum haben Sie keinem davon erzählt? Dann hätten wir alle nach dem Mann Ausschau gehalten. Er ist gefährlicher, als uns allen klar war.«

Vincent leerte sein Champagnerglas und hörte zu, wie Wedgewood und Carmody Fentingtons Geisteszustand diskutierten, über die Möglichkeiten sprachen, die Vincent blieben, wenn er nicht beweisen könnte, wer auf ihn geschossen hatte, und darüber Mutmaßungen anstellten, wer versucht hatte,

Grace und ihn im Schlaf zu verbrennen. Er wusste, dass ihm nur eine Wahl blieb. Der Mann hatte bereits zwei Mal versucht, ihn zu töten. Er wollte das Risiko nicht eingehen, dass ihm beim nächsten Mal Erfolg beschieden wäre.

Es läutete zum nächsten Akt und Vincent kehrte zurück in seine Loge, hörte aber kaum zu, während Wedgewood und Carmody Pläne schmiedeten, um Fentington in eine Falle zu locken. Als er in die Loge trat, blickte er in dem Moment zu Grace, als diese sich umdrehte und einen Blick über die Schulter warf. Ihre Blicke trafen sich und Graces Lippen verzogen sich zu einem strahlenden Lächeln. Das Herz schlug ihm bis zum Halse.

Er trat zu seinem Stuhl hinter dem ihren, streckte jedoch, bevor er sich setzte, den Arm nach ihr aus. Er musste sie berühren, ihre Haut spüren.

Er legte die Hand auf die warme Haut an ihrer Halsbeuge und sah, wie sie errötete. Ohne zu zögern, bedeckte sie mit ihrer behandschuhten Hand seine. Dann drehte sie ihre Hand um, sodass ihre Handflächen aneinanderlagen, und drückte seine Finger an ihre Wange.

Vincents Körper reagierte mit geradezu schmerzhaftem Verlangen. So war es immer, wenn er in ihrer Nähe war. So sehr er sich auch bemühte, sie nicht zu lieben, es war zu spät. Er begehrte sie mit einer Verzweiflung, die er nicht mehr unter Kontrolle hatte.

Er nahm auf seinem Stuhl Platz und beachtete den Rest der Vorführung kaum. In Gedanken war er bereits zwei Stunden weiter, wenn er seine Frau in den Armen halten und ein Teil von ihr werden konnte. In nur wenigen Stunden, wenn sie allein miteinander wären, nur sie beide.

Die Aufführung kam zu einem fesselnden Abschluss, der das Publikum zu stehenden Ovationen hinriss. Vincent war in seinem Leben noch nie so froh gewesen, dass eine Oper zu Ende war. Er stand auf und reichte Grace den Arm.

»Das war wundervoll, nicht wahr, Vincent?«, fragte Grace, als er sie näher als nötig an sich zog.

»Ja. Wundervoll.«

Sie lachte, als wüsste sie, wie wenig Aufmerksamkeit er der Oper geschenkt hatte. Als wüsste sie, wohin seine Gedanken in der letzten Stunde abgeschweift waren. Als hätte sie an dasselbe gedacht.

Sie begaben sich die Wendeltreppe hinab und durchquerten das große Foyer. Die Menschenmenge, die draußen wartete, war wie immer groß, doch Vincent führte ihr Grüppchen vom Eingang weg, um auf ihre Kutsche zu warten. Solange er Grace im Arm halten konnte, machte ihm das Warten nicht viel aus. Solange sie neben ihm stand und ihn berührte.

Wie immer hatte sie mit ihren Schwestern viel zu besprechen. Es verblüffte ihn immer wieder, dass ihnen der Gesprächsstoff nie ausging.

Als er die Straße hinabblickte, sah er ihre Kutsche kommen. Er trat näher zum Bordstein und lockerte den Griff um Graces Arm, um seinen Kutscher herbeizuwinken. Der Kutscher gab ihm ein Zeichen, und Vincent trat zurück, um in die entgegengesetzte Richtung zu schauen.

Eine Kutsche kam in gleichmäßigem Tempo auf sie zu. Vincent sah noch ein zweites Mal hin und wandte sich wieder seinen Begleitern zu.

Gerade als er nach Graces Hand griff, versetzte ihm jemand einen heftigen Stoß. Er stolperte und verlor das Gleichgewicht.

Er fing sich zwar rasch wieder, spürte jedoch ein heftiges Ziehen an seinem Ärmel, wo Grace seinen Arm hielt. Sein Blick schoss in ihre Richtung, gerade als sie nach vorne taumelte und auf die Straße stolperte.

»Grace!«

Vincent streckte die Hand aus, griff nach irgendetwas, an dem er sie festhalten konnte. Seine Finger schlossen sich um den locker sitzenden Umhang, den sie trug, doch die vielen Meter Seide nahmen kein Ende und er bekam sie nicht fest genug zu fassen, um sie zurückzuziehen.

Das Herz schlug ihm bis zum Hals und seine Angst erstickte ihn fast. Schreie ertönten, und er kämpfte darum, wieder festen Halt zu bekommen, um Grace in Sicherheit zu ziehen, während sie direkt vor die heranfahrende Kutsche stolperte.

Vincent brauchte gar nicht hinzusehen. Er hörte das Trommeln der Hufe, spürte die Bedrohung, die von den schweren Pferdekörpern ausging, die sie einfach niedertrampeln würden. Mit größerer Verzweiflung griff er noch einmal zu und spürte etwas Festes unter seinen Fingern. Ihren Arm.

Vincent packte sie mit eisernem Griff und zog sie mit einem Ruck zurück. Er hielt sie gerade erst sicher in seinen Armen, als die Kutsche an ihnen vorbeiraste.

»Grace!«

Er ließ sie nicht los, während ihre Schwestern sich aufgeregt um sie scharten. Er zitterte am ganzen Körper und rang nach Luft.

Er hätte sie verlieren können. Die Pferde hätten sie zu Tode trampeln können.

»Vincent.«

Oder die Kutschenräder sie überfahren können.

»Vincent.«

Oder …

»Vincent, ich bekomme keine Luft.«

Vincent lockerte seine Umklammerung und sah ihr ins Gesicht. »Geht es dir gut?« Mit zitternden Händen strich er über ihre Arme und Schultern und umarmte sie noch einmal, wobei er diesmal darauf achtete, sie nicht zu fest zu drücken.

»Mir geht es gut, denke ich. Ich weiß nicht genau, was passiert ist. Ich glaube, jemand hat mir von hinten einen Stoß versetzt.«

Bevor sie noch mehr sagen konnte, kamen Wedgewood und Carmody auf sie zugerannt.

»Wir haben ihn im Gedränge verloren«, keuchte Carmody.

»Haben Sie gesehen, wie er aussah?«

Wedgewood schüttelte den Kopf. »Es war niemand, den wir kannten.«

Vincent zog scharf den Atem ein und blickte wieder zu Grace. Sie war ganz blass, ihre Augen vor Angst noch immer geweitet, schien jedoch ansonsten unversehrt.

»Ich bringe Grace jetzt nach Hause.«

»Wir kommen mit Ihnen«, verkündete Carmody. »Unsere Frauen kämen ohnehin nicht auf die Idee, nach Hause zu fahren, ohne sich zuerst zu vergewissern, dass es Grace gut geht.«

Vincent nickte und half Grace in die bereitstehende Kutsche. Er setzte sich neben sie und zog sie auf seinen Schoß. »Geht es dir gut, Grace?«

Er hörte ihren zitternden Atem und spürte, wie sie an seiner Brust nickte.

»Tut dir irgendetwas weh?«

Sie schlang die Arme fester um ihn. »Dem Kind geht es gut. Halt mich nur fest.«

Das tat Vincent, während die Kutsche sie nach Hause brachte. Er zog die Samtvorhänge an den Fenstern weit auf, um möglichst viel Licht von den Straßenlaternen hineinzulassen, an denen sie vorbeikamen. Er musste sie sehen. Musste ihr Gesicht erkennen können.

»Vielleicht war es ein Unfall«, flüsterte sie, doch der Zweifel in ihrer Stimme war nicht zu überhören.

Als Vincent nicht antwortete, versteifte sie sich in seinen Armen und schwieg, bis sie zu Hause waren. Sobald die Kutsche hielt, hob er sie heraus und trug sie durch die Haustür und die Treppe hinauf in ihr Zimmer. »Soll ich nach dem Doktor schicken?«

»Nein, Vincent. Mir geht es gut. Ich bin nicht verletzt.«

»Bist du dir da ganz sicher?«

»Absolut.«

Bevor er noch einmal fragen konnte, kamen Caroline und Josalyn ins Zimmer gestürzt und liefen zum Bett, auf das er Grace gelegt hatte.

»Bleiben Sie bei ihr?«, fragte er, weil er nach unten gehen wollte, um mit Wedgewood und Carmody zu sprechen.

Ihre Schwestern versicherten ihm, dass sie sich nicht vom Fleck rühren würden.

Vincent beugte sich über das Bett und küsste sie sanft. »Ich komme gleich wieder.«

»Vincent, bitte ...«

Er hob die Hand, um sie davon abzuhalten, ihn um das Versprechen zu bitten, zu unterlassen, was er unbedingt tun musste. »Du ruhst dich jetzt aus. Ich lasse dir etwas Heißes zu trinken nach oben bringen.«

Danach begab sich Vincent zu seinem Arbeitszimmer, wo Wedgewood und Carmody auf ihn warteten. Wenn er Fentington heute Abend in die Finger bekäme, würde er ihn töten, ohne ihm auch nur die Chance zu geben, sich zu verteidigen.

Die Wut in ihm brodelte wie ein Vulkan kurz vor dem Ausbruch. Der Schrecken, der ihm in die Glieder gefahren war, als er Grace auf die Straße stolpern sah, hatte ihn wie eine Speerspitze durchbohrt, die ihm durchs Herz gestoßen wurde.

Er hätte sie heute Abend verlieren können. Es wäre fast geschehen, weil er unterschätzt hatte, wie weit Fentington in seinem Wahn gehen würde.

Er musste den Mann finden. Musste seiner habhaft werden, bevor er am Ende Erfolg haben würde, und Grace ...

Er riss die Tür zum Arbeitszimmer auf und schloss sie hinter sich.

»Geht es ihr gut?«, fragte Wedgewood. Vincent sah Besorgnis in ihren Gesichtern.

»Ja. Sie hat einen Schreck erlitten, ist aber wohlauf. Hat einer von Ihnen etwas gesehen?«

»Nur, was wir Ihnen schon gesagt haben. Einen kleinen, drahtigen Mann im schwarzen Frack, der durch die Menschenmenge rannte, kurz nachdem Grace auf die Straße gestolpert war.«

Vincent fuhr sich mit der Hand übers Gesicht und wollte etwas sagen, wirbelte jedoch herum, als Carver die Tür öffnete.

»Mr. Germaine ist hier, Euer Gnaden. Er besteht darauf, Sie zu sprechen.«

»Führen Sie ihn herein, Carver.«

Germaine rannte Carver in seiner Eile fast um. »Wie geht es ihr, Raeborn? Ich war heute Abend in der Oper und habe von dem Zwischenfall gehört. Sie waren so schnell weg, dass keiner wusste, ob Ihre Gnaden bei dem Malheur verletzt wurde.«

»Nein. Grace ist unversehrt. Furchtbar aufgewühlt, aber unverletzt.«

Germaine ließ erleichtert die Schultern sinken. »Gott sei Dank. Ich hatte befürchtet, sie sei vielleicht zu Schaden gekommen. Derartige Unfälle passieren so schnell.«

»Das war kein Unfall. Jemand hat Grace vor die Kutsche gestoßen.«

Germaine sah ihn entsetzt an. »Sie scherzen.«

»Ich wünschte, es wäre so.«

»Wissen Sie, wer es war?«

»Nicht mit Sicherheit. Aber ich glaube, Baron Fentington hatte seine Hände im Spiel.«

»Im Club erzählt man sich, dass Fentington den Verstand verloren hat«, erklärte Germaine und durchquerte den Raum, um sich zu Wedgewood und Carmody zu stellen. »Aber ich hatte keine Ahnung, dass es so schlimm um ihn steht. Von der Gesellschaft geächtet zu werden war wahrscheinlich zu viel für ihn. Daran gibt er zweifellos Ihnen die Schuld. Aber was hat er anderes erwartet? Niemand, der bei klarem Verstand ist, würde ihn noch einladen, nachdem Sie sein abartiges Verhalten auf dem Ball der Pendletons offen angesprochen haben.«

»Ich fürchte, Sie haben sich einen gefährlichen Feind gemacht, Raeborn«, bemerkte Wedgewood.

Vincent biss die Zähne zusammen und kämpfte gegen das Verlangen an, noch heute Abend loszuziehen und Fentington zu finden. Stattdessen zwang er sich zur Ruhe. »Ich brauche Ihre Hilfe«, wandte er sich an seinen Cousin und seine zwei Schwäger.

»Sagen Sie uns, was wir tun sollen«, bat Carmody, und die anderen nickten zustimmend.

»Ich will ihn. Ich muss herausfinden, wo er sich aufhält.«

»Er ist offensichtlich noch hier in London«, erklärte Wedgewood, während er zu dem Schränkchen mit den Karaffen ging und ein Glas Brandy einschenkte, das er Vincent reichte. »Irgendwer muss ihn in letzter Zeit gesehen haben. Abgesehen von Pinky.«

Carmody nippte an seinem Brandy, während er im Zimmer auf und ab lief. »An Ihrer Stelle würde ich jemanden losschicken, der seinen Landsitz überwacht. Er wird wissen, dass Sie nach ihm suchen, und sich verstecken wollen.«

Vincent ballte die freie Hand zu einer festen Faust. »Daran habe ich auch schon gedacht. Ich heuere jemanden an, der Fentingtons Landsitz beobachtet.«

»Es muss jemand sein, dem Sie vertrauen«, fügte Germaine hinzu. »Haben Sie jemand, der dafür geeignet wäre?«

Vincent führte den Brandy an seine Lippen und trank. Er brauchte den Alkohol, um sich zu wärmen. Jedes Mal, wenn er den Zwischenfall noch einmal durchlebte und Grace auf die Straße stolpern sah, gefror ihm das Blut in den Adern.

»Wenn nicht«, fuhr Germaine fort, »kenne ich einen Mann, einen Mr. Percy Parker. Er war bei den Bow Street Runners, bevor sie aufgelöst wurden. Er hat ein Talent dafür, Leute zu finden, die untergetaucht sind.«

Vincent holte tief Luft. »Können Sie ihn benachrichtigen?«

»Ja.«

Vincent trank einen großen Schluck und spürte das Brennen, als der Brandy ihm durch die Kehle rann. »Gut. Schicken Sie so bald wie möglich nach ihm.«

»Wir anderen halten die Augen offen«, fügte Wedgewood hinzu. »Sie stehen jetzt nicht mehr allein da, Raeborn. In Graces Familie gibt es niemanden, der ihr nicht zu Dank verpflichtet ist und Ihnen nicht gerne Beistand leistet.«

Vincent nickte. Eine Familie an seiner Seite zu haben, war eine ganz neue Erfahrung für ihn. Er war immer allein gewesen. Hatte alle Probleme stets allein lösen müssen. Doch jetzt hatte er Grace und ihre Angehörigen, die sie mit in die Ehe gebracht hatte. Und von seiner Seite, überlegte er, immerhin seinen Cousin.

»Ich muss jetzt zu meiner Frau. Lassen Sie mich sofort wissen, wenn einer von Ihnen etwas über Fentington erfährt.«

»Das werden wir«, versicherten sie ihm.

Vincent schickte ein Dienstmädchen nach oben, um Caroline und Josalyn zu informieren, dass ihre Ehemänner zur Abfahrt bereit seien, und brachte sie zur Tür. Er nahm ihre Versicherungen entgegen, dass Fentington aufgespürt und ausgeschaltet werden würde, sodass er für Grace keine Gefahr mehr darstellen würde.

Germaine versprach Mr. Parker umgehend zu ihm zu schicken und Vincent dankte ihnen allen für die Unterstützung.

Sobald sich die Tür hinter ihnen schloss, steuerte er schon auf die Treppe zu. Er hatte getan, was er konnte, und jetzt wollte er bei Grace sein. Wollte sie in den Armen halten und sich vergewissern, dass es ihr gut ging.

Er schlüpfte aus seinem Rock und löste sein Halstuch. Dann nahm er immer zwei Stufen auf einmal. Mit jeder Stufe schwor er sich, Grace nicht mehr aus den Augen zu lassen. Niemals wieder zu riskieren, sie in Gefahr zu bringen.

Es war ein Versprechen, das zu halten er die feste Absicht hatte.

∽

Grace stand in dem von Kerzenlicht erhellten Schlafzimmer, in dem immer noch ein Feuer brannte, um den Raum warm zu halten, doch aus irgendeinem Grund fror sie, und ihr wollte einfach nicht warm werden.

Caroline und Josalyn waren inzwischen gegangen, hatten jedoch versprochen, morgen wiederzukommen, um sich zu vergewissern, dass es ihr gut ging. Bald würde Vincent zu ihr kommen, und sie war froh darüber. Sie wollte ihn sehen. Wünschte sich verzweifelt, seine Umarmung und seine Lippen auf ihren zu spüren.

Sie legte die Hände auf ihren Bauch. Dem Baby ging es gut. Sie wusste, dass es so war, und dankte Gott, dass ER sie beide beschützt hatte. Dann fügte sie noch ein Gebet hinzu, dass ER auch Vincent behüten möge. Nicht auszudenken, wenn ihm etwas geschähe.

»Du solltest im Bett sein«, sagte seine Stimme hinter ihr.

Sie drehte sich um. »War ich auch. Aber da war es einsam ohne dich.«

Er trat ein und schloss die Tür hinter sich. Er trug immer noch das weiße Leinenhemd, doch es stand am Kragen offen. Seine Haare waren zerzaust, als hätte er sie sich gerauft, wie er es zu tun pflegte, wenn er unzufrieden oder wütend war. Und die Wut stand ihm noch ins Gesicht geschrieben.

»Es war Fentington, nicht wahr?«

Er zögerte, als sei sein erster Impuls, sie anzulügen. Mit einem schweren Seufzer befand er wohl, dass es sinnlos wäre, dass sie nicht lockerlassen würde, bis sie die Wahrheit aus ihm herausgequetscht hatte. »Ich weiß es nicht, aber ich glaube schon.«

»Ach, Vincent. Ich dachte, nach unserer Hochzeit würde er uns in Ruhe lassen. Ich dachte, ihm würde klar sein, dass es ihm keinen Vorteil bringen würde.«

»Ganz offensichtlich nicht.«

»Vielleicht sollten wir uns aufs Land zurückziehen.«

Er schüttelte den Kopf. »Weglaufen ist keine Lösung. Wir können nicht bis ans Ende unserer Tage auf der Hut vor ihm sein.«

Eine schwere Last senkte sich auf ihr Herz. Er würde Fentington jagen und sie konnte ihn durch nichts davon abbringen. Vincent blieb keine Wahl. Wenn man nichts gegen Fentington unternahm, würde er nicht ruhen, bis einer von ihnen oder sie beide tot waren.

Grace verschränkte die Hände vor ihrem Bauch, damit sie nicht zitterten, und blinzelte, um die Tränen zurückzuhalten. Sie hatte solche Angst. Mehr Angst als je zuvor. Aber nicht um sich selbst, sondern um Vincent. Um das Kind, das sie bekommen würde. Ein Kind, das vielleicht aufwachsen würde, ohne seinen Vater zu kennen.

Die Tränen rollten ihr über die Wangen. Tränen, die sie seit Beginn dieser monatelangen Tortur reichlich vergossen hatte.

Nur verschwommen nahm sie wahr, dass er die Arme ausbreitete. Sah, wie er einen Schritt näher zu ihr trat.

Mit einem leisen Seufzer lief sie in seine Arme.

»Ach, Grace«, sagte er und küsste sie auf Augen, Gesicht und die tränennassen Wangen. »Nicht weinen. Es wird alles gut. Ich lasse nicht zu, dass dir etwas zustößt.«

»Ich weine nicht. Es ist nur ...«

Ein Lächeln erhellte sein Gesicht. »Ich weiß.« Er schlang die Arme um sie und drückte sie an sich. Aber sie wollte fester gehalten werden. Sie wollte ihn auf sich spüren, in sich.

»Liebe mich, Vincent. Liebe mich.«

»Ja. O ja.«

Mit einem tiefen Seufzer senkte er den Kopf und seine Lippen pressten sich mit einer Verzweiflung auf ihre, die der ihren entsprach.

Sie begehrte ihn mehr als je zuvor, vielleicht aufgrund der heutigen Geschehnisse. Vielleicht, weil sie einen Blick auf eine Zukunft ohne ihn erhascht hatte. Vielleicht, weil ihr Leben alles enthielt, was sie sich je erträumt hatte, und sie sich sehnlichst wünschte, das Beste aus dem Geschenk zu machen, das sie erhalten hatte. Sie dachte, dass er vielleicht das Gleiche empfand und einsah, dass er genau wie sie dieses Geschenk in Ehren halten musste. Wieder und wieder küsste er sie, nicht mit seiner gewohnten Zärtlichkeit und Sanftheit, sondern eindringlich und gründlich.

Seine Lippen öffneten sich, seine Zunge suchte ihre, berührte sie, duellierte sich mit ihrer. Er küsste sie noch leidenschaftlicher, bis keiner von ihnen mehr allein atmen konnte, bis sie ihren Atem teilten, einer ein Teil des anderen wurden.

»Liebe mich«, flüsterte sie an seinem Mund.

Er hob sie auf seine Arme und trug sie zum Bett.

Seit dem Tag, als sie ihn zur Heirat genötigt hatte, hatte sie gewusst, wie heftig er gegen seine Gefühle für sie angekämpft hatte. Von dem Tag an, als er sie zur Braut nahm, hatte sie gewusst, wie entschlossen er war, sein Herz zu schützen. Und heute Abend wurde ihr klar, wie restlos er damit gescheitert war.

Sie hatte es in seinem Blick gesehen, an der Angst in seinem Gesicht, als er geglaubt hatte, sie sei verletzt. An der Erleichterung, als ihm klar wurde, dass sie wohlbehalten war. Auch wenn er es nicht über sich brachte, es offen auszusprechen, wusste sie, dass das Gefühl da war. Dass er sie zu lieben gelernt hatte. Und sie wusste, wie sehr ihn das ängstigte.

Er schob sich über sie und sie ließ die Finger über die straffen Muskeln seiner Schultern und Arme gleiten. Sie strich ihm eine dunkle Haarsträhne aus der Stirn, legte die Hand an seine Wange und spürte die kratzigen Stoppeln an ihrer Handfläche. Es versetzte sie immer noch in Staunen. Alles an ihm versetzte sie noch immer in Staunen. Und wenn er auch vielleicht nicht den Mut hatte, sich zu seinen Gefühlen zu bekennen, sie hatte ihn.

»Ich liebe dich, Vincent. Für immer und ewig.«

Kapitel 18

Grace schlenderte den Pfad im Garten hinter ihrem Londoner Stadthaus entlang. Der Weg führte zu einem sprudelnden Springbrunnen neben einem vergitterten Bogengang, um den sich Kletterrosen in voller Blüte rankten. Dies war einer ihrer Lieblingsplätze. Sie liebte die Blumen, die den ganzen Sommer in prächtigen Farben blühten, und die Rosen wuchsen nun, im späten Juli, sogar noch üppiger. Es war der einzige Ort, an dem sie Fentington vergessen und der Sorge entfliehen konnte, dass er Vincent eines Tages finden und Schaden zufügen könnte.

Es war jetzt zwei Monate her, seit ihn jemand gesehen hatte. Zwei Monate seit dem Abend in der Oper, als sie jemand auf die Straße gestoßen hatte, und obwohl Vincent ihr versicherte, dass kein Grund zur Sorge bestünde, wusste sie, dass es nur eine Frage der Zeit war, bis etwas passieren würde. Sie wusste, dass er die günstigste Gelegenheit abwartete, um zuzuschlagen. Die perfekte Gelegenheit, um den meisten Schaden anzurichten.

Als spürte das Kind, das in ihr heranwuchs, ihre Ängste, trat es so heftig zu, dass sie nach Luft schnappte. Als der Schmerz nachließ, hängte sie sich den mitgebrachten Korb über den Arm und bückte sich, um ein paar gelbe und rote Nelken zu pflücken. Sie waren voll erblüht und lachten sie an, flehten sie geradezu an, ein Teil der Tafeldekoration für das intime Abendessen zu werden, das sie heute Abend nur für Vincent und sich plante.

Sie pflückte eine rote Blüte und richtete sich jäh wieder auf, um sich den Bauch an der Stelle zu reiben, wo die Füße des Babys erneut zutraten. Ach, es war ein lebhaftes Kind, das sich ständig drehte, bewegte und strampelte.

Nachts war es noch schlimmer. Manchmal war das Kind so unruhig, dass sie nicht liegen bleiben konnte. Mitunter hatte sie Glück und Vincent bemerkte es nicht. Aber oft vermisste er sie an seiner Seite und stand ebenfalls auf.

Auch wenn sie ihn nur ungern beim Schlafen störte, waren diese Nächte für sie am schönsten. Dann setzte er sich mit ihr in den überdimensionalen Schaukelstuhl, den er in ihr Zimmer gebracht hatte, und hielt sie auf dem Schoß, die Hand auf ihrem dicken Bauch. Wenn sich das Kind wieder beruhigt hatte, legten sie sich wieder ins Bett, und er hielt sie fest im Arm.

Sie verspürte noch einen kräftigen Stoß und rieb sich erneut den Bauch. Sie war jetzt fast im siebten Monat und im Vergleich zu ihren Schwestern zu dem gleichen Zeitpunkt ungeheuer dick.

Ihre Schwangerschaft war bisher nicht einfach verlaufen. Leider. Sie wünschte sich, dass es anders wäre. Nicht ihretwegen, sondern für Vincent.

Sie wusste, dass er besorgt war. Sie sah es in seinen Augen, wenn er sich von ihr unbeobachtet wähnte. Seine Angst war jedes Mal spürbar, wenn er ihren Bauch berührte, jedes Mal, wenn er zur Kenntnis nahm, wie groß sein Kind in ihr wurde. Die Furcht in seinen Augen war lähmend und keine noch so aufrichtige Beruhigung von ihrer Seite konnte sie vertreiben.

Grace legte sich die Hand auf den Bauch und strich über die harte Wölbung, wo die Füße wieder zutraten. »Du bist ein kräftiges, gesundes Baby«, flüsterte sie und lächelte auf ihren Bauch hinab. »Ich kann es kaum erwarten, dass du deinen Vater kennenlernst. Du wirst sehr zufrieden mit ihm sein.«

Wieder versetzte ihr das Baby einen Tritt. »Aber wegen all der Unannehmlichkeiten, die du mir bereitest, muss ich dich ein bisschen ausschimpfen. Das ist ganz schön rücksichtslos, weißt du.«

Grace lächelte, als die Wölbung Ruhe gab, und bückte sich, um noch ein paar Blumen zu pflücken. Sie hatte erst die Hälfte der Menge, die ihr vorschwebte, beisammen, als sie sich wieder aufrichten musste, um ihren schmerzenden Rücken zu strecken. Mit zunehmendem Umfang kam das immer öfter vor. Ihr Rücken schmerzte und oft half da nur einer der Holzstühle mit gerader Rückenlehne aus dem großen Esszimmer.

Sie rieb sich mit einer Hand den Rücken und hielt mit der anderen den Korb. Sie war dankbar, dass niemand von der Dienerschaft nahe genug war, um sie zu sehen. Sie wusste, dass sie momentan nicht gerade eine Augenweide war. Schon seit mehr als einem Monat nicht mehr.

»Brauchst du Hilfe, Grace?«

Grace wandte den Kopf und entdeckte Vincent, der über den Weg zu ihr schlenderte. Seine Jacke war aufgeknöpft, aber sein Halstuch war noch um seinen Hals geschlungen.

»Ich versuche, noch ein paar von diesen Blumen zu pflücken, aber dein Sohn hat beschlossen, heute Nachmittag besonders aktiv zu sein. Oder er hat noch keinen Gefallen an unserer heimischen Flora gefunden und wird erst noch über ihre Schönheit belehrt werden müssen.«

»Ich werde ihn gleich bei unserer ersten Begegnung darauf hinweisen«, scherzte Vincent, legte ihr die Hände auf die Schultern und drückte ihr einen Kuss auf die Lippen.

»Ich bestehe darauf«, sagte sie und griff nach ihm, um den Kuss zu erwidern. »Und wenn du schon fragst, schneidest du mir ein paar von den rosafarbenen Nelken ab? Ich plane ein ganz besonderes Abendessen und sie werden auf unserem Tisch perfekt aussehen.«

»Ein ganz besonderes Abendessen?«

»Ja. Nur für dich und mich. Mit all unseren Leibgerichten.«

Vincent lachte. »Und was sind heute *unsere* Leibgerichte?«

»Pfirsichauflauf, Reispudding und Kirschkuchen. Und das köstliche Schokoladendessert unserer Köchin.«

»Ich dachte, du magst keinen Pfirsichauflauf?«

»Nur manchmal nicht, aber plötzlich habe ich Heißhunger darauf.«

»Verstehe«, sagte Vincent und griff nach einer weiteren Nelke. »Und was soll es sonst noch geben?«

»Ich weiß nicht. Ich habe die Köchin gebeten, uns zu überraschen.«

»Ich verstehe.« Vincent lachte und führte sie zu der niedrigen Steinmauer, die den Springbrunnen einfriedete. »Ihr seid wunderschön, Euer Gnaden«, erklärte er und stellte den Korb auf dem Boden ab.

Grace lachte. »Ganz und gar nicht. Ich bin ungeheuer hässlich, wie ein riesiger Wal, den ich auf Bildern gesehen habe.«

»Wohl kaum.«

Er setzte sich neben sie und schlang den Arm um ihre Schultern. Er roch durch und durch männlich und Grace atmete den sauberen Duft der freien Natur und den Geruch von Sattel und Pferd ein. Sie wusste, dass er neue Informationen über Fentington hatte, und war neugierig zu hören, was er erfahren hatte.

Seufzend lehnte sie den Kopf an seine Schulter. »Und was hast du heute gemacht?«

»Ich war bei Madame Genevieve.«

Grace hob jäh den Kopf. »Hannah?«

»Ja. Ich wollte mit ihr über ihren Vater sprechen, um zu sehen, ob sie mir vielleicht einen Hinweis geben kann, wo er sich versteckt.«

»Und konnte sie das?«

Er schüttelte den Kopf. »Sie sagt, sie hat seit dem Tag vor fünfzehn Jahren, als sie von zu Hause weggegangen ist, nichts mehr von ihm gesehen oder gehört.«

Grace spürte, wie sich Vincents Arm um ihre Schulter anspannte.

»Ich glaube, dieser Parker, den Germaine mir geschickt hat, hat recht. Fentington hat das Land verlassen und hält sich momentan gar nicht in England auf«, fuhr er fort.

»Dann kommt er vielleicht nie wieder«, bemerkte sie hoffnungsvoll.

»Vielleicht.«

»Aber das glaubst du nicht.«

»Seine Heimat ist hier. Ich bezweifle, dass er lange fortbleibt.«

Er nahm sie tröstend in die Arme, doch Grace spürte, dass er in Gedanken weit weg war. »Wie geht es ihr?«, fragte Grace schließlich, um ihn in die Gegenwart zurückzuholen.

»Hannah?«

»Ja.«

»Sie hat nach dir gefragt und gesagt, dass sie dich vermisst. Dass ihr euch jahrelang immer getroffen habt, wenn du nach London kamst, aber dass sie dich nicht mehr gesehen hat, seit du in jener Nacht …«

Grace blickte lächelnd zu ihm auf. »Das kommt mir vor wie ein anderes Leben. Zu ihr zu gehen war das Mutigste, was ich je getan habe. Und dass sie mir dich geschickt hat, war das Wunderbarste, das mir jemals passiert ist. Ich habe mein Glück Hannah zu verdanken.«

Er streichelte ihr mit den Fingerrücken die Wange. »Möchtest du sie sehen?«

Grace richtete sich abrupt auf. »Ach, Vincent. Ja. Ginge das?«

»Das ließe sich arrangieren.«

»Wann?«

»Jetzt gleich.«

»Jetzt gleich?«

»Fühlst du dich einer Spazierfahrt durch den Park gewachsen?«

»Und ob.« Sie erhob sich so graziös, wie es ihr schwerfälliger Körper zuließ. Auch Vincent stand auf.

»Genevieve hat mir gesagt, ihr hattet eine spezielle Vereinbarung.«

»Ja.«

»Dann erklärst du es mir vielleicht auf dem Weg dorthin. Ich habe ihr gesagt, wir treffen sie um vier Uhr am selben Ort wie immer.« Er griff in seine Westentasche und zog seine Uhr heraus. »Viel Zeit bleibt uns nicht mehr.«

Grace griff nach seiner Hand und zog ihn mit sich. Sie war aufgeregt wie ein Schulmädchen und konnte es nicht erwarten, dem Menschen zu danken, der ihr Vincent geschenkt hatte. Worte reichten da nicht aus.

⁂

Vincent beobachtete, wie Grace unruhig auf ihrem Platz herumrutschte, während sie zum hundertsten Mal, seit sie Raeborn House verlassen hatten, aus dem Fenster spähte. Am liebsten hätte er laut gelacht. Grace war so ungeduldig, dass sie kaum stillsitzen konnte.

»Wir sind fast da!« Ihre Stimme klang aufgeregt. »Sag Barnabas, dass er anhalten soll, wenn er unter dieser überdachten Brücke hindurchfährt«, wies sie ihn an und deutete mit einem zitternden Finger aus dem Fenster.

Vincent schüttelte den Kopf. »Ich kann nicht glauben, dass du im Dunkeln unter einer Brücke anhalten und jemandem die Tür öffnen willst.«

Seine Angetraute blickte ihn an, als hätte er die dümmste Bemerkung auf der Welt gemacht.

»Hannah wollte sichergehen, dass uns niemand zusammen sieht. Sie wollte meinen guten Ruf nicht aufs Spiel setzen.«

»Du hast das doch gewiss nicht gemacht, wenn du allein in der Kutsche warst? Wie konntest du sicher sein, dass es Hannah war, die bei dir einsteigt, und nicht irgendwelches Gesindel, das sich im Dunkeln unter der Brücke herumtreibt?«

»Weil Hannah der einzige Mensch ist, dem ich eine Nachricht geschickt habe, in der ich meine Ankunftszeit ankündige. Und jetzt sei still, damit ich meinen Besuch genießen kann.«

Vincent lachte. Dann nahm er ihr Gesicht in die Hände und berührte ihre Lippen mit seinen, küsste sie gründlich und innig, doch sie schob ihn mit einem tiefen Seufzer von sich.

»Vincent ...«

Er lachte. »Ich wollte nur ein wenig Farbe in deine Wangen zaubern, bevor Hannah dich sieht.«

»Du hast mehr getan, als nur Farbe in meine Wangen gezaubert, du Scheusal. Jetzt hör auf, mich zu belästigen, bis wir wieder zu Hause sind.«

»Wie Sie wünschen«, sagte er und lachte leise.

Er konnte es nicht erwarten, Hannah und Grace zusammen zu erleben. Auch wenn er sich keine unterschiedlicheren Freundinnen vorstellen konnte, so wusste er doch, wie nahe die beiden sich standen.

Grace brauchte eine Ablenkung, eine Freundin, mit der sie reden konnte. Seit endlosen Wochen hatte er sie zu Hause eingesperrt, während er Fentington suchte, und sie nur gelegentlich zu einem Abendessen bei einer ihrer Schwestern ausgeführt. Oder aber eine oder mehrere ihrer Schwestern waren zu ihnen zum Dinner gekommen. Und Grace gefiel es so gar nicht, ans Haus gefesselt zu sein.

Sie war nicht wie Angeline oder Lorraine, die sich von dem Moment an, als sie von ihrer Schwangerschaft erfuhren, zurückgezogen hatten, die meiste Zeit im Bett verbracht, sich ausgeruht und die Tage verschlafen hatten. Grace war nicht zufrieden damit, sich dem Müßiggang hinzugeben, sondern beschäftigte sich immer, arbeitete im Garten oder übte am Klavier ein neues Stück eines ihrer Lieblingskomponisten.

Jeden Tag unternahmen sie zusammen ausgedehnte Spaziergänge auf den vielen Wegen durch den parkähnlichen Garten. Er hätte schwören können, dass sie nie ermüdete. Dass eher er als sie nicht mehr weiter könnte.

Doch die besonderen Gelegenheiten, zu denen er sie zu einer Ausfahrt mitnahm, genoss sie am meisten. Sie hielt sich für ihr Leben gern im Freien auf und liebte die frische Luft und den Sonnenschein. Hätte die Geburt von Carolines Baby nicht unmittelbar bevorgestanden, wäre er mit ihr aufs Land gezogen. Aber er wusste, dass es sich dort für ihn noch schwieriger gestalten würde, auf sie aufzupassen. Sie würde dort ständig draußen sein und er müsste dauernd nach ihr suchen.

»Hier. Halten Sie hier, Barnabas.« Sie spähte angestrengt aus dem Fenster, als ihre Kutsche unter die Brücke fuhr.

Die Kutsche blieb stehen. Vincent öffnete die Tür und stieg aus.

Sobald die Kutsche gehalten hatte, trat Genevieve vor und kletterte hinein. Mit einem Freudenschrei fielen sie und Grace einander in die Arme.

Vincent wies Barnabas an, in gemächlichem Tempo ein paar Runden durch den Park zu drehen, stieg wieder in die Kutsche und nahm den beiden Frauen gegenüber Platz, die sich immer noch herzlich umarmten.

Erst als die Kutsche losfuhr, konnte er Genevieve richtig in Augenschein nehmen. Der Unterschied zwischen der Genevieve, an deren Anblick er gewöhnt war, und der Hannah, die er jetzt vor sich hatte, verblüffte ihn.

Ihre Frisur war regelrecht bieder, ihr Kleid von einem unansehnlichen Braun. Ihre ganze Aufmachung war sehr einfach und nichtssagend, als wollte sie um keinen Preis auffallen. Sie war noch nicht einmal geschminkt. Verschwunden war der berückende Glanz und das unwiderstehliche Äußere, die Madame Genevieve zu einer der verführerischsten Frauen in ganz England machten. An ihre Stelle war die unscheinbare Miss Hannah Bartlett, Tochter von Baron Fentington, getreten.

»Ich glaube, ich habe deinen Mann schockiert«, bemerkte Hannah.

Grace lachte. »Ja, ich glaube auch. Das ist das erste Mal, seit ich ihn kenne, dass er um Worte verlegen ist.«

Jetzt lachten sie alle. Dann wandte sich Hannah wieder Grace zu und legte ihr die Hand auf den Bauch. »Ich wusste es. Ich freue mich sehr für dich. Und für Sie auch, Euer Gnaden«, sagte sie und sah Vincent an.

Er schluckte heftig. Neben Grace war Genevieve wahrscheinlich der einzige Mensch, der wirklich verstand, welch panische Angst er davor hatte, dass noch eine Ehefrau von ihm eine Geburt durchmachen musste.

»Jetzt erzähl mir, wie es dir ergangen ist«, bat sie und griff nach Graces Hand. »Gibt Raeborn den perfekten Ehemann ab? Ich hab ihn ganz speziell für dich ausgesucht, Grace. Ich erwarte von ihm nichts anderes als Mustergültigkeit.«

Grace lachte unter Tränen und umarmte ihre Freundin. »O ja. Das ist er. Wirklich mustergültig, bis auf seine Herrschsucht und seinen Eigensinn.«

»Na, na, Weib. Nur dass du es weißt, das lasse ich nicht auf mir sitzen. Ich habe Hannah bereits versichert, dass ich der ideale Ehemann bin. Das hast du mir schließlich selbst gesagt.«

»Wie ich sehe, war es ein schwerer Fehler, ihn zu loben.« Grace lachte und Vincent lehnte sich in die dicke Polsterung zurück, während Grace und Hannah sich fröhlich und ohne Punkt und Komma über Graces Schwestern und deren Familien und über das Baby und Graces Gewissheit, dass es ein Junge würde, unterhielten.

Nachdem sie fast eine Stunde durch den Park gefahren waren, gab Hannah Vincent mit einem Nicken zu verstehen, dass es an der Zeit sei, sie wieder abzusetzen.

»Zurück zur Brücke, Barnabas«, befahl Vincent, worauf die Kutsche prompt wendete.

»Ich habe über Ihre Frage nachgedacht«, sagte Hannah, als sie langsamer wurden. »Nach meinem Vater. Ich erinnere mich, dass er eine Schwester erwähnt hat, die in Frankreich lebt.«

»Wissen Sie, wo?«

»In Paris, glaube ich. Ich habe sie nie kennengelernt.«

»Wissen Sie, wie sie heißt?«

Hannah schüttelte den Kopf. »Nein, nur dass er eine Schwester in Frankreich hat, die er besuchen wollte. Er hat einmal erwähnt, sie hätten sich als Kinder sehr nahegestanden und dass sie von zu Haus weggelaufen sei.«

Vincent fing Hannahs traurigen Blick auf, sah sie zitternd einatmen. »Glauben Sie, mein Großvater war auch so?« Sie hielt inne. »Ich will mir nur ungern vorstellen, dass es auf der Welt zwei solche Unholde gibt.«

Vincent nahm wahr, wie Hannah nach Graces Hand griff und sie festhielt, doch sie schaute ihm weiter in die Augen.

»Sie müssen ihn finden«, bat Hannah eindringlich und in ihren Augen stand Furcht, wie sie Vincent noch nie an ihr gesehen hatte. »Er glaubt wahrhaftig, dass er zu den Erwählten gehört, dass er von Gott gesandt ist, um alle Frauen für Evas Sünden zu bestrafen. Er hält sich für den einzigen moralisch aufrechten Menschen auf der Welt und glaubt, dass seine rechtschaffene Frömmigkeit ihn von anderen sündhaften Sterblichen unterscheidet. Und da Sie allen gezeigt haben, was für ein scheinheiliger Pharisäer er ist, will er Sie zerstören.«

»Keine Sorge. Irgendwann muss er ja zurückkommen und dann werde ich auf ihn warten.«

Als die Kutsche ihre Fahrt weiter verlangsamte, beugte sich Hannah vor, um Grace zum Abschied noch einmal zu umarmen. »Sei glücklich«, hörte er sie flüstern.

»Das bin ich.«

Sein Herz zog sich schmerzlich zusammen und er schluckte heftig. Diese drei kleinen Worte bedeuteten ihm mehr, als er es je für möglich gehalten hätte.

Die Kutsche hielt, und Vincent half Hannah beim Aussteigen. Ohne einen Blick zurück lief Graces Jugendfreundin zu der Kutsche, die sie in ihr anderes Leben bringen würde. Das Leben der wunderschönen Madame Genevieve – eine der berühmtesten Kurtisanen in ganz London.

Vincent stieg wieder ein und klopfte mit seinem Stock an die Decke der Kutsche. Er setzte sich neben Grace und nahm sie in die Arme.

»Danke«, sagte sie und schmiegte sich an ihn.

Ihr Kopf ruhte über seinem Herzen. Ein Herz, von dem er geschworen hatte, es nie mehr aufs Spiel zu setzen.

Und es doch getan hatte.

∽

Vincent nahm auf seinem dick gepolsterten Sessel Platz und lauschte Grace, die eine Polonaise von Chopin spielte. Ihre Finger schienen über die Tasten zu fliegen, während sie völlig in der Musik aufging, in ihren Augen der Ausdruck einer Künstlerin, die sich in ihrer ganz eigenen Welt verliert.

Er liebte es, sie spielen zu hören, ihr bei ihrer Kunst zuzusehen – wie sie sich vorbeugte, fast als hätte die Musik die Kraft, sie in sich hineinzuziehen. Das leichte Heben der Ellbogen, während sie zärtlich die Tasten streichelte, jede einzelne dazu verlockte, in Schönheit zu erklingen, kraftvoll und mächtig – und dabei war sie nur so ein kleines Persönchen. Es war faszinierend, ihr dabei zuzusehen, wie sie sich so sehr in der Musik verlor, dass die Töne ein Teil von ihr wurden.

Er liebte diesen Teil des Tages, die Zeit, in der sie allein waren. Die kostbaren Minuten, in denen es der Außenwelt nicht erlaubt war, sie zu stören.

Die Finger von Graces rechter Hand meisterten die abschließenden Arpeggios und nach einem entschlossenen Schlussakkord hob sie die Hände schwungvoll von den Tasten. Ihre Brust hob und senkte sich, ihre Wangen waren gerötet und sie hielt den Blick weiter auf die Tasten gerichtet, als wäre ein Teil von ihr noch ganz von dem Zauber umfangen.

Sie verharrte für einen Moment regungslos. Dann ließ sie die Arme sinken und wandte sich zu ihm um. »Stell dir nur vor, was Chopin uns noch hätte geben können, wenn er länger gelebt hätte«, seufzte sie.

Vincent trat zu ihr und legte ihr die Hände auf die Schultern. »Ein Verlust für die Welt«, stimmte er ihr zu und massierte sanft ihre noch angespannten Muskeln. Er registrierte, dass sie unwillkürlich ihren Bauch streichelte.

»Er ist von Chopin nicht eingeschlafen?«, fragte er.

Lachend drehte sie sich auf der kleinen Bank herum. »Vielleicht hätte ich besser Haydn oder Beethoven spielen sollen.«

Er half ihr auf die Beine und setzte sich mit ihr auf das weich gepolsterte Sofa. Er zog sie eng an sich.

»Ich danke dir für heute«, sagte sie und schmiegte sich mit der Hand auf seiner Brust an ihn. »Hannah hat mir schrecklich gefehlt. Ich kann dir gar nicht sagen, wie schön es war, sie zu sehen.«

Vincent hauchte ihr einen Kuss aufs Haar. »Fühlst du dich auch wohl? Bist du müde?«

»Mir geht es gut, Vincent. Dem Baby geht es gut. Hier. Fühl selbst.« Sie legte seine Hand auf ihren dicken Bauch. »Siehst du, wie gesund er ist?«

Vincent ließ seine Hand dort liegen, unter ihrer, ihre Finger miteinander verflochten, und er konnte das Leben ihres Kindes unter seiner Handfläche spüren. Wenn er sie so in den Armen hielt, konnte er seine Ängste fast vergessen. Mit ihr an seiner Seite, rosig und gesund, konnte er beinahe ignorieren, welches Risiko er einging. Konnte sich einreden, dass ihm nicht noch einmal abverlangt würde, ein solches Opfer zu bringen. Und dass er nicht Grace verlieren würde, die er tief und innig liebte.

Er atmete tief durch und bemühte sich zu vergessen, wie es die Male zuvor gewesen war. Das letzte Mal und das …

»Du machst dir Sorgen, Vincent«, riss ihn ihre Stimme aus seinen Gedanken.

Sie nahm sein Gesicht zwischen ihre kleinen Hände. »Weißt du noch, was ich dir gesagt habe?« Sie strich mit den Fingern über sein Kinn. »Ich habe dir doch gesagt, dass du dir keine Sorgen zu machen brauchst. Dass ich genügend Mut für uns beide habe. Sieh mich nur an.« Sie warf einen Blick auf ihren Bauch. »Es besteht kein Grund zur Sorge. Dein Kind wird gesund zur Welt kommen und ich werde überleben. Vertrau mir. Ich werde es dir sagen, wenn Anlass zur Sorge besteht.«

»Ach, Grace.«

Vincent beugte sich vor und küsste sie, vertiefte den Kuss. Als es an der Tür klopfte, zog er sich zurück.

»Kommen Sie herein, Carver«, rief er, weil er wusste, dass nur der Butler sie stören würde.

»Verzeihung, Euer Gnaden. Aber ein Bote von Lord Wedgewood ist soeben eingetroffen. Er wollte Euer Gnaden informieren, dass bei Lady Wedgewood die Geburt begonnen hat und sie nach Ihrer Gesellschaft verlangt.«

Grace sprang so schnell auf, wie es das Kind in ihrem Bauch erlaubte. Aufgeregt wandte sie sich an Carver. »Holen Sie meinen Umhang, Carver. Und lassen Sie die Kutsche vorfahren.«

»Sehr wohl, Euer Gnaden.«

»Nein, Grace!«

Er hörte, wie sie überrascht einatmete, sah, wie sich auf ihrem Gesicht erst Unglaube, dann Entschlossenheit breitmachte. Carver zögerte an der Tür.

»Du brauchst nicht mitzukommen, Vincent«, sagte sie. Ihr Tonfall war angespannt, ihre Aussprache überdeutlich. Als müsste sie sich zwingen, ruhig zu bleiben. »Aber ich will bei Caroline sein, wenn sie ihr Kind bekommt. Davon wirst du mich nicht abhalten.«

Einige lange, spannungsgeladene Momente verstrichen, in denen keiner von ihnen etwas sagte. Ihr herausfordernder Blick verriet ihm, dass sie in dieser Sache nicht nachgeben würde. Nicht ohne einen Streit, der ernste Konsequenzen nach sich ziehen würde. Schließlich blickte er zu Carver, der immer noch mit der Hand auf der Türklinke dastand.

»Schicken Sie nach der Kutsche, Carver. Und holen Sie Ihrer Gnaden ihren Umhang – und mir meinen Mantel.«

»Ja, Euer Gnaden.«

Carver verschwand und Grace lief in Vincents Arme und hauchte ihm einen Kuss auf den Mund. »Danke, Vincent«, sagte sie und eilte aus dem Raum.

Er folgte ihr.

»Du brauchst nicht mitzukommen«, sagte sie noch einmal, als Carver ihr das Cape um die Schultern legte. »Ich kann allein fahren. Oder Alice mitnehmen.«

Er warf ihr einen finsteren Blick zu und sagte sich, dass er die Nacht schon überleben würde. Schließlich war die Frau, die in den Wehen lag, nicht seine. Nur die Schwester seiner Ehefrau und eine sehr liebe Freundin.

പ

Sie reichten ihre Mäntel Wedgewoods gestrengem Butler und Vincent begab sich in Wedgewoods Arbeitszimmer, während Grace die Treppe hinaufeilte. Viscount Carmody war bereits da, genauso wie der Earl of Baldwin und Wexley.

»Josalyn, Francine und Anne sind oben bei Caroline«, erklärte Wedgewood und reichte Vincent ein Glas mit einer bernsteinfarbenen Flüssigkeit. »Ich rechne damit, dass auch Hansley und Adledge bald eintreffen werden.«

Vincent sah sich im Zimmer um und registrierte die ernsten Mienen der anderen.

»Ich hätte heute Morgen schon wissen müssen, wie es steht, als sie das Personal anwies, das Silber zu polieren«, sagte Wedgewood und fuhr sich mit der Hand durchs Haar. »Selbst Mrs. Marble, die Haushälterin, wusste es. Sie hat das Küchenpersonal angewiesen, mehr zu backen als sonst, weil wir noch vor Sonnenuntergang alle hier versammelt sein würden.«

Vincent runzelte die Stirn, weil er nicht den geringsten Schimmer hatte, inwiefern das Polieren des Silbers von Bedeutung sein sollte.

»Francie verbringt diesen Tag immer in der Küche. Die Köchin sagt, es liege am warmen Teig. Auch wenn ich nicht weiß, was das damit zu tun haben soll«, meinte Baldwin kopfschüttelnd.

»Keine Ahnung, was Annie tun wird«, überlegte Wexley. »Um das herauszufinden, muss ich wohl warten, bis ich an der Reihe bin.«

Baldwin schlug Wexley kameradschaftlich auf den Rücken. »Na, das ist ja noch ein Weilchen hin. Das nächste Mal treffen wir uns dann bei Raeborn.«

Vincent rang sich ein Lächeln ab, um die Angst zu überspielen, die ihn niederdrückte wie ein schweres Joch.

»Wie lange geht es schon?«, fragte Carmody und machte es sich in einem der Ohrensessel bequem, die im ganzen Raum verteilt standen.

Wedgewood sah auf seine Uhr. »Etwa drei Stunden.«

»Ach, verflucht«, sagte Baldwin lachend. »Dann hat sie gerade erst angefangen. Da kann ich genauso gut die Karten rausholen.«

༄

Die Standuhr in Wedgewoods Arbeitszimmer schlug zehn. Dann elf. Eine Ewigkeit später schlug die Uhr Mitternacht.

Vincent versuchte, sich nicht vorzustellen, was sich gerade in der oberen Etage abspielte. Doch das war unmöglich, wenn die gedämpften Schmerzensschreie aus Carolines Schlafzimmer durch das Treppenhaus hallten. Er versuchte sich auf das Kartenspiel zu konzentrieren, das Carmody, Baldwin, Hansley und Adledge begonnen hatten, musste jedoch an die zwei tragischen Nächte denken, die er durchlitten hatte, während er auf die Nachricht wartete, dass sein Kind geboren war.

Vor allem mied er es, in Wedgewoods besorgtes Gesicht zu sehen. Es war ihm unmöglich. Er kannte die Angst. Hatte sie in seinem Leben bereits zwei Mal durchlitten. Würde sie wieder durchleiden müssen.

Vincent füllte sein leeres Brandyglas und steuerte auf die offenen Terrassentüren zu. Er musste hier raus. Musste frische Luft atmen und den Kopf von den Albträumen freibekommen, die ihn quälten.

Er trat nach draußen und stützte sich mit ausgestreckten Armen auf der Balustrade ab. Seine Brust hob und senkte sich und in seinem Kopf hämmerte es, während er einen hastigen Atemzug nach dem anderen tat.

Er starrte hinaus in die Dunkelheit. Er wusste nicht, wie er es überstehen sollte, wenn es bei Grace so weit war. In dem Wissen, was sich oben abspielte, hielt er es schon hier kaum aus.

»Ich finde es verflucht rücksichtslos von ihnen, dass sie uns so auf die Folter spannen«, sagte Wedgewood hinter ihm.

Vincent, der Wedgewood gar nicht bemerkt hatte, wandte sich zu ihm um und sah ihn an. Sah die Sorge. Eine Qual, die er nur allzu gut verstand. »Wie machen Sie das? Das ist ja nicht Ihr erstes Kind. Wie stehen Sie die Warterei durch?«

Wedgewood trat mit langsamen, bedächtigen Schritten zu ihm. »Keine Ahnung. Zwischendrin gibt es Phasen, in denen ich mir nicht sicher bin, dass ich es kann.«

Wedgewood lehnte sich gegen die Brüstung und blickte zu den Sternen. »In Zeiten wie diesen betet man inbrünstiger, als man je im Leben gebetet hat. Man umgibt sich mit Familie und Freunden, die genau wissen, was man durchmacht. Man wünscht sich verzweifelt, den Schmerz an ihrer Stelle zu ertragen, weil man weiß, dass man die Schuld daran trägt, dass sie das durchleiden muss. Und man würde nur allzu gern den Platz mit ihr tauschen, weil man weiß, dass man, wenn etwas passiert, nicht annähernd so wichtig ist wie sie.

Dann, wenn die Stunden kein Ende nehmen, feilscht man mit Gott, dass man sie nie wieder anrühren wird, wenn ER sie nur diese eine Geburt sicher überstehen lässt. Dass man es nie wieder riskieren wird, sie zu schwängern. Aber man weiß, dass man sein Versprechen niemals halten wird, weil man es nicht erwarten kann, sie wieder in den Armen zu halten und sie zu lieben.

Deshalb stirbt man mit jeder Minute, die es sich hinzieht, ein wenig und macht aller Welt weis, dass man über Nerven aus Stahl verfügt und alles unter Kontrolle hat.«

Vincent nahm das alles in sich auf und spürte, wie schmerzlich die Worte auf seiner Brust lasteten. Genau so war es.

»Beachten Sie mich gar«, sagte Wedgewood und leerte sein Glas. »Schieben Sie meine Gefühlsduselei auf zu viel Brandy, zu wenig Schlaf und zu viel Zeit zum Nachdenken.«

Die Standuhr schlug eins und Wedgewood stieß sich von der Balustrade ab. »Gehen wir lieber rein, bevor Adledge noch seinen Landsitz an Carmody verliert. Der Mann ist ein miserabler Kartenspieler.«

Vincent atmete tief durch und folgte ihm ins Haus. Adledge hatte zwar nicht seinen Landsitz verspielt – nur sein Londoner Stadthaus und seinen Erstgeborenen.

Wedgewood nötigte Hansley, Adledge seinen Erben zurückzugeben, und beschied ihnen, dass sie am nächsten Morgen um das Stadthaus kämpfen könnten.

Wenige Minuten später brachte ihnen ein Diener ein Tablett mit heißem Tee und Kaffee, dazu Teller mit Sandwiches und dem Gebäck, das das Küchenpersonal den ganzen Tag über gebacken hatte. Die Stunden zogen sich endlos langsam hin und schließlich suchte sich jeder von ihnen ein Plätzchen, wo er sich entspannen und ein paar Stunden dösen konnte.

Alle außer Vincent und Wedgewood. Die Beklemmung, die sie gefangen hielt, ließ keinen Schlaf zu.

❧

Der Himmel verfärbte sich zu einem helleren Schwarz, dann zu einem faden Grau und schließlich zu einer Explosion aus Rosa-, Blau-, Violett- und Orangetönen. Vincent wusste nicht, wie er die Nacht überstanden hatte. Von Wedgewood ganz zu schweigen. Die tiefen Furchen auf Wedgewoods Stirn zeugten davon, dass es ihm nicht gut ging.

»Verflucht!«, murmelte Wedgewood und lief im Zimmer auf und ab wie ein gefangenes Raubtier.

Vincent hielt sich bereit, ihm jede Unterstützung anzubieten, die er vielleicht benötigen würde, wusste jedoch, dass er nichts tun konnte. Dass keiner von ihnen etwas tun konnte.

Wedgewood lief zu den Doppeltüren, die zur Terrasse hinausgingen, und riss sie auf. Die Sonne stand schon am Himmel, der Tag war angebrochen. Und doch war es im Haus totenstill. Nicht einmal die Bediensteten wagten sich in die Nähe, während der Hausherr die Räume im Erdgeschoss durchstreifte.

Seine Schritte hallten auf dem Boden, während er vom Arbeitszimmer durch die große Eingangshalle und zum Fuße der Treppe lief, wo er stehen blieb und darauf wartete, dass jemand herunterkam und ihn auf den neusten Stand brachte.

Doch es kam niemand.

»Warum dauert es so verdammt lange?«, wollte er wissen und lief mit großen Schritten zurück ins Arbeitszimmer. »Jetzt sind es schon zwölf Stunden. Es hat noch nie so lange gedauert. Nie.«

»Geduld, Wedgewood«, beruhigte Baldwin ihn und mischte die Karten, mit denen sie am Abend zuvor gespielt hatten, aber seine Ruhe wirkte aufgesetzt.

Carmody erhob sich aus seinem Stuhl und reckte die Arme. »Ja. Manchmal dauert es länger. Erinnerst du dich an meinen Erstgeborenen? Ich dachte schon, er würde sich nie bequemen, auf die Welt zu kommen.«

»Bei meinem zweiten Kind war es auch so«, fügte Adledge hinzu und schob seine Tasse von einer Seite des Tisches zur anderen. »Ich dachte, ich würde den Verstand verlieren, bevor es so weit war.«

»Nun, das erklärt, wo er abgeblieben ist«, erklärte Hansley.

»Wo was abgeblieben ist?«

»Dein Verstand.«

Alle lachten, doch die aufgeräumte Stimmung, mit der sie den Abend zuvor begonnen hatten, war dahin. In ihre Unbeschwertheit mischte sich Vorsicht und Zurückhaltung. Sie wussten alle, dass es schon überaus lange dauerte. Und schon seit Stunden war niemand mehr heruntergekommen, um nach ihnen zu sehen oder sie auf den neusten Stand zu bringen.

Nervosität hing über dem Raum wie ein Sargtuch. Vincent sah die Sorge in Wedgewoods Gesicht, sah, wie die Falten in seinem Gesicht tiefer wurden, der Ausdruck in den eingesunkenen Augen düsterer. Vincent kannte die quälende Angst. Er verspürte sie ebenfalls und sie machte ihm das Atmen schwer.

»Ich kann nicht mehr warten«, knurrte Wedgewood und stieß sich vom Kaminsims ab, an dem er lehnte. »Ich werde nachsehen, was so lange dauert.«

Er durchquerte das Zimmer mit ausholenden Schritten und war gerade an der Tür angekommen, als Grace mit ihren Schwestern Josalyn und Francine den Raum betrat. Ihre Wangen waren erhitzt, die Augen rot gerändert und alle drei wirkten erschöpft. Mehr konnte Vincent nicht sagen. Mehr verrieten ihre Mienen nicht.

Wedgewoods Schultern versteiften sich und Vincent trat einen Schritt näher, um ihn, wenn nötig, zu stützen.

»Die Geburt war schwierig«, erklärte Grace, »aber Caroline ist wohlauf. Sie haben eine Tochter, Mylord. Eine wunderschöne, gesunde Tochter.«

Vincent hörte Wedgewoods erleichtertes Aufatmen und sah ihn durch die Tür eilen, nachdem er gerade lang genug stehen geblieben war, um jeder seiner drei Schwägerinnen einen Kuss auf die Wange zu drücken. Ohne einen Blick zurück lief er durch die Eingangshalle und die Treppe hinauf.

Vincent konnte sich nicht rühren. Er stand stocksteif da, als wären seine Füße festgewachsen. Das Blut rauschte ihm in den Ohren, das Herz schlug ihm bis zum Hals und seine Erleichterung war überwältigend.

Er sah Grace an und plötzlich kam sie ihm so unglaublich zart vor. Der Ausdruck in ihrem Gesicht verriet ihm, dass ihr das, was sie während der Niederkunft ihrer Schwester erlebt hatte, alle Kraft geraubt hatte. Dass die Tortur ihre Nerven so strapaziert hatte, dass sie kurz vor dem Zusammenbruch stand.

Er machte einen Schritt auf sie zu und breitete die Arme aus. Sie kam zu ihm und er schlang die Arme um sie und hielt sie fest.

Ihre Tränen flossen in Strömen, ihre Schluchzer kamen stoßweise und sie zitterte am ganzen Körper. Er hielt sie fest und ließ sie weinen. Ließ sie sich all ihre Ängste und ihre Erleichterung von der Seele weinen. Die zwei Schwestern, die mit ihr nach unten gekommen waren, taten das Gleiche bei ihren Ehemännern. Und die drei Schwäger von Grace, deren Frauen nicht nach unten gekommen waren, befanden sich nicht länger im Raum, sondern waren nach oben gegangen.

Vincent hielt Grace im Arm und tröstete sie. Als er glaubte, dass sie sich soweit beruhigt hatte, trat er mit ihr durch die Türen auf die Terrasse, ohne sie aus seinen Armen zu entlassen.

»Ich dachte schon, wir verlieren sie«, berichtete Grace und erbebte bei der Erinnerung. »Das Kind lag falsch herum und nichts von dem, was wir versucht haben, schien zu helfen.«

Vincent brachte es nicht über sich, etwas zu erwidern. Konnte sich nicht überwinden, die beruhigenden Worte zu sagen, die sie hören wollte. Alles, was er tun konnte, war sie festzuhalten und sich einzureden, dass es nicht Grace war, die in Gefahr geschwebt hatte. Dass es anders wäre, wenn es bei ihr so weit wäre.

Das Herz schlug ihm bis zum Hals. Er wollte es zwingen, langsamer zu schlagen, aber das funktionierte nicht. Er kämpfte darum, die Panik beiseitezuschieben, die ihm die Luft abschnürte, doch auch das misslang. Es war alles zu real. Er durfte nicht daran denken, sie zu verlieren. Nicht Grace. Das würde er nicht überleben. Er empfand inzwischen zu viel für sie, um sich eine Zukunft ohne sie vorzustellen. Er wusste, er würde sogar …

»Vincent.«

»Vincent!«

Ihre Stimme holte ihn zurück in die Gegenwart, aus dem albtraumhaften Morast, der ihn hinabzuziehen drohte.

»Sieh mich an. Bei mir wird es nicht wie bei Caroline. Ich bin gesund. Das Baby ist gesund.«

»Das war sie auch.«

»Ja, aber ich habe dir versprochen, dass mir nichts geschieht. Zweifle nicht an mir.«

Doch woher wollte sie wissen, dass es nicht wie bei Caroline sein würde? Wie konnte sie von ihm verlangen, keine Zweifel zu hegen, dass sie die Geburt des Kindes überleben würde, wenn er die Risiken genauso gut kannte wie sie?

Vincent schloss sie fester in seine Arme, sah den eindringlichen Ausdruck in ihren Augen. Dann senkte er den Kopf und küsste sie, küsste sie mit einer Verzweiflung, die größer war, als er sie je verspürt hatte.

Er bekam nicht genug von ihr, konnte nicht nah genug bei ihr sein. Sie erwiderte jeden seiner Küsse, als fühlte sie dasselbe. Als versuchte sie verzweifelt, ihn zu beruhigen.

Doch der Same des Zweifels war gesät und Vincent wusste, dass nichts, was Grace sagte oder tat, ihn zum Schweigen bringen konnte.

Kapitel 19

Grace durchschritt das Erdgeschoss in seiner gesamten Länge – eine Runde um die Eingangshalle, vorbei an dem offenen Treppenaufgang auf einer Seite der Halle, über einen kurzen Flur ins Musikzimmer, durch die Verbindungstür in die Bibliothek, durch einen weiteren Flur ins Speisezimmer, dann einen breiten Korridor entlang, der zurück zur Eingangshalle führte, und vorbei an einem weiteren offenen Treppenaufgang auf der entgegengesetzten Seite der Eingangshalle. Als sie wieder mitten in der Halle stand, kam ein Diener mit einem Stuhl herbeigeeilt, damit sie sich setzen und eine Weile ausruhen konnte, bevor sie erneut durchs Haus wanderte.

Der Stuhl stand direkt gegenüber dem Eingang, sodass sie Vincent nicht verpassen konnte, sobald er durch die Haustür trat. Die wiederholte Wanderung durch das Haus diente dazu, ihre Nerven zu beruhigen und ihre Wut abzureagieren, bevor er eintraf.

Ihre Bemühungen waren vergebens.

Sie war noch genauso wütend auf ihn wie vor über einer Stunde, als Josie, Francie und Sarah gegangen waren. Seit sie ihr gesagt hatten, was sie ihrer Meinung nach bereits wusste. Was er ihr, wie sie glaubten, doch sicher mitgeteilt hatte.

Wie konnte er es wagen.

Wie konnte er es wagen!

Sie sprang vom Stuhl auf und begann ihre Wanderung von Neuem.

Carver erschien neben ihr. »Vielleicht möchten Euer Gnaden sich nur ein Weilchen im Musikzimmer ausruhen«, schlug er vor und wirkte dabei so unbehaglich, wie sie ihn noch nie erlebt hatte. »Vielleicht wäre eine Tasse Tee ...«

»Nein, Carver. Eine Tasse Tee hilft da nicht. Nur der Kopf des Herzogs auf einem Silbertablett.«

»J... jawohl, Euer Gnaden«, stammelte er und wich schneller zurück, als Grace es ihm je zugetraut hätte.

Sie setzte sich noch einen Moment. Ihre Füße waren geschwollen, ihr Rücken schmerzte und wenn sie sich vorwärtsbewegte, ging sie nicht, sondern watschelte. Jedes Mal, wenn sie an dem riesigen, in Gold bossierten Spiegel an der Wand in der Eingangshalle vorbeikam, stellte sie fest, dass sie die dickste werdende Mutter in ganz England war. Dabei hatte sie immer noch mindestens drei, vielleicht sogar vier Wochen bis zur Geburt.

Wusste er, was er ihr antat?

Sein verändertes Verhalten in letzter Zeit trieb sie noch in den Wahnsinn. Es hatte angefangen, nachdem Caroline mit ihrer Tochter niedergekommen war.

Vor jener Nacht hatte sie in seinem Gesicht Sorge gesehen. Sie daran erkannt, wie er sie beobachtet und im Arm gehalten hatte. Sie wusste, dass ihre Schwangerschaft ihn beunruhigte. Doch jetzt ließ er sich nichts mehr anmerken. Er versteckte seine Gefühle, als hätte er sich davon überzeugt, dass seine Angst nicht existierte.

Dieses neue Vorgehen jagte ihr viel mehr Angst ein. Es war, als hätte er einen Weg gefunden, sich von seinen Befürchtungen zu distanzieren – und damit auch von ihr. Seine bevorzugte Methode bestand darin, sich in seiner Arbeit zu vergraben. Und darin, den Mann zu finden, der ihnen nach dem Leben trachtete.

Er war wie besessen. Besessen von allem, was nötig war, um den Schutzwall um sein Herz weiterhin zu sichern. Nun, das würde sie ihm nicht mehr durchgehen lassen. Nicht nach dem, was sie heute erfahren hatte.

Sie hievte sich vom Stuhl hoch und machte zwei Schritte, um ihre Wanderung wieder aufzunehmen, blieb jedoch abrupt stehen. Die Haustür öffnete sich und sie drehte sich um.

Vincent riss sich beim Eintreten den Hut vom Kopf und blickte auf. Ein Stirnrunzeln verdüsterte sein Gesicht, als sein Blick auf den Stuhl mitten in der Halle und dann auf Grace fiel.

»Grace?«

Sein Blick wurde fragender, als der für den Stuhl zuständige Diener fast fluchtartig die Eingangshalle verließ. Verdutzt sah er Carver an, der wortlos nach dem Hut, den Handschuhen und dem Stock seines Herrn griff und in stummer Warnung den Blick gen Himmel hob.

Am liebsten hätte Grace ihr Missfallen herausgeschrien, doch sie beherrschte sich. Sie wollte ihre Wut auf Vincent an niemand anderen vergeuden.

Sie wartete, die Hände in die Hüften gestemmt.

Auch er wartete, als wäre ihm überhaupt nicht bewusst, warum sie aufgebracht sein könnte. Als könnte er sich nicht vorstellen, was sie so verärgert hatte. Er wollte etwas sagen, schloss den Mund dann wieder, als würde ihm Schweigen als die beste Strategie erscheinen.

Sein Schweigen brachte sie nur noch mehr in Rage. Sie suchte Streit und seine Ausweichstrategie machte es nicht besser.

Wie konnte er es wagen!

»Hattest du einen angenehmen Tag?«, fragte sie kühl und sprach die Worte überdeutlich aus.

Er zögerte kurz, bevor er antwortete, als versuchte er zu entscheiden, welche Antwort am besten dazu geeignet sei, sie zu beschwichtigen. Sie hoffte, ihm war klar, dass das keine Rolle spielte.

»Ich hatte schon schlechtere.«

»Wie hast du den heutigen Tag verbracht?«

»Ich musste Geschäften nachgehen.«

»Ach ja? Was für Geschäften?«

Er zog die Augenbrauen hoch, als überlegte er, ob es klug wäre, ihr zu sagen, dass sie eine Grenze überschritten hatte, indem sie ihn nach Angelegenheiten fragte, die sie nichts angingen. »Privatangelegenheiten. Ein Gespräch über den Betrieb des Landgutes mit Mr. James.«

»Wie merkwürdig. Während du weg warst, war Mr. James nämlich hier und hat nach dir gefragt. Er hatte die Papiere dabei, nach denen du verlangt hattest. Ich habe sie dir auf den Schreibtisch gelegt.«

»Danke.«

»Und später ist eine Nachricht von deinem Anwalt gekommen. Er wollte sich vergewissern, dass du die Nachricht erhalten hast, ihn mit dem Marquess of Wedgewood und dem Viscount Carmody aufzusuchen, damit sie die Papiere unterzeichnen. Damit die Unterschriften beglaubigt werden können, sodass der ganze Vorgang unanfechtbar ist.«

»Es tut mir leid, dass ich nicht da war, um die Botschaften persönlich entgegenzunehmen.«

»Dessen bin ich mir sicher.«

Seine Schultern hoben sich, während er tief Luft holte und sie mit einem tiefen Seufzer wieder ausstieß. Er trat auf sie zu und streckte die Hände nach ihr aus, als glaubte er, eine Umarmung könnte sie alle Fragen vergessen lassen.

Als sie sich von ihm losriss, hob er kapitulierend die Hände.

Er ging zum Arbeitszimmer und öffnete die Tür. »Na schön, Grace. Vielleicht können wir das unter vier Augen besprechen. Oder möchtest du lieber hierbleiben, damit alle Dienstboten unsere Privatangelegenheiten mit anhören können?«

Grace durchquerte die Eingangshalle und rauschte an ihm vorbei. Sobald sich die Tür hinter ihr geschlossen hatte, wirbelte sie zu ihm herum.

»Was hast du getan, Vincent? Was haben Wedgewood und Carmody mit unseren Angelegenheiten zu tun?«

»Es ist nicht wichtig, Grace. Nur Geschäfte.«

Sie ballte die Fäuste. »Sag mir nicht, dass es nicht wichtig ist! Ich habe die Dokumente gelesen! Ich weiß, was du getan hast. Dass du deine ganzen Liegenschaften, die nicht dem Fideikommissrecht unterliegen, nach deinem Tod auf mich übertragen hast, unter der Bedingung, dass sie an unseren Sohn gehen, wenn er mündig wird. Und dass du bis dahin Wedgewood und Carmody als Treuhänder eingesetzt hast.«

Sein Gesicht wurde blass. »Ich wünschte, du hättest dir die Dokumente nicht angesehen. Sie gehen dich nichts an.«

»Ach nein?«

Er machte eine unwillige Handbewegung. »Willst du mit diesen Fragen auf irgendetwas hinaus, Grace?«

»Ja, Vincent. Allerdings.« Wütend machte sie einen Schritt auf ihn zu. »Ich würde gerne deine Meinung hören. Glaubst du, dass mir Schwarz steht?«

Er hob ruckartig den Kopf, seine Kiefermuskeln arbeiteten heftig.

»Da wir erst vor Kurzem geheiratet haben, wird sicherlich von mir erwartet, es die vollen zwei Jahre zu tragen. Ich wollte nur deine Meinung dazu hören, was …«

»Hör auf, Grace!«

»Nein, Vincent. Wohl eher nicht. Wusstest du, dass ich heute Nachmittag sogar noch mehr Besucher hatte?«

Sie gab ihm keine Gelegenheit zu einer Antwort.

»Ja. Josie, Francie und Sarah haben vorbeigeschaut, um sich zu vergewissern, dass es mir gut geht. Nein«, korrigierte sie sich und hob die Hand. »Eigentlich kamen sie vorbei, um sich zu vergewissern, dass es *dir* gut geht. Vor allem, nachdem sie erfahren hatten, dass gestern wieder auf dich geschossen wurde.«

»Woher wussten sie davon?«, fragte er, als mache das irgendeinen Unterschied.

»Josie hat zufällig mitangehört, wie Wedgewood zu Carmody sagte, dass sie besser auf dich aufpassen müssen, weil die Kugel dich nur knapp verfehlt hat. Du kannst dir vorstellen, wie überrascht ich war.«

»Verdammt!«

»Wie bitte?«

»Nichts.«

»Und als sie wieder weg waren, wollte ich etwas frische Luft schnappen, um den Kopf frei zu bekommen, und wurde unterrichtet, dass du die Anweisung gegeben habest, ich dürfe nur in deiner Begleitung nach draußen gehen.«

Vincent rieb sich das Kinn und atmete tief durch.

Grace sah die Sorge in seinem Gesicht und die dunklen Ringe unter seinen Augen. Sie wusste, dass er in den letzten Nächten nicht viel geschlafen hatte, war jedoch davon ausgegangen, dass ihre Rastlosigkeit daran schuld war. Jetzt wusste sie, dass es nur zum Teil ihre Schuld war. Dass seine tagelange, unaufhörliche Suche nach dem Mann, der ihnen nach dem Leben trachtete, seinen Tribut forderte. Am liebsten hätte sie ihn getröstet, aber sie konnte nicht. Sie war immer noch zu wütend.

Sie trat noch einen Schritt auf ihn zu. »Warum hast du es mir nicht gesagt? Warum hast du mir nicht gesagt, dass er wieder da ist?«

»Was hättest du denn tun können, außer dich zu sorgen?«

Sie stampfte mit dem Fuß auf. »Ich hätte dir verbieten können, das Haus zu verlassen, bis er gefunden ist. Ich hätte dich hier bei mir behalten können.« Sie lief vor ihm auf und ab. »Ich hätte auf dich aufpassen können, damit dir nichts zustößt.«

Die Absurdität ihrer Erklärung entlockte ihm ein Lächeln. Aber das bewirkte nur, dass es ihr das Herz zerriss und ihr die Tränen kamen, die sie bisher so erfolgreich unterdrückt hatte. Sie wischte sie mit zittrigen Fingern weg.

»Warum hast du mir nicht gesagt, dass er wieder da ist?«, flüsterte sie und ihre Stimme brach.

Vincent fuhr sich mit einer Hand durch die Haare. »Ich habe es erst gestern erfahren. Seit dem Abend in der Oper habe ich sein Haus jeden Tag beobachten lassen. Er muss kurz darauf nach Frankreich abgereist sein und seitdem gab es von ihm keine Spur mehr.«

»Was ist gestern vorgefallen?« Ihre Stimme zitterte und die Knie wurden ihr weich. Sie ging zum Sofa und setzte sich.

»Ich hatte Wedgewood dabei. Wir haben das Haus wie immer ein paar Stunden beobachtet und keine Aktivität wahrgenommen. Als wir wieder wegfahren wollten, haben wir den Weg hinten herum genommen, am Kutschenhaus vorbei. Wedgewood bemerkte ein paar frische Spuren, die ihn neugierig machten, und wir sind ausgestiegen, um einen Blick darauf zu werfen. In dem Moment, als wir uns bückten, um sie zu untersuchen, zischte eine Kugel an mir vorbei und blieb im Holz der Kutschenhaustür stecken. Ich wurde nicht verletzt, Grace.«

»Aber du hättest getroffen werden können.«

Er setzte sich neben sie. »Ja, das hätte ich.«

Sie verkrampfte die Hände in ihrem Schoß und biss sich auf die zitternde Unterlippe. Sie sah, dass er Anstalten machte, den Arm um sie zu legen. Als sie sich in die eine Ecke des Sofas drückte, hielt er jedoch inne.

»Ich habe die Behörden verständigt und sie haben mir versprochen, nach ihm Ausschau zu halten. Aber ...«

»Aber?«

»Ohne Beweise können sie nicht viel machen. Ich habe ihn nie richtig gesehen. Sie haben nur meine Aussage, dass er verantwortlich ist.«

Grace verarbeitete das Gehörte. Plötzlich wurde ihr alles zu viel und sie befürchtete, in eine Million Stücke zu zerspringen, wenn er sie nicht in die Arme schloss.

»Vincent?«

»Ja.«

»Nimmst du mich bitte in den Arm?«

»Ja, natürlich.«

Er legte ihr den Arm um die Schultern und zog sie an sich. Dann lehnte er sich mit ihr gegen die gepolsterte Rückenlehne.

»Ich will nicht, dass du dir Sorgen machst, Grace. Die Aufregung ist nicht gut für dich.« Er legte seine Hand auf ihre, die auf ihrem Bauch ruhte, und hauchte einen Kuss auf ihr Haar.

»Weißt du, was mir am meisten Angst gemacht hat?«, fragte sie und bemühte sich um eine feste Stimme. »Sogar noch mehr als die Vorstellung, den Rest meines Lebens ohne dich verbringen zu müssen?«

»Nein.«

Tränen liefen ihr über die Wangen und sie wischte sie sich mit den Fingern fort. »Es war die Vorstellung, mein Leben in dem Wissen bis zum Ende leben zu müssen, dass ich dir in letzter Zeit nicht gesagt habe, wie sehr ich dich liebe.«

Sie hörte und spürte, wie er Luft holte. »Grace, ich …«

Sie legte ihm einen Finger auf die Lippen. »Ich erwarte nicht, dass du etwas dazu sagst. Es ist nicht deine Schuld, dass ich mich so hoffnungslos in dich verliebt habe. Es ist eine Wahl, die ich sehenden Auges getroffen habe.« Sie schmiegte sich enger an ihn, weil sie wusste, dass es Dinge gab, die sie ihm sagen musste, die nicht aufgeschoben werden durften.

»Ich habe von Anfang an gewusst, dass du meine Liebe nicht erwidern kannst.«

»Grace, ich …«

»Es ist schon in Ordnung, Vincent«, unterbrach sie ihn. »Ich verstehe, warum du dein Herz nicht aufs Spiel setzen kannst. Mir ist klar, dass du nicht wieder geheiratet hättest, wenn ich dich nicht durch mein Handeln dazu genötigt hätte. Dass ich dich in diese missliche Lage gebracht habe.«

Grace spürte, wie sein Griff um sie fester wurde, und als er sie noch einmal auf den Scheitel küsste, wurde ihr die Kehle eng. Ihre Stimme war nicht viel mehr als ein Flüstern, so schwer lastete das Gefühl auf ihr. »Du sollst wissen, dass ich nichts anders machen würde, selbst wenn ich es könnte.«

Sie legte die Hand auf seine Brust und ließ sie dort. »Und jetzt will ich, dass du mir einen Gefallen tust und mir etwas versprichst, Vincent.«

»Alles, was du willst, Grace.«

»Zuerst das Versprechen. Ich will, dass du schwörst, mir nie wieder etwas zu verheimlichen. Ich habe mich mein Leben lang vor dem Nichtwissen gefürchtet. Das Zusammenleben mit meinem Vater war schlimm genug. Ich habe gelernt, mit allem zurechtzukommen, solange ich weiß, was mir bevorsteht. Versprichst du mir das, Vincent?«

Sie hörte ihn leise lachen. »Ich habe dich wieder einmal unterschätzt, nicht wahr? Ich hätte an deinen Mut denken müssen, auf den du mich ständig hinweist.«

»Ja, daran hättest du denken sollen.«

Sie legte die Hand an seine Wange. »Und jetzt der Gefallen.« Ihr Daumen strich über seine Lippen. »Ich möchte, dass mein Mann mich nach oben bringt.«

Sie sah die Zweifel in seinem Gesicht.

»Bist du dir auch sicher, Grace?«

»O ja. Ganz sicher.«

Vincent senkte den Kopf und küsste sie mit einer Leidenschaft, in die sich Verzweiflung mischte. Sie erwiderte den Kuss auf gleiche Weise und ließ sich dann von ihm auf die Beine helfen. Eng umschlungen verließen sie das Arbeitszimmer und durchquerten die Eingangshalle. Grace weigerte sich, Carvers stilles Lächeln zur Kenntnis zu nehmen, als sie und Vincent sich die Treppe hinaufbegaben.

Genau wie sie sich weigerte, über die Dokumente nachzudenken, die Vincent hatte aufsetzen lassen, oder an den Grund, warum er sie für unerlässlich hielt.

❧

Sie liebte ihn.

Vincent starrte auf die Dokumente auf seinem Schreibtisch, ohne sie überhaupt wahrzunehmen. Stattdessen konnte er nur daran denken, was Grace vor vier Tagen gesagt hatte, als er sie im Arm gehalten hatte. Was sie wiederholt hatte, als sie später in seinen Armen lag. Sie liebte ihn.

Er sah zu ihr hinüber. Sie saß so elegant da, wie eine Hochschwangere eben sitzen konnte, und hatte den Kopf an die Seite des dick gepolsterten Sessels gelehnt, den er extra für sie hereingeholt hatte. Ihre Augen waren geschlossen, aber er wusste, dass sie sich nur ausruhte. Sobald er sich rührte, würde sie die Augen aufreißen, als müsste sie ihn bewachen.

O Gott, er liebte sie auch. Mehr, als er es je für möglich gehalten hätte, jemanden zu lieben. Und es machte ihm furchtbare Angst.

Er betrachtete ihren zierlichen, so zerbrechlich wirkenden Körper und senkte den Blick auf die Wölbung, unter der sein Kind heranwuchs. Jedes Mal, wenn er daran dachte, dass sie versuchen würde, es auf die Welt zu bringen, schienen sich Bänder aus Stahl um seine Brust zu legen und ihm den Atem abzuschnüren.

Sie drehte sich mit einem leisen Stöhnen um und hielt sich die Seite. Er wusste, dass ihr unwohl war, doch sie beklagte sich kein einziges Mal.

»Grace«, sagte er und trat zu ihr. »Ich habe hier noch Arbeit zu erledigen, aber ich möchte, dass du nach oben gehst und dich ausruhst, bis ich fertig bin.«

»Mir geht es gut, Vincent.«

»Nein. Tut es nicht. Du musst dich hinlegen. Außerdem kann ich in deiner Anwesenheit meine Arbeit nicht erledigen. Die Versuchung ist zu groß, mich neben dich zu setzen und dich zu küssen, bis keiner von uns mehr klar denken kann.«

»Mmm. Das klingt herrlich.« Ihr Mund verzog sich zu einem seligen Lächeln.

»Vielleicht für dich. Für mich ist es verflucht unangenehm.«

Ihr Gelächter erfüllte den Raum wie Sonnenschein an einem wolkigen, trostlosen Tag. »Nun geh schon. Ich komme nach oben, um nach dir zu sehen, sobald ich fertig bin.«

Sie ließ sich von ihm aufhelfen. »Na schön. Ich weiß zwar nicht warum, aber ich bin heute sehr müde.«

»Dann solltest du dich ausruhen.« Er küsste sie auf die Stirn und brachte sie zur Tür. Als Carver mit einem Klopfen eintrat, blieben sie stehen.

»Mr. Germaine und ein Mr. Percy Parker sind hier und wollen Sie sprechen, Euer Gnaden.«

»Führen Sie sie herein, Carver.«

Als Carver verschwand, wandte sich Grace an Vincent. »Vielleicht sollte ich noch bleiben, Vincent. Vielleicht wissen sie etwas Neues über Fentington.«

Vincent legte ihr den Arm um die Schulter und begleitete sie zur Tür. »Wenn es etwas Wichtiges ist, sage ich es dir.«

Sie biss sich auf die Unterlippe. »Versprich mir, dass du nicht weggehst. Ich will nicht allein gelassen werden, Vincent.«

»Ich gehe nur mit dir nach oben und sonst nirgendwohin.«

Vincent schlang den Arm um sie und führte sie zur Tür, als Germaine und Parker eintraten.

»Euer Gnaden«, begrüßten sie beide.

Grace nickte höflich. »Mr. Germaine, Mr. Parker.«

Parker trat ein, während Germaine zurückblieb. Sein Blick fiel auf die Wölbung ihres Bauches. Sein Gesicht wirkte überrascht, doch er fing sich schnell wieder, griff nach ihrer Hand und führte sie an seine Lippen. »Darf ich Ihnen sagen, dass Sie geradezu strahlen?«

»Sehr freundlich von Ihnen, Cousin«, erwiderte Grace lachend. »Wie Sie sehen, bin ich seit unserem letzten Treffen gewissermaßen erblüht.«

Sein Blick fiel wieder auf ihren Bauch. »Wie ich sehe, dauert es nicht mehr lange, bis Sie Raeborn seinen Erben schenken. Viel früher, als ich erwartet hatte. Meine herzlichsten Glückwünsche an Sie beide.«

Grace lächelte. »Danke. Wir freuen uns beide sehr darauf.«

»Dessen bin ich mir sicher«, sagte Germaine mit einer höflichen Verbeugung.

Grace blickte zu Vincent, dann wieder zu Germaine. »Es war schön, Sie wiederzusehen, aber wenn Sie mich jetzt entschuldigen, ich wollte mich gerade zurückziehen.«

»Natürlich. Guten Tag, Euer Gnaden.«

Vincent geleitete Grace zur Tür. Er war verärgert über die herabsetzende Art, mit der sein Cousin Grace gemustert hatte, weil sie so kurz vor der Niederkunft stand. Als hätte er jetzt, da sie ihr Kind vor der Hochzeit empfangen hatte, eine schlechtere Meinung von ihr.

»Machen Sie es sich schon einmal bequem«, forderte er seine Gäste mit einem Blick auf den Beistelltisch auf, auf dem diverse Kristallkaraffen mit Spirituosen standen. »Ich geleite Ihre Gnaden nur rasch nach oben und bin gleich wieder zurück.«

»Natürlich, Raeborn. Lassen Sie sich Zeit.«

Vincent brachte Grace in ihr Zimmer und versicherte ihr noch einmal, dass er keinerlei Absicht hegte, das Haus zu verlassen. Dann begab er sich zurück ins Arbeitszimmer, wo sein Cousin und Parker auf ihn warteten.

»Was haben Sie herausgefunden?« Vincent nahm auf dem Stuhl hinter seinem Schreibtisch Platz. Percival Parker saß in dem Ohrensessel links vor ihm, sein Cousin auf dem Stuhl zu seiner Rechten.

»Wir haben ihn gefunden, Euer Gnaden«, verkündete Mr. Parker mit einem zufriedenen Lächeln.

Germaine beugte sich auf seinem Stuhl vor. »Er hält sich in einem Haus in der Border's Lane versteckt.«

Vincents Unterkiefermuskeln verkrampften sich.

»Er ist bei einer Mrs. Jordean untergekommen«, fügte Parker hinzu. »Sie führt ein Etablissement, das auf Gentlemen mit besonderen Vorlieben spezialisiert ist.«

Vincent drehte sich der Magen um. »Ist er noch dort?«

»Er hat das Etablissement vor ein paar Stunden verlassen. Ich bin ihm zu Fuß gefolgt, bis er in die Gegend des Marktes kam. Dort hat er eine Droschke genommen und ich habe ihn verloren. Aber keine Sorge. Wir wissen jetzt, wo wir ihn finden. Er kann sich nicht mehr lange verstecken.«

Vincent rutschte auf seinem Stuhl zurück und sah aus dem Fenster. In ihm stieg eine unbändige Wut auf, eine Wut, die jedes Mal noch größer wurde, wenn er an die Mordanschläge auf ihn und Grace dachte.

»Was wollen Sie jetzt machen, Raeborn?«

Vincent wandte sich langsam wieder seinen Besuchern zu. »Ich werde ihm nicht noch einmal die Gelegenheit geben, mich umzubringen. Heuern Sie so viele Männer an, wie Sie brauchen, Parker. Ich will, dass dieses Haus rund um die Uhr überwacht wird. Sobald er auftaucht, will ich davon erfahren.«

»Sollen wir ihn rausholen?«

»Nein. Ich will dabei sein. Ich erwarte Ihre Nachricht.«

Vincent erwiderte Parkers und Germaines Lächeln nicht. Wie hätte er lächeln können, wenn er vielleicht noch vor dem morgigen Abend für den Tod eines Menschen verantwortlich sein würde?

❧

Am nächsten Morgen wachte Grace mit quälenden Rückenschmerzen auf. Sie schrieb ihre ruhelose Nacht Vincent, Baron Fentington, Kevin Germaine und Mr. Parker zu. Sie alle waren für ihren unruhigen Schlaf verantwortlich.

Vielleicht fühlte sie sich deshalb heute so merkwürdig. Zu wenig Schlaf, zu viele Sorgen und die böse Vorahnung, dass etwas geschehen würde, das sich ihrer Kontrolle entzog.

Sie machte sich fertig und begab sich auf die Suche nach Vincent. Sie wusste nicht warum, aber sie verspürte das überwältigende Bedürfnis, ihm nahe zu sein, ihn in ihrer Nähe zu haben. Das war wohl eine neue Schwangerschaftsphase, die sie sich nicht erklären konnte. Ein geschärftes Bewusstsein dafür, dass etwas nicht stimmte.

Sie verspürte es schon, seit Germaine und Parker gestern gegangen waren. Vincent war still und verschlossen, doch wenn sie ihn nach dem Grund fragte, antwortete er stets, es sei nichts. Nur, dass Parker Fentington gesehen, ihn aber verloren habe. Dass kein Grund zur Sorge bestünde.

Grace betrat das Speisezimmer, wo Vincent mit einem noch halb vollen Teller am Frühstückstisch saß.

»Da bist du ja.« Sie trat zu ihm und bot ihm die Wange zum Morgenkuss.

»Guten Morgen, Grace. Du siehst heute ganz besonders reizend aus.«

Grace lächelte. »Danke. Alice und ich mussten viel Mühe darauf verwenden. Es ist schwierig, wenn dein Körper die Form eines schwerfälligen Frachtkahns hat statt die eines schnittigen Klippers. Caroline sah während ihrer Schwangerschaft so majestätisch aus. Selbst kurz vor der Niederkunft war sie nicht so unförmig wie ich jetzt. Dabei muss ich noch über einen Monat warten.«

»Vielleicht liegt es daran, dass Caroline ein paar Zoll größer ist als du. Da trägt eine Schwangerschaft nicht so auf.«

Mit einem schweren Seufzer ließ sich Grace am Tisch nieder. »Das muss es sein.«

Vincent nahm ihren Teller mit zur Anrichte, um ihr aufzutun. »Möchtest du heute Morgen Rührei?«

Grace nickte. »Und einen Hafermuffin und ein Obstküchlein. Und ein Stück Fleischpastete.«

Mit hochgezogenen Augenbrauen warf Vincent ihr einen Blick über seine Schulter zu. »Du musst hungrig sein.«

»Daran ist dein Sohn schuld. Er hat einen Riesenappetit.«

Lächelnd stellte Vincent ihr den vollen Teller hin. Er nahm wieder Platz und nippte an seinem Kaffee, während sie aß.

»Hättest du heute gerne Gesellschaft, Grace? Vielleicht können Josalyn oder Francine dich heute Nachmittag besuchen?«

»Ich würde den Tag lieber mit dir verbringen.« Sie aß noch einen Happen von den pochierten Eiern zu ihrem Toast mit Orangenmarmelade. »Das Kinderzimmer ist fast fertig. Ich möchte es dir zeigen.«

»Vielleicht morgen, Grace.«

Grace blickte zu ihm auf. Als sie seine ernste Miene sah, legte sie ihre Gabel hin. »Was ist los, Vincent?«

»Nichts. Ich dachte nur, du hättest gern Gesellschaft.«

Unbehagen durchzuckte sie. Ihr stockte der Atem und sie legte die Hand auf ihren Bauch, weil sie dort einen stechenden

Schmerz spürte. Sie zwang sich, tief durchzuatmen, bis das Stechen in ihrer Seite besser wurde.

Vincent runzelte die Stirn. »Alles in Ordnung?«

»Ja«, beteuerte sie, während der Schmerz nachließ. »Nur ein kleines Stechen. Ich glaube, ich habe zu lange gesessen. Ich brauche ein bisschen Bewegung. Vielleicht können wir durch den Garten spazieren?«

»Sehr gern. Sobald du fertig bist.«

Grace aß noch ein wenig von ihrem Frühstück, aber der Appetit war ihr vergangen. Irgendetwas stimmte nicht. Sogar das Kind spürte es. Ein weiterer Krampf erfasste sie.

Grace trank ihren Tee aus und ging dann mit Vincent in den Garten. Sie redete sich ein, dass sie es sich nur einbildete, dass er sie fester hielt als sonst, während sie den Weg entlang schlenderten. Dass sie sich die größere Dringlichkeit in seiner Berührung nur einbildete, als seine Finger sich mit ihren verflochten. Dass es nur Einbildung sei, dass er ihr Gesicht musterte, als wollte er sich jeden ihrer Züge einprägen.

Vor dem kleinen Teich in der Mitte des Gartens blieb er stehen. Ein wunderschöner Schwan glitt elegant über das stille Wasser, daneben durchquerten ein paar Enten das Gewässer. Vincent und sie nahmen auf einer steinernen Bank Platz und betrachteten die friedvolle Szene. Er küsste sie.

Dass die Verzweiflung, die sie in seinen Küssen spürte, keine Einbildung war, wusste sie. Sie war echt.

Sie blieben länger im Freien als sonst. Beide zögerten, wieder ins Haus zurückzukehren. Beiden widerstrebte es, diesen perfekten Augenblick enden zu lassen. Aber Grace brauchte Ruhe. Ihre Rückenschmerzen wollten nicht nachlassen, sondern wurden im Gegenteil immer schlimmer. Auch das Stechen in ihrer Seite hörte nicht auf, sondern durchzuckte sie jetzt regelmäßig.

»Bist du bereit, wieder ins Haus zu gehen?«, fragte er ein wenig später.

»Bald. Ich möchte noch ein Weilchen mit dir hier sitzen.«

Vincent lächelte sie an. Dann hob er den Blick zu Carver, der über den Weg auf sie zukam.

»Mister Germaine ist da, Euer Gnaden. Er scheint in großer ...«

Vincents Cousin war Carver so dicht auf den Fersen, dass er den Butler fast umrannte. »Raeborn! Er ist wieder da. Parker behält ihn im Auge.«

Als Vincent sich neben ihr versteifte, gefror ihr das Blut in den Adern. Eine nie gekannte Angst griff mit eisigen Fingern nach ihrem Herzen.

»Nein, Vincent. Geh nicht. Lass ihn in Ruhe.«

»Ich kann nicht. Grace. Das weißt du.«

»Dann lass nach Wedgewood und Carmody schicken. Geh erst, wenn sie dich begleiten können.«

Ohne eine Antwort zog er sie in seine Arme und küsste sie fest auf den Mund. »Ich bin bald zurück. Keine Sorge.« Damit ließ er sie wieder los.

»Vincent, nein.« Sie konnte die Angst in ihrer Stimme nicht verbergen. Konnte nicht verhindern, dass die Panik ihr die Luft zum Atmen nahm.

Vincent zögerte.

»Beeilung, Raeborn!«, rief Germaine. »Sonst entwischt er uns noch.«

»Ich muss gehen, Grace.«

Noch einmal zog Vincent sie in seine Arme und drückte ihr einen letzten Kuss auf den Mund.

Grace wünschte sich verzweifelt, ihn zurückhalten zu können. Doch ein einziger Blick in sein entschlossenes Gesicht verriet ihr, dass es sinnlos war. Sie hob das Gesicht und küsste ihn mit aller Leidenschaft, die sie empfand. Mit all ihrer Liebe zu ihm.

Als er sie losließ, schlang Grace die Arme um sich, das plötzliche Fehlen seiner Körperwärme ein Verlust, der ihr die Kraft zu rauben schien.

»Carver!«

Carver war sofort zur Stelle.

»Passen Sie gut auf Ihre Herrin auf.«

»Unter Einsatz meines Lebens, Euer Gnaden.«

Vincent drehte sich um und war fort. Der Klang seiner Schritte verhallte.

Grace sah ihm nach und kämpfte gegen die Tränen an. Sie schlang die Arme um ihren dicken Bauch und keuchte, als ein weiterer heftiger Schmerz sie durchzuckte.

Kapitel 20

Grace lief in Vincents Arbeitszimmer wie ein Tier in Gefangenschaft auf und ab. Sie musste sich dort aufhalten, in seinem Zimmer, wo sie sich ihm am nächsten fühlte. Wo sie ihn am Schreibtisch sitzen sehen und den sauberen Duft einatmen konnte, der sie an ihn erinnerte. Wo sie die Augen schließen und seine tiefe Stimme hören konnte.

Sie streichelte ihren Bauch und kämpfte gegen die Tränen an. Es musste etwas geben, was sie tun konnte. Sie wusste nicht, wie sie es überleben sollte, wenn ihm etwas zustieß.

Vincents Bild erschien vor ihrem geistigen Auge, wie er mit blassem Gesicht auf dem Boden lag und sein Blut in den Schmutz sickerte. Entsetzt schlug sie sich die Hand vor den Mund, um einen Schrei zu unterdrücken. Sie hätte ihn niemals gehen lassen dürfen. Sie hätte etwas unternehmen müssen, damit er bei ihr blieb. Wenigstens so lange, bis Wedgewood und Carmody kamen.

Sie lief weiter unruhig auf und ab und hielt inne, als sie erneut ein heftiger Schmerz erfasste.

»Die Köchin schickt Ihnen ein Tablett«, verkündete Carver, der mit einem Dienstmädchen in den Raum trat, das heißen Tee und Gebäck brachte. Seine Stirn wies tiefe Sorgenfalten auf. »Ist alles in Ordnung, Euer Gnaden?«

Grace atmete tief durch und versuchte, sich zusammenzureißen. »Ja, Carver. Richten Sie ihr meinen Dank aus.«

»Selbstverständlich, Euer Gnaden.«

Carver schloss die Tür wieder und ließ sie allein. Grace betrachtete das Teeservice und dachte, wie gewohnt und vertraut die Teekanne mit dem Blattgoldmuster und den dazu passenden Tassen aussah. Ein ruhender Gegenpol zu dem Chaos, das in ihr herrschte. In der Erwartung, Vincent dort sitzen zu sehen, blickte sie wieder zu seinem Schreibtisch. Als sich die Tür öffnete, zuckte sie zusammen.

Ihr stockte der Atem. »Mr. Germaine?«

»Noch einmal guten Tag, Euer Gnaden.«

Ihr Herz schlug schneller. Sie griff nach der Sessellehne, um sich festzuhalten. »Stimmt etwas nicht? Wo ist Vincent?«

»Raeborn geht es gut. Erledigt wahrscheinlich gerade in diesem Moment Fentington.«

»Warum sind Sie dann hier? Sie sollten bei ihm sein.«

»Ihr Gemahl war um Sie besorgt. Er hat darauf bestanden, dass ich zurückkehre und bei Ihnen bleibe.«

Grace versuchte, die vielen Fragen zurückzudrängen, die ihr durch den Kopf schossen. Was stimmte nicht mit Vincent, dass er seinen Cousin zu ihr zurückgeschickt hatte? Schließlich schwebte nicht sie in Gefahr, sondern er. »Ich bin hier vollkommen sicher, Mr. Germaine. Bitte gehen Sie zurück und helfen Sie Vincent.«

Doch er trat ein und schloss leise die Tür. »Ich fürchte, ich habe ihm versprochen, Sie zu beschützen.« Germaine blieb vor dem Tablett stehen, das die Köchin ihr hatte bringen lassen.

»Wie ich sehe, wollen Sie gerade Tee trinken. Das klingt verlockend. Stört es Sie, wenn ich Ihnen Gesellschaft leiste?«

Grace schwirrte der Kopf, als Germaine in einem von Vincents überdimensionalen Sesseln Platz nahm, lässig die Beine ausstreckte und lächelnd darauf wartete, dass sie ihm einschenkte, als wäre heute ein ganz gewöhnlicher Tag.

♋

Einige Straßen von dem Haus entfernt, in dem sich Fentington den Angaben seines Cousins zufolge versteckt hielt, stieg Vincent ab und nahm den Weg durch die kleine Gasse, die hinter den Häusern entlangführte, um nicht gesehen zu werden.

Er wusste, dass er zuerst Graces Schwäger hätte verständigen sollen, hatte aber keine Zeit verlieren wollen. Deshalb war er froh gewesen, als Germaine sich anbot, sie zu holen. Da er sich nicht sicher war, wie die Konfrontation mit Fentington ausgehen würde, hätte er Wedgewood und Carmody lieber dabeigehabt.

Wenn es keine andere Möglichkeit gab, musste er ihn töten. Aber Fentington hatte ihm keine Wahl gelassen – bis auf eine. Ihn dazu zu zwingen, England zu verlassen und nie mehr zurückzukehren.

Er zog seine Pistole aus der Tasche und trat hinter eine Hecke. Während er sich langsam vorarbeitete, blieb er so gut es ging in Deckung. Endlich kam das Haus in Sicht.

Rechts vom Haus, hinter einer riesigen Ulme, stand Parker und nickte ihm zu. Vincent nickte zurück und schloss zu ihm auf.

Tief gebückt folgte er dem Fußweg und erstarrte, als sich die Tür einen Spaltbreit öffnete und Fentington laut verlangte:

»He! Alle beide! Kommt raus, damit ich euch sehen kann.« Der Lauf einer Waffe erschien im Türspalt und zielte in ihre Richtung.

Vincent, der seine Pistole noch unter seinem Rock versteckt hielt, richtete sich auf.

»Sag deinem Lakai, er soll hervorkommen, Raeborn.«

Vincent gab Parker ein Zeichen, aus der Deckung zu treten.

Nach kurzem Zögern verließ Parker sein Versteck. Als sie beide zu sehen waren, öffnete sich die Tür und Fentington erschien auf der Türschwelle.

Seine Kleider waren schmutzig und unordentlich, seine Haare zu lang. Bartstoppeln verdunkelten sein Gesicht, das seit Wochen nicht rasiert worden war. Zum ersten Mal trug er nicht wie üblich Weiß, sondern schwarze Reithosen mit einer fleckigen grauen Weste und einem schmutzigen Rock. Sein Hemd mochte einst weiß gewesen sein, war es aber nicht mehr.

»Rein da«, befahl Fentington und riss die Tür auf. »Ich würde Ihnen ja Tee anbieten, aber die Dienstboten haben heute frei.«

Vincent trat durch die Tür und durchquerte die Eingangshalle.

Parker folgte ihm widerwillig.

Fentington hob seine Pistole und richtete sie auf Vincents Brust. »Legen Sie Ihre Waffen auf den Boden und schieben Sie sie mit dem Fuß zu mir.«

Nach kurzem Zögern griff Vincent in seine Tasche und tat, was der andere verlangt hatte, genau wie Parker.

Fentington griff mit seiner freien Hand nach der Pistole, an die er am besten herankam. Mit einer fließenden Bewegung hob er die Waffe auf und feuerte.

Vincent zuckte zusammen und drehte sich zu Parker um.

Mit leerem Blick und einem Einschussloch auf der Stirn sackte dessen schlaffer Körper zu Boden. Seine Hand umklammerte noch die Pistole, die er hatte ziehen wollen.

Vincent schaute wieder zu Fentington, erwiderte seinen Blick.

»Sind Sie überrascht?«, fragte Fentington und ließ die abgefeuerte Pistole achtlos fallen.

Vincent wappnete sich. Wenn er es nicht schaffte, an Fentingtons Waffe zu gelangen, wäre er schon bald so tot wie Parker. »Wohl kaum. Ich war selbst schon einmal Adressat einer Ihrer Kugeln.«

Fentington runzelte die Stirn, als wüsste er nicht, wovon Vincent sprach. Doch dann breitete sich ein Lächeln über sein Gesicht aus. »Ach ja. Die Kugel, die Sie auf dem Weg zu Ihrer Liebsten abbekommen haben.«

Vincent biss sich auf die Zunge und sagte nichts.

Fentington schritt von einer Seite der Halle zur anderen und hielt die Waffe die ganze Zeit über auf Vincent gerichtet. »Was würden Sie erwidern, wenn ich Ihnen sagte, dass ich nicht auf Sie geschossen habe?«

»Ich würde Sie einen Lügner nennen.«

Fentington blieb vor Vincent stehen und starrte ihn an. Der Ausdruck in seinen Augen verfinsterte sich, ein Muskel in seiner Wange zuckte. »Schauen Sie sich ihn an.« Er deutete auf Parkers leblosen Körper auf dem Boden.

Vincent drehte den Kopf und blickte kurz auf Parkers Leiche. Dann wandte er sich wieder zu Fentington um.

Fentington feuerte ohne Vorwarnung über Vincents Schulter.

Vincent spürte den Luftzug der Kugel, die ihn nur knapp verfehlte. Am anderen Ende des Raumes zersprang ein Lampenschirm. Fentington zog noch eine Waffe aus der Tasche und legte die andere neben sich auf die Kommode.

»Wenn ich auf Sie geschossen hätte, wären Sie jetzt tot. Ich hätte Sie nicht verfehlt.«

Vincent war verwirrt. Erste unangenehme Zweifel stiegen in ihm auf. »Aber ich habe Sie gesehen. Ich habe Ihr weißes Pferd gesehen«, beharrte er.

Fentington grinste. »Ich habe auch nicht behauptet, dass ich nicht dort war. Ich habe nur gesagt, dass ich nicht derjenige war, der auf Sie geschossen hat.« Er lief weiter auf und ab. »Haben Sie je in Erwägung gezogen, dass Ihnen noch jemand anders den Tod wünschen könnte, Euer Gnaden?«

Vincent starrte ihn an. Fentington zwang ihn, eine Möglichkeit in Betracht zu ziehen, die so verwerflich war, dass sie sein Vorstellungsvermögen überstieg. »Ich habe Sie gesehen. Warum sonst hätten Sie dort sein sollen?«

Fentington lächelte. »Ich habe sie beobachtet – Ihre Hure. Eigentlich hätte ich sie heiraten sollen. Ich hätte es auch getan – bis ich erfuhr, dass sie nicht mehr rein war. Dass sie sich schon einem anderen hingegeben hatte.« Er gestikulierte wild mit einer Hand. »Ich konnte wohl kaum eine Dirne zur Frau nehmen. Eine Frau, die weggegeben hat, was eigentlich mir zugestanden hätte.«

Fentington fuchtelte mit seiner Waffe herum. »Ich wollte wissen, wem sie sich hingegeben hatte. Also bin ich ihr gefolgt und habe abgewartet. Ich wusste, dass ihr Geliebter irgendwann zu ihr käme.« Er lachte. »Sie können sich nicht vorstellen, wie überrascht ich war, als ich entdeckte, dass *Sie* es waren.«

Er lief weiter rastlos umher. Sein Blick war wirr, seine Miene verzweifelt. Dies war ein Mann, der alles verloren hatte, seine Selbstachtung eingeschlossen. Ein Mann, der alles tun würde, um Rache zu nehmen, jeden zu bestrafen, den er für schuldig an seinem Untergang hielt.

Vincent ließ Fentington nicht aus den Augen, wartete auf eine Gelegenheit, die Waffe an sich zu bringen.

»Wie lange macht sie schon für Sie die Beine breit, Raeborn? Seit Wochen? Monaten? Oder länger?« Fentington stieß ein sadistisches Lachen aus, ein wahnsinniges Lachen. Das Blut toste in Vincents Kopf. »Wie unverschämt von mir, Sie das zu fragen. Ich kann wohl kaum von Ihnen erwarten, dass Sie mir Ihre schmutzigen kleinen Geheimnisse verraten, nicht wahr?«

Seine Lippen verzogen sich zu einem hässlichen Grinsen.

»Sie können sich nicht vorstellen, wie sehr es mich gefreut hat, als ich sah, dass auf Sie geschossen wurde. Ein anderer hat das getan, wovon ich nur geträumt hatte.«

Er trat näher. »Sie hatten den Tod verdient. Sie hatten mir die Frau gestohlen, die ich heiraten wollte, und mich vor der feinen Gesellschaft bloßgestellt. Mein Ruf ist ruiniert! Ich wollte Sie tot sehen. Himmel, wie sehr ich mir gewünscht habe, dass Sie für das büßen, was Sie angerichtet haben.« Er schüttelte den Kopf. »Aber mir fehlte der Mut.«

Vincent versuchte, das Gehörte zu begreifen. Fentington wollte ihm weismachen, dass er die Waffe nicht abgefeuert hatte, aber es *musste* er gewesen sein. Alles andere war undenkbar.

»Und wissen Sie auch, warum?«

Fentingtons Bewegungen waren ruckartig und fahrig. Er liebkoste die Waffe in seiner Hand wie ein wertvolles Andenken.

»Wissen Sie es?«

Vincent schüttelte den Kopf.

»Weil ungeachtet dessen, für wie groß ich Ihre Sünden hielt, egal für wie verwerflich und unbedeutend ich Sie in Gottes Augen hielt oder wie sehr ich Sie verachtete – um Sie zu töten, hätte mich auf Ihr Niveau hinabbegeben müssen. Hätte ich Sie getötet, wäre ich nicht besser als Sie. Deshalb habe ich gebetet. Ich habe gebetet, dass Gott Ihr Leben auslöschen würde, wie Sie das meine ausgelöscht haben.«

Er stellte sich dicht vor Vincent und hielt ihm die Mündung des Pistolenlaufs unter das Kinn. »Und meine Gebete schienen im Handumdrehen erhört zu werden. Während ich Sie bei dem Ritt zu Ihrer Geliebten beobachtete, sandte Gott einen anderen, um zu tun, wozu mir der Mut fehlte. Gott sandte einen anderen Ihrer Feinde, um Sie zu töten.«

Er ging zum anderen Ende des Zimmers hinüber und funkelte Vincent aus irren Augen an. »Ich wollte gerade fortreiten, als er auf Sie geschossen hat. Doch als er blieb, tat ich das auch.«

»Sie haben gesehen, wer auf mich geschossen hat?«

Fentington lächelte. »Natürlich.«

»Wer war es?«

Fentington ignorierte ihn und fuhr mit seiner Geschichte fort. »Später beobachtete ich, wie er die Türen verbarrikadierte und das Haus anzündete.«

Er fuchtelte mit der Pistole herum. »Ich war überzeugt, dass Sie beide sterben würden. Aber Sie blieben wieder verschont.«

Der Ausdruck in seinem Gesicht wurde brutaler, intensiver. »In dem Moment begriff ich, dass ich in ebenso großer Gefahr schwebte wie Sie.«

Vincent versuchte vergeblich, Fentingtons Argumentation zu folgen. »Inwiefern?«

»Begreifen Sie nicht? Der Mörder hat sich nicht nur mit Ihrem Tod zufrieden gegeben. Er wollte auch Ihre Frau töten.« Fentington schüttelte den Kopf. »An dem Abend, als er sie draußen auf der Straße vor die Kutsche stieß, hat sich mein Verdacht bestätigt.« Er wischte sich mit dem Handrücken über die Stirn. »So gern ich Sie tot gesehen hätte, dass auch sie stirbt, wollte ich nicht. Wäre ihr etwas zugestoßen, wäre die Welt zu demselben Schluss gekommen wie Sie – dass ich daran schuld bin.«

Vincent versuchte verzweifelt zu verstehen, was Fentington ihm sagen wollte. »Warum sollte jemand Grace etwas antun wollen?«

Fentington stieß ein bellendes Lachen aus. »Wegen des Kindes, Euer Gnaden.«

Vincent machte einen Schritt von Fentington weg. Sein Gehirn weigerte sich zu verstehen, worauf Fentington hinauswollte.

Wieder lachte Fentington. »Sie wollen unbedingt, dass ich es bin, nicht wahr? Sie wollen, dass ich derjenige bin, der Ihnen und Ihrer Frau nach dem Leben trachtet, damit Sie sich nicht eingestehen müssen, dass es jemanden gibt, der Sie noch mehr hasst als ich.«

»Aber Sie waren es!«

»Ach, Raeborn. Ihnen fällt bestimmt noch ein anderer ein, der Sie und Ihren Erben nicht am Leben lassen kann.«

Vincent hatte das Gefühl, als würde ihm gleich der Kopf platzen. Seine Brust schmerzte und er bekam nur mit Mühe Luft. Wenn Fentington nun die Wahrheit sagte?

»Denken Sie nach, Euer Gnaden. Wer ist der einzige Mensch, der von Ihrem Tod profitieren könnte? Der einzige Mensch, der alles verliert, wenn Ihr Erbe geboren ist? Wenn das Kind ein Junge ist?«

Vincent blickte ihn stumm an.

Fentington blieb neben Parkers Leichnam stehen. »Wie haben Sie von Mr. Parkers Talenten erfahren, Durchlaucht?« Er lachte. »Lassen Sie mich raten. Ich wette, Ihr Cousin, Mr. Germaine, hat ihn Ihnen empfohlen. Habe ich recht?«

Vincent konnte nicht antworten, keinen klaren Gedanken fassen.

Fentington sah sich im Raum um. »Wo ist Ihr Cousin überhaupt? Hier ist er jedenfalls nicht.«

Vincent schluckte heftig. »Er wollte Hilfe holen. Wedgewood und Carmody, falls ich sie brauche.«

»Sie sollten inzwischen hier sein. Meinen Sie nicht?«

Vincent wurden die Knie weich.

Fentington deutete zur Tür. »Gehen Sie ruhig. Schauen Sie nach. Sie hätten Zeit genug gehabt, hier zu sein. Sehen Sie sie?«

Vincent ging nicht zur Tür. Er wusste, dass sie nicht da waren. Wusste, dass Fentington die Wahrheit sagte. Dass sein Cousin derjenige war, der versucht hatte, ihn umzubringen. Dass Germaine, wenn er an den Titel und das Vermögen der Raeborns gelangen wollte, dafür sorgen müsste, dass Grace starb, noch bevor sie ihm einen Erben schenken konnte.

Ihm wurde schwindelig. Nichts hatte ihn auf die lähmende Angst vorbereitet, die er bei dem Gedanken verspürte, dass Grace in Gefahr schwebte – dass er sie verlieren könnte.

Er sah Fentington ins Gesicht und wusste ohne jeden Zweifel, wer ihm den Tod wünschte. Angst legte sich um sein Herz wie eine kalte Hand.

Fentington schüttelte den Kopf, wirkte mit einem Mal fast verloren. »Ich dachte, dass ich Sie tot sehen wollte – aber das tue ich nicht. Ich dachte, ich wollte, dass *sie* leidet, weil sie mich zum Narren gehalten hat, aber das tue ich nicht.« Er nahm wieder seine rastlose Wanderung durch den Raum auf und blieb dann stehen. »Ich habe meine Schwester besucht«, erklärte er und wandte sich zu Vincent um. »Sie hat mir klargemacht, dass unser Vater geisteskrank war. Dann hat sie mir die Augen dafür geöffnet, wie ähnlich ich ihm bin. Das hat mich zutiefst erschüttert, denn ihm zu gleichen, ist das Letzte, was ich will. Ich habe schon genug Schaden angerichtet, das ist mir schlagartig klar geworden.«

Fentington reichte Vincent seine Pistole. »Beeilen Sie sich lieber. Er kann es sich nicht leisten, sie am Leben zu lassen.«

Vincent nahm die Waffe entgegen und stürzte aus dem Haus. Er rannte so schnell, dass seine Lunge zu brennen schien, zu seinem Pferd. Was, wenn es schon zu spät war?

Kapitel 21

❧

Grace wusste nicht warum, aber ein beklemmendes Gefühl erfasste sie. »Wie sind Sie hereingekommen? Warum hat Carver Sie nicht angemeldet?«

Vincents Cousin stand auf und durchquerte langsam den Raum. »Ich fürchte, er hat mein Klopfen nicht gehört. Deshalb habe ich mir erlaubt, einfach einzutreten. Das stört Sie hoffentlich nicht.«

Grace wusste, dass er nicht geklopft hatte. Genau wie sie wusste, dass der Grund für sein Kommen kein guter war. »Ich wäre jetzt lieber allein, Mr. Germaine. Ich läute nach Carver, damit er Sie …«

Er hob die Hand, um sie vom Aufstehen abzuhalten. »Ich fürchte, das kann ich Ihnen nicht erlauben.«

Sie musterte ihn genauer. Sein attraktives Gesicht hatte einen harten Zug, der ihr bisher nicht aufgefallen war. Der Ausdruck in seinen Augen war kalt und gefährlich. Ihr Puls raste. »Warum sind Sie hier?«

Sein Lächeln jagte ihr einen Schauer über den Rücken.

»Um Ihnen Gesellschaft zu leisten, während Ihr Gatte den teuflischen Baron Fentington erledigt. Raeborn glaubt natürlich, dass ich Hilfe hole. Dass ich die Behörden alarmiere und Wedgewood und Carmody hole. Er wird schon bald bemerken, dass dem nicht so ist.«

Grace stand auf und machte einen Schritt von ihm weg, doch Kevin Germaine packte sie am Oberarm. Angst durchfuhr sie, als sie auf seine Hand hinabblickte, mit der er ihren Arm schmerzhaft drückte.

»Ich will, dass Sie jetzt gehen, Mr. Germaine.«

»Ich fürchte, das ich das nicht tun kann, Euer Gnaden. Nicht bevor ich ausgeführt habe, wozu ich gekommen bin.«

»Und das wäre?«

»Sie umzubringen, natürlich.«

Grace taumelte zurück. Sie sah ihn an und Entsetzen ergriff sie. Er meinte es ernst.

Sie entwand sich ihm mit einer heftigen Bewegung. Ihr Arm schmerzte, wo er sie festgehalten hatte. »Gehen Sie! Car…«

Er zog eine Waffe und hielt sie so, dass sie sie sehen konnte. »Wenn Sie Carver nicht vor Ihren Augen sterben sehen wollen, schweigen Sie lieber.«

Grace atmete mehrmals tief durch und signalisierte nickend ihr Einverständnis.

»Sehr gut.« Germaine warf einen Blick auf das Teeservice, das noch immer auf dem Tisch stand. »Wie bedauerlich, dass wir keine Zeit für eine Tasse Tee haben. Es wäre reizend, hier mit Ihnen zu sitzen und ein Weilchen zu plaudern, bevor Sie Ihren bedauerlichen Unfall erleiden.«

Grace fasste sich an den Bauch, als ein neuer Schmerz sie durchzuckte. Sie wünschte, diese Krämpfe würden nachlassen. Wenn sie sich nur ein paar Minuten hinlegen könnte, würde es ganz sicher besser werden. »Warum tun Sie das?«

Er trat zu dem Beistelltisch, auf dem drei Kristallkaraffen standen, und schenkte sich ein Glas Brandy ein. »Wegen des Geldes natürlich. Wegen Raeborns *gesamten* Geldes. Das Geld, das an mich hätte gehen sollen, jetzt aber an …« Germaine zeigte auf Graces Bauch. Ihre Hände legten sich unwillkürlich schützend darüber.

Er lachte. »Dabei war ich mir so sicher, dass er nie wieder heiraten würde. Ich habe es wirklich nicht kommen sehen. Erst, als es schon zu spät war.« Er leerte sein Glas und sah sie feindselig an. »Wie haben Sie das geschafft? Offensichtlich haben Sie die Beine schon lange vor der Hochzeit für ihn breit gemacht. Ihnen muss klar gewesen sein, dass eine Schwangerschaft der einzige Weg wäre, ihn zu einer Heirat zu zwingen.

Ich kann nur nicht glauben, dass er so töricht war, Sie nicht zu durchschauen.«

Grace spürte, dass ihre Wangen sich röteten.

»Nun ja, das ist nicht mehr wichtig. Ihr Unfall wird all meine Probleme lösen.«

»Aber Geld ist es doch sicher nicht wert, ein unschuldiges Kind zu töten?«

»Es nicht wert? Verflucht nochmal, Sie dämliches Frauenzimmer! Wissen Sie, wie groß das Vermögen ist, um das es geht? Genug für zehn Leben in Saus und Braus.«

Germaine zielte mit der einen Hand weiter auf sie und kippte mit der anderen mehr Brandy in sein Glas. »Stattdessen hat dieser Dreckskerl, Ihr werter Ehemann, mich zum Leben eines *Bauern* verdammt. Hat mir gesagt, wenn ich das Landgut, das er mir übereignet hat, gut genug bewirtschafte, hätte ich zum Leben mehr als genug.«

Germaines Gesicht wurde rot und fleckig und seine Züge verzerrten sich vor Wut.

»Für was für einen Trottel hält er mich? Wie soll ich seiner Meinung nach von der armseligen vierteljährlichen Zuwendung existieren, die er mir zuteilt? Diese kläglichen Summe reicht nicht einmal aus, um auch nur eine Woche lang die Kosten für den Lebensstandard zu decken, den ich gewohnt bin. Und zu allem Überfluss hält er sich allen Ernstes auch noch für großzügig.«

»Wenn Sie mit ihm reden, wird er vielleicht …«

Germaine unterbrach sie mit einer ungehaltenen Handbewegung. »Ich will alles! Es hätte mir gehören sollen. Es hätte meins sein *können*. Wenn Raeborns Vater nicht wenige Minuten vor meinem geboren wäre.«

»Aber es wird Ihnen trotzdem nicht gehören«, argumentierte Grace. »Selbst wenn ich tot bin, gehört das Geld immer noch Raeborn.«

»Ich zähle darauf, dass Fentington das Problem für mich löst. Natürlich mit Mr. Parkers Hilfe.« Er trank noch einen

Schluck und grinste. »Wahrscheinlich sind Sie schon Witwe, Euer Gnaden. Es ist höchst unwahrscheinlich, dass Raeborn die Konfrontation mit Baron Fentington überlebt. Andererseits …« Er lachte. »Ich schwöre, Ihr Gemahl hat so viele Leben wie die sprichwörtliche Katze. Doch diesmal habe ich mich selbst um alles gekümmert. Wenn Fentington die Welt nicht von Ihrem Gatten befreit, wird Parker es tun.«

Grace wurde schwindelig. »Sie waren das?«, flüsterte sie. Sie konnte nicht fassen, was ihr Verstand ihr sagte. »Sie haben versucht, Vincent zu töten?«

»Ich bereue nur, dass ich das nicht schon vor Ihrer Heirat erledigt habe. Dann müsste ich nicht auch noch Sie töten. Aber …« Er zuckte mit den Achseln.

Grace sah die Entschlossenheit in seinen Augen und wusste, dass sie mit Worten nichts ausrichten konnte. Es gab keine Möglichkeit, ihm den Mord an ihr auszureden. Sie tastete sich langsam zu Vincents Schreibtisch vor.

Sie wusste, dass die Pistole, die Vincent in der Schublade aufbewahrte, nicht mehr darin lag, aber vielleicht fand sie irgendein Messer. Irgendetwas, womit sie sich verteidigen konnte.

Bis dahin verlegte sie sich aufs Hinhalten. »Damit kommen Sie nicht durch. Vincent wird wissen, dass Sie es waren.«

Lächelnd kam Germaine auf sie zu. »Nein, wird er nicht. Er wird nicht einmal einen Verdacht hegen. Selbst wenn er Parker irgendwie entkommt, wird ihn der Schock, Sie und seinen Erben tot vorzufinden, in Melancholie verfallen lassen. Er liebt Sie nämlich, wissen Sie? Ich bin mir nicht sicher, ob er eine von seinen anderen Frauen geliebt hat, aber jeder, der Sie beide zusammen sieht, weiß, was er für Sie empfindet. Eigentlich schade für Raeborn.« Er trank langsam von seinem Brandy. »Endlich alles zu haben, nur um es gleich wieder zu verlieren.«

Langsam zog Grace eine Schublade einen Spalt breit auf und lugte verstohlen hinein. Nichts. Dann eine andere. Derweil sprach Vincents Cousin weiter, als sei er völlig entrückt. Verloren im Wahn seines perfekt ausgeklügelten Plans.

»Niemand wird es auch nur hinterfragen, wenn er mit einer Kugel im Kopf aufgefunden wird. Vielleicht wird auch Fentington die Lorbeeren für Raeborns Tod ernten.«

Grace betastete die Papiere, die verstreut auf der Schreibtischplatte lagen. Vielleicht irgendwo darunter ...

Ihre Finger schlossen sich um einen Brieföffner.

»Ich konnte mein Glück kaum fassen, als Raeborn Fentington für den Schuldigen hielt.« Ein Lächeln erhellte Germaines Gesicht. »Er hat mich keine Sekunde lang verdächtigt, nicht wahr?«

Grace blickte abrupt auf. »Nein. Keine Sekunde.«

Germaines Miene verdüsterte sich. »Es reicht! Wir haben genug Zeit vergeudet. Kommen Sie mit. Wir werden jetzt zusammen einen Spaziergang durch den Garten unternehmen. Ich meine mich an einen hübschen Teich irgendwo in der Mitte zu erinnern. Als Kind wurde ich immer ermahnt, aufzupassen und nicht zu nah an den Rand zu gehen. Das Wasser ist nämlich ganz schön tief, wissen Sie.«

Grace umklammerte den Brieföffner fester, als ein neuer Schmerz ihren Körper durchzuckte. Sie konnte es nicht verbergen. Sie lehnte sich schwer gegen den Schreibtisch und keuchte.

Germaines Augen weiteten sich. Sie erkannte bei ihm die ersten Anzeichen von Nervosität. »Wie ich sehe, komme ich fast zu spät«, sagte er und wischte sich den Schweiß von der Stirn. »Mit einer so frühen Niederkunft hätten Sie und Raeborn die Gesellschaft wahrlich schockiert.«

»Bitte«, flehte Grace und hielt die Luft an, bis der Schmerz nachließ. »Es ist noch nicht zu spät. Wenn Sie jetzt gehen, verspreche ich ...«

»Nein! Es darf keinen Erben geben. Das Kind, das Sie unter dem Herzen tragen, bekommt alles und ich nichts. Nichts! Wie ich schon mein ganzes Leben lang nichts hatte. Ich musste immer um das Geld betteln, das ich zum Leben brauche. Dabei steht es mir zu. Das hat es immer schon. Und ich lasse es mir nicht von einem Kind wegnehmen.«

Grace starrte ihn fassungslos an. Hass färbte jedes Wort, in seinem Blick lagen Niedertracht und Missgunst. Er hasste Vincent abgrundtief. Wieso hatte sie das nicht früher erkannt? Germaines Gier war wie ein lebendes, atmendes Geschwür, das seinen Verstand, seinen Körper und seine Seele zerstörte. Sein Hass war so stark, dass er wahrhaftig glaubte, der Titel und das Vermögen der Raeborns stünden ihm zu.

Germaine hielt ihr die Hand hin. »Gehen wir, Euer Gnaden. Wenn jemand fragt, können Sie ja sagen, dass Sie frische Luft brauchen. Ich begleite Sie nur.«

Grace schüttelte den Kopf.

»Jetzt sofort!«, brüllte er, hob die Pistole und machte einen drohenden Schritt auf sie zu.

Grace verbarg den Brieföffner in ihren Rockfalten. Sie würde warten, bis sie den Raum verlassen hatten, bevor sie einen Fluchtversuch wagte. Carver würde sie bestimmt hören und ihr zu Hilfe kommen, oder einer der Gärtner oder der anderen Diener.

Sie geriet ins Straucheln, als er sie mit schmerzhaft festem Griff zu den Terrassentüren zerrte. Da erfasste sie ein neuer Schmerz, diesmal so heftig, dass sie sich krümmte.

Grace hielt sich den Bauch, als ihr erster Schrei im Zimmer widerhallte.

Welche Schmerzen! Das konnte nicht sein. Es war noch nicht so weit. Sie durfte ihr Kind noch nicht bekommen. Frühestens in vier Wochen.

Ein weiterer Krampf packte sie und da wusste sie es.

Genau wie Germaine. Das Entsetzen auf seinem Gesicht verstärkte ihre eigene Angst. »Los, jetzt! Dieses Kind wird nicht auf die Welt kommen!« Er stieß die Terrassentür auf und zog Grace hinaus.

Sie wusste, wenn sich eine Chance zur Flucht ergab, musste sie handeln, bevor die nächste Wehe kam. Die Schmerzen waren schon zu stark. Und kamen zu dicht hintereinander. Noch eine Warnung, dass etwas nicht stimmte. Eine Warnung, dass das Kind, dessen Geburt problemlos verlaufen sollte, wie sie es Vincent versprochen hatte, sie zur Lügnerin machen würde.

»Wenn Sie so freundlich wären, sich zu beeilen, Euer Gnaden«, zischte er und packte sie fester am Arm.

»Bitte.«

»Sparen Sie sich das Gebettel, Werteste. Das führt zu nichts. Es ist viel zu spät, etwas an dem zu ändern, was geschehen wird.«

Ein eisiger Schauder machte ihre Selbstbeherrschung zunichte. Germaine erschien ihr so ruhig, seine Stimme so entsetzlich freundlich, aber sein Gesichtsausdruck war eiskalt. Als er sie ansah, verriet ihr die Bosheit in seinen Augen, dass er nicht zögern würde, sowohl sie als auch das Kind, das sie unter dem Herzen trug, zu töten. Und später auch Vincent, wenn Fentington und Parker das nicht schon für ihn erledigt hatten.

Grace überquerte die Terrasse und blieb an der Treppe stehen. Den Brieföffner mit der rechten Hand in den Falten ihres Rockes verborgen, hielt sie sich mit der linken an der steinernen Brüstung fest und wartete auf die Gelegenheit, von ihm Gebrauch machen zu können und zu fliehen. Da sie auf den Stufen nur unsicheren Halt hatte, wusste sie, dass die Gelegenheit am günstigsten wäre, sobald sie unten auf dem Rasen ankam.

Sie nahm die erste Stufe, dann die zweite, und plante jeden Schritt, bedachte jedes Problem im Voraus.

Sie umklammerte ihre behelfsmäßige Waffe fester und fasste sie anders, damit sie, wenn sie zustach, genügend Kraft hätte, um den größtmöglichen Schaden anzurichten. Sie nahm die letzte Stufe und blieb stehen.

»Stimmt etwas nicht, Euer Gnaden?«

Grace drehte sich um und blickte in Carvers besorgtes Gesicht. Der Butler kam über die Terrasse auf sie zu geeilt, von dem Wunsch beseelt, sie zu beschützen, ohne zu ahnen, in welche Gefahr er sich damit begab.

»Ist alles in Ordnung, Euer Gnaden? Soll ich nach Alice schicken lassen?«

»Ich … äh. Nein, Carver. Ich wollte nur gerade …«

Carver blieb nicht stehen, sondern kam weiter auf sie zu.

Germaines Finger umklammerten den Arm, mit dem sie sich am Geländer festhielt, und verstärkten den Druck. Eine übermächtige, allumfassende Angst ergriff von ihr Besitz. Sie betete, dass Carver stehen blieb. Betete, dass er ging, bevor …

»Gestatten Sie mir, Ihre Gnaden zu begleiten, Mr. Germaine«, bat Carver. »Ich fürchte, ich habe Sie nicht klopfen hören, sonst …«

Ohne Vorwarnung drehte sich Germaine um und schoss. Grace schrie und verfolgte schreckensstarr, wie sich der Ausdruck in Carvers Gesicht von Überraschung in Ungläubigkeit verwandelte, bevor er auf der steinernen Terrasse zusammenbrach. Ein Blutfleck breitete sich auf dem Rock seiner Livree aus und er blieb regungslos liegen.

»Carver! Nein!«

Grace reagierte mit unbändiger Wut. Sie holte mit dem Brieföffner aus und wirbelte herum. Als sie den Arm hob und mit aller Kraft zustieß, erlebte sie noch einmal den Moment, als Carver getroffen zu Boden sank.

Germaine sah den Angriff nicht kommen und als er reagierte, war es zu spät.

Grace stieß ihre Waffe so tief, wie sie konnte, in ihn. Sie durchstieß Stoff und Haut und spürte, wie die Klinge durch Fleisch und Muskeln drang.

Germaine wich zurück und starrte auf den Griff des Brieföffners, der aus seiner Schulter ragte. Er warf ihr einen ungläubigen Blick zu, bevor er ihn wieder herauszog. Dann packte er sie fester und zerrte sie hinter sich weiter den Weg hinunter, durch ein Blumenbeet bis zum Ufer des Teichs. Wenn er sie hineinstieße, gäbe es keine Rettung.

Sie wehrte sich, doch die Schmerzen raubten ihr alle Kraft, gegen ihn zu kämpfen.

Sie würde sterben, ohne Vincent jemals wiederzusehen. Sterben, bevor sie ihr Kind in den Armen hielt. Sterben, bevor sie den Ausdruck in Vincents Gesicht sah, wenn er seinen Sohn zum ersten Mal in den Armen hielt.

Ein neuer, weißglühender Schmerz durchbohrte sie und nahm ihr das letzte bisschen Widerstandskraft, über das sie noch verfügte.

Vergebens kämpfte sie darum, den Schrei zu unterdrücken. Der Schmerz war zu heftig. Ein Krampf nach dem anderen erfasste sie und blendete alles aus, was um sie herum geschah. Sie konnte nicht länger gegen Germaine *und* den Schmerz ankämpfen.

Sie schlang die Arme um ihren Bauch, um das Kind zu schützen, das niemals geboren werden würde.

Kapitel 22

❧

*N*ein!

Vincent stürzte auf die Terrasse, als Graces Schmerzensschrei die Luft zerriss, an der Stelle vorbei, wo Carver auf den Steinplatten lag, und weiter in die Richtung, aus der der Hilfeschrei gekommen war. Ihm blieb fast das Herz stehen, als er sah, wie sein Cousin seine Frau an den Rand des Teiches zerrte.

»Germaine!«

Germaine wirbelte herum und riss Grace dabei näher zum Teich. Vincent wusste, dass nur ein Stoß nötig wäre, damit sie ins Wasser fiele.

»Lass sie los!«

Vincent rannte auf Grace zu.

»Bleiben Sie sofort stehen!«, befahl Germaine und zog Grace wie einen Schutzschild vor sich. »Keinen Schritt näher oder ich stoße sie hinein.«

Vincent sah das Entsetzen in Graces Augen und hob kapitulierend die Hände. Ihr Blick war so flehend, dass es ihm das Herz zerriss. »Es ist vorbei, Germaine. Du kannst alles haben. Das Geld. Die Ländereien. Alles. Nur lass sie gehen.«

Germaine lachte. »Wie großzügig, Raeborn. Jetzt, wo es zu spät ist.«

»Nein. Es ist nicht zu spät. Ich weise meinen Anwalt an, dir alles zu überschreiben. Es gehört alles dir. Alles. Lass nur Grace gehen.«

Germaine starrte ihn wütend an und seine Miene war so hasserfüllt, dass es Vincent kalt über den Rücken lief.

»Sie gehen lassen? Und dann? Dann werden Sie dieses kleine Missverständnis einfach vergeben und vergessen?« Germaines

Lachen klang unnatürlich. »Sie haben es immer noch nicht verstanden. Ihre Frau wird nicht überleben, Euer Gnaden. Und Sie auch nicht.«

Germaine packte Grace fester und zerrte sie dichter ans Wasser.

Auf dem lockeren Boden des Ufers geriet sie ins Rutschen, sodass ein paar Erdklumpen mit einem bedrohlichen Platschen ins Wasser fielen.

Mit jedem Aufspritzen verzerrte ein boshaftes Grinsen Germaines Züge noch weiter. Er hob die rechte Hand und richtete seine Pistole auf Vincents Brust. Vincent wusste, dass er gleich sterben würde. Grace musste es auch wissen.

Mit einem gequälten Schrei drehte sie sich in einem Ruck um und versetzte Germaine einen Schlag gegen seine verletzte Schulter.

Er schrie vor Schmerz auf, holte mit dem unversehrten Arm aus und schlug Grace so fest ins Gesicht, dass ihr Kopf von der Wucht nach hinten gerissen wurde. Vincent sah rot. Weißglühende Wut erfasste ihn.

Er hörte sie schreien und sah, wie sie sich vor Schmerzen krümmte. Durch ihre jähe Bewegung verlor Germaine das Gleichgewicht und als Grace sich plötzlich zur Seite drehte, hob Vincent die Waffe, die Fentington ihm gegeben hatte, und feuerte.

Mit ungläubigem Entsetzen starrte Germaine auf den runden Blutfleck, der sich auf seiner Brust ausbreitete, dann fiel er nach vorn und stürzte kopfüber ins Wasser.

»Grace!«

Vincent lief zum Teichufer und kniete sich neben seine Frau. Mit zitternden Händen griff er nach ihr. Er hatte Angst, sie würde es nicht überstehen, wenn er sie bewegte.

Die Arme schützend um ihren Bauch geschlungen, lag sie eng zusammengerollt auf dem Boden. Er wusste, dass etwas Furchtbares geschehen war. Ihr Gesicht war kalkweiß, ihre Haut heiß und klamm, Stirn und Wangen schweißfeucht. Und sie hatte Schmerzen. Er sah es in ihren Augen.

»Grace?« Er fasste sie an der Schulter und drehte sie vorsichtig zu sich. Als sie aufschrie, hielt er inne. »Ich bin jetzt hier, Grace. Du bist in Sicherheit.«

Sie schnappte nach Luft, ihre Atmung war heftig und angestrengt. »Er hat auf Carver geschossen. Carver ist verletzt.«

»Schon gut, Grace. Wir kümmern uns um Carver. Bist du verletzt? Hat er dir wehgetan?«

»Es ist das Kind, Vincent. Das Kind … kommt.«

Es war wie ein Schlag in die Magengrube und er atmete heftig ein. Er schloss die Augen und versuchte, Ruhe zu bewahren.

Sie keuchte und umklammerte ihren Bauch, als eine neue Welle aus Schmerz sie überrollte. »Es ist noch nicht so weit … Vincent. Es ist … zu früh.«

»Es ist alles in Ordnung, Grace. Ich lasse den Arzt holen.«

»Nein! Caroline! Lass … Caroline holen. Sie weiß, was zu tun ist.«

»Alice!«, schrie Vincent, doch Alice, der die Tränen über die blassen Wangen rannen, war bereits zur Stelle. »Richten Sie das Zimmer meiner Gattin her und sorgen Sie dafür, dass sich jemand um Carver kümmert.«

»Er wird schon versorgt, Euer Gnaden«, versicherte sie ihm und lief eilig zum Haus zurück.

Als Vincent ihr nachsah, entdeckte er auf der Terrasse seine Dienstboten, die ihn fragend anschauten, bereit, jeden seiner Befehle auszuführen.

»Einer von Ihnen begibt sich zu Lady Wedgewood und bittet sie, unverzüglich zu kommen. Lassen Sie keinen Zweifel daran, dass es dringend ist. Und einer holt einen Arzt für Carver.«

Zwei Diener hasteten zurück ins Haus.

Vincent konzentrierte sich wieder auf Grace. Ihr Atem ging schnell und flach und ihre Brust hob und senkte sich in kurzen Abständen, während sie sich durch den Schmerz hindurchkämpfte. Er stützte sie, bis sie wieder leichter atmete, und schob einen Arm unter ihren Rücken. »Ich bringe dich jetzt ins Haus, Grace. Halt dich an mir fest.«

Grace nickte und tat, wie ihr geheißen. Ihr Griff erschien ihm so schwach, ihr Atem zu angestrengt. Er hob sie hoch und merkte überrascht, dass sie gar nicht so schwer war, wie er wegen ihrer Schwangerschaft angenommen hatte. Ihr geringes Gewicht war eine weitere Mahnung für ihn, wie zart sie war. Wie zerbrechlich. Wie leicht er sie verlieren konnte.

Er hatte erst wenige Schritte mit ihr zurückgelegt, als eine neue Schmerzwelle ihren Körper durchlief. Er hielt sie fest, während sie das Schlimmste durchstand. Als es vorbei war, trug er sie ins Haus und die Treppe hinauf.

Er dachte, er wüsste, was Angst sei. Dachte, er wäre gegen die Hilflosigkeit immun. Doch nichts hatte ihn darauf vorbereitet. Und nun kam das Kind auch noch zu früh.

Er war nicht bereit, sie zu verlieren. Er hatte nicht genug Zeit mit ihr verbracht. Nicht genug Zeit gehabt, sie zu lieben.

Er fasste sie fester.

»Vincent?«

»Ja?«

»Du machst dir Sorgen.«

»Nein, ich …« Er schluckte. »Vielleicht ein wenig.«

»Hast du mein Versprechen vergessen?«

»Nein. Ich weiß noch, was du mir gesagt hast.«

»Dann weißt du auch, dass kein Grund zur Sorge besteht. Ich werde es … überleben. Ich habe genug Mut für … uns beide.«

Vincent strengte sich an, sich seine Besorgnis nicht anmerken zu lassen. »Ich werde mein Bestes tun, das nicht zu vergessen.«

Sie erreichten das Zimmer, das sie seit ihrer Hochzeit gemeinsam bewohnt hatten. Alice erwartete sie schon an der Tür. »Bleib bei mir, Vincent. Ich möchte dir noch ein paar Dinge sagen, bevor dafür keine Zeit mehr ist.«

Vincent nickte. Dann half er Alice, Grace zu entkleiden und ihr ein Nachthemd anzuziehen. Zwei Mal mussten sie eine Pause einlegen. Die Schmerzen waren jetzt heftiger und kamen in kürzeren Abständen. Nach jedem Anfall ließ sie sich aufs

Bett sinken und schnappte nach Luft. Er hielt sie ganz fest. Er verspürte das Bedürfnis, sie zu berühren. Allein mit ihr zu sein.

»Alice«, sagte er über seine Schulter. »Warten Sie unten auf Lady Wedgewood und bringen Sie sie sofort herauf, wenn sie eintrifft.«

»Ja, Euer Gnaden.« Alice knickste und lief aus dem Zimmer.

»Ich würde das für dich durchstehen, wenn ich könnte«, flüsterte er und nahm ihr Gesicht zärtlich zwischen seine Hände.

Ihr Lachen klang schmerzerfüllt. »Ich hätte nichts dagegen.« Sie sah ihn an. Als sie ein neuer Krampf packte, drückte sie seine Hand fester.

Ihm gefror das Blut in den Adern. Es war, als würde der Schmerz niemals nachlassen, doch schließlich hob sie seufzend den Kopf.

»Küss mich, Vincent. Bitte! Bevor der nächste Schmerz kommt. Bevor Linny hier ist.«

Er senkte den Kopf und küsste sie mit der ganzen Leidenschaft, die er für sie empfand. Sie erwiderte den Kuss und er konnte die Verzweiflung, die darin lag, nicht missverstehen. Die Angst.

Er küsste sie noch einmal. Dann sah er sie an. »Ich liebe dich, Grace.«

Als sie zu ihm aufblickte, standen Tränen in ihren Augen. »Das weiß ich schon lange. Aber ich bin froh, dass du es mir sagst.«

Wieder küsste er sie, diesmal langsam und zärtlich.

»Ich habe gebetet, dass du eines Tages … darüber hinwegsehen könntest, wie ich dich hintergangen habe … und mich lieb gewinnen könntest. Lange Zeit … habe ich mir eingeredet, dass es keine Rolle spielte, wenn es dir nicht gelänge. Aber das tut es doch. Weil ich dich so sehr liebe. Ich könnte den Gedanken nicht ertragen, dass du mich nicht … nur ein bisschen lieben kannst.«

»Ich liebe dich wirklich, Grace. Mehr als nur ein bisschen. Mehr als mein Leben. Versprich mir, das nie zu vergessen.«

»Das werde …«, setzte sie an, endete jedoch mit einem Schrei, als sie von einer neuen Schmerzwelle erfasst wurde.

»Ich glaube … Caroline … sollte sich lieber … beeilen«, keuchte sie und sank gegen ihn, als der Schmerz nachließ.

»Grace?«

Er wandte sich zur Tür und sah Caroline auf der Türschwelle, die ihre Besorgnis mit einem Lächeln zu kaschieren versuchte.

»Linny! Ich glaube, mein Kind … hat beschlossen, lieber früher auf die Welt zu kommen … als später.«

»Ist schon gut. Bisher hat noch keine Mutter Einfluss darauf gehabt, wann ihr Kind zur Welt kommt.«

Caroline übernahm das Kommando. Sie wies Alice an, das Feuer zu schüren und Decken zu wärmen, in der Küche heißes Wasser bereitzuhalten und die Schwestern Ihrer Gnaden hochzubringen, sobald sie eintrafen.

Alice hastete aus dem Zimmer und verteilte Aufgaben an die Diener, die nur darauf warteten, zu Diensten zu sein.

»Sie gehen jetzt besser nach unten, Euer Gnaden«, wandte sie sich an Vincent. »Grace ist hier gut aufgehoben. Dafür sorgen wir alle.«

Vincent erhob sich von der Bettkante und ließ Graces Hand los. »Ich liebe dich, Grace«, sagte er und küsste sie noch einmal.

»Ich dich auch.«

Er entfernte sich einen Schritt von ihr und blieb dann stehen. »Du musst mir etwas versprechen, Grace.«

Sie sah ihn mit schmerzerfülltem Blick an.

»Versprich mir, mich nicht zu lange warten zu lassen. Ich glaube nicht, dass ich das überlebe.«

»Ich werde mein Möglichstes tun. Aber du musst mir auch etwas versprechen.«

»Was immer du willst.«

»Dass du dir keine Sorgen machst.«

Er versuchte ein Lächeln. »Ich werde mein Möglichstes tun«, antwortete er, obwohl er wusste, dass es nicht in ihrer Macht lag, die Versprechen zu halten, die sie sich eben gegeben hatten.

»Und pass auf … Adledge auf. Lass ihn … heute Abend keins von seinen Kindern verwetten. Mary war völlig aufgelöst … als sie erfuhr, dass sie Timothy … an Hansley verloren hatten.«

»Ich werde mein Möglichstes tun.«

ↄ

Sie hatte gelogen.

Sie ließ ihn lange warten. Länger, als es seiner geistigen Gesundheit zuträglich war.

Alle sechs Schwäger von Grace waren bei ihm, hatten ihm in den vergangenen acht Stunden Gesellschaft geleistet. Sie hatten ihm beigestanden, als er den Behörden erklärte, was vorgefallen war. Danach hatten Hansley und Baldwin Germaines Leiche in sein Stadthaus gebracht, wo er aufgebahrt werden sollte.

Vincent sah nach Carver und wurde vom Arzt beruhigt, dass er mit genügend Ruhe wieder gesunden würde. Wenigstens in dieser Hinsicht beruhigt begab er sich zurück ins Arbeitszimmer, um sich wieder der endlosen Folter auszusetzen.

Er wusste, dass er Graces Schwägern dankbar sein sollte. Sie taten ihr Möglichstes, ihn zu beschäftigen, ihn zu zerstreuen und ihn in Gespräche über Themen zu verwickeln, die ihn interessierten. Aber nichts half. Er konnte an nichts anderes denken als an Grace, die in der Etage über ihnen litt.

Und wenn sie den Kampf nun verlor? Sie war so verdammt zierlich. Wie konnte er von ihr erwarten, dass sie sein Kind gebar? Und das auch noch mehr als einen Monat zu früh. Selbst er hatte Carolines besorgtes Gesicht gesehen, als sie ins Zimmer kam. Die Chancen, ein Kind gesund zur Welt zu bringen, standen viel schlechter, wenn es zu früh kam.

Verdammt! Er durfte sie nicht verlieren. Er konnte nicht ohne sie leben.

Er rieb sich den Nacken, schritt im Zimmer auf und ab und ignorierte Carmodys Versuch, ihn ins Gespräch einzubeziehen.

Er konnte es nicht mehr ertragen. Wenn er nicht bald etwas hörte, würde er …

Er drehte sich um und blieb wie angewurzelt stehen, als Sarah den Raum betrat. Sie hielt die Hände verkrampft vor sich und hatte ein Lächeln aufgesetzt, das ihre Augen nicht ganz erreichte. Ihrem blassen Gesicht war ihre Besorgnis anzusehen. Doch der Optimismus, den er in ihrer Stimme hörte, ließ ihn hoffen, dass sie ihm keine schlechten Nachrichten brachte.

»Das Kind ist noch nicht da, Euer Gnaden. Aber Grace hat mich geschickt, um Ihnen zu sagen, dass sie sich sicher ist, dass es nicht mehr lange dauert.«

»Wie geht es ihr?«

Sarah setzte zu einem rosigen Bericht über Graces Zustand an, hielt jedoch inne, als würde ihr klar, dass nur die Wahrheit genügen würde. »Sie ist müde, Euer Gnaden.«

Vincent wurde übel. Er stand dort wie angewurzelt und fragte sich gleichzeitig, wie es ihm gelang, ohne Hilfe zu stehen. Seine Knie schienen zu schwach, ihn zu tragen.

»Sie hat mich nach unten geschickt, um Ihnen zu versichern, dass es ihr gut geht, und um Sie an Ihr Versprechen zu erinnern. Sie will Ihr Wort darauf, dass Sie sich nicht sorgen. Ihr Sohn wird bald da sein.«

Vincent rieb sich das Kinn und schluckte. »Bitte erinnern Sie meine Frau an ihr Versprechen, dass es nicht allzu lange dauern würde. Richten Sie ihr aus, dass ich jetzt schon viel zu lange warten musste. Ich wünsche, dass sie es zu Ende bringt.«

Sarah lächelte. »Ich richte es ihr aus, Euer Gnaden.«

Sie warf ihrem Mann einen besorgten Blick zu und machte kehrt, um wieder nach oben zu gehen.

Lord Hansley folgte seiner Frau und Vincent hörte die beiden flüstern, bevor sie die Treppe hinaufstieg.

»Es dauert bestimmt nicht mehr lange«, versicherte ihm Hansley, als er wieder ins Zimmer kam. »Es erscheint einem nur so schrecklich lang, weil man nichts tun kann, um zu helfen.«

Die anderen Ehemänner stimmten ihm zu und Vincent betete, dass Hansley recht behielt. Denn wenn es nicht bald vorbei wäre, verlöre er noch den Verstand.

❧

Vier weitere Stunden waren vergangen und Vincent wusste, dass die Dinge schlecht standen. Nach Sarah war Mary heruntergekommen, um ihm zu versichern, dass alles nach Plan verlief, etwa eine Stunde später dann Francine.

Seit fast zwei Stunden war niemand mehr hier gewesen und er wusste warum.

Grace lag im Sterben. Die Geburt seines Kindes kostete sie das Leben.

Er durchschritt den Raum von einer Seite zur anderen und zwang sich vergebens, die rasende Angst zu unterdrücken. Er durfte sie nicht verlieren. Es war undenkbar. Er liebte sie. Liebte sie mehr, als er es je für möglich gehalten hätte, eine Frau zu lieben. Und er ertappte sich dabei, genau das zu tun, was Wedgewood beschrieben hatte, als Caroline in den Wehen lag. Er betete inbrünstiger als je zuvor und versprach Gott, Grace nie wieder anzurühren, wenn ER sie nur beschützen würde. Dass er ihr Leben nie wieder aufs Spiel setzen würde, indem er sie noch einmal schwängerte.

Nur dass Vincent es ernst meinte. Wenn Gott Grace am Leben ließe, schwor er, nie wieder das Bett mit ihr zu teilen.

Wenn sie nur überlebte.

Die Last seiner Angst lag noch schwerer auf seinen Schultern und Vincent ertrug es nicht mehr. Er musste wissen, was oben vor sich ging. Musste bei ihr sein. Wenn sie sterben musste, wollte er nicht, dass sie allein war.

Er machte kehrt und stürmte aus dem Zimmer. Wedgewood, oder vielleicht war es auch Carmody, rief ihm etwas nach. Er blieb nicht stehen, um herauszufinden, was es gewesen war. Er lief durch die Eingangshalle und nahm immer zwei Stufen auf einmal.

Er zögerte nicht lange, sondern riss die Tür auf und trat ein. Ein lautes, gequältes Stöhnen empfing ihn, ein so markerschütternder Schrei nach Erlösung, wie er ihn noch nie zuvor gehört hatte.

Sein Herz setzte länger als nur einen Schlag aus und er fürchtete, es würde nie wieder anfangen zu schlagen.

»Grace?«

Entgeistert drehten sich Graces Schwestern zu ihm um.

»Euer Gnaden. Sie sollten nicht ...«

Vincent lief an Francine vorbei, die als Erste gesprochen hatte. Er steuerte zielstrebig auf Grace zu, nahm ihre Hand aus Josalyns und setzte sich zu ihr. Sie sah erschöpft aus, das Haar klebte ihr schweißnass am Kopf, das Gesicht war eingefallen, ihr Teint blass. Sie befand sich mitten in einer heftigen Wehe und bäumte sich vor Schmerz auf. Vincent litt bei ihrem Anblick so, dass er am liebsten geweint hätte. Himmel, was sie für ihn erduldete. Für ihr Kind.

Die Wehe war vorüber. Die nächste folgte.

»Grace?«

»Vincent ... du hättest nicht ... kommen sollen.«

Sie hechelte, eine Wehe folgte der anderen. Eine ihrer Schwestern wischte ihr das Gesicht mit einem feuchten Tuch ab. Eine andere stand mit einem Laken bereit. Eine weitere mit mehr Handtüchern.

»Ich konnte nicht länger fortbleiben. Ich dachte, du brauchst mich vielleicht.«

Sie lächelte schwach und atmete schneller. »Ich werde dich immer brauchen, Vincent.«

Er hielt ihre Hand, während sie aufschrie.

»Pressen, Grace«, befahl Caroline und trat ans Fußende. »Pressen!«

Grace schrie auf und presste.

Als die Wehe nachließ, sank sie erschöpft in die Kissen zurück. Ihre Brust hob und senkte sich vor Anstrengung.

»Dein Kind ist fast da, Grace. Beim nächsten Mal klappt es.«

»Vincent!«, schrie Grace auf und umklammerte seine Hand. Ihr Schrei zerriss die Luft und er spürte ihn bis in die letzte Faser seines Körpers.

»Pressen, Grace! Pressen!«

Grace hob den Kopf vom Kissen und presste fester.

Ihre Hand umklammerte seine und Vincent sah nach unten, sah seinen Sohn auf die Welt kommen.

Das Kind war klein, rot und schrumpelig, aber das Schönste, was Vincent je im Leben gesehen hatte. Als das Kind einen kräftigen Schrei ausstieß, zersprang Vincents Herz fast vor Freude.

»Ihr Sohn, Euer Gnaden«, sagte Caroline. »Sie haben einen gesunden kleinen Jungen.«

Vincent verspürte eine solche Erleichterung, dass er sich kaum beherrschen konnte. »Grace. Hast du gehört? Wir haben einen Jungen. Einen gesunden kleinen Jungen!«

»Ja, Vincent«, flüsterte sie und wischte die Tränen weg, die ihm übers Gesicht strömten. »Einen Sohn.«

Er beugte sich zu ihr und küsste sie. »Ich liebe dich.«

Er vermochte die Gefühle nicht zu beschreiben, die ihn durchströmten. Die Freude. Den Stolz. Die Euphorie. Die Erleichterung.

Die Liebe.

Er streichelte Grace das schweißnasse Gesicht. »Ich liebe dich, Grace.«

Sie seufzte schwer, drehte ihr Gesicht und drückte einen Kuss in seine Handfläche.

Vincent blickte zu Caroline und den anderen Schwestern. Allen standen Tränen in den Augen, während sie sich um Grace und das Neugeborene kümmerten.

»Danke«, sagte er zu niemand Bestimmtem. Zu ihnen allen.

»Gern geschehen, Euer Gnaden«, erwiderte Caroline. »Gönnen Sie Grace ein paar Minuten Ruhe, damit wir sie frisch machen können, ja? Sie können in ein paar Minuten zurückkommen und Ihrem Sohn in aller Form vorgestellt werden.«

Vincent erhob sich und sah auf Grace hinab. Ihr Gesicht war noch immer blass, ihre Miene noch von Schmerzen gezeichnet. »Alles in Ordnung, Grace?«

»Ja. Kein Grund zur Sorge, Vincent. Siehst du? Ich habe dir doch gesagt, dass alles gut geht.«

Vincent nickte ohne rechte Überzeugung. Die Erinnerung an die Schrecken, die er durchgestanden hatte, war noch zu frisch. Der Albtraum, den er gerade durchlitten hatte, zu vertraut. Auch wenn Grace ihm versicherte, dass es ihr gut ging, sagte ihm der Ausdruck in ihrem Gesicht etwas anderes.

»Ich warte vor der Tür. Ich komme wieder, sobald du fertig bist.«

Sie lächelte und er beugte sich zu ihr, um sie noch einmal zu küssen. Dann lief er zur Tür. Er hatte kaum die Hand auf der Klinke, als ihn ein weiterer gellender Schrei jäh innehalten ließ.

Er wirbelte herum und sah die besorgten Mienen ihrer Schwestern, die zu Grace eilten, die mit verzerrtem Gesicht und einem sich vor Schmerz krümmenden Körper im Bett lag.

Er blieb zurück, weil er wusste, dass sein Eingreifen eher ein Hemmnis wäre als eine Hilfe. Seine Angst war so groß, dass er ihrer nicht Herr werden konnte.

Seine Euphorie war verfrüht gewesen. Alle Ängste und Schrecken holten ihn wieder ein. Irgendetwas stimmte nicht. Er sah es an den panischen Mienen ihrer Schwestern, hörte es an ihren Stimmen.

»Was hast du, Grace?«, fragte Caroline, die Grace rasch untersuchte.

»Vincent!«

Vincent eilte zu ihr zurück, umklammerte ihre Hand und half ihr, einen neuen Schmerzanfall durchzustehen. Er würde sie jetzt nicht sterben lassen. Nicht, nachdem sie ihm einen Sohn geschenkt hatte.

»Was ist los?«, fragte er und sah Caroline in das bange Gesicht.

Sie schüttelte den Kopf.

Vincent spürte, wie all seine Ängste mit voller Wucht zurückkehrten. Gott würde doch bestimmt nicht von ihm verlangen, ein Leben gegen ein anderes einzutauschen. Bestimmt nicht …

Eine weitere Schmerzwelle unterbrach seine Überlegungen und Grace umklammerte seine Hand noch fester. Er blickte wieder zu Caroline, deren Züge weicher wurden.

»Wenn die nächste Wehe kommt, presse so fest du kannst.«

»Ich bin müde, Linny«, sagte Grace mit matter Stimme, der völligen Erschöpfung nahe.

»Ich weiß, Grace«, sagte Caroline und drückte mit der Hand auf Graces Bauch. »Aber du hast noch ein Kind, das geboren werden will.«

Vincent verschlug es den Atem, während Grace sich wieder vor Schmerzen krümmte.

Sie presste einmal, dann noch zwei Mal, und ein zweites Kind landete in Carolines wartenden Händen.

»Sie haben auch eine Tochter, Euer Gnaden. Eine wunderschöne Tochter.«

»Hast du gehört, Grace? Wir haben eine Tochter.«

Tränen strömten Grace über die Wangen und er wischte sie ihr mit den Fingern fort und küsste sie auf die Stirn.

»Ist sie gesund, Caroline? Warum hat sie noch nicht geschrien?«

Das Mädchen wählte genau diesen Moment, um seinen ersten kräftigen Schrei auszustoßen.

Grace seufzte tief und schloss die Augen. Vincent betrachtete den Säugling, den Josalyn in den Armen hielt. Seine Tochter war kleiner als ihr Bruder, aber perfekt. Selbst ihr zarter Schrei war perfekt.

જી

Vincent saß auf einem Stuhl an ihrem Bett und schaute Grace beim Schlafen zu. Ihre Schwestern hatten sie gewaschen und in ein hübsches Satinnachthemd mit Spitzenbesatz gesteckt, das mit gelben Blumen bestickt war. Obwohl sie dunkle Ringe unter den Augen hatte und ihr Gesicht immer noch blass war, hielt er sie für die schönste Frau auf der ganzen Welt. Sie war seine Ehefrau. Die Mutter seiner Kinder.

Er liebte sie mit solcher Inbrunst, dass es ihn ängstigte.

Josalyn und Anne waren mit den Kindern im Nebenzimmer. Er hörte sie leise miteinander flüstern und die Neugeborenen bewundern.

Sarah und Francine wollten später wiederkommen und Caroline und Mary morgen. Sie alle würden Grace in den nächsten Tagen nicht aus den Augen lassen, um sicherzugehen, dass sie kein Fieber bekam.

Auch Vincent würde höchstpersönlich Wache halten. Er würde nicht zulassen, dass ihr je wieder etwas zustieß.

Er ließ den Kopf zurück gegen die Stuhllehne sinken und starrte an die Zimmerdecke. Er konnte nicht fassen, dass es vorbei war. Konnte nicht glauben, dass Grace die Mordversuche seines Cousins überlebt hatte. Dass Grace ihm nicht nur eins, sondern gleich zwei perfekte Kinder geschenkt hatte. Vincent wusste, dass er der glücklichste Mann auf der Welt war.

Wieder dankte er Gott im Stillen für die Gnade und schwor erneut, sein Versprechen zu halten. Selbst wenn er wusste, dass er sich eine schreckliche Buße auferlegte, würde er es niemals riskieren, Grace durch eine weitere Schwangerschaft zu verlieren.

»Wenn ich es nicht besser wüsste, würde ich denken, dass du dir immer noch Sorgen machst, Vincent.«

Er beugte sich vor und griff nach Graces Hand. »Das, was du siehst, ist keine Sorge, Liebes. Es ist der demütige Ausdruck eines Mannes, dem gerade die Welt geschenkt wurde. Ich habe mir die beiden gerade noch einmal angesehen. Sie sind wunderschön, Grace. Du hast mich zum glücklichsten Mann auf Erden gemacht.«

Er küsste ihr die Hand. »Ich habe es nie für möglich gehalten, eine solche Liebe zu empfinden. Sowohl für die Kinder, die ich nie zu bekommen glaubte, als auch für die Ehefrau, mit der ich gesegnet bin. Ich liebe dich, Grace.«

»Ich liebe dich auch«, versicherte sie ihm und legte ihm zärtlich die Hand an die Wange. »Hast du dir schon einen Namen für deinen Sohn überlegt?«

»Edward, denke ich«, sagte er und wartete auf ihre Reaktion. »Nach meinem Vater.« Als sie lächelte, verriet er ihr auch die restlichen Namen. »Er wird Edward Andrew Vincent Germaine heißen, zwölfter Marquess of Hayworth.«

»Das klingt perfekt.«

»Und welchen Namen hast du dir für deine Tochter überlegt, Grace?«

Nach kurzem Zögern sagte sie: »Ich würde sie gern Hannah nennen.«

Vincent lächelte. »Ja. Ich glaube, Hannah freut sich sehr, wenn unsere Tochter nach ihr benannt wird. Immerhin ist sie dafür verantwortlich, dass sie auf der Welt ist.«

»Ich danke dir«, sagte Grace mit Tränen in den Augen.

Vincent beugte sich vor und küsste sie zärtlich. Als es leise an der Tür klopfte, zog er sich zurück.

»Die Dienstboten sind hier, um Ihre Sachen zu holen, Euer Gnaden«, verkündete Alice und hielt die Tür offen.

Vincent nickte. »Schicken Sie sie herein.«

»Was geht hier vor, Vincent?«

»Kein Grund zur Sorge, Grace. Ich halte es vorerst für das Beste, wenn ich ein anderes Zimmer beziehe, damit du nicht gestört wirst.«

»Nein, Vincent.«

Er hörte die Enttäuschung in ihrer Stimme und sah, wie sie die Stirn runzelte, ignorierte jedoch beides. Er hatte keine Wahl. Er wäre niemals in der Lage, mit ihr im selben Zimmer zu bleiben, ganz zu schweigen von demselben Bett, ohne sie anzurühren. »Du brauchst jetzt Ruhe. Ich würde dich nur stören.«

Mit einem Nicken wies er Alice an, die Dienstboten hineinzulassen, damit sie alles, was ihm gehörte, aus Graces Zimmer holten. Bevor Grace ihn weiter dazu befragen konnte, kamen Josalyn und Anne herein, jede von ihnen mit einem Zwilling im Arm.

Vincent half Grace, sich aufzusetzen, und stopfte ihr ein paar Kissen hinter den Rücken.

Josalyn trat als Erste ans Bett. »Dein Sohn legt bereits einen starken Willen an den Tag, Grace. Er ist überhaupt nicht schüchtern, uns wissen zu lassen, wann er gestillt werden will.« Josalyn legte Grace den quengelnden Edward in die Arme.

»Ich sehe jetzt schon, dass er seinem Vater nachschlägt«, sagte Grace und lächelte zu Vincent auf.

»Und deine Tochter lässt bereits tadellose Manieren und ein ruhiges, besonnenes Temperament erkennen«, erklärte Anne, die die zufriedene Hannah im Arm hielt.

Grace sah ihn mit funkelnden Augen an. »Das hat sie ganz offensichtlich von mir.«

Vincent lachte und wartete, bis die Diener gegangen waren, bevor er seine Frau nach allen Regeln der Kunst küsste, um sie dann zum Stillen allein zu lassen. Sobald er aus dem Zimmer war, seufzte er vor Erleichterung. Dank der Kinder war er um einen Streit herumgekommen. Er wusste zwar, dass das letzte Wort noch nicht gesprochen war, doch vorerst wären alle Bedenken, die Grace aufgrund seines Auszugs aus ihrem Zimmer hegte, und die daraus folgenden Diskussionen zwar nicht aufgehoben, doch zumindest aufgeschoben.

Kapitel 23

❦

Als Grace um zwei Uhr morgens die Standuhr im Erdgeschoss schlagen hörte, schlüpfte sie aus dem Bett und stellte die Füße auf den Holzboden, der nach dem Erlöschen des Feuers in ihrem Zimmer schon lange ausgekühlt war. Leicht fröstelnd zog sie sich das Nachthemd über den Kopf und warf es achtlos über einen Stuhl. Die kalte Nachtluft strich über ihre nackte Haut und ein Schauer überlief sie, bevor sie in den dünnen Satinmorgenrock schlüpfte, den sie sich vor dem Zubettgehen bereitgelegt hatte.

Der Stoff trug nicht viel dazu bei, sie zu wärmen, aber sich aufzuwärmen war nicht ihre Absicht. Jedenfalls nicht jetzt. Später würde ihr noch warm genug werden.

Sie lächelte in sich hinein, während sie den Gürtel nur so fest um ihre Taille schlang, dass der Satinstoff notdürftig zusammengehalten wurde, und lief zur Tür. Sie zog in die Schlacht, um zu gewinnen. Sie lächelte breit und erschauerte ein drittes Mal, als eine Woge aus Verlangen sie erfasste.

Sie schickte sich an, ihren Ehemann zu verführen.

Sie ging über den Korridor und blieb vor der Tür zu dem Zimmer stehen, das er vor sechs Wochen bezogen hatte – in der Nacht, in der die Zwillinge geboren worden waren. Sie hatte ihn von Beginn an durchschaut, hatte gewusst, dass er aufgrund seiner Ängste auf Distanz ging. Ängste, gegen die er seit dem Tod seiner ersten Frau ankämpfte. Um deren Überwindung er bemüht war, schon bevor er mit Sicherheit wusste, dass sie sein Kind unter dem Herzen trug. Ängste, gegen die erneut anzukämpfen ihm der Mut fehlte … oder wenigstens glaubte er das.

Grace wusste um seine Albträume. Genau wie sie wusste, dass er so töricht war zu glauben, dass er ein zufriedenes Leben führen könnte, wenn er den intimen Aspekt ihrer Ehe leugnete. Und da sie bisher nur wenig hatte tun können, um einer solchen Absurdität entgegenzuwirken, hatte sie ihn sechs Wochen in dem Glauben gelassen, dass sie mit seiner Entscheidung einverstanden war.

Nichts hätte der Wahrheit ferner liegen können. Es war an der Zeit, ihm zu zeigen, dass sie sich nicht mit Händchenhalten und keuschen, zurückhaltenden Küsschen zufriedengeben würde. An der Zeit, ihm zu zeigen, dass sie niemals mit einer Ehe zufrieden wäre, der es an körperlicher Intimität mangelte. An der Zeit, Erlösung von dem wachsenden Verlangen zu finden, das mit jedem Tag unerträglicher wurde, und die selbst auferlegte Trennung zu beenden, von der er törichterweise glaubte, dass sie sie schützte.

Ob die feine Gesellschaft mutmaßte, dass sie nur schwanger geworden war, um Vincent zur Ehe zu zwingen, bereitete ihr kein Kopfzerbrechen mehr. Da sie Zwillinge bekommen hatte, und aufgrund der Tragödie, die sich am Tag ihrer Geburt zugetragen hatte, war die verfrühte Niederkunft niemandem aufgefallen. Und wenn bekannt würde, dass sie wieder in anderen Umständen war, würde keiner mehr die Monate nachzählen.

Lächelnd öffnete sie die Tür zu seinem Zimmer, ohne sich die Mühe zu machen, vorher anzuklopfen. Ohne sich die Mühe zu machen, ihn vorzuwarnen.

Sie hatte erwartet, ihn im Bett vorzufinden, doch die Decke war zurückgeschlagen, das Bett leer. Offensichtlich verbrachte er eine ebenso ruhelose Nacht wie sie.

Sie sah sich um und entdeckte ihn am Fenster, sein Blick hinaus ins Dunkel gerichtet, die Hände hinter dem Rücken verschränkt. Kein Wunder, dass er jeden Morgen aussah, als hätte er kein Auge zugetan.

Am liebsten hätte sie laut gelacht. Morgen früh hätte er zumindest einen Grund, müde auszusehen.

Grace spürte genau, wann er sie wahrnahm. Er drehte sich um, trat einen Schritt auf sie zu und hielt jäh inne. Sorge stand ihm ins Gesicht geschrieben. »Grace? Ist etwas mit den Kindern?«

»Nein, Vincent, Edward und Hannah geht es gut. Ausgezeichnet sogar.« Sie trat einen Schritt näher und verkniff sich ein Lächeln. »Es geht um mich.«

»Um dich?« Mit zwei schnellen Schritten war er bei ihr und fasste sie an den Armen. In seinem Blick lag echte Angst. »Was ist los, Grace? Bist du krank?«

»Nicht so richtig«, antwortete sie und versuchte, das Zittern zu unterdrücken, das seine Berührung bei ihr auslöste. »Es ist eher ein Schmerz, der einfach nicht aufhören will, sondern immer schlimmer wird.«

Tiefe Falten gruben sich in seine Stirn und Grace verspürte einen Anflug von Schuldgefühl, weil sie ihm unnötige Sorgen bereitete. Sie schob sie rasch beiseite.

Er strich über ihre Arme und zog sie näher zu sich. »Wo tut es dir weh? Soll ich nach dem Arzt schicken lassen?«

Sie schüttelte den Kopf. »Nein. Ich fürchte, ein Arzt kann da nicht helfen.«

Er betastete ihre Wange und fühlte ihr mit der flachen Hand die Stirn. »Fieber scheinst du nicht zu haben.«

»O doch. Ich glaube schon.«

Er befühlte erneut ihr Gesicht und lehnte seine Stirn an ihre. Seine Nähe sandte Hitzewellen durch sie hindurch, bis in ihren Bauch und tiefer.

»Nimmst du mich in die Arme?«

»Natürlich«, sagte er. »Willst du dich lieber hinlegen?«

»Noch nicht.«

»Na schön. Wo tut es denn weh?«

Grace zog den Gürtel von ihrer Taille und schob sich den leichten Morgenrock von den Schultern. »Da«, sagte sie und legte seine Hände auf ihre Brüste.

Vincent erstarrte.

Grace registrierte es und betrachtete seinen ungleichmäßigen Atem als erstes Anzeichen der Kapitulation.

Vincent wusste, was sie vorhatte. Wusste, dass sie heute Nacht ihren Willen bekommen würde. Verdammt! Verstand sie nicht, dass er es nicht zulassen durfte? Verstand sie nicht das Risiko, das sie eingingen?

Sein Herz setzte einen Schlag aus und er kämpfte darum, auf Abstand zu ihr zu gehen. Doch seine Füße verweigerten ihm den Gehorsam. Er konnte nichts tun, außer mit ihren weichen Brüsten in den Händen stehen zu bleiben. Verflucht! Das war Folter der schlimmsten Sorte.

»Ja, Vincent. Berühr mich.«

»Grace ...«

»Halt mich.«

Ihre Stimme war weich und hatte einen flehenden Unterton, dem er nicht widerstehen konnte. Er kämpfte heftig mit sich und sein einziger Sieg war ein Kompromiss. Vielleicht konnte er sie einfach in den Armen halten. Aber mehr, schwor er sich, würde er nicht tun.

Er umarmte sie und berührte ihre weiche, samtige Haut. Glühende Hitze schoss durch seinen Körper. Verlangen erfasste ihn mit Macht, sammelte sich in seinem Unterleib. Er schloss die Augen und atmete tief durch.

Er schwor sich, nur noch ein Weilchen hier zu stehen und sie dann loszulassen. Doch noch während er diesen Entschluss fasste, bewegten sich seine Hände wie aus eigenem Antrieb in langsamen, sanften Kreisen über ihren Körper.

»Ja, Vincent. Tiefer.«

Er gehorchte und zog seine Kreise tiefer auf ihrem Rücken.

»Noch tiefer, Vincent.«

Seine Hände glitten tiefer und sie seufzte unter seinen Berührungen. Er musste sofort damit aufhören. Musste sie von sich schieben. Doch er konnte nicht.

Da hob Grace den Kopf und bat: »Küss mich, Vincent.«

Und er war verloren.

Er senkte den Kopf, seine Lippen berührten ihre, schmeckten sie, tranken von ihr. Und sie erwiderte den Kuss mit derselben Verzweiflung, die ihn fest im Griff hielt.

Er öffnete die Lippen über ihrem Mund und traf auf ihre kecke Zunge, die seine suchte. Sie berührten einander, duellierten, bis keiner von ihnen noch Luft bekam. Sie schlang mit einem gequälten Stöhnen die Arme um seinen Hals und zog ihn fester an sich.

Vincent wusste, dass er verloren war. Wusste, wenn er sie ansah, würde seine Entschlossenheit, sie nie wieder zu lieben, als armseliger Scherbenhaufen zu seinen Füßen liegen.

»Grace ...«

»Still, Vincent. Liebe mich einfach.«

Er rang um Atem. Ihren Körper an seinem zu spüren, sandte glühende Hitze in seine Lenden. Sie drückte einen Kuss auf seine Haut, wo sein Morgenmantel offen stand, und es war um ihn geschehen.

»Grace?« Seine Stimme klang selbst in seinen eigenen Ohren angespannt.

»Nicht reden, Vincent.«

Wieder küsste sie ihn und zog eine flammende Spur über sein Gesicht, seinen Hals und seine Brust. Währenddessen berührte sie ihn, strich über seine Haut, bis er meinte, in Flammen zu stehen.

»Ich ... wir ...« Er warf den Kopf in den Nacken. »Ach, zur Hölle.«

»Nein, Vincent. Ich verspreche dir das Paradies.« Sie schob ihm den Morgenmantel von den Schultern, bis er als formloser Haufen Stoff zu ihren Füßen landete. Dann ließ sie sich bereitwillig von ihm in die Arme schließen.

Sein Atem ging schwer, seine Brust hob und senkte sich, als koste es ihn Mühe, Luft zu holen. Viel mehr würde er nicht ertragen. Er durfte das hier nicht viel weiter gehen lassen und hatte doch nicht die Willenskraft, es zu beenden.

Sein Atem kam stoßweise. Würde er sie nicht so verzweifelt begehren, hätte er vielleicht die Kraft, sie von sich zu schieben. Aber sein Verlangen war zu groß.

Er beging den Fehler, ihr in die Augen zu sehen, und hätte fast über die nackte Sehnsucht gelacht, die aus ihrem Blick sprach. Derselbe Ausdruck, der sicher auch in seinem stand.

»Berühr mich, Vincent. Bitte.«

Das Stöhnen, das ihm entfuhr, klang gequält, doch er schlang die Arme um sie und hielt sie so fest, als wollte er sie nie mehr loslassen.

»Wir sollten das nicht tun«, sagte er und barg sein Gesicht in ihrem offenen Haar. »Ich habe mir geschworen, es nie wieder zu tun. Nie wieder das Risiko einzugehen, dich zu verlieren.«

»Du wirst mich nicht verlieren«, flüsterte sie und drückte die Lippen auf seine Haut. »Du wirst mich lieben.« Wieder küsste sie ihn. »Wieder und wieder.«

Sie streichelte seine Wange, hob ihm ihr Gesicht entgegen und küsste ihn erneut.

Er kämpfte tapferer, als je ein Soldat gekämpft hatte, verlor den Kampf jedoch mit jedem Kuss. Er wusste, dass er sich nicht mehr lange würde beherrschen können.

»Liebe mich, Vincent. Liebe mich.«

Er stöhnte, als müsste er jedes Fünkchen Willenskraft aufbringen, das er besaß. Doch er wusste, dass es sinnlos war. Er hatte schon zu lange gewartet. In zu vielen Nächten geträumt, sie zu lieben.

Mit einem tiefen Seufzer gab er den Kampf auf und sah sie mit einem Blick an, mit dem er ihr seine nackte Angst und all seinen Schmerz offenbarte.

»Du willst mich zwingen, alles zu riskieren, nicht?«

»Ich muss.«

Sie küsste ihn auf den Mund.

Leise stöhnend erwiderte er ihren Kuss. »Ich kann nicht mehr dagegen ankämpfen.«

»Das sollst du auch gar nicht. Du sollst es genießen.«

Sie küsste ihn wieder. Und wieder.

»Grace, ich habe es geschworen. Ich …«

Ihr Finger auf seinen Lippen ließ ihn verstummen. »Über deine Schwüre reden wir morgen.«

»Bis dahin ist es zu spät«, keuchte er.

Sie lächelte zufrieden. »Es ist sowieso schon zu spät, Liebling. Jetzt liebe mich.«

Mit einem resignierten Stöhnen hob er sie hoch und trug sie zum Bett.

In ihrem Liebesakt verschmolzen Begierde und Leidenschaft. Ihr Bedürfnis nach einer Vereinigung, die sie weiter und inniger miteinander verband, war die Krönung einer Liebe, wie sie sein sollte.

Nachdem er wieder in der Wirklichkeit angekommen war, hielt Vincent sie in den Armen und staunte, wie perfekt sie sich dort anfühlte. Er streichelte ihren Körper und küsste jede Stelle, die seine Finger berührt hatten.

»Ich liebe dich, Grace«, sagte er, als seine Atmung sich wieder beruhigt hatte.

»Fast so sehr wie ich dich«, erwiderte sie.

Er dachte an die Nacht, in der sie ihn getäuscht hatte, und musste lächeln. Dass sich ihre Täuschung als so perfekt erweisen könnte, hätte er sich nie träumen lassen.

Er zog sie eng an sich und küsste sie. »Ich hätte wissen müssen, dass es unmöglich ist, gegen dich zu gewinnen.«

Lächelnd legte sie die Hand an seine Wange und streichelte mit dem Daumen über sein Kinn. »Unmöglich. Von Anfang an.«

Sie schlang einen Arm um seinen Hals und zog seinen Mund zu sich hinab. Ihr Kuss war die Verschmelzung von Gefühlen, die keiner von ihnen mehr leugnen konnte.

Endlich begriff auch sein Verstand, was sein Herz schon die ganze Zeit gewusst hatte: Dass ihre Liebe stark genug war, all seine Ängste zu besiegen. Stark genug, ein Leben lang zu währen … und darüber hinaus.

Zeitfracht Medien GmbH
Ferdinand-Jühlke-Straße 7
99095 Erfurt, Deutschland
produktsicherheit@kolibri360.de

Druck:
CPI Druckdienstleistungen GmbH
im Auftrag der
Zeitfracht Medien GmbH
Ein Unternehmen der Zeitfracht - Gruppe
Ferdinand-Jühlke-Str. 7
99095 Erfurt